wreckage
残骸

Emily Bleeker
[美]艾米莉·布勒克尔 著
魏懿 译

上海文艺出版社

致谢

首先，我要感谢我的朋友叶妮·瓦西莱夫斯基——第一个阅读这个故事的人。感谢你对我的鼓励，你曾叫我不要写美国南方的爱情故事，而是要写秘密、空难和鲨鱼。

其次，我要感谢娜塔莉·米德尔顿。她曾分享我的这个故事并且反复细致地进行阅读。如果没有你的鼓励，娜塔莉，我可能永远都没有勇气将该书公之于世。

此外，我还要感谢与我一同合作的作家劳里·费尔班克斯，你是最棒的合作伙伴，也是我这样的一个女性寻求帮助的最佳对象。谢谢你夜以继日地阅读我的文稿，并且以各种方式鼓励我继续写作。我会永远怀念那场小型足球比赛以及乐高积木生日派对，因为正是它们使我们遇见彼此。

我还要特别感谢我的评论者们和读者们为我的这部小说付出了那么多的时间，并且提供了他们深刻的见解与构思。他们是皮特·麦斯特、马洛里·克劳、瑞福·布朗热、萨曼莎·纽曼、伊丽莎白·欧文斯以及米希尔·巴莉。同时我还想对他们说，写作是一项孤独的事业，但是因为有你们在我身旁，我从不感到孤独。

我还要感谢我了不起的助理马琳·斯特灵格。感谢你一直信任我。你的经验与指导于我而言是一笔宝贵的财富。我人生中最快乐的两天恰好就是接到你打来电话的那两天。

我还想感谢湖联盟出版社（Lake Union Publishing）辛勤工作的团队成员们，其中包括具有独到眼光的编辑丹尼尔·马歇尔。同时也要感谢加布里埃尔·冯·赫维尔，香农·米切尔和汤姆·肯法特。感谢你们为这本书润色所付出的时间，精力和激情。你们对自己的付出总是那样谦逊。我十分享受和你们在一起的每分每秒。加油，团队！

感谢我的家人和朋友们。他们比我更关心这本书的出版。你们可能不知道你们热情洋溢的鼓励对我产生了多么重大的影响。

感谢父母总是不断激励着我。感谢我的妹妹伊丽莎白·伦达，你总是不断鼓舞着我，勉励着我，深爱着我。能有你这样一位好妹妹，我真是太幸运了。

感谢我的孩子们。他们能理解自己的母亲是一个喜欢做梦的人。每当看到我的大腿上放着笔记本电脑时，他们就明白"我正在创作"。孩子们一直称呼我为作家，过了好久我才敢大声对自己喊出这个称呼。

最后，我要感谢我的丈夫，乔。两年前的圣诞节他给我买了一台电脑并告诉我"它能帮你写小说。"乔，你比任何人都更理解我的希望与梦想。你给予我的信心让我看到了那么多以前我连想都不敢想的机遇。我爱你！

WRECKAGE 残骸

目录

001
第一章 莉莲 此刻

011
第二章 莉莉 第1天

019
第三章 戴夫 此刻

025
第四章 戴维 第1天

037
第五章 莉莲 此刻

045
第六章 莉莉 第1天

065
第七章 戴夫 此刻

073
第八章 戴维 第1天

085
第九章 莉莲　此刻

101
第十章 莉莉　第 2 天

119
第十一章 戴夫　此刻

127
第十二章 戴维　第 4 天

143
第十三章 莉莲　此刻

153
第十四章 莉莉　第 65 天

169
第十五章 戴夫　此刻

177
第十六章 戴维　第 81 天

Wreckage 残骸

目录

247
第二十一章 莉莲 此刻

195
第十七章 莉莲 此刻

257
第二十二章 莉莉 第156天

201
第十八章 莉莉 第112天

277
第二十三章 戴夫 此刻

215
第十九章 戴夫 此刻

293
第二十四章 戴维 第201天

227
第二十章 戴维 第113天

307
第二十五章 莉莲 此刻

319
第二十六章 莉莉 第 301 天

367
第二十九章 莉莲 此刻

329
第二十七章 戴夫 此刻

383
第三十章 莉莉 第 589 天

351
第二十八章 戴维 第 465 天

395
第三十一章 戴夫 此刻

403
第三十二章 莉莲

第一章 莉莲
此刻

有时你不得不撒谎。有时撒谎是保护你所爱的人的唯一方式。莉莲一边反复思量着这句话,一边抚弄着自己的婚戒。在过去的八个月里她每天都会重复这句话。或许今天她会相信这句话说的没错。"唯一的方式,"莉莲重复道,同时转动着套在手指上的金戒指。每想到一个曾说过的谎,她就将戒指转动一圈。在连续转动到第三圈时,她感到不知所措,猛地一下将手塞到大腿下面,阻止自己去数说过的谎。如果撒谎很难该有多好,这样也许她就会停止撒谎了。可是,撒谎却是这么容易。是的,撒谎比说真话来得容易。

没有哭喊,莉莲一直在"训练"自己控制情绪。她曾在一群陌生人面前泪流满面，但如今她已决定向世人展现自己坚强的一面，而不是总展现一张愁苦的脸。没人想看你愁眉苦脸的样子，而且眼泪会毁掉脸上精致的妆容。莉莲现在脸上的妆比她过去几年穿的衣服还要厚，而眼前这位名叫贾思敏的年轻女士又在莉莲的脸上加厚了一层。

贾思敏拿出一大罐粉红色的喷发剂不断在莉莲的头发上喷洒着，直到莉莲的头发看上去像一团熊熊烈火。似乎已经大功告成了。贾思敏后退几步端详着自己完成的杰作，她耸耸肩，那举止好像在说，"跟想象的一样棒。"当然，这并非过度自信。

贾思敏蹦蹦跳跳地离开了，莉莲则静静地坐着，打量着自己修剪好的深红色指甲。她感觉自己好像在参加化装舞会，一会儿化装成一个假小子，一会儿又化装成一个已经有了两个儿子的母亲。莉莲从未过多想过自己的装扮，但她同样也无法否认，把自己打扮成一个完全不同的人是多么充满诱惑力。如果自己不能变成一个老人或是不能忍受一个新的自我，那么戴上虚假的面具或许是一个最佳的选择。

如同莉莲一样，为了节目拍摄的需要，这幢房子也已准备好被装扮一新了。莉莲之前一个人打扫了一个星期，但最终放弃了。她花钱请人将这幢具有殖民时期风格的二层楼房打扫得一尘不染。然而，不到五分钟那两个制片助理就觉得一切还不够完美。

天际刚泛白，那两个制片助理就冲进屋。他们太过焦虑，以至于连早餐也吃不下。其中一个更是神经高度紧张，身上散发着咖啡和烟草的味道。他穿梭于各个房间之间收集着屋子里所有摆放的照片。莉莲默默地看着这一切，看着他们将老式圈椅从书房搬到客厅里的立式钢琴两边，他们还刻意将照片摆放在钢琴的琴盖上。

莉莲撅起嘴将遮住视线的一缕枯发吹开，努力回忆着那些照片先前摆放的位置。原本挂在钢琴上方的印花帆布此刻变成了原先摆放在主厅里的家庭合照。杰瑞的照片以及原本放在乔西床头柜上的孩子们的照片现在和镶着银框的莉莲的照片摆放在一起。照片中的莉莲和背着远足背包的两个儿子手拉着手。

那张照片里的莉莲看上去就像个陌生人。那是多久以前的事了？三年前？或许四年前？照片里长长的棕色头发乱蓬蓬地萦绕在莉莲的脸颊两侧，真诚的笑容使她祖母绿色的眼睛显得炯炯有神。那时的莉莲肤色就像脱脂牛奶一样洁白，鼻子上还有星星点点的桂皮色雀斑。如果莉莲在家长会上遇到这样一位女士的话，她一定想首先认识她并请她吃个冰淇淋，因为她看上去是那么令人快乐。

隔着两个相框有一张原本放在楼上客厅里的照片。那张照片拍摄于几个月前，当时杰瑞意识到，自从莉莲回家以来一家人已经有很长时间没有坐在一起合过影了。杰瑞挑了最后一张成照，因为莉莲十分中意那张。照片里每个人都显得心神不安。男孩子们系着扎得很紧的领带，表情显得很不自然。杰瑞的手仿佛悬浮在莉莲身上，好像不愿触碰她似的。此刻莉莲即将要上一个全国性的电视节目。在该节目里所有人将会看到两个莉莲。她们并列在一起，一个是过去的莉莲，一个是现在的莉莲。现在的莉莲剪去了长发和覆盖住额头的刘海。现在的她笑容显得生硬，眼睛也不再是祖母绿色而是淡绿色。

莉莲想象着自己走到钢琴边，将最后的那张照片猛摔在地上。她只需挥动一下手臂便能将所有照片摔到地上。它们会在地上变成一堆碎玻璃和泛着亮光的纸片。想到这儿，莉莲咬住自己的上嘴唇，极力不让自己笑出来。即使只是想象也已够让人满足了。不过，莉莲此时想做的则是更多关注自己目前的处境。

为了避免进一步疯狂的想象，莉莲的视线避开了那些充满了笑脸的照片。她一丝不苟地开始检查钢琴上是否有灰尘，因为红木表面是很容易吸附灰尘的，她之前涂抹的橘味除尘剂的清香还漂浮在空气中。莉莲很喜欢这架钢琴。在乔西出生之前，她就督促杰瑞买一架钢琴。杰瑞当时还嘲笑她，因为他们两个都不会弹。但是莉莲还是坚持要买，因为钢琴不是买给她自己和杰瑞的，而是买给当时还在腹中的乔西和后来的丹尼尔的。

莉莲摇了摇头。难怪照片中的那位年轻母亲笑得那样单纯。那时她并不知道，人生有时会做出截然不同的选择。多么愚蠢的人生。

"砰"的一声厚实的橡木门开了，莉莲吓了一跳。一个身穿褐色套装，高个子，细皮嫩肉的女人蛮横地走进屋来，仿佛她才是这幢房子的主人。莉莲用眷恋的眼神看着这个女人。无论到哪里她都能认出这张脸：长而细的鼻子，隆起的颧骨，金黄色的头发飘动着就像顶用稻草编织成的时尚头盔，而那双曾经淡蓝色的眼睛现在已失去了光泽。没错，这一切特征都属于《头条新闻》的主持人吉薇芙娜·兰德尔。以前莉莲和杰瑞每周五晚上都会看这个节目。他们会一起开玩笑似地讨论兰德尔在节目里所报道的那些发生在真实生活中的传奇故事。不过，兰德尔在真实生活中可比在屏幕上显得更瘦。

没错，摄像机的确能让人显得好像胖了十磅。想到这点，莉莲收缩了一下紧贴着皮带的腹部。

工作人员将一个小型麦克风从兰德尔的外套夹克衫和衬衣中蜿蜒穿出，然后仔细地固定在兰德尔的衬衫翻领上。兰德尔完全不在乎有人在她的衬衣里抓来抓去，对此莉莲十分惊讶。兰德尔翻阅起一大堆卡片直到工作人员将麦克风完全固定好。然后她整了整外套，使里面那件翻领白色真丝衬衫变得蓬松一些。接着她拿起一大叠纸，将它们整齐摆放在面前。收拾停当之后，她便开始用一种鬼魅般的眼神看着莉莲。

有那么一霎那，莉莲感觉这位主持人的视线好像穿透了她的身体，或是深入到了她的内心世界，仿佛她能看到隐藏在莉莲头脑中的所有秘密。这种想法驱使莉莲想要用手紧紧捂住自己的身体，不让自己被兰德尔那双X射线般的眼睛看穿。

"林登夫人，"吉薇芙娜·兰德尔在房间的另一头说道，她的声音在两层高的屋子里回荡着。"能亲自见到您本人真是太好了。很感谢您能答应今天的采访。"兰德尔说道,走向放在莉莲对面的那把圈椅,红色高跟鞋在地板上发出响亮的嗒嗒声。

"吉薇芙娜·兰德尔怎么会认识我?"莉莲想了片刻。然后她想起来,所有人现在都知道莉莲·林登是何许人物了。在过去两年半的时间里她的这张脸在所有电视屏幕上都出现过。到现在这都让莉莲感到很震惊。

兰德尔像一片飘落的羽毛般轻盈地坐在椅子上,然后立刻进入了新闻播报员的状态——挺直腰杆,双肩放松,脸上的微笑一闪而过。"见到您真的很高兴,林登夫人。"兰德尔说道,伸出一只手,手指十分细长。

"我也是。"莉莲轻声说道,非常生硬地挤出一个紧张的微笑。她握了握兰德尔那只冰凉的手,她希望自己手上挥之不去的老茧不会刮伤兰德尔如婴儿般娇嫩的皮肤。

"得知电视台批准了这次采访,我实在太兴奋了。"兰德尔说道,她将手十分端庄地交叉在一起,膝盖上放着一大叠纸。"我一开始就关注您了。您现在将亲自讲述自己的遭遇,我真迫不及待想亲耳聆听呢。"

"哦,谢谢你们能来。"莉莲在椅子上转动了一下身子。

"我很高兴能来。那么,我们几分钟后就开始了。请记住,当我采访您的时候,您要显得很放松。回答问题时就像是两个老朋友在一起喝咖啡聊家常那样,可以吗?"

"还记得我寄给您的那张写有问题的清单吗？我会按照那上面的问题来问您，所以不必紧张。我希望您在回答的时候能尽可能详细准确。您能做到吗？"兰德尔笑了笑，她的牙齿经常去美白，白得几乎接近透明。

"我……我尽量吧。"说完这句话，莉莲的额头上开始冒汗，汗水会顺着脸颊滴下来，这会使脸上的妆变花。

"您确实知道这是一次独家采访的吧？也就是说，我们是签了协议的，您不可以接受其他电视台的访问。"

"我完全明白。"莉莲咬着脸颊内侧的肉说道。协议中标注的"独家采访"几个字正是莉莲同意接受《头条新闻》采访的唯一原因。"独家采访"是她冲破媒体围堵的逃生法宝。如果她完成了这次独家采访，她便可以最终获得安宁了。

"很好。我们先别去管协议。"兰德尔说道，她看看周围。"您的丈夫现在哪儿，林登夫人？他叫杰瑞，是吗？在我们采访完您之后，还想跟他聊聊。"

"他正在楼上做准备。"莉莲竖起拇指。刚把大拇指送到嘴边开始咬指甲时，忽然想起自己的指甲已经涂上了亮亮的指甲油。于是停止了这个举动。"我跟他说了，叫他不用陪我接受全程采访。这样我们都可以放松些。"

"这样很好。这主要能使您放松下来。我想做的也是让您轻松接受采访。您的孩子们呢？"兰德尔问道，她一边看着纸上的记录，一边用牙齿咬开红色签字笔的笔帽。

"他们在邻居家。"莉莲回答道,微微眯起的眼睛流露出了不满。"我记得我说得很清楚,我不想把我的孩子牵扯进来。"孩子们已经受够了。别再让他们接受采访了。这是莉莲和杰瑞在许久以前就已达成的一致意见。

兰德尔抬起头。"不,我不是这个意思。我们只是想在采访结束后能给你们拍张全家照。别担心,莉莲,没事的。"

"好的,就拍一张。"在过去几年里摄像机对于乔西和丹尼尔而言已经司空见惯。在某个角落里咔嚓拍一下,他们可能也不会注意到。

"好的。我快准备好了。"兰德尔用尖锐的声音向那个戴着耳麦的年轻人喊道,"过来拿我的问题,拉尔夫。"

那个长着暗黄色头发,戴着超大黑框眼镜的年轻人——刚才将莉莲屋子里所有照片收集起来的那个制片助理——朝兰德尔一路跑来。然后他就像被驯服的狗一般待在兰德尔的身边。他凝视着地面,等候着差遣。兰德尔将几张揉得乱糟糟的纸丢到那位助理的手上,然后她又继续翻阅起一大叠卡片。

"在开始录制之前,把这些记录交给斯蒂文。"兰德尔开始发号施令了。那个年轻人十分顺从地走开。莉莲在一边则被怔住了。

在检查完所有准备工作之后,拉尔夫帮助莉莲检查了一下麦克风,然后又叫来贾思敏给莉莲和兰德尔补补

妆。不过，莉莲觉得主要是因为自己需要补妆。随后周围的一切都怪异地静止了，兰德尔成了唯一在动的人。兰德尔打理了一下已经十分完美的头发，然后说道，"开机！"摄像机开动了起来。

"五，四，三，二，一……莉莲·林登专访。"

第二章 莉莉
第1天

斐济

门轻轻地开了。斐济潮湿的热浪混合着机场里的空调散发出的霉味扑面而来。我深吸了一口气,呼吸着从室内漏到室外的空调冷气。这种感觉显然全世界每个地方都一样。

"莉莲,瞧瞧咱们,咱们就像两个坐喷气式飞机旅行的名人。"玛格丽特说道,她将布满老年斑的手塞进我的胳膊窝里,拉着我朝停在远处地平线上的一架小型喷气式飞机跑去,"我希望你能再多穿一点衣服……这样才合适。"

之前在酒店里我已经穿上了一条牛仔中裤,在泳衣外面套了一件绿色的旧背心。两分钟后接我们的车便到了。我穿上破旧的耐克鞋,差一点滑倒,而酒店的服务员则将我的旅行包放进了车里。在斐济除了玛格丽特之外没人会在乎我们的打扮。我可以浑身赤裸沿着海滩散步。海滩凉亭卖酒水的男孩子会来询问我是否想再续一杯鸡尾酒。

我们已经在斐济待了一个星期了,我竟然一次都没背过自己的背包。这里的每个人似乎都把我们当作社会名流一样来对待。由于丰盛的食物以及疏于锻炼,我回家时体重可能会重二十磅。

"不好意思,玛格丽特。这是我所有的干净衣服了。没人告诉过我这里对着装还有要求。"

"不是对着装有要求,这是一种对自我的尊重。如果你不考虑一下你自己,请至少考虑一下我。稍微化化妆或是弄弄头发有那么难吗?"玛格丽特用手弄了弄自己的头发,好像在向我展示一个人应该时刻关注自己的外表。"你的脸蛋长得这么漂亮,为什么不让别人欣赏呢?"玛格丽特问道。我有一大堆反驳的话要说,但我什么都没说。我从来不反驳别人。

"我包里有一些化妆品。化妆会让你感觉好些,我们坐下来补一下妆吧。"玛格丽特委婉地说道,她瞄了一眼我从大学时就背的那个脏兮兮的蓝色背包。那个背包我是当钱包来使用的。这让玛格丽特十分抓狂。我家里有一个柜子,里面塞满了我和杰瑞结婚九年以来玛格丽特送我的所有钱包。玛格丽特试图用钱包来诱使我不再使用背包。我也的确在一些特殊场合使用那些钱包,

但我从没在玛格丽特面前用过。这是我最消极同时也是最强硬的宣誓方式——向玛格丽特宣誓：我不受她的支配。

"好的，亲爱的，谢谢。"我回答道。真是令人震惊，这次她竟然没对我的背包评头论足。"我想补妆会让你感觉好些吧。"我这样想着。玛格丽特意味深长地拍拍我的手臂，我把想说的话又咽了下去。每次咽下已经到嘴边的话总是那样令人难受。

玛格丽特似乎天生就是过这种生活的人，但这并非因为她之前的生活就是这样。玛格丽特已经去世的丈夫查理曾是爱荷华州乡村地区的一名议员。玛格丽特买东西时喜欢讨价还价，而且喜欢收集购物优惠券。不过，在过去的一星期里她更喜欢指指行李，然后用手指轻柔地将小费塞进服务生的手里。她现在已经精于此道了。

今天玛格丽特一身雪白，穿着一身像来自上世纪八十年代的套装。她看上去更像是去参加一个贵妇午餐会而不是坐飞机旅行。不过，她认为这才是当前流行的时尚。除了这身套装之外，玛格丽特其他方面看上去都很漂亮。她的头发抹上了蜜乳，显得十分有光泽，太阳眼镜随性地搭在鼻梁上。当她微笑时，脸颊上的细纹显露出今天早上被仔细涂抹上去的粉妆。

"好了，我们到了。"玛格丽特喘着气说道。

从近距离看，这架喷气式飞机并没什么特别之处。红蓝相间的条纹在机身两边延伸成直线，使它看上去更像是电影里的道具而不是可以乘坐的真飞机。它很小，比我所想象的喷气式飞机要小得多。我数了数,从机头到机尾只有三个窗口,很明显它不是用来载货的。

今早塞在我们酒店房门下面的日程表显示我们会有将近四个半小时的时间坐在这架飞机里。一个来自名叫卡尔顿公司的家伙会在飞机里跟我们碰头,然后他会陪同我们去一个私人小岛旅行。需要四个多小时和自己的婆婆以及一个陌生人待在一起吗?我想我得吃一片玛格丽特的安眠药才能挺过这次旅程。

爬三阶楼梯就到了这架小型灰色喷气式飞机的舱门了。玛格丽特先爬上了梯子,我对此并不反对,因为这原本就是玛格丽特的假期旅游,我只是陪同她而已。这种形式对我们两个都有好处。玛格丽特大多数时候可以按照自己的想法行事,而我也不会被她逼疯。

玛格丽特之前打电话告诉我,她在参加的促销活动中赢得了一次免费旅游的机会——免费去斐济旅游。我当时并不相信她,我想她一定是被某个能说会道的推销员给骗了。玛格丽特住在离我们有四个小时车程的一个退休人员社区里,该社区位于爱荷华州中部的一个无名小镇上。在这个世界上,玛格丽特是唯一期待着电话推销人员给她打电话的人。

我其实真的很喜欢玛格丽特,我用我自己的方式爱着她。但这并不意味着她是一个容易相处的女人。在我去斐济之前,我想到这次旅行时的感受就像是去看妇科医生——必须去但又使人感觉很尴尬。但是杰瑞认为,我需要从全职母亲的生活中解脱出来放松一下,而玛格丽特认为，旅行将会很好地增进婆媳之间的了解。于是我来到了斐济。

谢天谢地，我同意了这次旅行。即使玛格丽特就坐在我身边，我也感觉斐济是座天堂。我不知道是由于晴朗的天气还是弥漫在空气中的醉人花香，总之，玛格丽特显得和以前不太一样，其实我和她都显得和以前不一样。由于杰瑞和孩子们不在身边，玛格丽特几乎没怎么提起过她那些教人如何成为贤妻良母的所谓意见。所以我发现这次旅行比我最初所设想的要轻松许多。

我低着头，穿过弯弯的过道，转过一个小小的拐角就进入了飞机的内部。我首先注意到的是五把严丝合缝的皮椅，其中过道的两边各有两排皮椅，它们前后排列着，在机身中部靠后的地方放着另外一把。玛格丽特侧着身子经过空乘服务员身边，那位服务员此刻正在飞机的前部安静地踱着步。玛格丽特朝第二排座位走去，第二排的每张座位背后都有一个电视屏幕，此外还摆放着零食和饮料，它们够丹尼尔所在幼儿园里的所有小朋友吃个饱。看来我之前是想错了。这的确是一场时髦的名流之旅。我的意思是，旅行途中竟还有食物和电视。这假期太适合我了。

我真该相信杰妮斯说的话，她是卡尔顿公司的销售人员。她一直说这次旅行的后半程会让人十分惊喜。杰妮斯从未真正去过阿迪阿达海滩①。她的上司通常会跑

---

①阿迪阿达海滩（Adiata Beach）：位于中太平洋群岛的一个海滩。译者注

整个行程，但今年的头一个星期——也就是我们在斐济旅游的那个星期——她的上司却无法前来。于是杰妮斯所在公司的公关部进行了一次抽签，看谁能代替上司出行。结果杰妮斯拔得头筹。我现在很沮丧，因为杰妮斯并没有来而是她的那位上司来陪同我们。不过杰妮斯说了，她的上司为人很好。可他无法像杰妮斯那样让我开怀大笑，因为杰妮斯这个女人真的很会闹腾。杰妮斯还给了我她的电子邮箱，这样我们可以保持联络。

"对不起，小姐。我能要杯水吗？"玛格丽特朝飞机的前方喊道，然后扑通一下坐在了自己的座位上。

"玛格丽特，"我轻声说道，"我可以帮你拿水。"

"别，亲爱的，这是她的工作。让她去拿。"玛格丽特说道，嗓门有点大，这让人觉得有点尴尬。

一位高个子留着沙褐色头发的女士沿着飞机过道慢慢走来。她眼角和嘴角周围的细纹使她看上去和她说话的声音一样友善。

"啊，我来了，我能为您做什么？"那位女士的声音里蕴含着甜腻的南方口音。

"请拿点水给我。如果有的话，最好是瓶装水。不要加冰。就一小杯。"玛格丽特停下来又想了想，"我希望有冰镇的水。"

"当然有。"

"太好了，莉莲，你跟这位友好的女士说说你想要点什么吧。"

"我什么都不要，谢谢。"我回答道。我要做的就

是刁难这位空乘服务员，这也是玛格丽特的意思。

"她很快会把我要的拿来。"玛格丽特用一种盛气凌人的语气说道，对此我无法进一步辩驳。

当那位空乘服务员摇摇晃晃地朝飞机前部走去时，我把手塞进背包前方那个有拉链的口袋，那是我放书的口袋。这个口袋的大小可以装下各种尺寸的小说，不过有些俄罗斯作家的小说可能太厚装不下。当我把小说拿出来，刚翻开第一页的时候，那位服务员已经走回来了。

那位服务员或许真的十分敬业，也或许拥有十分敏锐的洞察力。除了水之外，她还给玛格丽特拿来了纸巾、一个靠枕和一条毯子。我想如果玛格丽特要一块上等牛排的话，她可能也会拿来的吧。不过，谢天谢地，玛格丽特并没有要牛排。那位服务员将手撑在座椅的一边，然后打量起我和玛格丽特。

"如果两位女士还需要什么的话，只需叫我一声就行了。我叫特丽莎。"

玛格丽特点点头，什么都没说。她此刻正忙着拧开药瓶的瓶盖分拣起一连串五颜六色的药片。然后她将两片白色圈状药片丢进嘴里咽了下去。这两片药片至少能让她昏睡几个小时。

"谢谢。"我回答道，试图展现些许礼貌以挽回尴尬的局面。特丽莎点点头，显然她更多的是感到好笑而非被冒犯。

"我们的行程会一切顺利的。我敢肯定您在飞机上会睡得很舒服。晚安，亲爱的。"特丽莎像哄孩子一般对玛格丽特说道。然后她把一瓶结霜的冰镇水塞给我,"这个您拿着。"

"谢谢。"我说道,随后将瓶子扔进了敞开的背包口袋里。

"不用谢。为乘客服务是我的工作。"特丽莎的眼睛闪着亮光,我意识到她可能早就听说过玛格丽特的为人了。"现在坐下,背向后靠,好好休息吧。戴夫应该很快就来了,他一来我们就起飞。"

"戴夫是谁?"这个名字听上去很耳熟,"是这架飞机的驾驶员吗?"

特丽莎摇摇头,脸上的表情看上去想笑。"不是的,戴夫就是卡尔顿公司的那个家伙。别担心,他人很好,是个机灵的家伙。"

"是戴夫·霍尔?"我想起来,杰妮斯跟我说起过这个名字。

"啊,是的,女士,就是他。"

第三章 戴夫
此刻

凌晨五点半电话铃响了。戴夫躺在床上,半睡半醒。第一声刺耳的电话铃响起时,戴夫的眼睛猛地睁开。这么早!电话机就放在戴夫床边的一张矮桌上。

戴夫看了看妻子。她仍然睡得很熟,眼睛上戴着黑色的绸缎眼罩,耳朵里塞着耳塞。戴夫以前常常觉得只有电影里的人才会以这种方式睡觉。后来他遇到了贝丝。贝丝对于睡眠质量的要求竟比《豌豆姑娘》①中的主人公还要高。以前这一点常让戴夫感到烦恼,不过现在他

---

① 豌豆姑娘(The Princess and the Pea):安徒生创作的童话故事,其中的主人公豌豆姑娘晚上睡在十二张床垫上,最下层的床垫下只要放一粒豌豆便会让她睡不着。译者注

已经释怀了。

电话铃又响了。尽管塞着耳塞,贝丝还是扭动了一下身子并抓了一个枕头盖在头上,枕头下面露出贝丝细密的金黄色卷发。在炎热且阳光充足的洛杉矶,戴夫和贝丝床上的毯子可能是全洛杉矶最多的。贝丝喜欢将室内温度保持在华氏65度[①]。对于环保人士关于少开空调的建议,贝丝向来嗤之以鼻,但这样的温度却让戴夫冷得够呛。戴夫摇摇脑袋好让自己清醒些,在电话铃再次响起之前,他一把抓过电话。

"喂,你好。"戴夫说道。他睡眼惺忪,声音听上去有些刺耳。

"你好,我找戴夫·霍尔。他在吗?"

一定是电话推销员。戴夫心中的怒火一下子升腾起来,"现在是凌晨五点。我不会要你兜售的东西的。把我的名字从你的联系人名单里删掉,以后别再给我打电话。"戴夫怒吼道。

在戴夫挂断电话前,电话里的那个声音继续说道:"先生,等等,是莉莲·林登叫我打电话给您的。"

戴夫将听筒又放回到耳边,"你刚才说什么?"戴夫问道,他的心变得不安起来。他的怒火略微消了,好奇心开始萌生。

"我是《头条新闻》节目组的。我打电话来是替莉莲·林登传口信给您。"电话那头的声音听上去既稚嫩又紧张。

[①] 即摄氏18.3度左右。译者注

戴夫在床上翻了个身,然后慢慢坐起来。他将听筒紧紧贴在耳边。他光着脚踩在冰冷的木质地板上,虽然全身颤颤巍巍,但他还是蹑手蹑脚、十分灵活地进入卧室旁边的浴室里。在轻轻地关上浴室门之后,戴夫开始抬高嗓门。

"听着,我不知道你是谁,但我要求你们不要打我电话。我已经把你们想知道的一切都告诉你们了。采访、拍照、整天抛头露面。你们能不能放过我和我的家人。"戴夫咆哮道。

"我想您还没听明白,霍尔先生。我是得到了莉莲·林登女士的许可才打电话给您的。您的电话号码也是她给我的。"

"哈,是吗?"戴夫哼了一声,"是林登给你的电话号码?你知道吗?小家伙,你迫使林登做她不愿做的事,你简直比烂泥更龌龊。你没觉得她也已经受够了吗?你的上级领导或是老板是谁?我要去告你,让他炒你的鱿鱼。"

电话那头一片沉寂。戴夫觉得对方可能要挂电话了,可忽然电话里又传来了微弱的声音,随后便是窸窸窣窣声。电话那头又换了个人在讲话。

"喂,是霍尔先生吗?戴夫·霍尔先生?"这次是个男人的声音,听上去的确像位上级领导。

"我是,你是哪位?"戴夫用谈公事的口气说道,那是他在工作中谈论企业管理时常用的口气。

"我叫比尔·米勒,是《头条新闻》的制片人。

我听说你想跟我谈谈。"

"是的，先生。我不知道刚才那家伙是谁，但我已经告诉他了——我不想再接受任何采访或访问。我已经竭尽全力隐姓埋名，也会继续这样的生活。希望你能删去我的姓名和电话号码，我对此将感激不尽。"戴夫咬牙切齿地说道，"尤其是不要在凌晨五点的时候打电话给我。"

"我真的十分抱歉，先生。"比尔·米勒叹了口气说道，"拉尔夫，就是刚才跟您通话的那位，他是一名实习助理，他没有意识到您住在加利福尼亚州而我们则在纽约，所以可能没考虑到*时差*问题。"比尔特别强调"时差"二字可能是为了让可怜的拉尔夫所犯的错听上去不至于那么严重。

"好吧，好吧。时间方面可能存在误会。但是刚才那个叫拉尔夫的家伙告诉我他是从莉莲·林登那里拿到我的电话号码。我知道他一定在撒谎。我不知道你们究竟从哪里弄到我的号码，但我已经说得很清楚了，我不会再接受任何媒体的采访。"

比尔在电话那头尴尬地停顿了一下，然后继续说道："啊，霍尔先生，我很抱歉告诉您，您的电话号码的确是林登女士提供给我们的。她之前已经答应参加《头条新闻》的电视专访。她将讲述她和您之间的全部故事。"

戴夫目瞪口呆，只是张着嘴却说不出一个字。难道莉莲·林登屈服了吗？他和莉莲已经有数个月没有联系过了，但是现在的这通电话却引起了戴夫的警觉。当然，戴夫相信莉莲不会像米勒所说的那样将他们之间的"全部故事"和盘托出。对此戴夫并不担心。但是为什么莉莲要参加这样一个以猎奇著称的新闻电视节目的专访呢？戴夫对此百思不得其解。

戴夫用颤抖的手理了理前额的头发，一个巨大的谜团萦绕在他心头。此刻他迫不及待地想打电话给莉莲，想听听她开怀爽朗的笑声，想知道她现在过得是否幸福。他迫切地想聆听有关莉莲孩子们的事情，聆听莉莲的新生活，以及……可是，戴夫知道这一切都不可能实现。他和莉莲之间不会再有联系。那是他们的约定。

"我很抱歉，米勒先生。您似乎很热情，但我实在对此不感兴趣。"戴夫试图用坚定的语气回答道，"我不想再回到媒体的聚光灯下了，我的家人也不想。你们的专访不要找我。"

电话那头传来低低的窃笑声，"您知道吗，她猜您一定会说这样的话，几乎一字不差。太神奇了。"

戴夫的脸上偷偷露出了一丝微笑。莉莲的确有这种神秘的能力，可以在他尚未想到说什么之前就猜出他会说什么。戴夫已经记不清曾经有多少次开玩笑指责莉莲是个巫婆。此刻戴夫的心中既充满幸福又充满期待。这也是为什么他不想谈论莉莲，不想谈论他和莉莲曾经共度的时光的原因。

"好吧，那您可以告诉她她猜对了。再见，米勒先生。"

电话那头米勒快速插进一句话，"请等一下，霍尔先生，还有一件事。林登女士说，如果您不同意接受采访的话，她叫我给您传个口信。"

这样的谈话难道要没完没了了吗？"好吧，你说吧，我听着。说完我就挂电话。"

"她说，"米勒清了清嗓子，停顿片刻，"嗯……她叫我告诉您，'你欠我。'"

这几个字让戴夫极度震惊，像是在他脸上打了一记耳光似的。他伸手抓住身边的柜子保持身体平衡。

戴夫忽然无法按下红色的停止通话键，他也无法说出头脑里所能想到的任何骂人话语。他只是呆呆地坐着，沉默不语。米勒说得没错，他的确欠莉莲，而他欠她的东西只有他们两个人自己知道。

第四章 戴维
第1天

斐济

今天天气风和日丽。棕榈树在风中有韵律地摇晃着。如玻璃般剔透的蓝色海水在阳光下显得波光粼粼，似乎在吸引我走向海边。于是我来了，毫无牵挂。

我此刻所穿的衣服是二十四小时前穿上的。贝丝去年圣诞节给我买的那双褐色皮鞋也穿在脚上。在僵硬的柏油路上每走一步，那双鞋子就会挤压一次我的脚趾。不过，和即将在飞机上所面临的痛苦相比，这点痛算不了什么。

我知道这一定会让杰妮斯和其他员工感到气愤，但我真的很讨厌斐济和阿迪阿达海滩。它们无法使我联想到位于南太平洋中部的一个个小岛，而是只会让我想到在接下来的两个星期里我将被完全陌生的一群人呼来喝去——这群陌生人通常都是老年人。一旦走进那架狭小的喷气式飞机,我就得开始假装自己十分喜欢这群人。

之前赢得"梦想之旅"免费旅游的五个人都是年过七十的老人,我不知道这对于公司会产生什么影响。但至少公司关于"规律性益生菌"的广告宣传是奏效了。我提醒过自己:要在像皮克斯公司①或是苹果公司这样新兴、时尚的公司里找一份新工作。这样我就不用每年去斐济了,也不用向别人讲述老年人是多么容易打瞌睡了。

我想我这一辈子都会对南太平洋地区感到反感,因为此刻我正在前往斐济的路上,除了今年必须得忍受的各种伺候人的服务之外,我想不到其他任何事情。不过,好在今年我只需要忍受一个星期。

就像念咒语一样,我不断重复着:就一个星期,就一个星期。每重复一次,我就往通向机舱的摇摇晃晃的金属台阶上跨一步。我眯着眼朝机舱内部看了看,特丽莎进入了我的视野,尽管机舱内很热,但特丽莎的头发却是一丝不苟,毫不凌乱。看来在头发上抹上半罐啫喱水还是很管用的。能够见到熟悉的面孔总是让人很高兴,更何况,特丽莎的面孔总是那样友善。

"嘿,戴夫,很高兴又见到你了。"特丽莎向我打招呼,"听说你是刚决定要来的。真高兴啊,这次行程

---

① 皮克斯公司(Pixar):美国著名的动画电影公司。译者注

是最棒的——热带私人小岛，到处都是独一无二的美景。真希望我也能做你这样的工作。"

我打了个哆嗦，还好特丽莎没注意到。她此时正忙着把我的背包塞进驾驶舱附近的一个储物柜里。塞好后她转过身，朝驾驶舱的方向点点头，开始用她那甜美的南方口音轻声说道："我可不会让肯特机长贪婪的手伸到储物柜里去的。"

"我猜你和肯特机长已经不在一起了，是吗？"我问道。去年当特丽莎和肯特在一起谈恋爱的时候，她似乎并不在乎肯特乱动乱摸的手。

特丽莎点点头，"是的，不过他的手可不会因此而停止乱摸。"她对自己开的玩笑笑了起来，随即改变了话题，"那么，孩子怎么样了？有照片吗？"

"孩子"这两字像根针似的直扎我的胸口。"我还没孩子呢，特丽莎，还没有。"

特丽莎扭动了一下结实的蓝色鞋跟，嘴角向下歪，仿佛有人强迫她皱眉头似的，她原本自然可亲的脸上露出了愁容。"对不起啊，戴夫。我想……我记得前两次旅程中你说你和妻子正试着要孩子。上次旅程中你还说将准备做试管受精，所以我想……"

我为什么会和别人说自己"试着要孩子"呢？一开始别人还只是开我玩笑，用肘部戳我一下好像明白我的意思似的。但现在别人只会向我投来同情的目光。

"试管授精没有成功。我们正在尝试最后一种办法，然后……"我耸耸肩，我也不知道然后会怎么样。如果我想把自己私生活的所有细节都透露出来的话，我会告诉特丽莎，贝丝现在正处于更年期，我们得使用别人提供的卵子。我还会告诉她，我想领养一个孩子，但是贝丝却一直坚持自己受孕。但是现在我什么都不想说，因为特丽莎不会明白的。没人会明白。

"我真的很抱歉，戴夫。我真的不知情。"特丽莎说道，语气听上去像是在参加某个亲朋好友的葬礼似的。

"没事儿。"我回答道，紧紧捏了一两下手提电脑包上的手柄。"我想现在应该去向机长大人打声招呼了。"

特丽莎拉动了一扇小门上紫红色的长柄把手，门上贴着"紧急"字样的标识。每一次拉动都伴随着塑料把手发出的噼噼声。"好了，你进去吧，你打完招呼后我会把你的饮料拿来。"

谢天谢地，特丽莎转身离开了，她并没有打算进一步向我表达歉意。也许现在我需要和陌生人待在一起。我敲了敲驾驶舱的金属门。没人回答，于是我开门进去了。

"嘿，甜心，给我拿点咖啡来，行吗？"肯特说道，但并未转身。"啊，对了，去确认一下那位公关先生到哪儿了。我们十分钟后就要起飞了，否则就得等上一个小时。"肯特脑袋后的秃斑比我一年前见到时又大了一倍，而他所剩不多的金黄色头发剪得很短。这模样可不太好看。不过这并没有让我感到不悦。

我咳嗽了一声，肯特转过身。他见到我时并没有表现出尴尬。我想肯特这样的人是不懂得什么叫尴尬的。

"嘿，伙计，很高兴你已经来了。现在坐回位子上去，我们要起飞喽。你能替我把门关上吗？"

打招呼结束。为什么我要向肯特这样的粗人打招呼呢？其中的缘由我永远说不清。在把门关上之后，我试图打消掉心中的不快。我一遍又一遍地揉捏着电脑包的手柄，可是这并不管用。

我慢慢地沿着狭窄的过道回到机舱，脸上忍不住露出了微笑。过去几年里我每次在这架飞机上都会待上好几个小时。这里的一切对我而言都太熟悉了，几乎就像自己的家一样。这里所有的瑕疵——盥洗室门上细如发丝的裂缝，过去两年里飞机后部经常不亮的照明灯——对我而言都是那样亲切。

这些小瑕疵只有十分熟悉这架飞机的人才说得出来。除了这些瑕疵之外，飞机的内部倒没什么特别的——五把褐色的皮椅、背后装有可折叠板桌的座椅以及会让你认为在飞行过程中会播放电影的小型屏幕。这些屏幕其实从不播放电影，只是吸引游客的一种噱头罢了。坐在这架飞机里你会感觉自己坐在了一个会飞的鞋盒子里。尽管我讨厌整个行程，但我宁可待在这儿也不愿待在家里。

"你知道规矩的，对不对？选一个自己喜欢的座位坐下，然后系上座位上的安全带。起飞过程中不准打开任何电子设备。如果需要什么就通知我。飞机的前部有点心和小吃。好了，好好休息吧。"特丽莎说道。

"谢谢你，特丽莎。"我其实并没有听她在说什么，因为我正在搜寻机上的旅客。在特丽莎回到飞机前部之后,我把手提电脑包放在了前排第一个座位的下面,而目光则凝视着坐在第二排座位上的两位女士。坐在左边的是一位老妇人,她留着蓬松的浅褐色头发,此刻已经在打盹了。她一定就是玛格丽特·林登。

由于我是后来决定前来陪同这次行程的,所以杰妮斯之前就把她手头的每一位女性客户的资料发给了我好让我熟悉她们的情况。所以我知道玛格丽特的一些事情:她是这次旅行的免费获得者,年逾古稀,住在爱荷华州,带着她的儿媳妇莉莲参加本次旅行。

在过道的另一边有一位年轻女士倚靠在窗边,窗子的遮阳板被推到了最上面。她正捧着一本书,但书名被前排的座位遮挡住了,所以我不知道她在看什么书。我真希望知道她在读什么。这本书使她如此着迷以至于她都没有注意到自己褐色的头发盖住了未施粉黛的脸,而她的脸由于在海滩上晒了一个星期而变成了棕色。不过阳光把她晒得恰到好处,她看上去就像被拍电影时所使用的镁光灯照射着一般。我感到口干舌燥——她真美。

真幸运。我本人对于老妇人一直很友好,我想这是这些年的实践经验造就出来的。但是面对年轻漂亮的女性我总是感到紧张焦虑,我会对她们说一些自己都觉得蠢得令人难以置信的话。我总是喜欢向她们抱怨老年人的种种不是。

我感到太阳穴的脉搏在狂跳。我记得来之前已经将

泰诺①放在包里了，或许特丽莎身边也有泰诺。我揉着两边的太阳穴，努力回忆着有关那位年轻女士的信息：三十岁，玛格丽特的儿媳妇，一位全职太太。我到目前为止还没顾得上看一眼她护照上的照片。我肯定得和她说说话，不过不是现在。现在我需要吃几片药，让自己镇定一下。我猛地从座位下抽出我的包，但弯下身子时我感到头痛比之前更剧烈了。包终于被抽了出来，我使劲站稳脚跟不让自己跌倒。今天还会遇到更糟糕的事吗？我把鼓囊囊的包丢在座位上，然后拉开前口袋的拉链。如果包里放着药片的话，一定就在这里面了。

我的手在口袋里乱摸着，里面有各种杂七杂八的东西——笔，纸片，还有一大堆硬币。我屏住呼吸开始祈祷。如果我听贝丝的话，我会把一切收拾得井然有序，但现在却是一团糟。真是该死。我将口袋的拉链猛地拉上，用的力气很大。此时我注意到有一双翠绿色的眼睛正看着我。原来就是那位捧着书的年轻女士。她抿着嘴，好像在克制自己不笑出来。她挥动了一下手，好像我和她是两个久别重逢的老朋友似的。这都让我感到片刻的紧张。我会记得她的笑容，至少我会记得那笑容曾让我的手心冒汗，让我的关节酸痛。

她将一根手指放在唇边，指了指正在熟睡的玛格丽特·林登，然后做口形不出声地说道："等一会儿。"

"好的。"我回应道，笨拙地竖起自己的小拇指。

---

① 泰诺（Tylenol）：一种可以退热镇痛的药。译者注

我太笨了。

她继续读她的书，而我则坐在自己的座位上，然后把手提电脑放在大腿上。此刻我的头脑中充满着各种彼此矛盾的想法。当电脑的开机声响起时，我略微吓了一跳。

此时我既渴望回家，但却又很高兴自己离开了家。我不知道这两种矛盾的想法怎么可能同时并存，但它们确实真实地并存于我的头脑中。一方面我渴望和贝丝在一起，我希望在中午的时候能发现贝丝的一缕秀发缠绕在我衬衫的纽扣间，或是能听见开门的声音然后从她的脚步声中知道她已回家。然而另一方面，此刻当我坐在这里，独自看着塞满了电子邮件的电脑时，却感到这是我数个月以来最自在的时刻。

我从未想过要个孩子竟会这么难。对别人而言，要孩子是如此容易，是一不小心便能做成的事情。但是对我和贝丝而言，这却是比登天还难。我用力揉搓着自己的鼻梁，仿佛要擦掉那些不愉快的记忆——数个月的争吵、体温检测、图表数据，还有显示负值的妊娠测试。我需要把它们全部忘掉，因为现在正有三颗卵子舒适地睡在贝丝的子宫里。如果它们都能受精成功的话，那么我们就有三胞胎了。三胞胎！我知道自己应该会被吓一跳，但却没有。

能待在这儿真好。现在我和贝丝之间相隔遥远，所以在我回家之前，我们都能彼此冷静一下。在进行完血液测试之后，我们还可以制定新的妊娠计划。如果卵子

受精失败，或许贝丝就会打消怀孕的念头。这样我们又可以谈论领养孩子的话题了。毕竟，拥有一个孩子才是最重要的。我迫不及待想当爸爸了。这次短暂的分离也许对我和贝丝来说都是一件再好不过的事了。

裤子口袋里嗡嗡作响的手机让我吓了一跳。感谢上帝，在上次坐飞机时我已经把手机调到了震动档，否则林登太太一定会被我的音乐铃声给吵醒的。电话也许是亚努斯先生打来的以确认我已经准时上了飞机。在我把手机放到耳边正准备接听的时候，我看到特丽莎的脑袋伸到机舱里望了望，然后皱了一下眉头。

当手机再次震动时，特丽莎做口型说道："两分钟后起飞。"我点点头，摁下了通话键。

"喂？"

"戴夫吗？"那是贝丝沙哑但却激动的声音。

"是的，怎么了？"

"我想听听你的声音。"在电话里贝丝轻轻叹了口气，好像听到我的声音能使她放松下来似的。"昨晚是我这一生中最糟糕的夜晚。我真希望昨晚你能在我身边。"贝丝的声音哽咽住了，这让我稍稍坐直了一下身子。

"发生什么事了，贝丝？"

"我很抱歉，戴夫……我不知道自己怎么了。我……我昨晚开始流血了，今早我去看了医生。医生说……他说卵子没了。"贝丝说出那几字时的语气像是在赶走某个不速之客似的。

我把脸转向机窗，轻声问道："什么意思？怎么会发生这种事？他们不是说我们得再等一个星期才能知道结果吗？"

"我忘了注射。"贝丝带着哭腔咕咕哝哝地说道。

"什么叫你'忘了'？"我质问道。贝丝完全明白注射荷尔蒙有多么重要，因为她的身体无法生成足够使其怀孕的荷尔蒙。这一点哈特医生之前已经向她解释得很清楚了。

"我也不知道为什么，但我就是忘了。你没在我身边提醒我，而且我的工作也实在太忙，每次注射荷尔蒙都让我筋疲力尽。我给忘了，就是这么回事。我告诉过你别走，我需要你在我身边。"

"你怎么能忘记呢，贝丝？这可不像早上忘记喂狗这么简单啊。那几颗卵子可是我们的孩子啊。"我原本想尖叫一声"我的孩子"，不过在脱口而出之前我及时忍住了。"你忘记注射几次了，嗯？"

"三次。"贝丝轻声回答道。

三次。我真是不明白。我离开她不过才二十个小时，又不是两天或三天。贝丝前两次"忘记"注射荷尔蒙的时候，我就在家里。我当时还问她每次注射完之后感觉如何，我把她当婴儿般照顾着以确保她一切正常。贝丝当时告诉我，她每天都会拜访她的护士朋友史黛丝。史黛丝会帮她注射荷尔蒙，她体内的卵子是不会受到任何伤害的。贝丝当时为何要撒谎呢？

我感到无法呼吸了。我以前从未经历过缺氧导致的幻觉，但此刻我一定正在经历幻觉，仿佛整个机舱的氧气快消耗完了，仿佛四面的墙壁正在向我围拢。我用手使劲扯着衬衫的领子，我拼命拉扯着，内心正与一个我不愿相信的念头进行着抗争——这一切都是贝丝故意做的。我将额头依靠在冰凉的飞机窗户上。我拿着手机的手颤抖着，我竭尽全力控制自己，使自己能够冷静地讲话。

"戴夫，亲爱的，你在听吗？请别对我发火，好吗？亲爱的，跟我说说话，好吗？求你了。"贝丝的声音在我耳边摩擦着。

飞机忽然启动了，猛地一下将我甩回到了现实。在我和贝丝通电话的时候，飞机的舱门已悄无声息地关上了。特丽莎站在机舱和驾驶舱之间。她的脸上又露出了同情的表情。她指了指我手上的手机，提示我关机，因为飞机马上要上天了。

"我得挂电话了。飞机马上要起飞了。"对于自己粗暴的语气我自己都感到很惊讶。

贝丝很响地啜泣了一声，"好吧。过会儿打电话给我，好吗？"

"好。"

"我爱你。"贝丝轻声说道。

可我却无法对她说出同样的话。

第五章 莉莲
此刻

"那么,请告诉我,为什么玛格丽特会叫你同她一起旅行呢?"吉薇芙娜·兰德尔问道,她继续对莉莲刨根问底。

"她说我需要休息。我们以前从未一起旅行过,所以我们两个都觉得一起旅行会很有趣。"莉莲回答完毕时搓了搓手,假装自己认为去斐济旅行要比第一天送丹尼尔上幼儿园更有意义。

"你们在斐济的头一个星期一切都还顺利吗?"兰德尔问道,她精心勾画的眉毛紧皱着,她期待更多细节性的描述。在罗列着问题的清单上这个问题的下方用圆括号标出一个注解:尽可能详细。莉莲之前和杰瑞尝试过，她把有关自己和玛格丽特一起旅行的全部细节向杰瑞一一进行了描述。当莉莲描述完时，杰瑞的眼中满含泪水。他之前从未听过如此动人的故事。

"是的，一切都很顺利。斐济这座小岛很漂亮，那里的居民也出奇地友善。卡尔顿公司从公关部找来一个人一直陪同我们，这让我们的旅行变得非常舒适愉快。头一个星期我们乘坐直升机周游全岛，坐帆船去看海上日落，还有上潜水课。当然潜水课是我上的，而玛格丽特只是游游泳，晒晒太阳。不过更多的时候我们则是吃吃喝喝，慵懒地躺着。"说到这儿，莉莲的脸上浮现出了真正的笑容。

"那么第二个星期你们是在哪里度过的？"

莉莲脸上的笑容消失了。恐惧和懊悔使她原本清晰流畅的话语声变得颤抖起来，"是在一个法属玻里尼西亚群岛①的一个私人小岛上，好像叫阿迪阿达什么的……对了，叫阿迪阿达海滩。这是卡尔顿公司安排的。"

"你能否详细说一下为了让你和你婆婆去那个私人小岛，公司都做了哪些安排？"兰德尔问道，她将坐在椅子上的身子向前倾。她知道这是很重要的内容，也是吸引观众提高收视率的内容。

莉莲咽了一口唾沫。当她回答问题时，她感到自己闻到了混合了飞机燃油和被阳光烤化的柏油路的气味，"公司为我们安排了一架喷气式飞机。"

---

① 法属玻里尼西亚群岛（French Polynesia）：位于中太平洋的一个群岛。译者注

然后兰德尔问了那个莉莲最怕回答的问题，那个问题将开启之后所有的谎言。

"在飞机上发生了什么事，莉莲？"

莉莲清楚地知道，当自己接受这次专访时对方期待着怎样的回答——泪水，痛哭，如果够幸运的话，也许还有精神上的启迪。这就是他们所期待的。

"一开始一切都很正常。在我们上飞机之后，玛格丽特吃了一片安眠药，然后就睡着了。特丽莎，也就是那位空乘服务员，拿来我们要的饮料。我一直在读一本书，我想戴夫当时应该在忙着他的工作吧。老实讲，一切都很平静。"

为什么说到"老实"一词时自己竟没被噎死，莉莲也不得而知。"老实"一词并不能形容莉莲此刻所编织的谎言，但它听上去很不错。如果莉莲够老实的话，她此时会说飞机上的那三个小时忽然感觉就像短暂的瞬间，就像是自己想象出来的幻象但却又真实发生在自己身上。那时所发生的一切就像一场永远都醒不过来的虚幻的梦。

然而，莉莲从未打算老实交代一切。

莉莲试图重新整理思路。这并不能帮助她确切地去思考那些真实发生过的事情。这一刻她自己也无法确定真相到底是什么。她只记得那是在夜里，在一片黑暗之中。莉莲并没有在聆听兰德尔所询问的那些关于飞机多久起飞以及要了什么饮料等空洞的问题，此时她的思绪正处于黑暗之中，因为她知道接下去会发生什么。在阳光明媚的时候思考这些问题可能会更容易些。

"现在,请告诉我,莉莲,最初是什么迹象让你感到可能会发生灾难的?"

兰德尔期待的目光让莉莲感到气愤。她曾在许多采访者的目光中看到过这种眼神。自己人生中最可怕的经历却成为了采访者们升迁的期望。想到这点,莉莲就感到愠怒。在继续回答问题前,莉莲一直在用手抚平牛仔裤上那条本不存在的褶皱。

"我们当时都坐在座位上,离目的地还有四十五分钟的行程。忽然从飞机的右侧传来一阵巨响,好像撞到了什么东西似的。可是窗外除了云雾什么都看不到。"

"那么,之后发生了什么?"

"特丽莎,也就是那位空乘服务员,她从飞机厨房里跑出来,告诉我们飞机的一个引擎出了问题,但我们不会有事。她叫我们扣紧安全带,因为我们可能会在座位上坐一段时间。"

"你们当时一定很害怕吧。"兰德尔问道,紧皱着眉头。如果兰德尔的脸上没有打肉毒杆菌的话——她整张脸都注射了肉毒杆菌——她的额头此时应该会露出深深的皱纹。她问的每一个问题都更像是一种期待而非询问。此时兰德尔的头歪到一边,看上去就像一条乞求食物的腊肠犬。

"我可不会给你食物,小狗狗。"莉莲这样想着,随即回答道:"我相信特丽莎。我的意思是,我以前从来没有坐过小型私人飞机。特丽莎是空乘人员,我有什么可担心的呢？我听她的话扣紧座位上的安全带，试着不去想其他事情。"

莉莲把双手放在膝盖上，她的手在微微颤抖。这是数个月以来她第一次撒了一大谎。她的大脑此时正努力回想着所有细节。她现在需要做的就是避免兰德尔发现任何矛盾的描述，因为这个女人十分关注细节。

"好吧，那么，你什么时候真正意识到了呢？我是说，什么时候你知道自己真的面临灾难了呢？"

"飞机开始下降，飞机当时飞入了暴风云团里而不是飞在它的上面。气流冲击得十分剧烈。"莉莲咕咕哝哝地说道，"扩音器里传来机长的声音，他告诉我们用手抓住某个东西以免摔倒。现在想来当时的一切都那样不真实，我都不知道究竟发生了什么。"

"面对这种生死攸关的情况，你当时首先想到的是什么？"

莉莲看着自己光亮的指甲，思考着该如何回答这个问题。她真希望滑落在脸上的头发能够庇护自己。

"我当时想到了我的家人，想到了那些还没来得及说的话和做的事情。然后我又想到了该如何躲过这场灾难，如何死里逃生。"

兰德尔的嘴角抽动了一下，露出令人厌恶的微笑。莉莲觉得，兰德尔在咬牙切齿地问问题。

"面对灾难，飞机上其他人当时在做什么？你婆婆玛格丽特当时在干吗？"

"玛格丽特被颠簸的气流惊醒了，但是仍然迷迷糊糊。我和她的座位之间隔了一个过道，当时机舱里噪音太响了，我们没办法说话。不过当肯特机长要求我们用手抓住东西时，我紧紧抓住了玛格丽特的手。我想告诉她我爱她，我们会平安无事的。戴夫当时坐在前方，我看不到他在做什么。"

"那么，特丽莎呢？她在做什么？"

特丽莎？莉莲想起来，那是在她回家后的第三个月，当时她坐在飞往加州的一趟航班上，她觉得自己又看到了特丽莎。一位空乘服务员在机舱的过道上走来走去，为乘客拿饮料，她脸的一侧披着小麦色的秀发。

加州之行是莉莲自那次灾难之后第一次坐飞机，当时她服用了心理医生为她开的镇定类药物，所以整个人处于一种半睡眠的状态中。莉莲不愿抛下杰瑞和孩子们一个人坐飞机，但是杰瑞当时无法陪她。于是吉尔坐在莉莲身边陪着她。

正是在那趟航班上莉莲听到了特丽莎的声音。

"啊，我来了，我能为您做什么？"一个熟悉的南方口音问道，那声音不会有错。

"特丽莎？"莉莲迷迷糊糊的声音忽然变得尖锐起来，"是你吗？"在那一刻，莉莲几乎满怀期望，同时又感到极度困惑，直到她看清楚那张脸。

"我不叫特丽莎，我叫珍。不过，您喜欢的话也可以叫我特丽莎。"那位空乘服务员开玩笑似的向莉莲眨眨眼睛。

"我什么都不需要。"莉莲含糊地说道。吉尔向那位服务员说了声抱歉并为莉莲点了一杯苹果汁。莉莲慢慢睡着了,她确信刚才看到的是特丽莎的鬼魂。

莉莲将这模糊的记忆从脑海里赶走,然后装出一副镇定自若的表情。就像坐过山车时准备好即将出现的垂直下落一样,莉莲已准备好面对接下来急转直下的状况了。这一状况即将出现,这是其他人都喜欢而唯独莉莲自己最厌恶的状况。对莉莲而言,这一状况既不令人振奋,也不令人激动。它简直就如同坠入深渊一样。

"特丽莎当时在驾驶室里,和肯特机长在一起。在机长通过扩音器通告我们之后,特丽莎回到机舱,和我们大家一样坐在座位上紧扣安全带。"

兰德尔将身子向前倾,脸上流露出嘲讽却又关注的神情。"莉莲,我知道这有点为难,但请描述一下特丽莎是怎么死的。"

第六章 莉莉
第1天

航班 1261

空乘人员站在飞机的前部，快速地向我们讲述如何扣紧座位安全带和如何使用救生装备，但我什么都听不进去。我一直看着戴夫·霍尔。他正靠在窗边，凝视着窗外。我看不到他的脸，但是当特丽莎演示如何使用氧气罩时，我看见他揉搓着太阳穴，然后用手擦了擦脸颊，好像在擦拭眼泪。

演示完之后，特丽莎坐在我前方的一个座位上，她系上安全带准备好起飞。此时没有人说话。飞机正在攀升，戴夫·霍尔全身僵硬地坐着，慵懒地靠在窗边，看着下方的大海。飞机上升的冲力使我牢牢贴附在座位上，让我心甘情愿地随之升入高空。透过窗户我看了斐济最后一眼，炙热的白色沙滩环绕着碧绿的陆地，宛如一串珍珠，其余则都是闪烁着宝石蓝的海水。

飞机终于平稳飞行了。我又拿起了书。这是一本浪漫小说。虽然不是我常读的小说类型，但在我的背包口袋里却放着十本这样的小说，这是其中最便宜的一本。我当时正在读一段浪漫的爱情戏。我感到有点害羞，所以迅速跳过那一页，想找没有情色内容的章节来读。

然而，在我头脑里却始终萦绕着戴夫·霍尔的那句话：那可是我们的孩子，你怎么能忘记呢？我将书合上，叹了一口气，用手理了理杂乱的头发。这将会是一次漫长的航行。

机舱里响起了清脆的叮咚声。特丽莎解开安全带，她从座位上站起身面对着我们。

"现在各位可以使用电子设备了，但请不要用手机打电话。"特丽莎说道，她看了看戴夫，好像有什么话要说，但是她想了想，然后悄悄回到了机舱的厨房。

我无法集中精力阅读。于是我拿出背包，从里面猛地将一台厚重的黑色手提电脑抽出来，然后放在大腿上。通常我不会带电脑去海边度假，但是杰瑞帮我下载了一个通讯软件。通过这个软件我每隔一天就可以了解孩子们上学的情况。虽然这和亲自陪孩子上学的感觉并不一样，但总比打电话强。

我从背包里又拿出一个银白色数码相机，然后用一根长电线将它和电脑连在一起。之前我已通过电子邮件将斐济之旅的相关照片和旅行经历发给杰瑞并让他给孩

子们看。在日常生活中我可不是经常有机会进行冒险式旅行的。尽管我的日常生活很舒适,但是能向孩子们证明我不仅仅只是一位全职妈妈,这也是一种十分有趣的感受。

之前每当想到将错过送丹尼尔去上学,我就感觉很难受。在把孩子们送去学校后我将结束自己作为全职母亲的生活。现在我必须得自己做出决定。杰瑞一直认为我无须出去工作,但我也无须围着各种家务转,例如洗衣服或是擦拭银器等。吉尔之前一直求我回到学校做兼职老师,给那里的学生上历史课,她甚至答应让我教原来的班级。这样的话,我至少有地方可以摆放我所有关于美国南北战争的书籍了。可是,我不知道自己是否准备好再次成为一名教师。作为教师,我必须得和学生打交道,更可怕的是,还必须得和学生的家长打交道。

杰瑞认为我应该去大学攻读硕士学位。我之前曾在一所法学院攻读过硕士课程,但后来放弃了。以前一想到自己将再次成为一名学生,我就感到十分恐惧。这种感觉就好像有人让我从悬崖上跳下去似的。但在这次斐济之旅中,我从塔韦乌尼岛上一个六十尺高的悬崖跳入下方的海水中。与这次跳水经历相比,攻读学位那点事又算得了什么呢?

在照片一张张从相机传入电脑的过程中,我偷看了一眼戴夫·霍尔。他的大腿上此时也摆放着一台手提电脑,但他的目光似乎并没有聚焦在电脑蓝色的荧光屏上。他正凝视着前方墙壁上的某个点。此刻他为何看上去如此憔悴？

我感觉自己迫切地想去帮他。我可以坐在特丽莎先前坐的座位上和他聊上一两分钟。当然，一两分钟的聊天无法改变他的生活或是这个世界，但至少可以让他振作一些，这就足够了。杰瑞无法容忍我这种强烈的助人为乐精神，可是我自己也控制不住自己。我生来就是一个乐于助人的人，可能到死都是如此吧。

在看了熟睡中的玛格丽特好一会儿之后，我悄悄沿着过道朝特丽莎先前坐的那个座位走去。当我一屁股坐下去的时候，我的大腿撞到了座位的扶手。我轻轻叫了一声，然后系上座位上的安全带。戴夫看了我一眼，脸上露出惊讶的表情，他原以为是特丽莎回来了。此时我不知道该做什么，于是只好伸出手。

"您好，我叫莉莲。"

戴夫凝视着我的手，好像以前从没见过人手似的。难道我主动伸手有什么不对吗？在我把手缩回来的时候，戴夫迅速合上电脑并把它塞到座位下面。然后他像刚从睡梦中清醒过来一般用很大的力气牢牢握住我的手指。我将身子向前倾，因为我可不想手臂脱臼。

"您好，林登夫人，我是戴维·霍尔。"他说话的语速很快，听上去很含糊，"您也可以叫我戴夫。我来这儿的目的是让各位能有一次美妙的旅行。你们有任何要求，可以随时吩咐我。"他拍拍胸脯继续说道，"随时听候您的差遣。"

"戴——夫"我慢慢地念着这个名字，"有任何需要我一定会告知您的。我过来只是想跟您打声招呼。您可以继续忙您的工作了。"我要回去了,可戴夫仍然紧紧握着我的手。

戴夫的脸变得阴沉起来,紧握的手开始松开了。"我有点让人讨厌,是不是?"戴夫眼神中的绝望渗透进了他说话的语气里,"我很抱歉,可能我又让人讨厌了。"

显然我似乎让戴夫的心情变得比之前更糟了。真是糟糕,看来我并不善于帮助他人。

"听着,"我说道,使劲把手抽回来,"我现在要回自己的座位了。很高兴认识你,戴夫。"

"林登夫人,请别走。"戴夫喊道,伸出一只手又把我招呼回来。"我会把我的工作做好的。"戴夫说道,他手上戴的戒指闪烁着金光,这引起了我的注意。

那枚戒指和杰瑞手上的戒指太像了。在任何一家希尔斯①首饰零售店花五十美元都能买到这样的戒指。和杰瑞的戒指一样,戴夫的这枚戒指由于戴的时间久了,原本闪闪发光的外层已变得黯淡无光。我还记得在买那枚戒指的时候,售货员小姐告诉杰瑞,他随时都可以来店里进行免费抛光。然而,随着我和杰瑞的婚姻日复一日,年复一年,我开始喜欢那枚戒指黯淡无光的表面了。戒指表面的每一道刮痕象征着婚姻中的每一天,那是我们共同生活的记忆。我无论如何都不想把这些刮痕去除。此刻我为什么会注意到戴夫手上的那枚戒指呢?我的视

---

①希尔斯(Sears):美国经营各种零售商品的连锁店。译者注

线已经无法移开了。

"不，不，我的意思是你不要因为我而心情沮丧。"我极力辩解道，试图让戴夫的心情变得好些，"到本周末我自己的心情也可能会变得很沮丧。到时我们大家都会因此而变得沮丧。"

戴夫斜着眼看着我，脸上露出微笑，"你知道吗，你刚才说的应该写在你的个人资料里。那会提醒我要对你保持警惕。"

"我的个人资料？"我问道，我想他是在开玩笑，"你是说，你一直都在窥视我，是吗？公关先生？"

"不是的。是卡尔顿公司在窥视你。我只是看了他们给我的客户资料而已。我可是清白的呀。"

戴夫举起手，好像要做出防卫的姿势。他对我微笑着，我第一次仔细地打量起他。他和杰瑞差不多高，中等身材，但由于额头前留着近乎乌黑的卷发，他看上去似乎比杰瑞要高一两英寸。他近似天然的黝黑肤色非常光滑，眼睛是深蓝色的，长着一圈黑色的睫毛。

戴夫并非完美无缺。当他微笑的时候，他的鼻子会歪斜到一边，身上似乎有一些赘肉。不过，他已经足够迷人了，以至于我总是莫名其妙地想靠近他。

"我真的是清白的呀。看着我的眼睛。"戴夫说道。我笑了起来，试图控制住自己不安的神情。"如果你每年都要进行一次这样的旅行，我想你也一定会努力获取客户的资料。"戴夫扬起眉毛继续说道，"没错，是我让杰妮斯把你的资料传给我的。"

戴夫将肘部放在座椅的扶手上，双手交叉着。他模仿起我的坐姿，黝黑的皮肤之下显现出强健的肌肉。他傻傻地笑着，他看我的眼神使我不敢直视他。

"这样吧，莉莲，"戴夫说道，他压低嗓音，"既然我看了你的资料，我也让你看看我的。"

他的这句话仿佛脱离了时空，好像只在我的耳边回荡。他是在和我调情吗？已经很久没有异性——除了我丈夫杰瑞——对我说过这样挑逗的话。我已经记不清被异性挑逗是何种感觉了，我也不知道对此该做出怎样的回应。啊，上帝啊！他是不是认为我也会和他调情呢？

不行！不行！绝对不行！我转动着手指上的婚戒，共转了三次。我竭尽全力想要消除那句话对我的影响。也许我只需把它当成一个玩笑？或者告诉戴夫他刚才的话让我感到不舒服，告诉他我是个有夫之妇？接下来我还得和这个男人在一个小岛上待七天，所以不管怎么样，我都不能显得很尴尬。

当我要说话的时候，戴夫的脸变得通红，"我很抱歉刚才的话。我那样说话实在不成体统。我的意思并不是……我是想说……这听上去有点……嗯……"他用手拍了拍自己的嘴巴，显得不知所措，"我想我还是闭嘴吧。"

我笑了，整个人变得轻松起来，"你刚才的话的确听上去有点……"

戴夫也开始笑了，"只是看看资料而已，我可没想打你的坏主意啊。"

他的话显得那样好笑,我不禁大笑了起来。我的笑声一下子变得很响亮以至于特丽莎把头探进机舱,带着疑惑的眼神看着我们。于是我们的笑声变成了咕咕哝哝的喘气声。

"对不起,"我喘着气说道,仍然笑得接不上气,"我坐在你的座位上了。"我用力扯着座位上的安全带,我此时故意让头发遮住我红彤彤的脸颊,因为特丽莎疑惑的神情让我感到十分尴尬。

"没关系,看来你们两个已经彼此很熟悉了。"特丽莎语带嘲讽地说道,这语气让我真想找个地缝钻进去。"你们两个要喝点什么吗?"特丽莎问道。

我乘此机会迅速转变话题,"我想要含有咖啡因的冰饮料。"

"那么,你呢?"特丽莎指着戴夫,眼中闪烁着期待的光芒,"来杯啤酒,怎么样?"

"只要水。谢谢。"戴夫回答道。他的双肩松垮下来,先前的烦恼又重重地压在了他身上。我觉得他现在需要喝烈酒而不是喝水。

特丽莎很快就将我们要的饮料拿来了。我和戴夫此时都假装不看对方。可是,当我们一拿到装着饮料的塑料杯,戴夫就朝我坐的方向举了举杯。

"祝我们在天堂般的私人小岛旅行愉快。"戴夫说道。

"干杯。"我回应道,举起手中的杯子与戴夫手中的杯子轻轻碰了一下。

戴夫将杯中水一饮而尽，然后摆弄起那个空杯子，而我则是小口慢慢品尝着我的饮料。我此时注意到戴夫的指甲剪得很短而且磨得很亮，这足以证明他做过指甲保养。看来他绝不会来自密苏里州。

"林登夫人，"戴夫说道。我立刻凝视着自己杯子里的碳酸饮料，希望他没注意到我在看他。

"你可以叫我莉莲。这里有两位林登夫人，容易弄错对象。"我等着戴夫继续说话，但他却一直看着自己手中的空杯子，好像在等杯子开口说话似的。"戴夫，你还好吧？"我轻声问道。

"啊，是的，我还活着。我很抱歉之前在电话里说的那些话。我知道你们都听见了。我妻子和我正打算要……"

我抬起手，示意让他无需说下去，"戴夫，你不必告诉我。我可不是来这里打听别人的私事的。我只想确定你一切都好。"

戴夫抿着嘴，脸颊上细细的皱纹勾勒出一个浅浅的微笑，"谢谢你，莉莲。"他低头看了看手中的空杯子。我猜想他的那些难言之隐足以灌满整个杯子吧。"我很感谢你的理解。我是说，你在资料里说你想成为一个帮助他人的好人。"

我用手指戳了一下戴夫的肩膀，偷偷笑起来。"本周末以前你得让我看看那份资料。"我说道。戴夫笑了，他男中音般的笑声与我的笑声交织在一起。

然后我和戴夫就像相识多年的好友那样开始聊起

来。聊天时我们轻松地避开了严肃的话题。我说着有关我的家庭、丈夫以及孩子们的情况，并将我钱包里能找到的每一张照片都拿给戴夫看。戴夫则向我讲述了他的一次疯狂经历——一位获得免费旅行的游客曾在喝醉的状态下企图勾引他，而那位游客和玛格丽特一样也是八十二岁。我们就这样不断地聊着天，不知不觉地天色变暗了。太阳开始西沉，一抹粉红色的余晖照射在我们视野前方的云彩上。

"哇！哇！多美啊。"戴夫看着窗子下方那片不断变化着颜色和明暗的云彩。就在我刚感叹完这一美景的时候，传来了一声巨响。机身突然朝一边倾斜。我本能地低下头并用手抱住头。

"到底发生什么了？"

当我抬起头时，看见戴夫一动不动地坐在座位上，正目不转睛地看着窗外。"我……我看到有烟冒出来了。我想……我想是飞机……着火了。"

"戴夫，"我用母亲对孩子的口气说道，"我确信我们会没事的。你有认识的人死于空难吗？当然没有，是不是？我们会平安无事的，我向你保证。"我说话的口吻就像一名幼儿园老师在向一个受到惊吓的孩子解释简单的道理，例如你害怕黄蜂，但黄蜂其实更害怕你。

然而，我并不敢确定我们会没事。我朝后排的座位看了看以确保玛格丽特没事。玛格丽特的头向过道一边歪着，她的胸膛正上下均匀起伏着。看来即使刚才这样巨大的响声也无法将她吵醒，可是她在旅行过程中却为什么抱怨酒店地下室太吵而非要睡在客房主卧室里呢？我由于担心来不及对她翻白眼。谢天谢地，她系上了安全带。

特丽莎冲进机舱。"我要告诉各位，刚才飞机遇到了一些机械故障。不过幸好我们离目的地只有四十五分钟的行程。机长认为我们不会有事的。请各位确认是否已经扣紧了安全带。机长说我们会平安无事的。"特丽莎忽然不说话了，她的头朝一边歪了一下，"嘿，那是你的电脑吗？"

她是在跟我说话。我把电脑放在我身后的座椅上，完全把它给忘了。

"啊，是我的电脑。不过已经关机了。我发誓刚才我没有上网。"我辩解道，因为我忽然意识到刚才的机械故障可能是我引起的。

特丽莎笑道："你没做错什么。方便的时候把电脑放到座位下面，可以吗？我们可能会遇到……颠簸。不过，我们不会有事的。"

特丽莎实在过于冷静了。我看不出有任何迹象表明我们会"没事"。飞机的引擎出了故障正冒着浓烟，并且还发出足以颤动整架飞机的震耳欲聋的响声。如果我们到不了目的地的机场，该怎么办？如果这个机械故障非常严重，该怎么办？

戴夫似乎对特丽莎说的话也有疑问。"特丽莎，到底是怎样的机械故障？"我看得出戴夫在故作镇定，但是他说话时颤抖的声音却透露出他的焦虑。

特丽莎不停地换着站姿以保持身体平衡。飞机忽然朝一边猛地倾斜。

特丽莎冲向盥洗室,但却重重地跌倒在地板上。机舱的灯一下子暗了。整架飞机发出呻吟般的碎裂声。它就这样呻吟着直到被完全撕碎为止。

当我确定飞机将一头扎进海里的时候,机身却忽然保持了平衡。机舱里的灯光不停闪烁着。在昏暗的黄色灯光下,一切都显得出奇地正常。戴夫的头发有点凌乱。特丽莎没事,她正从地板上站起来。

"我可不管肯特会说什么了。大家有权知道真相。"特丽莎喘着气说道。她十分专业地用脚后跟保持着身体平衡,将手撑在机舱的墙壁上。"飞机掉了一个引擎,我们可以靠剩下的一个引擎飞行,但却无法保持飞行高度。所以我们无法飞在云层之上,我们可能会飞入云层或是飞在云层下方。"然后她深吸了一口气说道:"我们现在正在穿越一个暴风云团。"

一道闪电划过窗边,机舱里的灯光变得忽明忽暗。飞机又开始颠簸了,这使得座位上的安全带紧紧勒住了我的臀部,系着短裤的尼龙腰带则深深嵌进我的腰里。戴夫此时紧抓着座椅扶手,他的指甲都变白了。

飞机晃动着,特丽莎也摇晃起来。"特丽莎,坐到你的座位上。"我用手慌乱地扯着安全带。

特丽莎摇摇头,在机身剧烈摇晃的情况下她大声喊道:"别解开安全带。那太危险了。"

忽然机舱里如同失去了重力,我们所有人都被向上抛掷，紧扣住的安全带将我们固定在座位上。又一道闪电在飞机旁划过。当飞机再次保持平衡时，我发现特丽莎躺在了地板上，和先前摔倒时一样。她的头发盖住了脸，但透过凌乱的发丝我看到她的眼睛一眨不眨地正盯着我看。她的右臂斜在身后，看上去就像一个折断了手臂的牵线木偶。她的脑袋向肩膀的方向大幅度歪斜着，几乎贴在了肩胛骨上。她就这样一动不动地躺在机舱底部，如同一个断了牵线的木偶。

"特丽莎！"我大叫道，试图在不解开安全带的情况下靠近她。飞机又开始下降了，它痛苦地呻吟着，仿佛拒绝向外力屈服。

"戴夫！"我叫道，希望他能有办法，或许他有降落伞或是拥有超能力。但是戴夫紧闭着双眼，他仿佛在祈祷。或许此时我也应该祈祷。

"戴夫，戴……夫……"

戴夫突然警醒过来，死死地盯着前方似乎已无生命迹象的特丽莎。"发生了什么？"戴夫问道，显得十分茫然。

"特丽莎死了。"我喊道，"我想她的脖子被撞断了。"

"啊，上帝啊，上帝啊！"戴夫高声喊道，"现在该怎么办？怎么会这样？"

机舱的扩音器里传来了肯特机长的声音，好像他一直在听我们说话似的。肯特说话的声音冷静而沉稳，仿佛是在读一篇文稿。如果此刻他知道特丽莎就躺在离他不过几尺远的地方，或许他就不会如此冷静了。

"由于机械故障,我们将要紧急迫降在海面上。请各位系紧安全带,挺直身体坐在自己的座位上,穿上座位下面的救生衣。迫降水面前请不要给救生衣充气。穿上救生衣后,请按照特丽莎的指示,蜷曲身体并找到紧急逃生口。"扩音器啪地一声关了。

我们正在下坠。我无意识地迅速穿上橘红色的救生衣。我知道不会再有人穿这件救生衣了,因为它将和我一起粉身碎骨。我再也见不到我的家人了。

上次和家人在一起的时候,我都和他们说了些什么?我有没有告诉杰瑞我多么爱他,有没有告诉他他是我的最佳伴侣?为什么之前就这次旅行我要和他争辩呢?啊,上帝啊,杰瑞对此一定会深深自责的。

乔西,我的大儿子。在他从医院抱回来之后的整整一个月里,我都把他紧抱在怀中。即使在他睡觉的时候,我都不愿将他放下。以前每天晚上我都会紧紧裹着他娇小的身体,用我的大腿和手臂为他营造出一个摇篮。我喜欢看他每次呼吸时上下起伏的小胸脯。现在我看不到他长大成人了。还有小儿子丹尼尔。他的指甲缝里总是塞满打土仗的泥土,他总是第一个对我开的那些愚蠢的玩笑哈哈大笑。他今后还会记得我吗?

我将救生衣的最后一个纽扣系上,小心翼翼地不去碰那根连接着电脑和数码相机的白色电线。这时我记起来——玛格丽特,上帝啊。我之前沉浸在和戴夫的聊天之中,完全把我的婆婆给忘了。我想回头看,可是飞机下坠的重力使我无法动弹,下坠的重力使我的眼泪一股一股向上流入发丝里。我为什么还要挣扎呢？也许我应该祈祷，平静地接受这不可避免的毁灭。也许对玛格丽特而言，在度过了一次美妙的旅行之后便安然死去也不失为一种最佳的死法。

然而，我的内心深处却升腾起一股倔强之气，它扫除了我所有的恐惧和困惑。我不能屈服。我要为自己和玛格丽特抗争到底。于是我极力扭转脑袋向飞机的后部望去。

"玛格丽特！玛格丽特！"我叫道。玛格丽特已经醒了，但她完全不知所措，"妈妈，我在这儿！"

玛格丽特毫无头绪地到处张望，然后她看到了我。她向我伸出手，可是同样被飞机下坠的重力牢牢固定在座位上动弹不得。"莉莲！到底发生什么事了？"

"我们将要迫降在海面上。听着！穿上救生衣，它就在你座位下面。"

"我动不了，"玛格丽特无力地扭动着身子，"我动不了……上帝啊，求你带我回家吧。"她闭上双眼，"带我去找查理吧。"

"别啊，玛格丽特，别啊！你不能放弃。我不准你放弃。穿上救生衣，快穿上！"

玛格丽特的脸上满是泪水。"告诉杰瑞，告诉孩子们，我爱你们。"

周围的一切仿佛在爆炸。一道金属般的闪电飕地从我头上划过，然后击中了飞机的另一侧。机舱内飞舞着纸屑般的银白色碎片，那是我的数码相机。这预示着大毁灭即将开始。原本支撑住我的座椅和墙壁此时变得形同虚设。特丽莎之前告诉过我们如何抓住物体使自己保持平衡,但是此刻我头脑中却是一片空白。

一个坚硬的东西击中了我的肩膀,它的冲击力使我喘不过气。我不停地大口吸气,将身子蜷缩在座位下,用手臂紧紧抱住大腿。

我们像撞上了一个巨大的减速障碍物,这冲击力使我的手臂几乎都抱不住大腿。第二个引擎,也是唯一还在运转的引擎,此时由于里面灌满了海水而发出呜呜的轰鸣声,最后它停止了运转。伴随着一阵抽搐,整架飞机停了下来。

海水渗透进我的运动鞋里,这使我意识到自己还活着。我很快扫视了一下周围,周遭一片漆黑。

我解开安全带,挣扎着站起来,我的双腿在颤抖。我抓住一个座椅靠枕,开始在水中艰难前行,灌入的海水已经有数英寸深。忽然一个声音打破了周遭的死寂。

"莉莲?是你吗?"

那是戴夫的声音,听上去好像他还在座位上。看来我不是无依无靠的。在这种情况下无依无靠简直和死亡一样令人感到恐惧。

"戴夫,感谢上帝!你必须得离开座位。飞机正在下沉。"不知为什么,我说话的语气显得如此镇定。"玛格丽特,你听见了吗?我们必须得离开这儿。"我朝身后喊道,那里一片漆黑。

"等等,"戴夫喊道,"我需要你帮忙。我……我解不开安全带。"

"好的，你坚持一下。"我跨了两大步，撞在了戴夫身上。我用手托起他的脑袋。他的额头又湿又黏。他流血了。我没去管他流血，手沿着戴夫的上衣摸索着，不知怎的我不愿意把他的衣服弄脏。我终于把他座位上的安全带解开了。我向后退了几步，可是戴夫坐着一动不动。此时海水已经没过了我的小腿。我开始变得焦虑起来。在飞机迫降海上之后，我就再没听见玛格丽特有任何动静。现在我应该去帮帮她。

"我头昏极了，站不起来。"

"我在这儿。"我抓住戴夫的双臂试图将他从座位上背起来。"你必须得站起来。"

我用尽了力气直到感觉肌肉像火烧般疼痛。戴夫终于站了起来，但无法站稳。他将头靠在我的头上，我感觉自己的下巴快被压进喉咙里了。"戴夫，醒醒！求你了，快站直了！"我喊道，并轻轻地摇晃他。海面上的浪一个接一个向飞机打来，机身左右摇晃着，大雨则猛烈地打在金属机身上发出巨大的响声。蓝色的故障信号灯开始诡异地闪烁起来，这使人的意识变得更迷糊了。

戴夫咳嗽了几声说道："我没事，我没事。"

"你自己能站起来吗？我得去看看玛格丽特。"

戴夫将搭在我头上的脑袋挪开，向后退了几步。虽然仍旧摇摇晃晃，但并没有跌倒。"我没事。你去吧。"他回答道，将身子倚靠在一边的墙上。"快去。"

当我的视线适应了故障信号灯不停闪烁的亮光时，

我隐约看到了后排座椅的轮廓。可是玛格丽特并不在那里。此时灌入的海水已经到我的膝盖了。

"妈妈，妈妈！"我叫着，艰难地在水中向前走着，我看到了玛格丽特之前靠在头后的靠枕。我用手沿着皮椅的凹槽一路摸索着直到摸到了玛格丽特的背脊。巨大的冲击力使玛格丽特从座位上摔了下来，此刻她整个人几乎淹没在了水里。

我跪在玛格丽特身边。海水浸湿了我的上衣，使我瑟瑟发抖。我看不清玛格丽特的脸，但能听见她的呼吸声。我用一只手将她从水中扶起来，而另一只手则在水中摸索着座椅上的安全带，但安全带坚硬的正方形锁头却怎么也解不开。我将它扔入水里，使劲将安全带扯断。此时我感到的不是恐惧而是愤怒。

玛格丽特的身子此时摸上去就像一个用人皮包裹的沙袋。我用尽全力将她抱在自己怀里就像在抱着一个熟睡中的孩子那样。我将一只手臂放在她大腿下面而另一只手臂则放在她的肩膀后面。我蹲得很低，将背靠在身后的椅背上试图将玛格丽特抱离座椅。可我只能将她抬起几英寸。

啊，上帝啊！别这样。我一个人怎么才能把玛格丽特抬起来呢？飞机失事，亲眼看到特丽莎死在我面前，难道这一切还不够吗？难道现在又要让我在保住自己和拯救玛格丽特之间做出抉择吗？

我感到极度愤怒，而愤怒给了我力量。我将手指深深嵌入玛格丽特面团般柔软的皮肤里，试图将她再次抱起来。我的臂膀由于耗尽了力气或是由于寒冷或愤怒不停地颤抖着。玛格丽特纹丝不动。臂膀的颤抖逐渐延伸到我的躯干和大腿。我整个人就像飞机刚撞击水面时那样剧烈颤抖起来。

当我试图再次抱起玛格丽特时,感到有人碰了我的肩胛骨。那是戴夫。他站在我身后。"我把逃生舱门打开了。"戴夫说道,他的上衣紧贴在身上。"我把飞机上的救生筏放了下来,它现在应该正在充气。我们现在得赶快离开机舱。如果海水堵住舱门,我们就出不去了。"

"我没办法……"我嘶哑地喊道,"我没办法把她抬起来。我们得把她弄出去。"

"我不知道行不行。让我来试试看。"

戴夫像我一样蹲了下来,海水没过了他的肩膀。他将双臂放在玛格丽特身后,然后用肩膀顶住我,这样我可以用双脚调整站姿以保持身体平衡。

戴夫的眼睛在黑暗中显得炯炯有神。他凝视着我,目光中充满了自信,好像在说我们一定能成功,我也相信我们这次能成功抬起玛格丽特。"准备好了吗,莉莲?"戴夫问道,我微微点点头。"好,一起数三下、一、二、三,"几乎没怎么费力我们就站了起来。我们将玛格丽特抬起来了,她此时像婴儿一般躺在我们的怀里。我终于停止了颤抖。

第七章 戴夫
此刻

飞机上的那一夜是戴夫第一次见证死亡。戴夫十岁时他的祖父去世，但是戴夫当时对于死亡的记忆仅仅只是自己坐在硬硬的板凳上，而父亲在和一大群前来参加葬礼的人说着话，而那些人戴夫一个都不认识。戴夫还记得当时父亲让他住在一家有闭路电视和游泳池的宾馆里。父亲让戴夫和他的表兄妹待在那儿，他们在房间里一直看着电视剧直至午夜。

在戴夫上高中时，有一名学生被酒驾司机开车撞死了。戴夫参加了那位学生的葬礼，在经过以供吊唁的棺材时，戴夫看了一眼那位"睡在"棺材里的学生。戴夫当时上二年级，而那位学生比他高一个年级。然而，躺在围着绸缎的棺材里的那名学生看上去更像个孩子。他双臂交叉放在胸前，表情肃穆，脸上的妆容像是上了一层蜡，看上去更像是摆放在商店橱窗里的人体模型而不是真人。

每一个参加葬礼的人都说死者看上去是多么的安详，而戴夫看到的则是死者脸上那道隐约可见的伤口，它被精心地掩盖起来以便供人们瞻仰。现在回忆起那时的情景，戴夫所记得的只有死者安详的面容——没有紧皱的眉头，也没有自信的微笑，脸上什么表情都没有。

后来戴夫目睹了特丽莎的死，他终于明白什么才是真正的死亡，只有在面对极度恐惧的时候——从脸边疾驰而过的物体，在耳畔回荡的尖叫声——他才第一次真正认识了死亡以及死亡的可怕威力。

在进一步了解了死亡之后，戴夫才意识到死亡与安详是完全对立的：死亡象征着挣扎、丑陋、恐惧和肮脏。最终死亡将象征虚无，就像特丽莎的尸体一样。当戴夫和莉莲抱着玛格丽特离开机舱时，他们将特丽莎浮在水面上的尸体推到一边。那一刻戴夫意识到那些曾经构成"特丽莎"的生命元素已经永远消失了。

现在戴夫该如何用简洁的话语来描述这一切呢？他的脑海一片空白。吉薇芙娜·兰德尔用响亮而愤怒的语气叫了一声："停！"

一股浓烈的香水味向戴夫扑面而来。兰德尔用手抓住自己瘦硬的膝盖，全身放松地坐在戴夫身边的一张沙发椅上。他们俩的腿几乎彼此触碰了。兰德尔身子向前倾,试图让戴夫的注意力全都集中在她身上。

"戴维,"兰德尔轻柔地说道,"我很抱歉,我刚才是不是说错了什么?我感觉你对我问的问题很抵触。"

戴夫眨了眨眼,试图让自己变得清醒些。他已经忘记了接受采访是多么令人筋疲力尽。在先前的一个小时里兰德尔在戴夫家的客厅里不停地向戴夫问着各种问题。戴夫真想将固定在领口的麦克风扯掉,然后上楼好好睡上一觉。

"戴维,你还好吗?"兰德尔的手在戴夫面前挥动了一下。"戴维"这个称呼猛地让他警醒过来。

"请叫我戴夫。"戴夫纠正道。除了莉莲,没有人有资格叫他"戴维"。

"我很抱歉,戴夫,但我们的采访是有时间限制的,所以我们必须按时完成本次专访。我能做些什么才能让您感觉好受些呢?戴夫?"

拉尔夫急忙跑过来,他粗壮的手里拿着一杯冰水。他将冰水放到戴夫手里,戴夫含糊地说了一声"谢谢",然后礼貌性地喝了一口。当他放下杯子时,他看到有冰块沉在杯底。嗯,水里还有冰。他有时总会忘记一些细小的事物。

"不好意思,我理解你们工作的难处。"戴夫咕咕哝哝地回答道,他的食指在杯子的杯口不停滑动着。"我准备好了。你可以继续问了。"

"好,我也准备就绪了。"兰德尔叹了一口气说道。

她呼出的气息中混合着薄荷与烟草的味道。

"我想得让贾思敏来给我们补补妆了。"兰德尔向一旁喊了一声,贾思敏闻声而至。"我们五分钟后继续拍摄。"兰德尔抬起一只手——手上的指甲修剪得十分精致,然后她大跨步地朝门口的方向走去。也许在门外抽上一支烟能够让她好受些。

当贾思敏的化妆工具在戴夫脸上挥动时,戴夫偷偷瞄了一眼。他看见贝丝此时正坐在一圈工作人员、拍摄设备和摄像机的外围。在他的目光与贝丝的目光接触的那一霎那,贝丝的脸上浮现出关心的表情,然后她低下头随意地摆弄起手机。戴夫明白那个表情意味着什么。在过去的五个月里他和贝丝的生活中既没有摄像机也没有记者的干扰,他们比以往任何时候都过得更幸福。贝丝不明白戴夫为什么会同意接受这次专访。她憎恨戴夫说的那个故事,戴夫自己也憎恨讲述那个故事。

兰德尔的声音此刻打断了戴夫的思绪。"戴维。我很抱歉,我是说,戴夫,你准备好了吗?"

"是的,可以继续了。"戴夫回答道,他尽可能使自己显得很放松。他坐在松软的沙发椅上,重新调整了一下坐姿,准备好继续接受专访。拉尔夫跑过来将戴夫手中的杯子拿走。几秒钟之后,兰德尔又开始发问了。

"在坠机和你们将玛格丽特抱出机舱之间大概隔了多长时间?"

"这个说不清。我感觉像是隔了很久,但可能不超过一两分钟。我们将玛格丽特弄出机舱后没多久,肯特机长也想办法自己从机舱里出来了。几分钟后整架飞机就完全沉没在海里了。如果当时我们还待在机舱里,或是像玛格丽特那样晕厥过去,或是被困在座位上,那么我们所有人都会随着飞机一起沉入海底。"

"嗯,是的,听上去的确很吓人。不过,因为你们都逃了出来,你假设的一切并没有发生,不是吗?你们是怎么从机舱里逃出来的?"

"我想一方面是运气,另一方面是彼此的合作。当莉莲去帮助玛格丽特的时候,我开始为飞机上的救生筏充气,肯特在尝试用无线电联系救援。但是海水灌入的速度实在太快了,肯特还没来得及接收信号,无线电装置就失灵了。于是肯特拿起急救箱冲出了驾驶舱。"现在戴夫得为肯特说几句好话了,"那个急救箱至关重要,在紧急状况下它可以决定生死。要是没有那个急救箱的话,我们可能活不下来。"

兰德尔停顿了一下,她看了看手上的提示卡片。"那么特丽莎·桑普森呢?你们没有把她从机舱里弄出来吗?"

戴夫觉得他之前的讲述已经涉及了这个问题。"没有,特丽莎当时已经死了。所以我们把她留在了飞机里。"

兰德尔把嘴张得大大的,显得十分惊讶,脸上露出非常夸张的表情,"你们没有人去确认一下吗?"

戴夫将头歪到一边,"没有。她显然已经死了。"

"你们确认她已经没有脉搏了吗?或是去确认一下

她是否还有呼吸？"

"没有去确认。但是你能判断出她已经死了，不是吗？"戴夫反问兰德尔。兰德尔当然判断不出。她怎么想象得出置身一架支离破碎的飞机内会是怎样的感受呢？

戴夫此时开始想起来，为什么大家一开始会决定撒谎。每个人都在通过自己的主观意识进行判断。

"哦，我懂了。"兰德尔冷笑道，她说话时的表情与肯特在两年半之前预测特丽莎的命运时脸上的表情一样。这一表情令戴夫感到既怪异又熟悉。在这个表情之下隐藏的是谴责，这让戴夫感到热血上涌。他怒视着兰德尔，希望兰德尔之前没有向莉莲显露出这种表情。

"我不明白你到底想暗示什么，兰德尔小姐。当时我们都已经竭尽全力了。你们，你们当中，"戴夫快速地扫视了一下周围，他此刻并不在乎摄像机的镜头，"没有一个人经历过那样的灾难。"戴夫将身子向前靠，然后语气坚定地继续说道："我希望接下来别再做这样的暗示了。"

兰德尔眨了眨眼睛，一脸无辜地说道："我很抱歉，我没有想做任何暗示。我纯粹只是出于好奇而已,戴维。"

兰德尔刻意重读"戴维"这两个字，这让戴夫的心变得极度不安起来。他有一种预感，兰德尔所掌握的情况比他预料的要多，而且兰德尔想要和全世界的人分享她所知道的秘密。

戴夫对此毫无选择，只能继续着他与兰德尔之间的心理游戏。他得回答那张问题清单上并不存在的问题，这样他才能使自己和莉莲获得自由。也许那张清单上列出的所有问题戴夫都尚未准备好去面对。

第八章 戴维
第 1 天

南太平洋上的某个地方

海浪不停地将我往水里摁,就像在泳池里有人将你的脑袋往水里摁似的。一切都会尘埃落定,我犯的错误也会如此——我知道总有一天会有个了结——但在当时犯错是不可避免的。每次当我想到这一点,我都会得出相同的结论。那个犯错的人必须得是我。

*

莉莲第一个爬进已经充满气的八边形救生筏。她张开臂膀准备沿着救生筏湿滑的黄色塑料表面将玛格丽特拽入救生筏。天上下着大雨,打在机身和船体上啪啪作响。莉莲不停地拉拽着直到将已经失去知觉的玛格丽特拽入救生筏。我当时站在拱形逃生出口旁。救生筏此时慢慢地漂移走了,只有一根长绳将救生筏系在逃生出口的门上。我用力猛拽那根呢绒长绳,终于将漂走的救生筏又拽回到正逐渐下沉的逃生出口旁。然后莉莲爬向救生筏隆起的船头。

"玛格丽特没有救生衣,"莉莲坐在救生筏充气的长凳上喊道,救生筏正随着浪涛上下起伏着。"我先把我的给她穿上。我再进去拿一件。"

"不行,没时间……"

"太可恶了。"莉莲打断了我的话。

"你能让我把话说完吗?我是说你进去拿救生衣太费时了。还是我进去拿吧。我顶多只需五分钟。"

莉莲迟疑了片刻,然后在救生筏里轻轻蹦了一下。"行,但是如果飞机开始下沉,你就马上出来……可以吗?答应我。"

"如果飞机下沉,你就用那边小口袋里的小刀将这根呢绒绳切断,否则你们会被一起拖入海里。"

莉莲在救生筏边上一个塑料小口袋里乱摸着,她从口袋里掏出一些橘黄色和银白色的小刀片。"我找到了。但是你一定要及时出来,答应我。"

"好。"我向她喊了一声,然后钻进漆黑的机舱,此时机舱内部只有逐渐变暗的紧急照明灯还亮着。

我在不断上升的水里艰难前行,避开特丽莎漂浮在水面上的尸体。我从玛格丽特坐的座位下面用力抽出一件救生衣，抬高双脚在水中行进，脚趾忽然踩到了一个浸满了水的背包，那是莉莲的背包。我不假思索地将那个重重的背包背在肩上，然后摆动着双臂继续在水中前行。这时海水已经上升至我的腋窝处了，与其说我在走倒不如说我是在游。我最后一次经过特丽莎身边。她是个善良的女人。没人想到她竟会这样死去。

飞机拱形的逃生出口此时正涌入大量海水。我拉了一下悬挂在救生衣上的带子，救生衣开始充气。我深吸了一口气，然后没入水中试图从逃生出口游出去。我紧闭着眼睛和嘴巴以抵御湍急苦涩的海水。我极力地挥动着手臂，蹬着双腿。我知道必须得尽量远离飞机，这样我才不会被它沉没时所产生的吸力拖入深渊。

当我终于将脑袋露出水面时，眯着眼睛在滂沱大雨之中寻找着莉莲和救生筏的踪迹。可是他们都不见了。我眯着眼向四周扫视了一圈，什么都没有。我无助地望着周围，而此时那架飞机已经头朝下完全沉入了海底。

*

我漂浮在海面上。莉莲沉重的背包将我向下拽，几乎抵消了救生衣所产生的浮力。我想把背包丢掉，但此刻要将它从肩上弄下来似乎很困难。我不停地喘着气，此刻我必须集中精力在茫茫大海上搜寻救生筏。

一个霹雳在黑夜中发出爆炸般的响声，使得我全身都为之震颤。闪电在我前方的暴风云团里闪烁着。在闪电闪烁的一刹那,我仿佛看到水面上有漂浮物的身影。那可能只是幻觉,也可能就是莉莲的救生筏。

借着闪电忽亮忽暗的光,我开始挥舞手臂,双腿使劲在水里踢着。身体的酸痛使我的动作显得更加笨拙。我似乎无法同时控制手臂与双腿。比起游泳,此时保持呼吸顺畅似乎更为重要。海浪不断朝我打来,使我几乎无法深呼吸以减轻肺部的胀痛感。海浪抽打着我的脸颊,苦涩的海水从我紧闭的双唇渗入进口腔。身后死寂般的黑暗像是在拽我的腿,每一个打来的海浪都使我前进的速度变得越来越慢。

又一个巨浪向我打来,就像一个巨人在摆弄着他的玩具。在巨浪袭来之前,我沉入到水中。但巨浪在我身上翻腾,将我又高高地抛在海面上。在我即将再次沉入水中时,身上的救生衣把我拽回到水面,它似乎不准我轻言放弃。我不停地在翻涌着白色泡沫的海水里挣扎着,我的脸撞上了救生筏湿滑的塑料船身。

"救命!"我高声叫道,试图盖过咆哮的风暴雨声,"莉莲!救救我。"

一只手抓住了我衬衫的背部,然后将我拽到了船边。

"在这里,"我筋疲力尽地说道,"我拿到了。"我举起那件橘黄色的救生衣,然后倒在不停颠簸的救生筏底部,几乎喘不过气了。

"你是不是逃出来的时候迷失方向了?"此时肯特粗犷的嗓音听上去是那样悦耳。如果我还有力气的话,真想给他一个拥抱。

"不是，我是回去给林登太太拿救生衣的。我本以为只需一会儿，谁知道你们竟然弃我而去了。"我咕咕哝哝地回答道，抬起头发现救生筏底部已经积了一英寸深的海水。"我差点儿就淹死了，不过现在什么都不想抱怨。"我语带讽刺地说道。

我眯起眼睛，看到在救生筏的另一边玛格丽特·林登正瘫靠在莉莲身旁。玛格丽特仍然没有恢复知觉，而莉莲看上去好像也快失去知觉了。肯特将救生衣扔过去，正好扔在了莉莲的胸口。她的眼睛猛地睁开。

"你，你还活着！"莉莲尖叫道。"你没有回来，我还以为……我还以为再也见不到你了。我以为……"她已经喊不出声了。

我还活着。莉莲的话透过湿漉漉的皮肤渗到我的心里。我在一次空难中活下来了，而且我还救了一个人，还拿回了莉莲的背包。

"我有东西给你。"我说道，然后小心翼翼地沿着救生筏湿滑的塑料表面挪向莉莲。此时我迫切地想给莉莲看我找到的东西。肯特坐在我前面的一个充气凳上。

"特丽莎在哪儿？"肯特问道，海水从他的脸颊滑入嘴里。肯特冷酷的外表之下此时涌现出近似人类的情感。"你在海里时看到她了吗？你在撞到救生筏之前我都没看到你。也许特丽莎还在海里。"肯特扫视着四周的海面。

忽然我感觉口干舌燥，我张大嘴，想喝一些从天上落下的雨水。为什么在雨中被雨水淋湿如此容易，而想喝几口雨水却那么难呢？几滴甘甜的雨水滑入我干燥苦涩的喉咙里，就在这时肯特靠过来直视着我。

"到底发生什么了？她在哪儿，戴夫？"肯特吼道。我不知道该如何回答他。我看了看莉莲，希望她能帮我，但莉莲此时对周围的一切都没有反应。她正将一件沾满血的衣服摁在玛格丽特的头上，而玛格丽特白色外衣的左侧已经被一大股鲜血染红了。

"你干吗那样看着她？"肯特咆哮道，"回答我。"

我思考着该如何回答，低头凝视着自己苍白的手指，这样就不用看肯特的脸了。我得迅速做出抉择，就像在给病人施救一样。我还记得当父亲因心肌梗塞去世时，急救医生对我说的那番话。现在我也要向肯特说那番话。

"肯特，我不知道该怎么说——我很抱歉……特丽莎她已经死了。"

大家静默了片刻之后，肯特哼了一声说道："你这个白痴，你不知道自己在说什么，特丽莎游泳比我们谁游得都好。她一定会没事的。"肯特用他粗壮的手指戳了戳我的肩膀。

"她没从机舱里出来，肯特。"

"你胡说。"肯特站起来瞪着我，他的嘴巴上显露出一副憎恶的表情。

"我没胡说。我目睹了一切。"我爬到肯特坐的充气椅旁边，十分耐心地对他说道："在飞机穿越暴风云层的时候，特丽莎没能及时坐在座位上。后来飞机被一道闪电击中剧烈颠簸起来，特丽莎她……"我感到自己又开始口干舌燥了。我不想继续说下去,也不想去回忆那时的情景。"飞机剧烈颠簸时,特丽莎被抛在地上。她的眼睛睁着,已经没有了呼吸。"

"你是想说你把她留在机舱里了,是吗?"

"肯特——她当时就已经死了。"我用坚定的语气说道,"我们差一点连林登太太都弄不出来。如果再冒险把特丽莎的尸体弄出来,根本就来不及。"

"来不及?可你却来得及救她们两个。"肯特指着莉莲和玛格丽特,她们此刻在大雨中彼此依偎在一起。"你还来得及回去拿救生衣和那个女人的背包。但是你却把特丽莎留在机舱里让她被淹死。"肯特歇斯底里地吼着,脸上原先的困惑此刻变成了面红耳赤的愤怒。他一把拽住我的领口,我感到领口压迫到了我的气管。

"特丽莎已经死了。对此我也无能为力。老实说,我无能为力。"

肯特站在摇摇晃晃的救生筏上,他直视着我,好像要把我举起来抛入大海。肯特的个子要比我矮一个头,但他至少比我重二十磅。尽管他大腹便便,却十分强壮有力。我试图挣脱他,但由于游泳消耗了体力,我感到浑身无力。如果此刻他把我扔进那翻涌着泡沫的深渊,我必死无疑。我不知道我穿的救生衣还能让我在海面上漂浮多久?鲨鱼会在什么时候发现我呢?是断气前还是断气后?

然而,肯特不知为什么最终将我放了下来。我匍匐着爬到充气凳上,蜷缩成一团,看着他的一举一动。肯特后退了几步，然后瘫坐在我旁边的充气凳上。

"我得去找她，"他语气坚定地说道，"我不能待在这里，我得回去找她。"

"你找不到她了，肯特。飞机已经沉入海底了。"我说道。我不能让肯特离开我们。我不知道如何打开求救信号灯。我接受过的唯一急救训练就是如何在伤口上贴创可贴。肯特了解这片海洋，因为他每天都在这上空飞行。尽管我不喜欢肯特，但我们需要他。

肯特脱掉了他的救生衣，然后又脱掉了飞行员制服。此时他身上只剩一件内衣。他把飞行员制服递给我，然后含糊地说道："如果我回不来，把这件衣服交给我妈妈。"

那件制服在他手上不停地滴着水。当时我应该问一下肯特母亲的地址，因为肯特即将去赴死。

"别，肯特，待在船里别动，快把救生衣穿上。救援人员事后会想办法把特丽莎弄出来的。拿着你的衣服，快拿着。"

"不。"肯特摇了摇头，"我不能把她留在海底。我宁愿去死。"

"那么你就去死吧。"莉莲在救生筏的另一头喊道，她正向前靠过来。"就像特丽莎一样，就像玛格丽特一样，你去死吧。"

玛格丽特整个人横躺在莉莲的大腿上，已经没有了生命的迹象。

"我不怕死，女士。我要去找她，你说什么也阻止

不了我。"

"这都是我的错，你们知道吗？"莉莲鼓起勇气说道，"特丽莎会死都是我的错。如果我没有坐在她的座位上，她可能就不会死。"雨势已经减弱了，雨水正慢慢地将莉莲衣服上的血迹洗去，就像在洗去红色油漆似的。

肯特放弃在海面搜寻了无踪迹的飞机，转而回头凝视着莉莲。"你刚才说什么？"

"飞机穿越暴风云层的时候，我正好坐在特丽莎的座位上。她原本想坐到另一个座位上，可就在那个时候飞机突然颠簸起来。特丽莎的头撞到了天花板。她当时就死了。如果不是因为我，她当时会坐在座位上系上安全带，她现在就会和我们在一起。"莉莲指着救生筏上空余的那个位置。我希望她知道自己在说什么。

"你干吗现在跟我讲这些，嗯？你想干吗？是不是因为和戴夫调情而感到内疚了？想在我们都去见上帝之前洗脱自己的罪孽吗？"肯特的脸上露出尖酸刻薄的笑容，他撅着嘴唇，啮着牙，"特丽莎之前都跟我说了，她说你们两个就像一对小情侣那样在打情骂俏。"

"我不明白你到底在说什么。"我插嘴质问道，极力克制住自己，"我们当时只是在聊天而已。况且她已经结婚了。"

"是吗？你不是也结婚了吗，罗密欧先生？"

我张大嘴想要辩驳，但我没有。我不想就这些小事和肯特大打出手，我现在需要安慰莉莲。

"特丽莎的死只是个意外。我们都不知道会发生什么，所以你不用自责。"

莉莲摇摇头，"不仅仅是特丽莎，还有玛格丽特。"莉莲在说到这个名字时哽咽了，"她也是因我而死的。"

莉莲说话的语气既沉稳又坚定。我很惊讶她刚才说的那番话对肯特产生了近乎催眠般的影响。肯特的眼睛已经不再凝视着大海而是一言不发地坐在充气凳上，看上去好像忽然老了很多。

"戴夫，你还记得吗？特丽莎先前叫我把我的手提电脑收起来，"莉莲说道，"当飞机开始颠簸时，它不知怎么的……"莉莲低头看着横躺在自己大腿上的玛格丽特。她轻柔地将覆盖在玛格丽特脸上的头发往后撩。当头发被撩到玛格丽特的耳后时，我看到了一道深深的伤口，伤口处有猩红色的液体在往外渗。"电脑击中了玛格丽特的头。在我们帮助玛格丽特离开座位时，我发现电脑就在落在她的大腿上。如果我没那么粗心大意，如果我把电脑放好，如果我当时对婆婆的关心更多一点，就不会……"

"别说了。"我打断了莉莲的话，"没有任何人因你而死。"

"戴夫，我觉得她说的没错。"肯特突然插了一句。我的手此时已经握紧了拳头。

"闭嘴，肯特！你知道什么。你就是个白痴，别去烦她。"

肯特将身子坐直，上下打量着我。此时他看上去就像只好斗的公鸡，似乎想和我打一架。莉莲向我们伸出手。

"别！别！戴夫，请让我把话说完。"莉莲说道，好像她对于自己的话被打断感到很愤怒似的。我看了看肯特，然后坐了下来，决定只旁观不插话。

"我只是想说，我应该对她俩的死负责。老实说，我不知道谁会成为第三个因我而死的人。肯特，如果你现在跳入大海，就会成为那第三个人。"莉莲指着波涛汹涌的海面，"我不指望你能原谅我，但请别离开我们。"

肯特坐着，他的身子随着救生筏的上下起伏而摇晃着。正当我认为肯特陷入沉思的时候，他忽然扭头看了周围的海面最后一眼。他宽阔的额头露出皱纹。他仍然深爱着特丽莎，而现在特丽莎永远地消失了。我无法想象肯特此时怀着怎样的心情。

如果贝丝留在了那架飞机里，我会是怎样的心情呢？如果睡觉时我再也不会被贝丝冰冷的脚弄醒，或者我再也听不见她对我的俏皮话唉声叹气，我会是怎样的心情呢？如果刹那间所有的计划——包括有朝一日拥有属于自己的孩子——全被打乱了，我又会是怎样的心情呢？

突然之间我忘记了肉体上的湿冷。我的嗓子有一种刺痛感，可能喉咙在流血。此刻我做出了一个决定：如果肯特还要跳入大海寻找特丽莎的话，我绝不会去拦他。

肯特问了莉莲最后一个问题，"你确定吗？我是说，你确定特丽莎当时已经死了吗？"肯特说话的语气显得极其冷静。如同他身上的其他特质一样，比如反复无常的脾气以及说话时从不直视对方的眼睛，他此时说话的语气让我感到很奇怪，同时也让我感到很紧张。

莉莲点点头回答道："是的，我确定。"

肯特张大嘴巴，好像又有反驳的话要说。但他什么都没说，只是瘫坐在充气凳上。

"我留下来。"肯特说道。

莉莲的脸上露出哀伤的笑容，随即她用手掩面开始痛哭起来。我想去安慰一下她，就像先前在我接完贝丝的电话之后她曾经安慰我那样。好吧，我得坦白承认，此刻我想把一个活生生的人紧紧拥在怀中，今夜我更愿意死去而不是活着。

我沿着八边形的救生筏朝莉莲的方向挪动。但当我靠过来想轻拍她肩膀的时候，我却迟疑了。一个大浪朝我们打来，它几乎是垂直向我们的救生筏袭来。船体在我们身下翻滚着，我想死死抓住某个东西以防止自己被甩出去，但却没有东西可以抓握。我被海浪折腾得颠来倒去，我发现我只能抓到一样东西，那就是我自己。

我就这样像个皮球似的被上下颠簸了好一阵，然后船体渐渐恢复了平稳。雨渐渐变小了，海面也难得变得风平浪静，可是我不能掉以轻心。此时困倦感一阵阵向我袭来。我心甘情愿地屈服了，因为我感到筋疲力尽，我的身体开始支撑不住了。此时我唯一的想法就是即便做噩梦，噩梦也比眼前的现实来得美好。

第九章 莉莲
此刻

在上楼之后莉莲感到极度疲惫。她紧紧抓住楼梯的扶手以使身体保持平衡。为做专访而穿上的牛仔裤下面露出一双深绿色的范思哲高跟鞋。莉莲此时感觉自己的双脚变得十分肿胀。坐着接受一个半小时的专访为何如此让人疲倦啊?

莉莲将食指塞进鞋后跟,然后毫不费力地将那双高跟鞋脱了下来。吉尔已经穿上了套装,此刻她可能正坐在楼下的客厅里聊天呢。莉莲想在今天采访结束之后找她谈谈。

吉尔认为翠绿色低胸紧身衣能让莉莲的眼睛看上去更有神,又能让莉莲的腰围看上去更纤细。然而,低胸紧身衣并未让莉莲显得更苗条动人，反而使她需要随时保持警惕。由于衣服的前叉开得太低，莉莲坐在椅子上时不得不挺直身子以防止戴的项链松垮下垂从而让电视机前的观众发现项链上布满了令人尴尬的裂痕。

莉莲也不习惯新戴上的胸罩。她以前一直戴B罩杯，即使在怀孕和哺乳期都是如此。但在过去的几个月里，她忽然感觉自己就像一个已经过了青春期的少女，胸部不会再变大了。

在经历了一年半忍饥挨饿的体验之后，莉莲始终感觉自己处于饥饿状态之中。饥肠辘辘的感觉对于莉莲而言已经算不了什么了，然而一种出于原始本能的强烈恐慌感时不时还会袭上她的心头。在被营救回来八个月之后，莉莲的体重比以前重了二十磅，比她在"小岛上濒临死亡时"的体重重了五十磅。

莉莲以前一直很瘦，所以她更喜欢自己现在丰满的样子。勒在腰际的衣物让她感觉自己不会再挨饿并且可以随时尽情大吃一顿。

在被营救回来两周之后，莉莲在杰瑞的陪伴下出院回家，莉莲一直紧靠在杰瑞身边。当他们从医院出来的时候，摄像机和照相机的灯光闪个不停。莉莲和杰瑞一直在躲避媒体的追踪，然而杰瑞并没有用自己的身子遮挡莉莲，而是用手臂拥住莉莲瘦弱的身子。他几乎不敢触碰莉莲的皮肤，仿佛莉莲是用玻璃做的似的。

莉莲确定这就是杰瑞不再爱自己的一种表现。当得知莉莲还活着时，杰瑞或许感到了失望。然而，当莉莲

站在宾馆大厅的全身镜子前面时,她终于明白杰瑞为什么要和自己保持距离了。

莉莲当时不仅消瘦,而且骨瘦如柴。她用手指沿着自己的臀骨好奇地滑动着。她的臀骨明显地凸出来,莉莲甚至都害怕自己的触碰会刺穿包裹在骨头上的皮肤。然后莉莲的手向上移动到腹部。布满银白色皱纹,皮肤松松垮垮的肚子无力地垂在萎缩的腹部下方。她用手指捏了捏那松垮的皮肤,她很高兴在皮肤上还能发现那些曾经为了生存而留下的伤疤。

除了那些微小到看不见的细纹之外,镜子里的那个人完全就是个陌生人,或者说更像是一个曾经认识的人饱经风霜之后的身影。莉莲数着薄薄的皮肤下面清晰可见的肋骨,眼泪沿着她的脸颊流了下来。她曾经明亮的眼睛现在已经凹陷下去。她忽然意识到为什么杰瑞会反感。面对镜子里的这个女人,也难怪杰瑞会对她敬而远之,就连莉莲也对镜中的自己感到憎恶。

不过,现在可大不一样了。莉莲蹭了蹭摆动着的双脚,脸上露出微笑。最近莉莲感觉自己好像重新结了一次婚似的。现在无论她站在哪里,杰瑞的手指都会充满爱意地抚摸着她光滑而有弹性的肌肤。当莉莲在半夜醒来时——她以前也经常在半夜里醒来,她会发现杰瑞就蜷缩在自己身边,他的脑袋枕在莉莲柔软的肩上或是手臂上。

为了保持这种新婚燕尔般的温馨,即使再重几磅或是再多买个新的衣柜,莉莲也不在乎。此刻莉莲系上了那双深绿色高跟鞋的鞋带，她颇为不情愿地又穿上了那双鞋。当把那双高跟鞋踩在脚底下的时候，莉莲感觉自己的个子瞬间拔高了不少。为了不崴脚，她轻轻推开房门。杰瑞此时正半躺在床上。他戴着眼镜，正在用手提电脑快速地打着字。他淡褐色的头发梳得整整齐齐，身上穿着一件套衫。那是一件蓝色的有细直条纹的套衫，杰瑞曾穿着它参加过许多婚礼，也穿着它参加过许多葬礼，其中就包括莉莲的葬礼。

杰瑞下意识地蹭了蹭自己穿着袜子的双脚，那也是丹尼尔在准备参加采访前常会做的动作。要不是因为他的大腿上放着黑色的手提电脑以及床（特大号的四柱床）上凌乱地摆放着一大堆纸的话，莉莲此刻真想给他一个大大的拥抱。莉莲蹑手蹑脚地走过去，她的脚悄无声息地踏在卧室巧克力色的粗毛地毯上。

"嘿，工作得怎么样了？"莉莲轻声问道，她的手抚摸着用樱桃木制成的床柱。杰瑞抬起头，摘掉眼镜，脸上露出灿烂的笑容。

"啊，进行得还不错。楼下进行得怎么样了？专访结束了吗？"

"一半都还没完成呢。一台摄像机的电池出了问题，所以专访暂停一下。"

"嗯，"杰瑞咕咕哝哝地回应道，他用嘴咬着眼镜支架上的橡胶末端。"我想你一定知道，那位吉薇芙娜·兰德尔女士是多么声名狼藉。她看上去是不是和电视上一样吓人？"杰瑞问道。

杰瑞并不喜欢兰德尔。他一直认为兰德尔是个虚伪做作的主持人。莉莲认为在这一点上杰瑞无疑是十分敏锐的。

"她比电视上更可怕。我觉得她就是个机器人。"

"嗯,那么是属于善良的机器人,还是邪恶的机器人?"杰瑞开玩笑似的扬了扬眉毛。

"当然是邪恶的机器人啦,除此之外还会是什么。"

"说的没错。"杰瑞大笑道,"那么那个邪恶的机器人是怎么对待我的妻子的?她是准备要侵占你的肉体吗?"

"拜托,那是外星生物。我们现在说的是机器人。"

"不好意思,机器人不属于外星生物,我明白了。"杰瑞将眼镜折叠起来,然后稍稍将身子坐直。"老实讲,她到底怎么样?她和别的主持人有什么不一样?"

莉莲摇了摇头,目光凝视着床柱上的某一点,她试图使自己说话的语气显得很轻松。"没什么不一样,她和其他主持人差不多。她一直在激发我的情绪,想窥探到'真正有价值的故事'。你该明白我的意思吧?"莉莲问道。

"啊,是的,我明白。"杰瑞关了电脑,然后把电脑放在床下,"到这儿来,放松一下。"杰瑞挪动了一下身体,将一些纸张揉成团扔在地上,然后拍了拍身边空出的那一小块地方。

"我觉得我坐不下。"莉莲叹了口气说道,她打量着床上空余出来的那一小块地方。此时她想起了自己的臀围已经变大了。杰瑞又拍了拍床,他不想听莉莲的解释。莉莲于是脱掉了高跟鞋,扬起眉毛露出一副困惑的表情。可是杰瑞并不在乎,他将手搂住莉莲的腰,搭在莉莲臀部的手指紧扣着使双臂形成一个圈。

"我们完全坐得下。"杰瑞说道,他一把将莉莲拉到那块"空地"上,然后将莉莲的双腿夹在自己的双腿之间。杰瑞将莉莲的脑袋紧紧贴在他的胸口,靠近他心脏的地方。

杰瑞的身上有一股好闻的古龙香水的味道,那是莉莲在梅西百货给他买的香水,那时正好是她去斐济旅行的前一年。杰瑞只有在一些特殊场合才会喷古龙香水,例如去法院开庭或是晚上出去约会。他和莉莲的约会其实就是吃吃煎玉米卷和逛逛沃尔玛超市。杰瑞不像其他男人那样喜欢喷浓烈的香水,除非有什么事情让他昏了头。不会的,和杰瑞生活中的其他习惯一样,在使用香水方面他也是极为节制和保守的——他只会喷上一点点香水。莉莲将脑袋深埋在杰瑞的脖颈处,深深地嗅着他身上的香水味。

"你其实没有必要接受专访,你明白吗?"

"我明白,"莉莲回答道,然后她想了想自己该如何做出解释,"可是我想接受专访。"

杰瑞坐着一动不动,他的右臂仍然紧紧抱着自己的妻子。他抚摸着莉莲的手臂,他每一次的抚摸都使莉莲的脊柱感到一阵颤抖。莉莲将头深埋在杰瑞怀中,这样她可以亲吻杰瑞的脖子。

他们就这样安静地躺在一起。莉莲能想象此时杰瑞的头脑中在想些什么。有好几次莉莲想把一切都说清楚，这样在她和杰瑞之间就不存在任何秘密了。然而，莉莲很快便恢复了理智，她明白自己为什么要保守秘密，因为如果杰瑞知道这些秘密的话，一切将会发生天翻地覆的变化。

"你为什么又想把那个故事再说一遍呢？我觉得你憎恨那段往事。"杰瑞问道。当杰瑞的嘴唇亲吻着莉莲的头皮时，莉莲感觉到他呼出的热气吹进了自己的头发。

"我希望一切能赶快结束。我想如果每个人都听了我的故事，完整把它听完，那么他们就会放过我们了。还有，我们签署的那份合约，上面清楚地写着'唯一专访'。所以说，这将是最后一次媒体采访……最后一次。"

杰瑞大笑起来，当他晃动脑袋时，嘴唇摩擦着莉莲的头发。"好吧，好吧，不过即使合约上这样写了，我恐怕仅仅一次专访是无法赶跑那群秃鹰的。"杰瑞停了停继续说道："我猜戴夫也同意接受专访了吧？"

当听到"戴夫"这个名字时，莉莲感到自己的脉搏都要炸了。即使杰瑞声称自己已经不再妒忌了，但莉莲仍不喜欢和他谈论戴夫，因为杰瑞心中的妒忌之情曾经像熊熊燃烧的山林大火一般差一点毁掉了他和莉莲的婚姻。当听到杰瑞说出戴夫的名字时，莉莲仍然会摆出抗拒的架势。

"是的，很显然他会的。"莉莲回答道，装作漠不关心的样子，"今天我听说他们下周会去加州对他进行专访。"

"你没跟他通过电话,是吗?"杰瑞试探性地问道。

"当然没有,杰瑞。"莉莲争辩道,"我没跟戴维——"莉莲变得咬牙切齿起来,她觉得自己不应该再这样称呼戴夫,"我是说戴夫,自从你不允许我跟他通话以来,我已经有五个月没跟他联系过了。"莉莲结结巴巴地说道。如果杰瑞知道莉莲多么爱撒谎的话,他就该怀疑这一拙劣的谎言。谎言——至少巧妙的谎言——是经过深思熟虑且精心设计过的。莉莲的谎言其实很拙劣,但是杰瑞坚信不疑。

杰瑞将手从莉莲的手臂上挪开,然后死气沉沉地垂在床边。"好吧。我最后一次和贝丝通电话时,贝丝告诉我他们已经不再接受采访了。你刚才说的话让我感到有点惊讶,仅此而已。"杰瑞说道。

"你什么时候跟贝丝通电话的?"莉莲猛地扭转头看着杰瑞的脸。杰瑞和贝丝是在飞机失事之后的几天在斐济碰的面。从那时起他们就一直有联络。莉莲没想到他们至今竟然还有联系。如果杰瑞和贝丝还保持着联系的话,情况可就不妙了。

"啊,那是几个月前的事了,"杰瑞随意挥了一下手回答道,"贝丝打电话到我办公室咨询有关卡尔顿公司资产管理方面的事情。听上去她和戴夫在家里过得很幸福。她说他们不再接受任何采访,因为他们想要再一次备孕,贝丝不想让外界的嘈杂打扰他们的家庭生活。"杰瑞耸耸肩,继续说道:"也许他们已经不需要备孕了。

也许贝丝已经怀上孩子了。"

"也许吧。"莉莲也耸了一下肩,模仿杰瑞轻松的模样,但内心却想大哭一场。杰瑞将手放在莉莲的肩胛骨之间,轻柔地将她拉到自己的胸口处。

"那么,那些家伙现在访问到哪儿了?"杰瑞问道,显然他想转变话题。莉莲接过这个话题。

"飞机失事以及紧接着发生的事。但当我们要继续往下说的时候,摄像机就没电了。不过我可以告诉你一件事,吉薇芙娜·兰德尔对我的回答并不满意。"

"我可不觉得机器人会有人类的情感。"

"可这个机器人会表达不满意的情绪。这点是肯定的。"

杰瑞大笑起来,然后拍了拍莉莲,问道:"那么接下来他们打算问什么?"

"嗯,接下来的问题都是关于我们怎么活下来的。你有没有注意到,别人会觉得这部分内容很精彩,而兰德尔似乎对此并不感兴趣。可能是因为我参与的并不多吧,主要是以戴夫和肯特为主。我负责采集水果,而戴夫和肯特则负责狩猎。我们男女分工十分明确。"

"我觉得在当时的情况下女权主义者们会谅解你的。"

"不见得,我们走着瞧吧。我敢肯定我会收到很多表示抗议的信件。当然每个人都有表达观点的权力。我倒也并不在乎……"莉莲变得支支吾吾起来,她将身子靠得更近,然后忽然将冰冷的手塞到杰瑞的身子下面,

"然后我们会继续讲述其他人：玛格丽特、戴维、肯特，还有保尔。"

莉莲轻声念出最后那个名字，仿佛它是个不可告人的秘密似的。杰瑞的下颚顶在莉莲的额头上，莉莲很庆幸没有看到杰瑞脸上此刻的表情。

"我确信吉薇芙娜·兰德尔一定会很喜欢那段讲述的。"杰瑞说道，他的语气显得有点愤怒，但莉莲不确定他的愤怒是针对谁。"或许专访快结束的时候，我可以下楼来救你。这样你就不用讲述那段了，你明白？"杰瑞忽然不说了。此时尽管他和莉莲拥抱在一起，但他们却感觉彼此相隔万里。

"你知道什么。别下楼。就算让你感觉不舒服，我也不想把你牵涉进来。"莉莲说道。

"上帝啊，你知道由你来讲述那段经历对我来说有多痛苦吗？我不想再听了。"杰瑞喊道。

莉莲躺在杰瑞的胸口，他的胸口此时正剧烈地上下起伏着。"哦，如果那会让你感到痛苦，我很抱歉，杰瑞。上帝知道我不想让你感觉不舒服。我想你也知道，那对我而言不仅仅只是一段经历，那也是我生命的一部分。"

杰瑞坐起身，然后用肘关节支撑着身体说道："你是在责备我吗？你谈论他时的腔调，还有你说你有多么爱他时的口吻。你叫我怎么能不妒忌？"

"我对此实在不知情。我可以理解你嫉妒戴维，我真的能理解——他就住在加州，坐飞机就能到。但是你干吗嫉妒保尔呢？他已经死了，杰瑞，你为什么还要嫉妒他呢？"

杰瑞扯着衣服上的一颗深蓝色纽扣，好像从中能发现原因似的。"没错，我的确嫉妒戴维，那家伙很明显一直爱着你。但我可以容忍，因为至少现在选择跟我过日子而不是他。当你跟我过腻了，你可以去选择戴夫。上帝可以作证，只要你叫他，他马上可以抛弃可怜的贝丝来到你身边。"

"别说胡话。"

"我可没说胡话。你总是试图否认。我可没有你想得那么天真。"杰瑞此时说话的语气好像是在法庭上辩论似的。他的傲慢态度激怒了莉莲。

"我把你想得很天真？什么叫'可怜的贝丝'？看来你真的很天真。如果你真正了解那个女人的话，你就不会认为她可怜了。"莉莲愤愤地说道，她的手在雪白的鸭绒床垫上狠狠地拍着。

"是吗？那请你解释一下。我可都听到了，你知道吗？"杰瑞用颤抖的食指指了指莉莲，"我听到了你和戴夫的通话，他更像是醋意大发的情人而不是真正关心你的朋友。"

"那根本不能代表什么，什么都代表不了。"莉莲挥了挥手，她不想再继续谈这个话题了，"你不用介意。我不会再跟你谈有关戴夫的任何事情了。"

杰瑞紧皱着眉头，他想看看此时莉莲脸上的表情。莉莲猜测着杰瑞到底想从她的表情中发现什么蛛丝马迹。于是她高高地抬起头，好像自己没什么可隐藏似的。

然后她发现杰瑞的眼睛湿润了，原本坚毅的眼神中充满了疑惑。在这个天生就十分自信的男人身上很少能看到这种困惑的表情。杰瑞刚才拉扯的那颗深蓝色纽扣此时掉在了床罩上。他拾起它，犹如遗失了贵重物品似的，神情显得如此感伤，仿佛那颗纽扣对他而言不仅仅只是一颗纽扣。

"我想我们还是没有准备好开诚布公地谈论他。"杰瑞说道，他的眼睛仍然盯着那颗纽扣。"既然你选择了我和孩子们，我有解决的办法。说句实话，我为戴夫感到难过。你别误会我，虽然我无法容忍他，但我可以理解他的感受。你和他在一起的时候，我会很嫉妒，而我们在一起的时候，他也会很嫉妒。我不怪他。可是保尔，"杰瑞忽然不说了，只是困惑地看着莉莲，"我觉得你会为了保尔做任何事。如果他现在还活着，你甚至可以放弃一切。"

莉莲试图开口否认，但她没有这么做。失去保尔，将他埋在玛格丽特身边，埋在那个炎热的小岛上，这一切都是莉莲此生最深的伤痛。全世界所有的悲伤加在一起都不能诠释她对保尔的怀念之情。她曾躺在保尔的坟墓边直至戴夫将她拽走。在失去保尔的那一刻，莉莲的内心悲痛不已。她觉得自己的心里再也容不下任何东西了。拒绝承认自己对保尔的感情就如同拒绝承认他曾经存在过一样，而这就如同再经历一次失去保尔的悲痛。

杰瑞用自己的大拇指抹掉莉莲脸颊上的一滴眼泪，然后用自己的脸颊紧紧贴在莉莲的脸颊上。

"我就是这么认为的。"杰瑞说道。他坐起身,床上的纸张在他的身下发出折叠碎裂的声音。"保尔的死的确是一场悲剧。你目睹了那场悲剧,对此我也很难过。但我希望,这也是我这辈子最大的希望,你把他忘了吧。你要记得你的家人还活着,我们需要你。"杰瑞的声音哽咽了,他的眼中又一次充满了泪水。看着杰瑞如此哀伤憔悴的神情,莉莲开始心软了。

"我真的很想他,杰瑞。他本不该就这么死去的。我本该好好保护他。我真希望你能看到他,然后你就会理解我的感受了。但现在你一点都不理解,我真是痛恨死了。一遍遍重复这些事情简直把我的心伤透了。你知道吗?"莉莲说道,她的手指沿着杰瑞蓝色的丝绸领带滑动着,"有的时候我真希望我从没跟你谈起过他,没跟任何人谈起过他。"

杰瑞用自己宽阔的手臂紧紧抱住莉莲直到手臂深深没入莉莲的身体。

"有的时候我也希望你从没告诉过我。"杰瑞将一只手臂搂在莉莲的肩上,然后顺势将她搂入怀中。莉莲将脸埋入杰瑞的胸口。她希望能将杰瑞不愿聆听的那段记忆一起埋葬。

杰瑞在莉莲的耳边轻声说道:"我很抱歉提起这些事。莉莲,过了今天,只要你不愿意,就可以不用再提到他。我爱你。你在,家就在。这才是我最在乎的。"莉莲点点头,她的鼻头在杰瑞坚硬的织物上摩擦着。"当然这由你决定。今晚我们一起出去吧,就我们俩。你结束专访之后我就去找个人照看孩子们,你看好吗?"

"太好了,但今晚我什么地方都不想去,杰瑞。"莉莲说道,她用袖子擦了擦自己的鼻子,深绿色的袖子上留下一道黑色的印记。"啊呀,真是该死!这可怎么办?"

"别担心。我会把你打扮得漂漂亮亮的。"杰瑞将黏在莉莲脸上的几缕头发撩走,然后继续说道:"要不今晚在孩子们上床睡觉之后,我们去吃顿大餐,或者去看场电影,怎么样?我保证不是空难或者自然灾难题材的影片。"

杰瑞向莉莲微笑着,仿佛在乞求她的怜悯。当乔西把客厅弄得到处都是泥巴以及丹尼尔想吃披萨而不是鸡肉卷的时候,他们也会向她露出同样乞求怜悯的微笑。莉莲对于这样的微笑毫无招架之力。

"在继续专访前,让我们弄得干净些。"杰瑞说道,他轻轻拍了拍莉莲的头发,但莉莲头发上各种乱七八糟的东西把他怔住了。"恐怕我的衣服把你的妆给弄花了。"杰瑞衣服的胸口上布满了一条条黑色的眉笔线和眼影线,此外还有化妆粉底残留的斑点。

"啊,不,那可是你最喜欢的衣服呀。"莉莲叫道,她的手指沿着那些线条轻轻滑动着,结果使原本就五颜六色的衣服表面又增添了几抹颜色。

"没关系的,我可以把它们洗掉。"杰瑞挥手说道,"即使洗不掉,也不过就是一件衣服而已。"

"是的,可是……"莉莲想辩解,但杰瑞此时靠了

过来。当他们俩的嘴唇触碰在一起的时候，他们又找回了以前的幸福。莉莲觉得心脏怦怦地跳动着，一股暖流正涌向她的胸口和指尖。杰瑞搂住莉莲的腰将她翻倒在铺满了纸张的床上。杰瑞的嘴唇触碰着莉莲的肌肤，这让莉莲忍不住咯咯笑起来。杰瑞吻着莉莲的脖子和肩膀，然后沿着她的脖颈一路向下亲吻着。这一刻莉莲将刚才那些困扰她的念头全都抛到了九霄云外。此刻她只记得一件重要的事情——她回家了。

第十章 莉莉

第 2 天

南太平洋上的某个地方

热气从我的衬衫里冒出,这使我从阵阵的昏睡中醒来。此时记忆伴随着起伏的海浪朝我涌来。这些记忆——飞机失事以及差一点被淹死——仿佛像存储在电脑硬盘里似的极为清晰地留存在我的头脑中。我还记得飞机剧烈的颠簸、特丽莎的身体撞在天花板上的碎裂声、玛格丽特脸上流淌下来的浓稠的鲜血以及肯特狂暴而凶残的眼神。只要我回想起其中任何一个片段,其他的片段就会在我的脑海里翻滚,如同我又重新经历了一遍。

可是我不想去回忆,不想去回忆那些经历,因为它们太痛苦,太悲惨了。我快速回想着飞机失事后的情景。那时天上还下着湿冷得令人浑身麻木的大雨。此刻许多细节我已经记不清了,我只记得在面对暴风雨和惊涛骇浪时,我的牙齿曾不停打战发出咯咯的响声。现在一切好多了。

此刻阳光从天空照射下来,我无法确定现在离坠机到底过了多长时间。感觉到阳光照在皮肤上的热量,我意识到自己还活着,然而同时这也意味着我们并没有获救。我的双眼像被针扎一样疼,仿佛它们要将我体内剩余的泪水全部挤出来似的。透过眼睑的阳光呈现出明亮的黄色,即使我闭着眼,它都能将我的眼睛灼伤。理智告诉我必须紧闭双眼。

然而,我的头脑却在不停转动着,这太糟了。我的脑子一直在想着各种"如果"和"也许"。也许此刻我正身处海湾边。可是有一个意识却让我警醒过来:我的腿上现在空无一物,玛格丽特已经死了。

即使在我昏睡过去之前,我仍模糊地记得玛格丽特躺在我的大腿上,她的身体加在我腿上的重量让我感到颇为安心。现在在我的腿上有一种空虚感,如同我第一次抱着乔西时我感到手臂上的重量,但同时又感觉自己的子宫空空荡荡。我必须要找回玛格丽特,我要把她带回家,把她埋在查理身边。

我用力睁开眼睛,感到有砂砾在刮擦我的眼球。啊,那并不是砂砾,而是由于缺少眼泪的滋润我的内侧眼睑正在刮擦我的眼睛。难道我已经极度脱水了吗?

我不停地眨眼,好不容易睁开了眼睛,但即使睁开眼,直射的阳光又使我瞬间失明。此时的我就像一只在

白天离开黑暗洞窟的飞蛾似的完全看不清东西。正当我确定自己已经完全失明的时候,大量眼泪从眼角边涌出。我再次紧闭双眼,唯恐这些珍贵的体液在眼睛被润滑前就蒸发掉。可是我最终还是得睁开眼睛。紧闭双眼是无法让我活下去的,不是吗?

这就如同我读大学时在物理课上听说过的一个古怪实验一样。根据那个实验,关在封闭箱子里的猫既是死的,同时又可能是活的。那些物理狂人说什么来着?只有当你打开那个箱子时你才会知道结果。我猜人们最终都会选择打开箱子看个明白,否则那个封闭的箱子里永远都只有死猫。

我慢慢睁开眼睛,强烈的阳光使我的眼睛眯成一条缝。此时我正躺在昏睡之前躺着的地方。在救生筏的另一侧坐着肯特,他正背对着我。他仍然在张望,可能还在茫茫无垠的蔚蓝大海上搜寻着特丽莎的踪迹吧。

肯特的头顶通红,那是阳光透过他稀疏的头发暴晒头皮所导致的结果。肯特的发际线很明显又向后移动了。他身上的白色飞行员制服敞开着,露出里面薄薄的内衣。内衣被整齐地塞在系着皮带的卡其布短裤里。肯特的膝盖和他的头顶一样被阳光晒得通红。当我揉搓眼睛时,我感到自己的鼻子似乎被灼伤了,那是我所熟悉的被阳光暴晒后的刺痛。

戴夫此时躺在我的右边,他正在熟睡。他靠在救生筏一侧的脑袋随着船体的上下漂浮而起伏着,他的脸则深埋在黝黑的双臂之间。显然戴夫是我们几个人当中唯一没有被晒伤的，他黝黑的肤色是天生的。太阳从高空将阳光直射下来，仿佛那是给予我们的恩赐。我看到戴夫的背部上下有规律地起伏着，有他在我身边，我不再像先前那样恐惧了。

我将头左右转动了一下，然后扭动了一下肩膀，然后又上下摆动了一下脑袋。每一个动作都让我感到酸痛不已，但却又能让我放松下来。正当准备伸懒腰的时候，我注意到在戴夫身边有一堆衣服。那是玛格丽特的衣服，它们被放在戴夫身旁的充气凳上。那堆衣物显得那样巨大而厚重。

我沿着充气凳慢慢爬过去，我感到自己的胳膊酸痛不已，仿佛前一天在健身房做了超负荷的锻炼似的。我的肩膀此时也开始疼痛起来。肩膀的疼痛与胳膊的酸痛不太一样，不过我没去管它，因为我此刻需要找到玛格丽特。至于肩膀上的伤，当救援人员赶到的时候，他们会帮我处理的。

玛格丽特的双腿直挺挺地横在戴夫身旁，戴夫仍然在熟睡。玛格丽特的头和肩膀都被一件衣服遮盖着，那是昨夜我用来给她止血的衣服，衣服的一侧还留着淡淡的红色。我咽了一口唾沫，我的喉咙焦灼而干燥，我感觉喉咙处的皮肤都黏着在了一起。

我不想去回忆玛格丽特昨夜的模样。当时她滚烫的鲜血附着在我的皮肤上，她皮肤上的那道伤口像嘴巴一样张开着。有一次我曾试着仔细检查那道伤口。天啊，透过那道伤口我好像能看到下面的骨头。想到这些，我感到自己的胃在抽搐。我不确定自己是否想撩开那件衣服。

不，我必须得撩开衣服再看一眼玛格丽特。我必须确定她真的已经死了。昨天夜里的许多事情现在回想起来仿佛只是场噩梦。我现在需要确定那一切都是真实的。我伸出颤抖的手，我的指尖触碰到了那件衣服的白色纤维。由于血液和海水的浸泡，衣服上的纤维已经变硬了。然后我用拇指和食指小心翼翼地撩开那件衣服。

我首先看到的是玛格丽特灰白色的头发，它们看上去那样柔软如同蒲公英一般柔弱。我伸手想去触碰它们，但在将衣服进一步撩开时，我看到玛格丽特的头发上粘着血液干枯后形成的黑色硬块。

我的动作必须迅速，否则我会支撑不住的。我舔了舔嘴唇，然后用指甲触碰那些凝结的血块。我鼓起残留在心中的勇气，用极其迅速的动作将整件衣服撩开。衣服一下子落在了我的腿上，我逼迫自己睁开眼睛。

我原以为会看到一个血淋淋的场景——瞪着的眼睛、淋漓的鲜血、破碎的皮肤和骨头……可是眼前呈现的只是一个熟睡中的女人。有人给玛格丽特包扎了头并洗净了她脸上的血渍。玛格丽特双眼紧闭着，看上去十分安详。我用一根手指沿着玛格丽特头部没有被包扎的部位向下滑动，我注意到她嘴角周围的细纹形成一个浅浅的微笑。在那一刻我感觉她就像我的母亲，我爱着她，同时也为她悲伤难过。

有东西在阳光的照射下闪着光。那是玛格丽特脖子上戴的金项链，项链盘曲在她的锁骨上。玛格丽特总是喜欢将查理送她的新婚戒指挂在长长的项链上。此刻我想要去拿那枚挂在项链上的戒指。我不在乎玛格丽特冰冷僵硬的皮肤，也不在乎触摸到被黑色血块凝结住的头发。我只想拿到那枚戒指，因为它是杰瑞生命的一部分，是我们家的一部分。

我看着那根项链。由于血水和汗水，项链黏在了玛格丽特的皮肤上。我仔细注视着，发现这根蛇形项链正在十分微弱地上下起伏着。那是光影的作用吗？我眯着眼更仔细地注视着，我终于看到了，没错，那是玛格丽特皮肤下的脉搏在微弱跳动。

"莉莲,你醒了？"戴夫问道。此时他身体笔直地坐着。由于他的头刚才侧靠在船边，头部一侧的黑色卷发都已经被压平了。我的喉咙太干了没法说话。我只是咕哝了几句，虚弱地指了指我前方的玛格丽特。

戴夫露出感伤的笑容并点头说道："她还活着。"

我的眼睛感到灼烧般的刺痛，几欲哭出来，却没有眼泪。不过，这对我而言或许也是件好事。

"嘘，嘘，现在已经没事了，没事了。"戴夫安慰道。救生筏在海面上摇晃了一下，他顺势爬到我身边。当他的手臂搂着我的时候，我很自然地靠在他的怀里，把头深深埋在他的肩膀之间，大哭起来。

戴夫紧紧地搂着我。尽管他身上满是汗水和海水的咸味，但我假定他就是杰瑞，一切灾难都会过去。我渐渐停止了哭泣，但身体没有动，因为我不想离开他的怀

抱。

"她还活着是不是让你很高兴？"戴夫问道，他用滚烫的手捧着我的脸，将我脸上打成结的头发向后捋。

"啊，是的，你是怎么把她救活的？"我想问，玛格丽特真的还活着吗？但我已经知道了答案。

"我可没做什么。"戴夫愤愤地回答道，好像我说了令他不高兴的话似的。"黎明前雨就停了。我本想睡觉，但我浑身冰冷睡不着。我听见有人说话，于是我睁开眼睛。玛格丽特就在那儿，脸色惨白得像个鬼，她嘴里一直说着胡话。当时她的脸上和头发上都是干枯的血迹，看上去就像恐怖电影里的人物。然后，就像这样，"——戴夫猛地将十指合拢——"她忽然又昏过去了。于是我仔细检查她的脉搏和呼吸，确定她还活着——我想她现在应该还活着，是不是？"

"然后你给玛格丽特包扎了头？"我试着扭头直视戴夫的眼睛，但是肩膀上的疼痛却使我无法动弹。

"不是我，是肯特。"

"肯特？"

"嗯，显然他曾参加过鹰级童子军①之类的训练营。"

"太惊人了。我还以为是你包扎的呢。"

"一开始是我，但……"

"但是他的技术简直烂透了，所以只好由我来帮忙。"肯特插嘴说道，他得意地扬起眉毛。"你的这位

---

① 鹰级童子军（Eagle Scout）：美国最高级别的童子军组织，以野外求生训练为主。

男友把我们所有的医用酒精都涂在了那位老祖母身上。我知道如果不阻止这种疯狂的行为，我们很快会一滴酒精都不剩的。"肯特说道。当听到"男友"二字时，戴夫猛地将搂着我的臂膀松开。

"不管是你们谁，我都感谢你们。"我看看戴夫，又看看肯特。"我是说，我知道玛格丽特的状况并不好。但只要她能撑到救援队出现，她就有救了。"

"哼，也许吧。"肯特说道，他翻了翻白眼。

"肯特，你能不能稍微仁慈点。"戴夫警告道。

"噢，宝贝儿，我可没有恶意。"肯特开始恶搞起我们。"我当然希望老祖母能离开这儿，然后回家打打网球或者随便做什么能打发时间的事。可惜啊，我认为她可能撑不到救援队前来拯救我们离开这片蓝色沙漠的那一刻了。"

"我们的时间已经不多了。"肯特继续说道，"现在离坠机已经过去二十四个小时了，宝贝儿，让我来告诉你一些真实情况吧。"肯特用他粗壮的手指指着我，"即使救援人员发现飞机沉入了海底，他们也找不到我们。我也不会怪他们，因为除了这些没用的咸水，我们没有任何淡水可以喝。"肯特的双臂疯狂地甩着，他指着救生筏外的海面，好像在提醒我们此刻我们正被汪洋大海包围着。"我们没有食物，也无法确定方位。这条破船上虽然有信号灯，但灯里的电池已经被海水泡烂了。人们现在彻底找不到我们了。"肯特的身子向前靠过来，他布满老茧的手紧握在胸前。他死死盯着我的眼睛，说道:"宝贝儿,你的妈妈还活着,但是你应该为此感到难过,因为死亡才是摆脱厄运的最好方法。"

我必须得承认,尽管肯特的说话方式过于直截了当,但是他说的的确没错。这就像在你脸上狠狠地给了一记耳光——尽管很疼,但在疼痛过后,你的头脑反而变得更清醒了。

"啊,上帝啊。"我喊道,我用手轻轻抚摸着玛格丽特从盖着的衣服下露出的柔软头发。我意识到肯特说得很正确。

"看来有人最终还是听从我的意见了,这感觉真不错。"肯特咕咕哝哝地说道,他似乎从我的痛苦表情中得到了异常的喜悦。

"我真希望把你扔到海里去,肯特。"戴夫说道。他瞪了肯特一眼,然后忽然握住我的一只手,这把我吓了一跳。我坐在戴夫面前,目光无法从他身上移开。"听着!我也看得出来我们眼下的处境的确不妙,但是,莉莲,我们必须坚持。你永远都不知道接下来会发生什么。卡尔顿公司是不会轻言放弃的。眼前的一切不过只是一场噩梦,这就是我工作时的信念。即使救援人员找不到我们,我们也有可能遇上渔船或是货船,也许直升机会在空中发现我们的踪迹。虽然还需要时间,但会有各种可能性出现。我们现在能做的就是保持耐心,即使什么都不可能发生,也要保持耐心等待。"

"可是玛格丽特等不了。你和我都清楚在现在这种情形下她不可能活很长时间。"我说道,手指着看似毫无生命迹象的玛格丽特。"我现在能想到的就是——玛格丽特死了之后就该轮到我们了。"

"想想积极正面的东西,莉莲。想想你的孩子、你的家庭、你的丈夫,还有……这些就够了。"戴夫说道,他充满幽默的语气与当前的严峻形势显得格格不入。此时他松开了我的手,瘫坐在一边。

"说得多精彩啊。"肯特继续语带讽刺地说道。

救生筏的底部混合着灌进的海水、血水还有海草。戴夫摇摇晃晃地蹚过船底的污水朝我爬来。当他再次坐到我身边时,身子撞在了我的左肩上,灼热的疼痛感迅速遍及整个肩膀。

"在机舱里我除了给玛格丽特拿救生衣外,还拿了其他东西,是你的东西。"戴夫忽然不说话了,然后他一下子拿出我的浅蓝色背包。背包底部有一半地方已经湿透了,顶部则留下了海水蒸发后形成的一条条盐渍。尽管如此,我还是认得出这就是我背了将近十五年的背包。它仿佛在向我传达家的讯息,就像戴夫此刻在我耳边轻言细语一般。

"你怎么把它找回来的?"我惊讶地问道,伸出手轻柔地抚摸着背包已经褪色的表面。

"这可就说来话长了,我至少得说上一整天。不过,现在我们首先要做的就是想办法离开这条船,然后我们才有希望。"戴夫朝我使了个眼色,拿起背包说道,"来,拿着。"

我伸手取包,感到肩胛骨有剧烈的刺痛感,好像有鱼钩刺穿了肩膀似的。我喘着气,手没拿到包就落下了。

"你受伤了?"戴夫问道。他轻轻将背包放下,鹰钩鼻向左边歪斜着。

"没有,我很好。你能帮我打开背包吗?我记得里面还有一瓶水。"戴夫用困惑的眼神看了我一眼,然后开始寻找包上的拉链。他费了好大力气才将错位的拉链拉开。在用力拉拉链时,他的肘部猛撞在我的胳膊上,我的身体抽搐起来。我倒吸了几口气,然后缓慢地将气吐出。"那瓶水应该在最大的那个口袋里。我还没打开过,它应该还是满的。"我轻声说道,同时偷瞄了一眼肯特,"那瓶水能够让我们坚持更长时间,是吗?"

肯特此时耸耸肩。他坐在救生筏的一边,坐姿比之前更笔挺了。当戴夫慢慢拉开拉链时,肯特也在偷看着。此刻我不断在回想背包里放了哪些东西:水、燕麦卷、玛格丽特的钱包、化妆盒、书、替换的衣物、手机、笔记本,还有其他从家里带来的零零碎碎的东西。

戴夫往包里看了看,他用自己的手掌将拉链撑开。他扬起眉毛显得十分惊喜。他将手臂伸入背包的深处,然后掏出了一瓶16盎司[①]重的饮用水。

"哇!你们知道吗?"肯特用一种敬畏的语气说道。戴夫将那瓶水递过去,肯特小心翼翼地捧着,仿佛那瓶水是一块易碎的水晶似的。"小心!这瓶水现在就是我们的生命之源。我们得控制一下喝水的量,至少接下来

[①]盎司:既是重量单位也是长度单位。作为重量单位时,1盎司等于1/16磅,或约等于28.3495克。

的两天我们都得靠它过活。那个包里还有什么？"

戴夫又看了看我，好像在问我是否允许他继续检查我的私人物品。我点点头，肩膀上的疼痛此时让我想吐。很快他们在背包里找到了玛格丽特的钱包和化妆盒。化妆盒里的小镜子可以用来折射光线从而引起天上飞机的注意。此外，他们在背包里还发现了一个针线包和几瓶药，有些药的有效期已经过期十多年了。

救生筏上的气氛开始从最初世界末日般的绝望变成了颇为乐观的喜悦。我们检查着背包里的每一件物品并将它们分类，然后把它们装进各种使用过的塑料袋里封存。分拣物品的工作转移了我们的焦虑，这或许也是这些东西给予我们的一种恩惠吧。

"莉莲，你看我发现了什么！我真不敢相信它竟然还完好无损。晒干后，你又可以读了。"戴夫用那本湿透的小说书拍了拍我的肩膀，书的封面是两个上身赤裸拥抱在一起的情侣。

"嘿，别这样！"我喊道。

戴夫吓了一跳。"我做什么了？"

"没什么，是……是我的肩膀。"我极力控制住喘息说道。"你刚才用书拍我的肩，真的很疼。"我想如果我不移动肩膀的话，疼痛感就会消失了。

戴夫插着手，皱着眉头看着我，他的眉头之间露出一道浅浅的皱纹。我并不希望他为我担心，我也不需要他的关心。玛格丽特才真正需要别人的关心呢。

"不用担心，我没事。"我极力使自己的语气显得很自信。

"如果你说话时声音不颤抖,我倒是可以相信你没事。"

"我……我没有啊……"我辩解道。戴夫说得没错,此时我的声音听上去就像在唱歌剧。

"怎么样,我没说错吧?"戴夫昂着头说道,"现在让我来检查一下你的肩膀。你的肩膀很可能受伤了。如果我们像肯特说的那样会长时间困在这里,那么我们得确保你的伤口不会被感染。"

"好吧。"我现在只能听从戴夫的建议了。我转过身让戴夫检查伤口。当戴夫的手触碰到我右肩胛骨上的痛处时,我紧咬嘴唇。

"这儿流了很多血。"戴夫说道,他倒吸了一口凉气。"跟我想的一样,莉莲。血已经干了,你的衣服和伤口黏在了一起。我不知道该怎么办……"戴夫犹豫了片刻,然后朝救生筏的一边喊道:"肯特,过来搭把手。"

"我告诉过你了,我们很快会把急救箱里的药用完的,然后我看你怎么办。"肯特抱怨道,然后他跌跌撞撞地来到我和戴夫坐着的地方。

在肯特和戴夫交换位置之后,肯特用他粗壮的手指透过衣服检查着我的伤口。他啪的一声将急救箱打开,从里面拿出一捆纸。他抽出其中一卷,用牙齿扯开外面的包装袋,然后将扯碎的包装袋吐到海里。当他在救生筏旁甩动手臂洗手的时候,整条船向一侧倾斜着。

"情况怎么样……"一阵火辣辣的疼痛感使我无法

把话说完。肯特在我的肩膀上贴了一些东西。我知道戴夫在旁边,他是不会让肯特伤害我的,所以我安静地坐着,慢慢地呼气吸气,极力控制自己的呼吸节奏。肯特突然将我的胳膊抬起来,这次除了疼痛之外,我还感到头晕目眩。

"你能不能轻柔点。"戴夫在我身后说道。

"这叫压背,你懂什么。要不你来做,否则你就闭嘴。"肯特回应道。

"我可不会压背。"戴夫的声音变得柔和起来,"只是请你动作轻柔点。"

"我现在需要把你的上衣撩起来。"肯特将他的手放在我的后背上,然后慢慢地将我的衣服往上撩。"这可能会有点疼。"肯特警告道,此时衣服已经撩到了伤口黏合处。然后我听到了纸张的碎裂声并感觉有一块很粗糙的东西被按在了伤口上,我立即嗅到了酒精的气味。浓烈的气味在我的鼻孔里灼烧着。我开始啜泣起来。

"我很抱歉,宝贝儿。伤口很深。"肯特说道,他尽量使自己的声音听上去温柔。"在将伤口缝合之前,一定得清洗消毒。"

"缝合?你确定要缝合伤口吗?"戴夫的声音听上去充满了困惑。

此刻我已经有些迷迷糊糊了。然后又是纸张的碎裂声和酒精的呛人气味。肯特的手在我的伤口上揉搓着,感觉就像溃疡上揉搓着一张沙皮纸。

"伤口太深了,包扎没用。"肯特解释道,"如果不缝合伤口，伤口一定会被感染的，然后她很快就会陷入昏迷。这可不是抗生素能解决的，明白吗？"

"那么，你打算怎么缝合？"戴夫重复问道，他的语气显得有点不耐烦。

"背包里不是有针线包吗？我就用它来缝合。"

"也许我们应该等救援人员来处理，"戴夫辩论道，"我不是怀疑你的能力，只是我觉得救援队在这方面会更专业一点。"

"你是不是脑子坏了？"肯特说道，他将最后的一个酒精棉花团丢进海里。然后他坐下来，扭动了一下脖子，"记住，至少在接下来的很长一段时间里，不会有什么神奇的救援人员出现。如果我们不好好照顾自己，那么即使他们来了，他们找到的也只是一船尸体。"

"好吧，"我轻声说道，"那就缝合吧……就现在。"

"你确定吗，莉莲？如果你不想，我们还可以等一等。"戴夫说道，他想让我缓一下。可是我不想等，我想让这一切赶快结束。

"肯特——就现在做吧。"

"这才是聪明的小乖乖。"肯特说道，他说话的口吻听上去好像我只是一匹马或是一条狗。戴夫不再插嘴辩驳。肯特开始进行缝合前的准备，"行了，小乖乖，你可别乱动。"我极力不去听他在说什么。

冰冷的针尖十分锐利。当它扎入伤口处的皮肤时，我的身体不受控制地想要逃避这深入骨髓的疼痛感。

"该死，别动！"肯特咬牙切齿地喊道。

我试着去回想我曾在分娩指导课上学习过的禅宗技法。我是禅，我将完全融入禅。当肯特用手指捏着我的伤口时，我用了卡伦护士在无痛分娩课上教我的所有方法让自己蜷缩进肉体的深处。但在意识的深处，我能想到的是我的两个孩子以及许多让我感到快乐的往事。

当我慢慢地呼出一口气时，肯特开始在我的皮肤上穿针引线。这一次他的速度比刚才更快，我能感受到针线在我的皮肤里滑动。当针尖穿透皮肤的另一侧时，我实在无法忍受了，我开始扭动身子，想要逃离这小小的针尖对我的折磨。此时我听见身后传来一阵骂声。

"听着！宝贝儿，"肯特的声音和我的身体一样不停颤抖着，"如果你继续乱动，你的伤口会变得更糟。听明白吗？"

"我尽力吧！"我大声叫道。以前只有当乔西做了让我感到震惊的事情时，我才会这样放声大叫。此刻伤心的泪水溢满了我的眼眶。

"行了，行了……别哭。上帝啊。"肯特说道。他举起手，然后将手放在自己的大腿上。"戴夫，到这边来。现在你能派上用场了。坐在她前面按住她。"

戴夫冲过来，一屁股坐在我前面，于是我和他面对面地坐着。"你能做到的。你知道你行的。"戴夫眉头那道浅浅的皱纹又出现了。剧烈的疼痛让我想放声大喊：你根本不懂我的痛。但是我没有喊，我只是点了点头。

"准备好了吗？"肯特不耐烦地问道。

"你急什么，肯特？你要赶赴约会吗？能不能再给

点时间。"戴夫用极度自信的语气质问道,然后他让我的头靠在他的肩膀上,随后又将自己的头靠在我的头上。他的动作是那样娴熟而自然,仿佛多年来我们一直在做这些动作似的。他的胡茬——戴夫已有一天没刮胡子了——摩擦着我的耳朵。

戴夫的双手沿着我的手臂一路往下摸,最终他紧紧握住我的双手,拇指在我的掌心里上下滑动。戴夫如同按下了我身上的按钮,我的整个身体顺从地靠在他身上,他的手指仿佛在释放麻醉剂似的。

"莉莲,准备好了吗?"戴夫问道,此刻他的声音变得像原木表面那般柔滑而厚实。

"嗯—嗯。"

"好了,可以了。"戴夫对肯特说道。

在针尖刺入皮肤的那一刻,我感觉自己像被烙铁烙了一下。但当我的身体企图扭动时,戴夫死死地抱住我。"好了,你很棒,很了不起。"不知为什么我竟然相信了他的话。

第二针同样使我感到剧烈的刺痛,不过肯特的速度明显加快了。看来肯特十分擅长伤口缝合。如果我说接下来的每一针一点都不痛,或者当针尖穿过我细嫩的皮肤时什么感觉都没有,那我肯定是在撒谎。但当我依偎在戴夫的怀里时,我学会了忍受疼痛,这一点却是毫无疑问的。刺穿皮肤、收紧伤口、缝合伤口、剪断棉线,然后重复这一过程,就这样我共缝了八针。

"终于搞定。"肯特说道,他将身子向后退。

缝合后的伤口仍然感到胀痛，身体任何突然的动作都足以使我大声尖叫。不过，感觉真的比先前好了，的确比先前好多了。"谢谢你，肯特，真的很感谢。"

肯特朝我摆摆手，然后开始翻我的背包，直到从里面拿出一小瓶处方药。

"吃一点这个。"肯特说道，他将药瓶扔过来，药瓶正好落在我的大腿上。药瓶上写着"玛格丽特·林登2006"的字样。过期的抗生素总比细菌感染强吧。

"我来帮你。"戴夫说道，随后帮我拧开药瓶，将水递给我。我喝了一小口水，将椭圆形的白色药片吞了下去。

"谢谢你。你今天真好。"我说道，希望此时脸上的笑容能表达出心中对于戴夫无法诉说的千言万语。

"你需要好好休息一下。"戴夫说道，他将我的背包放在玛格丽特的头边。"就睡在这儿吧。"

我蜷缩在充气凳上，根本没意识到自己的腿此时正靠在戴夫的腿上。戴夫身上的体温使我的眼皮变得格外沉重。此刻我甚至都不愿意睁开眼看一看。我顺从地进入了梦乡，假装自己正睡在家里。

第十一章 戴夫
此刻

"你们在救生筏上待了多久,戴夫?"

"我感觉像是待了很久,但从坠机到发现陆地,我们在船上总共待了将近三天。"戴夫简明扼要地回答着。此时他翘起了二郎腿。"老实说,我曾一度认为我们这辈子都要待在那条救生筏上了。"

"在救生筏上的那几天你们是怎么过的?"兰德尔问道。她摩擦着手指的指尖,好像指尖上粘上了油腻的东西似的。显然她对于这个问题并不感兴趣。不过,戴夫还是得小心翼翼地回答。他不会让兰德尔轻易攻破自己的防线。

"我只能说是运气好。当我们逃离飞机时,莉莲带着她的背包。包里有一瓶水还有其他一些必需品。此外，还有肯特随身携带的那个急救箱。如果没有这些东西，我们可能熬不过接下去的二十四小时。"

"那么，陆地呢？"兰德尔急忙问道，直接省略了戴夫事先准备好回答的一连串问题。"你们是什么时候看到陆地的？"

戴夫想说的话——救生筏上所经历的那些磨难和无尽的等待——刚到嗓子眼，却被兰德尔的一句话轻轻地带过了。戴夫提醒自己，说的越少越好。如果兰德尔省略所有细节直接询问有关救援的情况的话，戴夫也是会欣然同意的。

"那是在第三天将近中午的时候，"戴夫回答道，"当时太阳已经升得很高了，阳光暴晒着我的额头。瓶子里只剩下几小口水，玛格丽特还是陷于昏迷之中。当时我感觉我们已经完全绝望了。"此刻戴夫脖子的背部开始流汗，仿佛他的身体仍然对于当时船上炙热的环境记忆犹新。"最初我还认为是幻觉。当时我太虚弱了，身体状况已到了临界点。不过，我们当中还没有人绝望到去喝海水，因为肯特说如果喝了海水，你会疯掉的。但是过了没多久我就开始怀疑自己是不是已经疯了，因为至少在一个小时前我就看到有一个翠绿色的小点在我的前方渐渐出现而且变得越来越大。不过我没跟任何人说。"

"当时你的心情是怎样的？"兰德尔追问道。

"一开始是疑惑，然后我变得很兴奋，似乎看到了希望。我们当时不知道那个岛究竟有多大，或是上面有没有人居住。所以一开始大家都觉得有救了，一切都可以结束了。"

戴夫至今还记得，当救生筏越来越接近那个翠绿的岛屿时，一阵阵的期待在自己空空如也的胃里翻腾着。他确信大家终于得救了。他期待着他们的救生筏突然地冲上小岛的海滩把躺在沙滩上晒日光浴的游客吓一大跳。他已经被晒昏的大脑当时还想象着他们冲向海滩边的售货凉亭，然后每人点上一大杯柠檬汁。

"当时你们既没有船桨也没有马达，你们是怎么上岛的？"兰德尔问道，此时她提问的语气不像先前询问特丽莎的时候那么充满质疑了，而是显得更加刻板，仿佛事先排练过似的。

"当我们意识到那个小点就是陆地之后，我们先前的喜悦之情反而消失了，因为当时我们的救生筏正处于一股洋流中，而那股洋流并不流向那个岛。当时救生筏移动得很慢，所以我们有足够的时间来计划安排。首先我们试着用手像船桨那样在水里划动，但是我们无法划得很远。你要知道，我们几个当时都已经脱水了，而且饥肠辘辘，又被太阳暴晒，所以我们使不出很大的力气。后来肯特想出了一个办法，他让大家跳进水里，然后不停地在水里蹬腿使救生筏前进。"

"所以你们下水了？"兰德尔打断了戴夫的陈述，她的脑袋歪斜在一边。"你们难道不怕鲨鱼或是其他海洋猛兽吗？"兰德尔扬起蜂蜜色的眉毛，一边眉毛比另一边翘得更高，这使得戴夫开始怀疑，兰德尔的这对眉毛是天生的呢？还是整容后的产物？

"我们本应该想到这点。但是我们当时只是想赶快登上那个岛，我们认为岛上可能会有食物，居民，还有通讯设备。而且我认为即使当时我们想到了鲨鱼，我们仍然会那样做，因为这样的风险还是值得冒的。"

"那么，请描述一下当你们登岛之后，岛上是什么情况？还有其他人当时状态如何？"

"第一个晚上是最糟的。"戴夫回答道，他感到一股寒气遍及全身，仿佛大风还在吹着他湿透的外衣。"我是说我们上岸后的第一个晚上。我们当时没有火，也没有淡水和食物。我还记得岛上一片漆黑。莉莲在照顾着玛格丽特，肯特一上岸就开始到处溜达，而我整个晚上都睡在救生筏里。"

兰德尔的耳朵似乎捕捉到了'玛格丽特'这几个字。她忽然问道："玛格丽特，她坚持了多久？"一个走向生命尽头的女人怎么会变成兰德尔口中这么轻率的问题呢？戴夫希望予以玛格丽特应有的尊重。

"玛格丽特在我们登上岛的那一天就去世了。我们对此也无能为力。她需要的是医生和具备手术室的医院。我想当莉莲看到那个岛的时候，她一定满怀希望，但在上岛之后发现什么人都没有时，她自己也意识到玛格丽特挺不过去了。"

"玛格丽特后来被安葬到爱荷华州她丈夫的墓边，当时法医对她进行了尸检。你有没有读过那份尸检报告？"兰德尔问道。戴夫没有想到还会有尸检。

"哦……没有，没读过。"戴夫用力咽了一口唾沫，希望这能使哽咽住的喉咙变得通畅。为什么他们要编造有关玛格丽特的谎言呢？是为了减轻莉莲心中的负罪感吗？难道人们真的会因为莉莲将手提电脑忘在座位上而责怪她吗？杰瑞会因此责怪她吗？戴夫对此表示怀疑。如果戴夫在编造谎言时能够想得再周密一些的话，就会意识到这个谎言其实是无耻且毫无必要的，甚至是致命的。如果兰德尔意识到他们在撒谎的话，她就会知道他们企图掩盖的秘密了。

兰德尔从座位旁的一个袋子里拿出一个文件夹。"我这里有那份尸检报告。"兰德尔说道，她从文件夹里抽出几张白色的纸张，然后刻意地用手指轻弹了几下。"这就是那份报告，上面说玛格丽特的死因是前额有一块大面积的伤口，该伤口与钝物击打所导致的创伤相似。"兰德尔迅速将那份尸检报告合上，然后将身体往前靠准备问下一个问题。"这个伤口是怎么回事？"

"啊，我不知道。也许是飞机失事的时候导致的吧。"

兰德尔的嘴角露出一丝微笑，这让戴夫不安起来。

"当然是飞机失事时导致的。你们帮玛格丽特处理过伤口吗？"

"我们尝试将伤口弄干净，然后尽我们最大的努力将伤口包扎起来。但是我们没有专业人员的帮助，所以伤口处理得并不好。"

"嗯，我明白了。"兰德尔的舌头舔了舔薄得几乎看不见的嘴唇。"玛格丽特当然是在飞机失事中受的伤，只是有一点我很好奇：我观看并且阅读了你和莉莲之前的每一次采访记录，你们竟没有一次提到过玛格丽特的死因。我想知道这到底是为什么？"

戴夫听出了兰德尔话语之中所隐藏的谴责。他将自己微微颤抖的双手塞在大腿下面，这样兰德尔就不会注意他此刻高度紧张的神情了。他有五秒钟的时间来判定自己是否真的遇到了麻烦，还是自己可以冷静地面对。就在这时一个想法在他的脑海中完整成形。

"我想可能是没人问过我们玛格丽特的死因吧。"戴夫回答道，他向兰德尔露出一个灿烂的微笑，并将双手从大腿下拿出，然后捋起了头发。莉莲曾说过，女孩子在紧张的时候会做这样的动作，而莉莲也喜欢这么做。"您的采访真是细致入微啊，兰德尔女士。"

当听到戴夫的赞美时，兰德尔微微吸了一口气，她的头略微歪向一边，这个动作只有戴夫注意到了。兰德尔合上尸检报告，但她并没有低头看东西，也没有用手上的签字笔写东西，而是目不转睛地看着戴夫。兰德尔冰冷的目光让戴夫感到脊背发凉，他裸露的胳膊上泛起了鸡皮疙瘩。

"至少你们埋葬了玛格丽特，使她不至于像可怜的特丽莎那样葬身海底。"兰德尔咕咕哝哝地说道。采访中说的每一句话都会被编辑，采访中说的每一句话也都可能会出卖戴夫，因为在这次专访中兰德尔可以随心所欲地提问。戴夫说的每一句话都会被剪辑成一个个小片段，他的回答将会被断章取义，然后人们可以从中推测出各种结论。戴夫此时真想用拳头猛击身旁的靠垫,因为是他自己赋予了那些片段被断章取义的可能性,也是他自己同意接受这次专访的。戴夫此刻的心情使他回想起了身处救生筏时的无助感。当时救生筏在洋流和天气的控制下随意漂流,而戴夫对此却根本无能为力。眼下戴夫正身处于吉薇芙娜·兰德尔所营造的汪洋大海之中。

第十二章 戴维
第 4 天

南太平洋上的某个小岛

二十个小时。二十。不到一天。当我还在幼儿园的时候,我总是很难数到二十。每次刷牙的时候,父亲总是一遍遍地教我数数。从一数到十很简单,十一、十二……甚至数到十九都很简单。但是十九之后我就再也数不下去了。当时我只有五岁,二十这个概念对我而言太大,太难理解了。二十美元是一笔很大的钱;二十个玩具是一笔很大的财富;二十分钟是一段漫长的人生;而二十年则意味着永远。

现在我感觉自己又回到了五岁,因为此时我仍然无法数到二十。我的防水手表已经停了——它静止在下午三点四十五分。从我们登上这个小岛以来已经过去了十九个小时五十五分钟。由于受到了撞击,防水手表的表面已经开裂,表面静止的时间正是我们在岛上生火做饭的时间。

我们在岛上吃的第一顿饭是肯特抓到的几条珊瑚鱼,烘烤的椰子肉以及由我刨挖出来的植物根茎。肯特将大石头放在篝火中央——我们之前使用了玛格丽特化妆盒里的小镜子生火。肯特用救生筏上的小刀将小鱼的内脏掏干净,然后像展翅的蝴蝶那样将小鱼放在火上烤。很快空气中就弥漫着一股浓郁诱人的香味。我真希望莉莲能快点回来,因为我不知道肯特和我是否愿意与他人分享这顿美餐。

肯特在篝火前踱着步,时不时地翻动一下尚未烤熟的小鱼。我看着食物,感觉像浑身冰冷地躺在沙发椅上观看着平板电视上的玫瑰碗橄榄球赛①。肯特的嘴里发出咕咕哝哝的声音,他的注意力此时完全沉浸在石头上滋滋作响的小鱼身上。

"干吗?"我恶狠狠地问道。我心不甘情不愿地将视线从火上移开。我感到很生气,因为肯特使我无法全神贯注于美食。

"把那个女人叫回来。马上可以开饭了。"

我目不转睛地看着粉红色半透明的鱼肉变得越来越紧实。这会不会是肯特支开我的花招,这样他便可以一个人独享美食?不行,我得把莉莲找回来,不能让肯特独享。肯特的花招绝不会得逞。

---

①玫瑰碗橄榄球赛(Rose Bowl):每年在美国加利福尼亚州举行的橄榄球比赛,是美国最盛大的体育比赛之一。

我将围在火边的枯木桩子推开,愤愤地朝前一天救生筏停靠的岸边走去。我眯着眼从救生筏所在的地方一直望到小岛海岸的拐弯处,可是没有看到莉莲的踪影。我查看了小树林、救生筏,然后又回到了海滩边,仍然没看到莉莲。

满怀着饥饿与恐惧,我急速往回走,唯恐肯特已经把鱼吃得只剩骨头。我快速沿着海滩向营地的左边跑去,在我经过一片低矮的椰树林时,我看到了莉莲。莉莲此时正望着一个半岛,那个半岛矗立在一片险恶的海面之上。微风吹拂着她长而凌乱的头发,她身上穿着破损的衣服和泳衣。我看到她左肩上那道血红色的伤口。肯特缝合的针线虽然看上去很整齐,但却十分草率。即使莉莲不会被感染,那道伤口也足以留下抹不去的疤痕。

莉莲独自站在那里。她双腿微微分开,双手插在口袋里,仿佛正独自面对着整个世界。我不知道她此刻在想什么,我也害怕知道。今天我都一直有意避开莉莲,也有意避开肯特,但是肯特很难避开。待在他们身边,我无法思考我们究竟剩下了什么以及永远失去了什么。此时我意识到,无论我是否愿意,他们是我现在所拥有的一切。

*

之前玛格丽特还活着的时候,莉莲和现在完全不一样。那时的她的心中还残存着足以激励我和肯特的乐观精神并且从未放弃过希望。肯特之前一直管理着我们的饮用水，他只允许我们每次喝一小口。他告诉莉莲不要再给玛格丽特喝水了，因为玛格丽特根本无法张嘴，水只会从嘴角流走，这在肯特看来是一种浪费。莉莲并没有提出异议，她甚至没有要求拿回那瓶在她包里发现的水——她一直与我和肯特分享着。她没有反抗，而是将自己的那一小口水与玛格丽特共享。

但当我们看到那个小岛并确定它并不是身体脱水所导致的幻觉时，玛格丽特却撒手人寰。从那时起莉莲整个人就开始变了。

整整一天我们几个人不停地在水里蹬着腿，挥动着胳膊，偶尔休息片刻。最终海潮将我们的救生筏带向小岛的岸边。在环绕着小岛的珊瑚礁边我们几个又在水里蹬了几下，趁着冲向海滩的浪潮，我们的救生筏终于上了岸。此时太阳已经沉入了远处的大海。

在救生筏安全靠岸后，我从船上跳下来帮着莉莲将玛格丽特抬上岸。在岸边我们发现了一棵大榕树，那棵榕树的枝干向上蜷曲形成一个小房间，仿佛它早已做好了准备就等着我们上岸的那一刻似的。那个小房间只能容纳两个人，于是我又回到了救生筏上。

夜色很快降临。当我的双脚踏入救生筏周围漆黑的水中时，我的身体一下子感到强烈的疲倦感。我刚躺下就立刻睡着了。几个小时之后我在清凉的海风和拍打海岸的浪花声中醒来。当时周围一片黑暗。不，是一片漆黑。

"莉莲？肯特？你们在哪儿？"我大声喊道。

漆黑的夜色中传来一个陌生的声音。它震荡着我的耳膜，听上去像是尖声的鸣叫。声声鸣叫使我的心中回荡着希望。那是轮船的引擎声吗？或是轮船的汽笛声？可是那个声音听上去更像是某种动物的哀号。

我的脑海中迅速掠过我在《动物世界》中见过的各种动物形象。我记得最清晰的包括巨型蟒蛇、毒蜘蛛以及眼睛会发光的巨型老鼠。

我爬到已经有点泄气的充气长凳后面，希望这两尺高的塑料膜能够抵挡住任何发出这种声音的动物。"赶快睡吧。快睡——快睡。"我默默地对自己说道。

先前如同麻醉剂一般使我沉睡的疲倦感此时已经消失了。现在这一声声萦绕耳畔的哀鸣使我高度警觉起来。天上的云朵遮住了月亮和星星。岸边的棕榈树在大风中摇摆着。我在想我们是否又将面对一场暴风雨，似乎连天气都在与我们作对。

"啊——！"我放声大叫，试图将积聚在情绪中的所有压抑释放出来，就像通过阀门释放出容器内的蒸汽一般。"有没有人啊？"那些莉莲和肯特曾无数次问过的问题此时再次涌上我的心头。我脸朝下躺在救生筏里，这让我感到难以呼吸。我们该如何获得足够的食物和饮用水呢？会有人来救我们吗？还是他们已经放弃了救援？

"戴夫？"远处有一个声音在喊我的名字。

"是你吗，莉莲？"我叫道，我的声音仍在颤抖。

"是我。我在石头后面。你在哪儿?"

"我在救生筏里。你继续说,别停!我可以找到你的方位。"我眯着眼走入漆黑的夜色,试图辨别出该往哪里走。"继续说啊,别停。根据你说话的方位,我就能找到你了。"

我朝着莉莲说话的方向向前迈了一步。过了几秒钟我什么都感觉不到,什么都听不到,我只能感到自己的脚踩在沙子上,只能听到海浪拍打沙滩的声音。忽然我的腿碰到了一个坚硬的物体,这让我不由地叫了一声。

"你在石头边上吗?"莉莲回应道。

"是的,你继续说话,我来找你。"

"好的。"莉莲的声音显得有点犹豫,"可是我说什么呢?"

我朝莉莲说话的方向又迈了一步。以这样的速度在天亮前我根本无法找到她。我得问一些需要大段回答的问题。

"肯特在哪儿?"

"哦,应该还在岛上的某个地方吧。自从上岸以来,我就没见过他。"

看来肯特和我一上岸就把莉莲和玛格丽特这两名伤员抛在脑后了。肯特,你真是够仗义的啊。我一边走着,一边聆听着莉莲的说话声,我发现莉莲此时就在我左边几码开外的地方。

"玛格丽特怎么样了?她还好吗?"

"她死了。"

"死了？"我重复道，我竟然没有表现出惊讶之情，对此我感到很尴尬。"我很难过，莉莲。"

莉莲开始哭了。在过去的几天里我曾好几次听见她哭，有时她是由于疼痛而哭泣，有时是由于恐惧或是内疚。但这一次她的哭声却不一样，这一次是号啕般的哭声，时而伴随着一声声的尖叫。我想叫她不要哭，但是此时就连她的喘息声都变成了哽咽似的哀鸣。我忽然意识到，这哭声就是我刚才所听到的某种动物发出的哀号。

听着莉莲的哭声，我感到一种莫名的恐惧。跟随着哭声的指引，我可以轻松地确定莉莲的方位。但是此刻我却想逃跑，因为我不知道该如何抚慰这种生离死别的伤痛。

此时我面对着一个比饥饿和死亡更令人恐惧的问题：如果我无法抚慰莉莲的伤痛，那么我又该如何抚慰自己的伤痛呢？

一滴咸涩的泪水流入我的嘴角。我意识到自己一个人是无法解决这个问题的。我需要莉莲，莉莲也需要我。于是我毫不犹豫地朝莉莲哭声的方向蹒跚走去。此时我十分感谢这漆黑的夜色，莉莲现在最需要看到的是我的脸以及由于哭泣而变得红肿的双眼。当我的脚碰到莉莲的腿时，莉莲哽咽了一声。

"是戴夫吗？"

"不是，"我开玩笑道，随后压低声音说道："我是猫王。①"

莉莲忽然拉住我的手,她的手上沾满了泪水。"你终于找到我了。"莉莲轻声说道,我无法想象这样的轻言细语竟能发出刚才那样撕心裂肺的哀号。此时莉莲的手指与我的手指紧扣在一起。

"我们就像驰骋在大海上的马可·波罗②,如果这一切发生在泳池里就好了。"莉莲说道。她紧扣的手指让我感到紧张,我极力控制住自己的情绪。

"我很抱歉没能帮上什么忙。"我说道。莉莲凹凸不平的头部轮廓在夜色的掩映下看上去就像一张胶片。

"你是在开玩笑吗?如果刚才你不叫我的话,我肯定现在还会像在救生筏上的时候那样哇哇大哭的。"

"来,坐这儿。"莉莲继续说道。她拉着我的手,把我引到沙滩的一小块空地上。我盘着双腿,坐在她身边。

"你现在感觉怎么样?你一直都待在这儿吗?"我问道,用大拇指轻轻地揉搓着莉莲的手背以便让她镇定下来,同时也为了让我自己镇定下来。莉莲紧挨着我,将头靠在我的肩膀上,这让我全身变得暖和起来。

"不是。"

"早晨我们先去找食物和搭建营房,然后我们再想接下来该怎么办。既然我们现在身处陆地,就有更多的

---

①猫王(Elvis Presley, 1935年—1977年):美国著名摇滚音乐巨星。
②马可·波罗(MarcoPolo, 1254年—1324年):意大利著名探险家,曾随父亲和叔叔远游到达中国。

选择了。这是件好事，不是吗？"我说道，尽量使自己的语气听上去十分专业，仿佛我知道自己在说什么似的。我将莉莲的胳膊放在我的膝盖和大腿上。

"我现在根本不敢想象明天会发生什么。"莉莲将脸转向我的肩膀，"现在玛格丽特已经不在了，我感觉太阳不会再升起了，好像我们掉入了永恒的深渊里似的。"

"你知道我最喜欢你哪一点吗？"我开玩笑似的问道，"就是你永不磨灭的乐观精神。"

"救援队不会来了。"莉莲没在听我说的话，"没有人会来救我们。"

"是的，没人会来救我们。"我十分肯定地说道，因为撒谎也无济于事。莉莲深吸了一口气，然后慢慢将气吐出。我感到周围的空气被搅动了起来。

"那么，我们会死在这座岛上吗？"

"不一定。"

莉莲靠在我肩膀上的头摇了一下。"如果没人来救我们，我们只能被困在这里。我们迟早会像玛格丽特那样死去。"

"没人能够永生，莉莲。"我说道，我的下巴摩擦着莉莲打结的头发。"无论是在小岛上还是在圣路易斯[①]的家里，我们都无法获得永生。但在生死之间我们还有许多事情要做。我们不仅会死在岛上，还会在岛上

[①]圣路易斯（St. Louis）：美国的一座港口城市。

生活。"

"可是我不想把余生浪费在这里，戴夫。我想和我的孩子、杰瑞、玛格丽特还有我的兄弟姐妹父母双亲生活在一起。"莉莲说道，她突然扭头看着我，她鼻子里呼出的热气喷在我的脸上。"假如我们能在岛上活下来。你想想看，五年之后，十年之后，二十年之后，或者不管多少年之后，岛上的生活会变成什么样子？生活在一大堆沙子上，我们将会有什么快乐可言？"莉莲又哽咽了，我知道这一次不仅仅只是哀悼玛格丽特。她将再也见不到自己的孩子了，而她的孩子们也会认为她已经死了。

"我明白你的感受，我也想回家。也许某一天我们都可以回家。但在那之前，我们必须好好地照顾自己，好好地利用周围的一切。"我急促地说道，每说一句都会喘一口气。"我们必须彼此照顾对方，这样才有回家的希望。"这一次我的语气十分坚定，因为我相信自己。

莉莲的眼神显得狂野而脆弱。她眨着眼看着我。她喘气的速度一次比一次急促。她用舌尖舔了舔嘴唇，她忽快忽慢的气息冲击着我下巴上的胡茬。

"我想你说得没错。"莉莲说道，她似乎接受了我的观点。此刻她的头又靠回到我的肩上。我调整了一下坐姿，这样她受伤的肩膀就不会承受太大的压力。"我现在又累又饿。我不知道……什么……"还没说完莉莲就睡着了。我小心翼翼地靠在沙滩上以便不吵醒她。我平躺着仰望星空。

黑莓文学

一小片云彩预示了天气的变化。当云彩散开时，我看到了一抹天空，繁星细密的光芒交织在一起。此刻在这深邃的云层之间我究竟能窥探到多少星辰？在云彩合拢之前，我试着数天上的繁星，仿佛它们就是一只只绵羊。终于我睡着了。

肯特将我们摇醒，此时正是一个阳光明媚的早晨。醒来时莉莲仍陷于一种半催眠的状态之中。她像行尸走肉一般走着，小心翼翼地避开玛格丽特僵硬的尸体。经过了一夜冰凉海风的吹拂，玛格丽特的尸体已经变成了一个挥之不去的蓝色梦魇。

肯特将一个椰子塞在莉莲手里。乳白色的甘甜汁液从切开的裂口处流出。莉莲将椰子放在唇边，略微吮吸了一口。随后肯特教我们如何使用小刀劈碎椰子吃掉里面甘甜的椰肉。然而莉莲只是点点头，小口吮吸着手上的椰子。

"这个女人是不是傻了？"肯特咕咕哝哝地说道，他将空空的椰子壳丢进海里。

"让她静一静吧。她婆婆去世还不到一天。她需要时间重新调整自己。"我说道，我不知怎的总想维护莉莲。

"哦，我也失去了特丽莎，可没像她这样变得疯疯癫癫。"肯特说莉莲时的口气就像是一位老师在给学生的作业评分似的。"她不能一直这样。我觉得她已经失去理智了。"肯特一边说着话，一边将空椰子壳向飞盘一样一个个扔向大海。"她既不吃也不喝，也不帮我们搭建营地。如果她已经放弃了希望，我倒也无所谓。但她不能白吃饭。我的原则就是'不劳动者不得食'。我会严格遵循这个原则。"

"啊，看来你已经想好在这个小岛上怎么统治我们了，是吗？"我质问道。

"你别自作聪明了。"肯特反驳道，然后他从莉莲没吃的椰子里撕下一块椰肉咀嚼起来。"如果她不肯付出，我可不会一直照看她的。"

我光着脚站在海滩和海水的交界处，对于肯特说的话感到不知所措。此时的肯特仿佛就是这个小岛的国王，而我只是他的仆人。我开始在头脑中酝酿驳斥他的话，但最后我放弃了。根据目前我对肯特的了解，他不是一个会跟你讲道理的人。

"我会找莉莲谈谈的。"我说道。

"很好。"肯特说道，嘴里嚼着一大块椰肉，发出响亮的咀嚼声。"等等。"肯特说着将手伸进短裤口袋，"你拿着这个。"

他将一片橘黄色塑料塞进我的手里，仿佛主子塞给贴身男仆一笔小费似的。我摊开手掌，看到塑料片末端的锋利金属片正在阳光的照射下闪闪发光，看上去就像一把美工雕刻刀。肯特此时一定看到了我脸上困惑的表情，于是他解释起来。

"这是一把小刀……是救生筏上的。救生筏上有两把这样的小刀，为了必要时割断系在飞机上的尼龙绳。我想你也应该要有一把，明白吗？以防万一。"

这就是之前当逃离机舱时我叫莉莲割断救生筏绳索

的那把小刀。莉莲在用完后一定又放回救生筏上了。我感到有点困惑，肯特为什么给我这把刀呢？我和他并没有成为灾难中相依为命的好兄弟。我的手此时握着闪闪发亮的刀柄，心里略微感到有点底气了。除了身上穿的破衣服以及正在火边烘烤的皮鞋之外，这把刀是我仅有的财产了。我悄悄对自己许诺，一定要好好利用这把小刀。

我将小刀塞进口袋，我发现肯特一直在警惕地注视着我，也许此刻他有点后悔把拿把刀给我吧。在肯特改变主意之前，我得赶紧离开。

肯特紧跟在我身后，他不停地用手擦拭着卡其布短裤。尽管他看上去虎背熊腰，但当他穿着这条卡其布短裤时看上去则更像一个试图逃避长辈惩罚的大男孩。他构思着今天的日程安排，已经迫不及待地想成为一个领袖了。我并不觉得这有什么不好，所以我允许他来领导我和莉莲。走路时口袋里的小刀摩擦着我的大腿，这让我感到十分安心。

接下来我们首先要做的就是埋葬玛格丽特，这一建议是由肯特提出的。尽管听上去有点不近人情，但肯特说的并没有错。在白天的高温和阳光的暴晒下，玛格丽特的尸体开始腐烂，这会招来食肉动物和食腐动物。肯特建议将那个在海面上凸起的半岛作为玛格丽特的墓地，因为那里远离我们生活的营地和树林。我认为将玛格丽特埋在海边也很妥当，因为我们所有人都能看到那个半岛，它会提醒我们那些已经永远失去的东西。

我们用竹片挖了一个很深的坑，这样没有动物能刨到玛格丽特的尸体。这足足花了我们两个小时的时间，因为沙子会不断流入坑中，我甚至曾一度认为我们永远都挖不完那个坑了。最后我们将沙子弄湿，然后挖坑的速度才变得快起来。在整个过程中大家都一言不发。

肯特坚持要为空难中离世的两位女性竖立一个纪念碑，然而自从将玛格丽特僵硬的尸体埋入沙坑之后，莉莲就不再对任何事情发表意见了。她的手中紧握着玛格丽特生前戴的那根金项链，她紧紧地抱着玛格丽特那件沾着血迹的衣服，仿佛只要抱着它，玛格丽特便能起死回生。

肯特说了一些有关特丽莎的悼词，然后他的声音哽咽了。没过多久，肯特说他准备去打猎，而莉莲则闭着双眼默默地坐在玛格丽特的墓边。我不知道她是睡着了还是在祈祷，但我知道此刻不应该去打扰她。

*

莉莲仍然望着大海，仿佛只要目不转睛地望着，她便可以找到自己的家。我知道我要么帮她尽快摆脱这种状态，要么就把她交给肯特让她自生自灭。只要和莉莲在一起，我便可以忍受岛上的生活，甚至我一个人也可以忍受。然而没有莉莲而只有肯特的生活却是我绝对无法忍受的。

现在该是我和她谈谈的时候了。

当我向莉莲走去的时候，我的掌心开始冒汗。她肩上那道缝合的伤口显得更加惨不忍睹。我想伸手将她搂在怀里，我想用我的体温去抚慰她布满鸡皮疙瘩的肌肤。然而，我只是站在她的身边，双手交叉在胸前抵挡吹来的海风。我在等着她注意到我，可是她的视线始终望着大海。

"莉莲。"我叫了一声。她眨了一下眼，但仍然一动不动地站着。"莉莲，肯特已经把饭做好了。饭菜看上去很可口，有鱼，还有其他食物。你来一起吃吧，那些食物足够我们大家一起分享的。"我仿佛看见她在摇头，但也可能只是海风吹拂她的头发而已。"来吧，莉莲。肯特很担心你，我也很担心你。来跟我们一起吃饭吧。"莉莲的脸颊边滚落下一滴泪珠，泪珠沿着她尖尖的下巴向下滑落。然后大颗的泪珠不断滚落下来。

"我知道你很孤单。虽然这听上去有点自私，但是我现在真的需要你，莉莲。"我向前走了一步说道，"如果没有你，我也会失去自己。"

我觉得我说的话犹如风中被晾干的衣服那样枯燥而乏味。于是我也开始假装看海。或许莉莲并未茫然地望着大海而是在注视海面上的某个东西。此时我的胃发出雷鸣般的响声，之前吃下的几块椰肉在胃里翻腾着。此刻在篝火边正烤着真正的美食，救生的本能告诉我应该离开这儿，在美食被吃完前去吃掉属于自己的那一份。可是我并没有离开莉莲。我不能像昨夜那样弃她不顾，玛格丽特就是在昨夜去世的。

"我希望你刚才说的那句话能写入你的个人资料。"莉莲用极其微弱的声音说道。

"你指什么？是我刚才说的那句自私的话吗？"我用余光看了她一眼。

"不是，我希望有人告诉你，你是一个好人。"莉莲抬起头看着我。在她悲伤的面容之下浮现出一个浅浅的微笑。我也情不自禁地向她露出一个微笑，因为我记起我在飞机上曾向她说过类似的话，那时飞机还未发生事故。

"我猜我们俩能吃的一样多。"我指着通向营地的海滩。"我们一起去吃饭吧。"海风此刻向岛内的方向吹着。莉莲全身颤抖着，但我并不感到冷，因为莉莲眼中重新燃起的火光正温暖着我。

黑莓文学

第十三章 莉莲
此刻

"我们一开始在离营地不远的地方挖了一个坑,"莉莲解释道,她看着兰德尔脸上隆起的褶皱,极力控制自己不笑出来。"没过一会儿,每个人都用过了那个坑。它变得太肮脏了,于是我们把它填埋了。在搬到环礁湖边之后,我们立了一个新规矩——不准问问题,也不准说话。如果离开营地或者水边超过三十尺①远的距离,就得做标记以防走失。这的确很管用。"

"我所谓的个人卫生,"兰德尔打断莉莲的话并大声地咽了口唾沫,"是指洗澡啊、洗衣服啊,还有肥皂啊……之类的东西。"

很显然,莉莲刚才有关上厕所的描述让兰德尔原本

---

①即将近十米的距离。译者注

平静的心情变得烦躁起来。不过，莉莲却感到很开心。如果能让所有采访记者都像兰德尔这样情绪烦躁，莉莲愿意向他们描述许多有关上厕所的细节。

"难道你不知道我们是用什么东西来充当卫生纸的吗？"莉莲问道，她向兰德尔天真地眨着眼睛，而兰德尔则抿着嘴唇。幸好杰瑞没有下楼，否则他和莉莲一定会开怀大笑。

"我真不知道。"兰德尔提高嗓门回答道，她的声音带着些许恐慌。莉莲觉得，兰德尔这个女人显然没有做过*母亲*。此刻莉莲的脑海中闪现出以前教乔西和丹尼尔如何上厕所的经历。

在莉莲踏上那次可怕旅程的时候，乔西和丹尼尔当时都还只是孩子——一个七岁，一个五岁。如今当莉莲回家的时候，乔西已经九岁，见人容易紧张，而丹尼尔已经变成了一脸严肃的七岁男孩。

*

两个孩子在等待莉莲回家。吉尔用自己的双臂环抱住他们，他们的周围则被大批媒体团团围住。吉尔还是和莉莲旅行前一样没有变化。在莉莲去斐济旅行的前一天，她和吉尔曾一起在外喝咖啡。吉尔当时还开玩笑似的要求莉莲用相机拍下海滩凉亭里的每一个小伙子，然后用电子邮件传给她，这样她就可以好好欣赏莉莲斐济之旅的"精彩内容"了。

吉尔的红色短发像钉子一样向上竖着。她穿着时髦的黑色皮裤，上身穿的宽松紫色薄衬衫几乎下垂到了膝盖部位。她管这个叫做"原创"。这的确也符合吉尔的特质——原创。站在原创、时髦的吉尔身边，莉莲感觉自己平淡得就像一杯白开水。然而，尽管她们两个如此不同，却是最要好的朋友。

向前走三步，吉尔便进入了视线焦点。她的颧骨高高隆起，眼睛下方泛出淡淡的黑色，那是化妆也无法掩盖的黑眼圈。吉尔从宽松的衬衫下面伸出臂膀，她的两只臂膀骨瘦如柴，苍白得如同白骨一般。一只臂膀搂着乔西，另一只搂着丹尼尔，这使得吉尔看上去像一只正在保护幼雏的紫色大鸟，仿佛乔西和丹尼尔是她的孩子似的。

吉尔绝不会把乔西和丹尼尔从莉莲身边抢走的，不是吗？但在看到吉尔和孩子们如此亲密地搂在一起的那一刻，莉莲觉得自己已经永远失去了自己的孩子。

为了安慰莉莲，杰瑞紧紧握着她的手。他又一次凝视着莉莲，仿佛以前他也总是这样凝视莉莲似的。杰瑞凝视的眼神让莉莲感到巨大的压力——这压力比媒体和公众的关注更加沉重。

"你准备好见孩子们了吗？"杰瑞轻声问道，"你瞧，他们多兴奋。"

乔西至少长高了四五英寸。他留着金黄的长发，头发的末端微微卷曲着已经盖住了耳朵，几乎快要遮住了眼睛。如果莉莲之前在家的话，她早就把乔西的头发剪短了。不过，莉莲不得不承认，这样的打扮使乔西看上去颇有架势。

乔西瘦弱的身子上穿着一件长袖礼服衬衫，这可能是专门为这次会面而买的。衬衫上垂直的蓝灰色相间条纹使他原本就很长的手臂变得更加细长。这使莉莲立刻意识到，乔西很快就要步入青春期了。乔西身体的每一个部位似乎都在向莉莲大声呐喊："你错过了。"乔西的门牙已经完全长好了，和成年人没有区别。他大大的门牙使他很难露出笑容。莉莲不在身边的日子里牙仙[①]已经来过多少次了？

我不在的时候，牙仙怎么敢来？莉莲这样想着。没有自己，生活竟然还能正常进行，莉莲对此感到颇为气愤。她忽然对长着小翅膀挥动着魔法棒的牙仙感到万分憎恶。莉莲摇摇头试图使自己冷静下来。*别冲动，莉莲，冷静，冷静。*

莉莲已不记得该如何让自己保持冷静了。那天早上，杰瑞帮莉莲扣上了外衣的纽扣，在前往机场的路上帮她涂了口红。一路上杰瑞一直在讲述孩子们成长的点点滴滴，而这些正是莉莲所错过的细节。杰瑞讲述时的口吻就像个保姆，仿佛莉莲离开家只有一天而已。以前莉莲在照料孩子们方面可谓是个专家，而现在她感觉自己更像个旁观者。

莉莲偷偷朝吉尔的另一侧瞄了一眼，她看到丹尼尔

[①] 牙仙（tooth fairy）：英国童话中的仙子。传说当儿童换乳牙的时候，牙仙便会出现。

的小脸，丹尼尔的半边脸此时被吉尔宽大的紫色上衣给遮挡住了。丹尼尔十分安静地待在吉尔的臂膀所构成的保护网中，似乎他已经习惯于在吉尔的怀中寻求慰藉。吉尔移动了一下胳膊，丹尼尔露出了整张脸。此时莉莲的心中已没有了妒忌。她还记得以前丹尼尔的头发是淡淡的黄色，就和小岛沙滩上沙子的颜色一样。当阳光照射在丹尼尔头顶上的时候，他的头发会闪着淡淡的金光。然而，在过去的二十个月里，丹尼尔的头发却开始变成了黑色，仿佛一顶红褐色的帽子戴在脑袋上似的。

吉尔拍了拍丹尼尔的肩膀并在他耳畔轻声说了些什么。丹尼尔的视线移向莉莲，在丹尼尔和莉莲的目光彼此交汇的那一刻，莉莲屏住了呼吸。丹尼尔有着跟莉莲一样翠绿色的眼睛，至少以前它们是翠绿色的。他的眼睛明亮而清纯，粉红色的小嘴上翘露出一个羞涩的微笑。他的小手里牢牢地拿着一个用各种颜色的彩笔和蜡笔绘制的牌子，上面写着"妈妈，欢迎回家"几个大字。如果那个牌子上的标语是真实的，那么家人已经准备好再次接纳她成为家庭一员了。

周围的媒体发出骚动的声音，人群中开始有人高喊莉莲的名字。周围的躁动之声淹没了莉莲急促的心跳声。

"莉莲！莉莲！"莉莲听见有人在喊。她看了看周围，一群陌生人正在黑色警戒线形成的隔离区外推搡着，莉莲在那群陌生人中寻找着熟悉的面孔。她看到人群中间夹杂着大堆的彩色气球和鲜花，人们的脸上都露着笑容，有人叫着她的名字并且喊着一些听不清楚的祝福话语。

人们关注的目光刺痛着莉莲的皮肤,人们喊叫的话语也震动着莉莲的耳膜。人群中有一个泪流满面的女人忽然将手伸进隔离区试图和莉莲握手。她想干吗?这就是人们想要的结果吗?一下子有太多的东西涌上莉莲的心头:太多的人、太多的激动、太多的期待。莉莲想要逃离这一切。

莉莲扭动了一下手指,她想要将自己的手从杰瑞紧握的手中抽出,她觉得紧握着手是无法逃跑的。此时她想到了紧紧系在脚踝上的金属鞋带,要脱下这么一双笨拙的鞋子似乎并不容易。这双鞋是今早在关岛①时有人叫她穿上的,为什么当时没穿运动鞋而是会穿这么一双脆弱的金光闪闪的高跟鞋呢?即使那双老旧的耐克鞋无法使她逃离那座小岛,但至少现在可以带她逃回去,因为此刻莉莲真的想逃回去。

先前莉莲他们乘坐的飞机一路飞往芝加哥。坐在飞机上,莉莲不知道自己该往何处去。她无法再回到那个小岛上一个人生活了;岛上有太多太多的回忆。在芝加哥的医院里莉莲待了整整两个星期。在那如同被幽禁的两个星期里,莉莲感到自己宁愿下地狱。或许还有一个选择,那就是戴夫。如果戴夫在身边,他会知道该怎么办的。

想到能和戴夫说说话,莉莲便像被注射了镇静剂似

---

①关岛(Guam):位于西太平洋上的一个岛屿,现为美国的海外属地。

的平静了下来。她在头脑中不断构思着该如何前往加州，她想象着自己从飞机上下来看到戴夫脸上的微笑，然后极其自然地倒在戴夫厚实的怀抱里。为什么之前如此地渴望回家，而在真正回家之后却又显得如此茫然呢？莉莲不知道该如何解释这一切。只要家人都能过得好，宁可永远没有人来救我们。莉莲能够想象得出，如果自己向戴夫吐露这一心声的话，戴夫一定会皱眉表示反对。戴夫紧皱的眉头比公众关注的目光更令莉莲感到痛苦。她宁愿待在医院里，也不愿让戴夫憎恨自己。

此时杰瑞用他的臂膀搂住莉莲骨瘦如柴的肩膀，但杰瑞的手却并未触碰莉莲的皮肤。"孩子们可想你了。"杰瑞说道，他的鼻息中有一股绿薄荷的气味。在登机以及下飞机的时候，杰瑞总是喜欢嚼绿薄荷，因为这有助于缓解飞行所导致的耳压。莉莲靠在杰瑞的怀里，脸上露出了笑容。"我把他们叫到跟前来，好吗？"杰瑞问道，似乎他并未感受到莉莲心中的惶恐。莉莲想说不，但是她最终还是点了点头，她想知道自己害怕的事情会不会成真。

杰瑞把手举得高高的，向乔西和丹尼尔挥了挥手。莉莲紧紧地靠在杰瑞的怀里，她害怕孩子们会摇头不愿意过来。丹尼尔对于陌生人总是很警惕，莉莲觉得此时她对于丹尼尔而言就是一个陌生人。不过，当他们看到父亲在向他们招手时，他们立刻就挣脱了吉尔的怀抱，朝莉莲的方向跑来。

"妈妈！"乔西用颇像成人的嗓音喊道，这声音听上去如此熟悉。

"妈咪!"丹尼尔边跑边喊着。他跑得那么快,身下奔跑的双腿都快看不清了。莉莲张开臂膀准备好接受孩子们奔跑所产生的冲力。丹尼尔第一个冲入莉莲的怀抱,他用双臂紧紧抱住莉莲的双腿,乔西则紧跟其后,牢牢抱住莉莲的腰。孩子们的深情拥抱彻底打消了莉莲心中原有的疑虑。她并没有深陷在自己给自己炮制的陷阱里,而是最终看到一线光明指引着自己向上攀登。

★

吉薇芙娜·兰德尔没有孩子,莉莲已经十分肯定这一点了,因为身为一名母亲一定会对小孩子令人头痛的日常卫生问题十分熟悉。不过,此时的莉莲对于戏弄兰德尔感到十分有趣,她准备好继续兰德尔的专访——好好戏弄她一番。

"哦,你是指个人卫生吗?"莉莲问道,她搓了搓手准备开始回答。"那很简单啊。我们按照各自的情况制定洗漱时间,有时我们一个星期洗漱一次。"

兰德尔的鼻子上露出细微的皱痕,仿佛她能够闻到莉莲身上散发出的臭气。杰瑞此时已经下了楼,坐在兰德尔身后的一把空椅子上等待着被采访。杰瑞换上了一件直条纹的衬衫,他看着莉莲的眼睛,然后张嘴无声地说了"机器人"三个字。莉莲用手遮住嘴,假装咳嗽以掩饰笑声。

"你是说洗澡吗?"兰德尔问道,她仍然不愿放弃,显然她觉得这个问题比刚才有关上厕所的问题要来得舒心一些,"你们是用海水洗,还是淡水洗?"

"我们在环礁湖附近发现了一个小的淡水池,大多数时候我们用的就是池子里的水。淡水池里的水来自地下泉水,所以很干净。我们也一直保护它不受污染。"莉莲忍不住扬了扬眉毛,然后继续说道:"我每周一次把衣服带到池子边尽可能用水洗干净,然后用池子里的水洗澡。先前我一直使用玛格丽特化妆盒里的小肥皂洗漱,但后来我只在特别需要的时候才使用肥皂,这就好像在过节的时候你才会使用某些东西一样。"

在专访结束后,这些家伙是否会绘制出小岛的地图?地图上会用红线标识出通往环礁湖、淡水池以及半岛上玛格丽特之墓的小路。

他们是否会登上那座小岛?他们是否会带着摄制组去小岛拍摄莉莲他们曾经的营地?这些疑问让莉莲感到不寒而栗,这种感受就好像你看到一个飞贼在深夜潜入你的房间到处翻找我的物品,贪婪地搜寻着任何有价值的东西。

"那么男士们呢?"兰德尔问道。

莉莲耸耸肩回答道:"男士们也会在淡水池边洗澡,至少戴夫会洗澡。至于肯特我就不是那么确定了,因为他身上总是散发着男人特有的体味。戴夫和肯特大多数时候都会待在水里捕鱼。我想他们把这也算作是洗澡吧。总之,我们几个人大多数时候身上闻上去都是臭臭的。"

"你对他们的体味如此熟悉,我猜你们每晚都睡在一起吧。"兰德尔扬了扬眉毛,别有深意地问道。莉莲猜不出,兰德尔是否故意问如此下流的问题。

在岛上的时候,莉莲每晚都睡在戴夫和肯特之间,在身体的两侧她能感受到那两个男人散发出的体温。有一只手会悄悄爬到她身上,然后一下子伸入衬衫开始沿着她的背脊向上爬,最后到达她的胸腔部位……莉莲慢慢地故意眨眨眼睛。

"是的,我们每晚都睡在一起。"莉莲回答道。

第十四章 莉莉
第65天

南太平洋上的某座小岛

今天是洗衣服的好日子。在断断续续地下了一周的雨之后,天空终于变得万里无云。阳光直射大地,很快就将沙坑里积聚的雨水蒸发掉了。我终于得干活了。

此时戴夫和肯特都不在营地。根据篝火灰烬的冷却程度,可以判断出他们离开已经有好一会儿了。出于某种原因他们决定让我睡在他们中间,对此我并没有表示反对。此刻我在想我们是否还有足够的水果能挨到中午。

我尽力弄干净黏在脚底的沙子,然后穿上那双已经变得十分肮脏的耐克鞋。曾经天蓝色的鞋子此时已变得像一团煤灰,右脚鞋子上的鞋带由于拖拽已经变成了坚硬的布条。由于夜里睡在竹子铺成的毯子上,我感到腰酸背痛。此时我站在沙滩上，极力舒展着全身僵硬的肌肉。

虽然有阳光，但空气里还残留着雨后的轻寒。我穿上玛格丽特生前穿的那件衣服，假装自己看不到衣服一侧锈红色的血渍。然而，我最终还是看到了，而且总是会注意到它。在过去的六个星期里，我一直反复搓洗这件衣服。今天我也会搓洗，因为我憎恨每晚裹着带有玛格丽特血迹的衣服取暖。

我慢慢地沿着篝火堆的外围走着，一边翻找着我之前收集在水果筐里的水果。戴夫和肯特之前将槐树果实当作早餐，现在水果筐里只剩下两根绿色的香蕉和一个熟透的芒果。我耸耸肩，将它们装进衣服口袋里，它们就是我独自在淡水池边洗衣服时所需的食物了。淡水池离营地步行需二十分钟，但是淡水池周围有幽谧的树林，平静的水面映射出翠绿的波光，我一个人难得有机会身处这样的环境，这些简单的食物也自然会变得分外可口。

淡水池是我们的生命之源。没有了它，我们唯一的淡水来源就是雨水。将雨水当做饮用水虽然听上去很棒，但收集雨水却不像电影里描述的那样简单。在登岛的头两天，天气一直很干燥。那时我们靠喝椰子汁和芒果汁来补充水分。然而我们总是感到口渴，果汁对于我们的肠胃也造成了负担。后来肯特终于找到了干净清凉的淡水，那对于我们而言简直像找到了天堂一般。

我们拼命地大口喝着第一瓶淡水，全然不考虑这些淡水来自何处或者是否卫生。在第一瓶淡水喝完之后，

戴夫要求肯特告诉我们他是在哪里找到的，但是肯特拒绝回答。肯特这个人向来如此。

第二天我和戴夫藏了起来，然后跟踪肯特穿过迷宫般的树林，绕了小岛半圈。当树木被分开的那一刻，我们看见了如同游泳池大小的淡水池。肯特直接把头伸进池子里喝水，喝完后他用空瓶子装了一瓶水，然后朝树林深处走去，可能是去打猎吧。我和戴夫则一直藏在隐秘处直到确定肯特已经走远。然后我和戴夫像两个疯子一般，未脱衣服就直接跳进了淡水池里。

一开始我大口地喝着池子里的水。我用双手捧起水以最快的速度往嘴里送。水里掺杂着一些细沙，尝上去有股藻类的味道，但是我们确定这水是绝对纯净的，我们并没有因为喝了前一天的水而感觉不适。最后我干脆将脸整个埋进水里，直接吮吸着从泉眼里冒出的淡水。从那天起，这个天赐的淡水池就成了我的庇护所。

此时我脱下玛格丽特的衣服，把它放在地上。我将留有血渍的那一面朝上平放着。角落里还放着肯特和戴夫脱下的一些衣物，那是我昨天晚上要求他们脱下来的。戴夫的衬衫、肯特的四角短裤以及一双曾经雪白而现在则变成深褐色的袜子。我将这些衣物和玛格丽特的衣服放在一起，然后把我自己的灰白色胸罩和藏在口袋里许久的内衣也放在一起。

在玛格丽特那件衣服的边缘处，我做了一个口袋，这样可以将当做早饭的水果放在里面。我像个流浪汉一样将衣服甩在肩上，然后朝海滩的方向前行。我一边走，一边环望四周，试图发现肯特或是戴夫的踪影。我蹚过海水的时候，眯起眼仔细看看周围以确定他们是否正在海边捕鱼。不过，此刻我似乎孤身一人。

孤身一人。自从飞机失事以来我总是害怕孤身一人，而现在我却很少有时间一个人独处。事实上，真正属于我一个人的时间只有在梦里。甚至连床都不是我一个人的，因为我得和肯特以及戴夫睡在一起。

他们睡在我的两边——戴夫睡左边，肯特睡右边。我不知道他们是如何确定睡觉的位置的，但是戴夫和肯特似乎彼此讨厌对方，所以他们达成一致意见——睡觉时尽可能远离对方。有的时候——通常是在暴风雨之前或之后的晚上，我们三个人会紧紧躺在一起，这样我们可以用自己的体温温暖对方。其实这比起用棕榈叶或是海草覆盖身体取暖也好不到哪里去。

躺在两个男人的中间我不会感到寒冷，因为他们会紧紧靠在我的两侧就像两个人体取暖器一样。如果天气较热，他们两个又会向两边分开，让清凉的热带海风吹拂着我们睡觉的棚屋。

睡在一起当然也有不少弊端。蚊子就像永远吃不饱的吸血鬼似的骚扰着我们。我们将已经爆裂的救生筏拆开——救生筏之前被环礁湖里的珊瑚扎破了。夜里我们将救生筏上的塑料布裹在棚屋外围以防止臭虫进来。但由于裹着塑料布，棚屋里常常显得既闷热又难闻。即使有海风的吹拂，那两个睡在我两侧的男人所散发出的体味也总是挥之不去。有很长一段时间我睡觉时总是用手

臂护住鼻子和嘴巴以防吸入臭气而恶心。

肯特是我们中体味最重的。我猜他总在逃避洗澡，就像个只顾玩耍而不愿洗澡的六岁孩子一样。不过肯特身上的臭气似乎也有驱蚊的效果。我认为随着时间的流逝，你会对任何东西都感到麻木。然而最近一段时间，我所无法忍受的不仅仅只有难闻的体味。

午夜时分，当篝火将近熄灭而吹来的海风也从清凉变成寒冷的时候，我们会紧紧地靠着彼此。我现在已经习惯面朝戴夫的一侧躺着，因为戴夫是两个男人中体味相对较轻的那一个。睡在戴夫身边总是感到很安心，他总是会腾出一些地方，似乎知道我睡觉时会挪动身子。天冷的时候，戴夫总是一个可以依偎取暖的人。

在这方面肯特远不及戴夫。肯特沉重的身体使我根本无法朝他睡的方向挪一英寸。我醒来时经常发现他睡相难看地躺在我身边，他的整个身体紧贴着我。现在我想说一件"仿佛做梦一般"的事情。

*

一开始肯特紧贴着我的身体令我难以忍受，但是我半夜醒来并非因为这一缘故。在过去的几天里，我醒来时常发现肯特的臂膀伸进我用棕榈叶编织的毯子下面。睡觉的时候，我们之间会存在看不见的界限。我们几个人都恪守着一条不成文的规定——睡觉时除了必要的取暖之外，身体不能有任何接触。

当肯特第一次用手触碰我身体的时候，他的嘴里咕咕哝哝地说着一些我听不清的话。他酸臭的鼻息吹入我的耳朵，这令我感到耳朵黏糊糊的。然后他的手指开始移动，每次只移动一点。一开始他的手指触碰在我的背上，然后悄无声息地向上移动着。我当时睡得迷迷糊糊，还以为是臭虫或是老鼠在我的背上爬动。然而当肯特粗糙的指尖进入我衣服的下面并开始摩擦我皮肤的那一刻，我整个人一下子清醒了过来。

"肯特，肯特，醒醒。"我用急促的声音轻声叫道，以为当他醒来时，会对自己的行为感到害臊。然而，肯特的手却一下子抽了回去，我感觉他似乎并没有睡着。

我极力想打消这个念头。我用了各种办法来控制自己的情绪。那一晚我始终无法入睡，担心那只手会再一次朝我爬来。我甚至担心下一次在我意识到它之前，它已经爬到了私密的部位。

第二天早上当我从棚屋里爬出来时，我感到全身乏力，头昏眼花。戴夫问我昨晚是不是没有睡好，我没有告诉他实情。我并不想要求调整睡觉的位置。部分原因是出于尴尬，我害怕肯特拒绝换位。不过最担心的是戴夫会因为换位与肯特发生冲突，在戴夫和肯特的体力较量中肯特永远是占上风的。

在接下来的两个晚上，我不敢睡得很沉，我在等待着那只手再次出现。到了第三天晚上，我实在无法抵抗睡意了。那天白天我一直在采集坚果，我爬到椰子树上摘椰子，然后将椰子撬开剥壳。因为我体重最轻，所以

我常常得上树。我用臂膀抱住细细的树干，然后用脚踩在光滑的树皮上。在一天的劳作之后，我感到全身既酸痛又无力。

当我的脑袋一触碰到用层层竹叶铺成的枕头时，便一下子陷入了深度睡眠。当戴夫和肯特躺在我的两侧时，我已经完全没有了意识。当他们移动盖在我身上的棕榈叶毯子时，我也没有感受到窜入的冷风。我也听不见戴夫的鼻息声和肯特震天响的鼾声。在夜里我完全没有意识到肯特的手伸进了我的衣服，爬过我的盆骨，然后越过了我的肚子。直到太阳即将从海面升起，天空已从黑暗变成灰白的那一刻，我才从睡眠中醒来，而那时我意识到有什么东西不对劲。

我不知道肯特的手是怎么找到方向的，此时它就在我左肩锁骨下方的乳沟中间。肯特长着浓密毛发的手臂紧紧按着我的胸脯，这让我想放声大叫。我一点一点地挪动着身子，最后终于摆脱了他的"魔爪"。当他的指尖从我的皮肤上滑落的那一刻，我感觉像一张沙皮纸在皮肤上擦过。我终于自由了。我跑到棚屋的后面，用双臂紧抱住双腿。我此时在急促地喘着气。肯特在夜里将我的衣服往上撩起，这让我有一种一丝不挂的感觉。此刻我想跑进树林，这样就没人会看到我了。但是逃跑也是没有用的，我仍然会在小岛的另一头遇见肯特，因为我们被同一片大海包围着，我逃不掉的。我将头靠在膝盖上，感到又冷又绝望。于是我轻声地哭起来。

即使肯特明白夜里到底发生了什么，他也不会说破。

那一晚肯特也许是在做噩梦或是其他什么梦，谁知道呢。在那一晚之后的两个晚上，我一直睡在篝火边。我知道戴夫并不喜欢和肯特睡在一起，但是他们两个对于我忽然换地方睡觉一事都选择默不作声。

后来天又开始下雨了。我又不得不和他们睡在一起。夜里大多数的时候我都醒着，就像待在子宫里的孩子那样蜷缩着身子。身体的抽搐会让我蜷缩得更紧，通常我会紧紧靠在戴夫睡觉的那一边。我猜想也许是下雨的缘故，戴夫并未注意到我睡觉姿势的变化，或许他注意到了，只是不愿提起而已。

有几次当我已渐渐进入梦乡的时候，好像又感觉到了那只手——移动的手指撩起我衣服的边缘或是短裤的边缘，然后触摸着我的皮肤。我很快意识到，如果我的身子向左边挪动，或是咳嗽一声，或是发出任何声响，那只手就会立刻停止行动。

*

我希望它能就此停下。

我不知道自己在缺少睡眠的状态下还能坚持多久。我有时希望自己能一个人待着，远离戴夫和肯特——他们是我在过去两个月里所见到的唯一的两个人，远离海浪拍岸的单调声音，远离始终弥漫在棚屋里的汗臭体味。我需要清洁的环境。

扛在肩上的衣物十分沉重。当我到达一棵双 V 字型的椰子树时，我的肩膀已经开始疼痛起来。那棵双 V 字型椰子树是一个路标，它表明我只需要转弯沿着一条隐秘的小路便可达到我的绿洲——淡水池。我用手指摸索着椰子树的树干，试图找到那个深深印刻在树皮上的 X 标记。那个标记是戴夫刻上去的，这样我们才在没有肯特指引的情况下找到水源。现在我需要这个标记。前几天的大雨使埋在地下的草籽如雨后春笋般冒了出来，这使得我必须得偶尔停下脚步以确认自己是否走在那条隐秘的小路上。

很快树木渐渐变得稀少了，脚下的土地发出嘎吱嘎吱的声音，仿佛吸饱了水分似的。忽然我看到一个深度可没过脚踝的水潭，它是由前几天的大雨所致。我之前用来晾晒衣服的大石头——它通常位于淡水池边几英寸远的地方——现在完全被水包围了。我可不想鞋子被浸湿——它们必须一直保持干燥——所以我将肩上的衣物挂在邻近的树枝上，然后脱下鞋子，短裤以及一件布满破洞的 V 领 T 恤衫。贴身穿的泳衣只有一个吊带还挂在肩上，尽管吊带已经失去了弹性，但它至少还能遮住身体最私密的一些部分。我将脱下来的衣服和鞋子塞进其他的衣物里，然后将它们扛在背上，开始蹚过这清凉而幽深的水潭。

我在没到膝盖的水里艰难地朝那块晾晒衣服的大石头走去。趟过这个水潭耗尽了我的体力，我用仅有的一点力气将一大堆衣物扔在了布满青苔的岩石上，然后停下脚步喘了口气。此时我真想爬上岩石，然后把这堆衣物当做枕头好好睡上一觉。可是作为全职母亲的生活经验告诉我,只有在干完活之后才能休息。

我的洗衣程序很简单。先洗男人们的衣服,再洗自己的衣服。展开衣物并用水冲洗其实花不了多少时间,我总是会在洗完男人们的衣服后再洗玛格丽特的那件衣服,因为我得用尽全力洗掉上面的血渍,希望在洗掉血渍之后我便能忘记失去玛格丽特的痛苦。洗完衣服后,我朝石头顶上的一个石槽方向游去,然后将手伸进石槽的裂缝里。我是在几个星期前发现这条石槽裂缝的,它的大小刚好可以放下玛格丽特的化妆盒。

如同急救箱拯救了我们的性命一样,玛格丽特的化妆盒也拯救了我作为人的尊严。我在化妆盒里发现了指甲剪和镊子之类的金属物件。此外,我还发现了酒店提供的洗发水、肥皂、牙膏和牙刷、毛巾以及洗涤剂。如果里面还有浴袍,那该多好啊!

这些装着各种洗漱用品的小瓶子让我感觉自己还是个人。一小滴洗发香波就能使你精神百倍。肯特和戴夫也知道我藏了这些东西——指甲剪和镊子我会和他们一起使用——但是除了戴夫在营地附近藏了一小块肥皂之外,两位男士似乎对我的个人卫生用品并不感兴趣。这样很好,我可以独自享用了。

我游回到晾晒衣服的大石头边,然后开始洗自己的衣服。我将衣服一件件分开,然后将它们放在清水里漂洗,最后将它们放在大石头上晒干。我全身赤裸着,高兴地看着身体的每一寸肌肤都覆盖着肥皂泡。我的身体

已变得十分精瘦，肚子变得又硬又扁，只有腹部上的几条妊娠纹还能表明这个身体曾经属于一个人类。我腿上和胳膊上的毛发变得像男人一样长。最初这令我感到很尴尬，不过现在这浓密的毛发连同我瘦骨嶙峋的大腿以及明显凸起的臀骨都已成为我新身体的一部分了。然而，我的心中仍然怀念着使用脱毛膏后皮肤爽滑的感觉。

当我搓洗身体的时候，香波芬芳的气味刺激着我的鼻孔。在用肥皂擦完身体之后，我感觉暴露在空气中的皮肤变得紧绷起来。我将满满一掌心的洗发香波抹在头发上，然后整个人浸泡在水中，不停地甩头将打了结的头发上的泡沫冲洗掉。清爽的感觉真是太棒了。

洗完后，我凝视着水面，然后叹了一口气，意识到这次远离营地的短暂度假即将结束。我仰望天空，发现太阳已经被云朵遮盖住了。没有了阳光，空气中透着一丝寒意，这意味着海面或许又将升起一场暴风雨。我捋了一下头发，然后蹚着水走到大石头边，我摸了摸戴夫衣服的边角，几乎快干了。我得赶快收起这些衣物回营地去，否则今天辛勤劳动的成果会被即将到来的大雨毁于一旦。

我从石头上将尚未晾干的内衣拿起来，然后迅速穿上。内衣上仍有弹性的蕾丝边缘十分舒适地紧贴着我的腰际。就在我将胸罩的吊带系上肩膀的那一刻，我忽然听见树林里传来噼啪的声音，那像是树枝被折断时发出的声音而且那声音离我很近，这令我感到十分恐惧。这个小岛上有许多我永远无法适应的爬行动物——蛇、蜥蝎、老鼠……许许多多的老鼠。在我尚未作出反应前,我的脑海中就蹦出了一连串动物的形象。

"是谁?谁在那儿?"虽然声音很轻,但我仍能听见自己的回声。

我蹑手蹑脚地从水池里出来,站在了松软的泥土上。我小心翼翼地朝树林的边缘走去,声音正是从那里传来的。我其实并不想知道发出那声音的到底是什么东西,但我必须得弄清楚。这时我又听见了那个声音。这一次我可以确定有一个庞大的东西正在灌木丛中移动。我迅速躲到一棵榕树后面。我本可以爬上树看个究竟,但那棵榕树的树皮太光滑了而且最低的树枝离我也有八英尺那么高。

这时我听到沉重的撞击和痛苦的咆哮声,它既不像人发出的声音,也不像动物发出的号叫。我意识到有一个大个头的东西正朝我靠过来。在这个小岛上我们尚未发现任何猛兽,但这并不意味着岛上没有猛兽。我迅速扭转身子潜入水里,然后向一个隐蔽的角落游去。我将洗漱用品藏进石槽的裂缝里,然后又游回来收拾我的湿衣服、鞋子以及还没来得及吃的早餐。我将它们扛在左肩上,然后光着脚穿过树林朝海滩的方向跑去。

我十分迅速地在树丛间穿梭着。当穿过最后一棵树来到海滩上时,我将肩上的东西一股脑儿丢在地上,整个人瘫倒在地,不停地喘着气。

"那到底是什么东西?"我匍匐在沙子上轻声问道。

"那到底是什么东西?"一个深沉的男性声音重

复道。

当我挣扎着从沙子上站起身时,我看到肯特沿着海滩走来。他穿着平时穿的衣服——破烂的短裤,上身赤裸,手里拿着一根长矛。他金黄色的板寸头发自从飞机失事以来已经长了不少,但头发并没有平铺在脑袋上,而是朝着各个方向笔直地生长着,这使他已经后退的发际线显得更加明显。

啊,原来只是肯特。我的心跳开始恢复平静。"我不知道是什么东西。我刚才在洗衣服,然后听到了那个声音。那声音很响,而且在向我靠近,听上去像是一种巨大的野生动物发出的声音。"

肯特直视着我。他淡淡的眉毛向上翘着,露出一副猜忌的表情。他将双臂交叉在毛茸茸的胸前问道:"那东西长什么样?"

"我不知道,我没看到。但不管是什么,它一定很大而且移动速度很快。"我的呼吸频率已经恢复了正常,说话也变得流畅起来。"会不会是野猪之类的动物?"

"我也不知道,也许是吧。"肯特回答道,他耸耸肩,将长矛一下子扛在肩上并用自己的肘部挂住长矛的两端。"这就是你穿着内衣湿漉漉地坐在海滩上的原因吗?"肯特的目光上下打量着我几乎赤裸的身体。"小红帽是不是被大灰狼给吓坏了?"肯特笑道。

我用双臂紧紧抱住身体,因为忽然意识到自己此时几乎一丝不挂。我游泳时可以穿成这样,但此刻,一个人站在海滩上并被肯特的目光赤裸裸地上下打量着,我感到需要有东西遮挡一下。尴尬使我的脸变得绯红，眼泪涌满了眼眶。我想控制住泪水，因为不想让肯特看见我哭，不想让他认为我很脆弱。

"你干吗要这么粗鲁，肯特？你就不能有点同情心吗？"

我转过身，试图不让肯特看见我的脸。我急忙捡起丢在地上已经沾满了沙子的衣物。作为早餐的芒果刚才滚落到了海边，此刻它正经受着海浪的冲刷。我朝那个芒果爬过去，试图抓住它，仿佛它是这个星球上仅剩的一个果实。眼中的泪水模糊了我的视线，但我还是抓到它了。我用指尖小心翼翼地擦拭着芒果，就在这时肯特的手忽然抓住我裸露的臂膀并猛拽我的腿。

"别对我那么凶，我可不想伤害你脆弱的感情。"肯特喊道。

他的手抓得很紧，他长长的指甲嵌进我的皮肤，皮肤上显露出白色的半月形印记。他把我朝他身边拉扯着，他的胸毛让我的手臂感到发痒。他呼出的气息恶臭无比，我捂住嘴，很庆幸自己还没吃早饭。我在肯特的魔爪中拼命挣扎着，但是他的手却像铁钳般牢牢抓着我。

"肯特，放开我。"我大声喊叫，但肯特并未理睬我，他继续将我往他身边拽。

肯特揪住了我一缕尚未干透的头发，将头发绕在自己的食指上。他不停地绕着直至我的那缕头发像外套一般套在他的食指外面。他用指尖捏住头发卷翘的末端，然后将头发放在鼻子底下嗅了起来。

"你闻上去真香啊。"他咕咕哝哝地说道,"真是好闻。"随后丢下那缕头发,开始双手用力按住我的双臂。我的双腿在沙滩上拼命地踢着,而此时肯特试图将他的整个身体压在我身上。他喘着粗气,鼻子在我的脖子上不停地嗅着。

我想要逃跑,但此刻却像被冻住了一般无法动弹,我希望那头猛兽赶快出现在我身边。当肯特的嘴巴触碰到我的耳朵时,他急促的喘息声让我感到分外恐惧。

"我这次可没睡着,肯特。你赶紧放开我,否则某天夜里当你睡着之后,你会发现你的裤子里钻进了一条蛇。"我高声叫道,"我可不是开玩笑。"

肯特的手松开了。他向后退了几步,显得有些不知所措。"我不知道你在胡说些什么,你这个婊子。滚回去,回去告诉你男朋友你在树林里看到了野兽。"肯特咆哮道,此时他的手无意识地握住了小刀的刀柄——小刀就插在他的腰间。"别以为你可以随便污蔑我。"肯特威胁道。

我用双臂死死地抱住自己的身体,浑身颤抖着,肯特又上下打量了一眼我几乎赤裸的身体,然后偷偷摸摸地离开了,嘴里还骂骂咧咧地说着一些话。此刻我终于意识到,隐藏在这座小岛阴暗角落里的猛兽并不是动物,而是肯特。当我确信肯特已经离开之后,我并没有多想这件事。我抓起衣服,逃离海滩。这是我今天第二次逃离危险的境地——只不过这一次是真正意义上的危险。

几分钟之后,我到达了营地,气喘吁吁地走过戴夫身边。篝火已经点燃,篝火上放着四条摊开并插在树枝上的小鱼,它们是我们的午餐。我将一大堆晒好的衣物放在棚屋前的沙地上,然后来到篝火边。篝火燃起的烟正腾腾地升向高空。我张开双臂站在篝火边,想要让这升起的烟抚慰我的肉体。我想让我的头发和肌肤里都渗入烟灰的味道,从而将我带回营地的淡淡芳香彻底去除。

第十五章 戴夫
此刻

"基本的生存——在一个荒岛上要维持基本的生存很难吗?"兰德尔用温和的语气问道。这个问题无须设防,因为这是个安全的问题。

"的确很难。我不知道在手机、加工食品和电气被发明之前,人类是怎么生存下来的。"戴夫回答道,并轻轻地笑了一声。人们喜欢听他讲述他们在岛上如何寻找食物,如何睡觉以及如何建造房屋。但人们并不知道有时你最大的苦难并非来自饥饿,而是来自于你的人性。

"跟我们说说你们的家吧,就是那个小岛。它是一个怎样的岛?"兰德尔问道,她的嘴角微微上扬,戴夫觉得她可能想装出一个微笑。

"哦,它其实很小,方圆也就两三英里。岛上长着一些果树，还有一个环礁湖，湖里有鱼。在树林里有一个游泳池大小的淡水池，里面的水是从地下涌上来的泉水。我们很幸运能在这么一个小岛上发现淡水。"戴夫描述着那个他生活了很长时间的小岛，他的心中莫名地感到骄傲。看来讲实话真的是比撒谎要舒心的多。

"你们是如何将那个小岛变得适宜居住的？你们靠什么过活？"兰德尔以极快的语速像连珠炮似地发问，不过戴夫需要仔细思考自己的回答，他必须得把谈话的内容控制在安全的范围之内。

"我们用竹子和棕榈叶搭建了一个棚屋，然后用救生筏上的塑料膜布盖在棚屋上以防雨水渗入。肯特用救生筏上剩余的材料制作了一个存储雨水的器皿。在发现淡水水源之前我们都靠那个器皿里的雨水来补充水分。我们会采集岩石边上的蜗牛充饥，如果幸运的话，我们有时还能用长矛捕到一些鱼。"此时在戴夫的记忆里呈现出了环礁湖的全景：蔚蓝的湖面、参差的岩石——他们曾在上面一边提防剧毒的海蛇一边采集着蜗牛、闪闪发亮的白色沙滩就像一条银带镶嵌在无垠的水域中。

"嗯……"兰德尔回应道，她省略了一大堆有关戴夫他们如何捕鱼以及如何摘椰子的问题。"那么岛上的一切听谁指挥呢？谁是你们的头儿？"兰德尔问道。

戴夫屏住呼吸，他觉得自己又得面对极具挑战性的问题了。"当然是肯特啦。"戴夫含糊地回答道，"身为飞行员肯特已经习惯这种生活了，而且他也非常擅长在关键的时候做出重大决定。所以莉莲和我也就很自然地听从肯特的指挥了。"

想说肯特的好话的确有些难,尽管肯特在某些方面的确还不错。不过,现在必须得说肯特的好话。此时兰德尔的眼睛里又开始闪烁起狡黠的目光。

"那么你和莉莲都做些什么事情?"兰德尔问道。

我和她组成了一个幸福的家庭,戴夫原本想说出这句心里话。戴夫极力挤出一个笑容,这使他右边的脸颊上露出一个酒窝。他眨了眨眼,极为镇定地回答道。

"我和莉莲做的事情差不多。我们搜寻食物,采摘水果等等。我们还立了条规矩:每次从外面回营地时都得带回至少一块木柴。我们有时还会去打猎。虽然肯特是我们几个人中最擅长打猎的,但在一段时间之后我们都会捕猎了。"

兰德尔抿着嘴问道:"所以你们都并不介意由肯特来领导你们,是吗?你之前可是把肯特说成是一个脾气暴躁,喜怒无常的家伙呀。"

"当然不介意,"戴夫毫不犹豫地回答道,至少在用人方面他还是颇为自信的。"我自己在商界已经工作了很多年,我清楚地知道擅长某项工作的人未必是自己喜欢的人。只要他能把工作做好,我并不在乎他的性格如何。"戴夫将一条腿很随意地翘在另一条腿上,他希望此时自己看上去镇定自若。

然而,兰德尔此时却身子僵硬地坐在椅子边上,神情紧张地摆弄着手中的签字笔。"好……"她将尾音拖得很长,然后瞄了一眼她的记事卡片。"那么你们是怎么安排睡觉的？"

"我们当然全都睡在棚屋里。我们用棕榈叶编织成两条毯子。一条铺在地上当做席子，另一条盖在身上。我们三个人会紧挨着睡，这样可以保暖。如果夜里下雨的话，我们会轮流看着篝火以防篝火熄灭。"

"和妻子以外的女人睡在一起是不是感觉很奇怪？"兰德尔问道。

"并不觉得有什么奇怪的。大家都是为了生存嘛。有时莉莲会在夜里照看篝火，而我和肯特就像两个小姑娘似的依偎在一起。"

摄制组里有人发出了轻轻的笑声，戴夫松了一口气。不过，兰德尔可不是一个习惯认输的女人。她正咬牙切齿、蓄势待发，期待着直接击中目标。

"那么，感情方面呢？"兰德尔喘着气问道，很显然她在控制自己的情绪——挫败与愤怒。"与家人分离这么长时间，你们是如何排遣孤独的呢？"

"的确，排遣孤独并不容易。"戴夫说道，他在椅子上调整了一下坐姿。他知道此时自己的回答无法避开莉莲。"莉莲极其思念她的丈夫和孩子。在岛上我们会庆祝家人的生日以及其他重要的节日。莉莲曾告诉我，她每晚在梦中以及白天醒来之后都会想到家人。"

戴夫觉得自己的回答必须到此为止。虽然有关莉莲他还能说出更多的事情，但是他必须适可而止。此刻他思考着该如何描述肯特的孤独感。

"肯特一直在为特丽莎的死而难过。他似乎并不怎么思念他的家人，也从来没有提起过他的家人。我想如果特丽莎活着的话，肯特一定愿意和特丽莎在小岛上过一辈子。"

在问下一个问题之前，兰德尔又吸了一口气。戴夫觉得这个女人就像一条看门狗，她会在你不留意的时候狠狠咬你一口。"那么你呢，戴夫？妻子不在身边，你是如何排遣孤独的呢？"

戴夫看了一眼贝丝，此时贝丝的脸像瓷娃娃一样冰冷而僵硬。"我对妻子的思念无法用语言来形容。"戴夫回答道。

戴夫感到自己的胃在灼烧，就像得了溃疡一样。这种感觉只有在他撒谎的时候才会出现。戴夫想给贝丝一个飞吻，但是他觉得那太做作了。

兰德尔此时快速地翻动着卡片，可能她也意识到问得有点过头了。她拿出一张卡片，然后直接读着卡片上的问题，就像一个六岁孩子在朗读课文一般。"在对莉莲的专访中，莉莲提到你们给彼此起了个昵称，是这样吗？"

"是的。我们也不是故意起昵称的。如果你和某个人相处得久了，你自然而然会给对方起昵称。"

"那么你的昵称叫什么，戴夫？"

"戴夫这个名字本来就是昵称，但有时他们也叫我的全名——戴维。"

兰德尔似乎很喜欢这个回答。她继续问道："这有什么缘故吗？"

戴夫不假思索地解释道："他们说我像《圣经》里的戴维。你明白的，就是戴维和哥利亚①。那是肯特开的玩笑。每当我打猎或捕鱼的时候，他就会开这个玩笑。他说如果我能抓到哪怕最小的鱼，我也就相当于击败了巨人哥利亚。"

"啊，我明白了。那么也就是说，肯特是有信仰宗教的喽？那他和莉莲一定有许多共同语言。莉莲的父亲是一位牧师，母亲是主日学校②的一位老师。看来肯特和莉莲真的有不少相似之处呢。"

戴夫此时极力控制住自己的情绪。他提醒自己，没人知道在那个岛上究竟发生了什么，除了莉莲。但莉莲比自己更有理由守口如瓶。

"我不知道肯特是否有宗教信仰，兰德尔女士。我只知道他就是这么称呼我的。"戴夫回答道，他知道只要有一个谎言被兰德尔这个女人揭穿，那么他和莉莲编织的全部谎言都将土崩瓦解。

"好吧。那么肯特呢？你们给他起的昵称是什么？"

"我们叫他'能手'，因为他精通各种救生技能。譬如他知道如何用玛格丽特的镜子生火，他还教我和莉莲如何用棕榈叶编毯子，还有如何用椰子的外壳纤维编织绳子。我们在岛上用的所有东西几乎都是肯特制作出来的。"戴夫回答道。

①戴维和哥利亚（David and Goliath）：在《圣经》中哥利亚是来自迦特的非力士巨人，它令希伯来人感到极度恐惧，后来被戴维（即大卫）用投石器发射的石块砸死。
②主日学校（Sunday school）：教堂在周日对儿童进行基督教教育的一种形式。

"看来有肯特在你们身边,你们真够幸运的啊。"兰德尔特别重读这句话,显然她的话语中带着强烈的讽刺。

"的确够幸运的。我现在真希望肯特能坐在我身边。"戴夫说道,他极力掩饰自己在谈到肯特时话语中所透露出的厌恶感。不过,看着对方的眼睛,脸上露出灿烂的微笑有助于缓解心中的厌恶。

"嗯,我明白了。"兰德尔继续问道,"那么莉莲呢?莉莲的昵称叫什么?"

戴夫看了一眼自己的妻子,贝丝的脸显得既苍白又漠然。有时戴夫觉得贝丝才是一位真正的谎言高手,因为在家里故作镇定地聆听丈夫谈论莉莲是多么困难的一件事啊。戴夫觉得回答这个问题不能考虑太长时间。

"我们有时叫她莉莉。"戴夫回答道,他的回答虽然简短但却干净利落。

"这个名字背后有什么故事吗?"兰德尔问道,此时她的声音显得那样甜美,仿佛在期待着什么。

"没有。"戴夫回答道,语气显得有些颤抖。

"莉莉这个名字也是肯特起的吗?"

"哦……当然。肯特认为'莉莲'这个名字读起来有点拗口,所以他管'莉莲'叫'莉莉'。"戴夫回答道,他将身子向后靠,希望背后的白色靠垫能够支撑住自己。

"我猜如果肯特这么喜欢给别人起昵称,那他一定也给保尔起了个昵称,是不是?"

保尔。这个名字让戴夫感到右边的太阳穴在剧烈跳动。为什么兰德尔要提到这个名字?保尔是目前为止最难编造的谎言,因为需要编造太多的谎言——戴夫对保尔的感情,莉莲对保尔的感情——来掩盖这一谎言。保尔已经不在了,一切也因此变得不可收拾。

"我不清楚。"戴夫清了清嗓子,"你应该去问莉莲。她应该知道保尔的昵称。"

"你和保尔待在一起的时候不多,是吗?"兰德尔问道。

"我们都被困在那座小岛上,没办法避开对方。"戴夫回答道,语气显得有点生气。

"那么你是有意回避保尔和莉莲喽?"兰德尔无情地反问戴夫,"你又为什么要回避他们两个呢?"

戴夫彻底被激怒了。犹如一条不断被挑逗的眼镜蛇,他已准备好用滴着毒液的尖牙去撕咬兰德尔了。

"我没有回避任何人。"戴夫喊道,他的声音中充满了愤怒,"关于保尔的事,你应该去问莉莉。"戴夫每说一个字就用拳头在自己的膝盖上捶一下。

兰德尔耸了耸肩,颇为得意地翻动着手里的卡片,似乎很享受当下的时光。最后她慢慢地说道:"有机会的话,我会问莉莉的。"

第十六章 戴维
第 81 天

岛上

三个月前我从未想过自己的日常工作竟会是手拿长矛站在没膝的水里。

我赤裸着上身并卷起卡其布长裤的裤腿,我感觉自己就像一个原始人。我每天步行回到倾斜的棚屋里,用小镜子生火,夜里与自己想象中的陌生人依偎在一起取暖,这一切已经构成了我日常生活的全部。

今天莉莲高高地站在一大块露出水面的岩石上。她被阳光晒得黝黑的皮肤以及飘在身后的浓密头发使她看上去和我一样原始粗犷。在已经褪色的绿色泳衣之下莉莲如同运动员一般的肌肉扭动着。此时莉莲正小心翼翼地走在锋利的岩石表面上。她将头发捋到耳后,弯下腰从岩石的边缘处拾起一些贝壳。莉莲的脖子上有一个东西在正午阳光的照射下闪着金光，那是玛格丽特的金项链，项链上还系着一枚戒指。当莉莲弯腰拾贝壳的时候，项链会时不时打在她的脸上。

莉莲朝我站的方向看了看，然后朝我挥了挥手。她的一只手里空无一物，而另一只手里则拿着她捡拾到的食物。我假装环顾水面，然后朝她竖起了大拇指。我希望她没有注意到我在偷看她，可是我无法不注意她。她在岩石上优雅敏捷的动作宛如杂技演员在走钢丝。此外，由于天气炎热，她身上衣裳单薄，这也是我注意她的一个原因。

我故意不露出微笑，我现在必须全神贯注于捕鱼。如果我走神的话，这可能会导致灾难性的后果。莉莲不仅仅只是在寻找贝类——她正在拯救我的生命。

在登岛后的第三天，我们发现了这个环礁湖。环礁湖看上去是个十分理想的住所，周围高大的黑色岩石能够阻挡海浪与海风。此外，环礁湖里还有行动迟缓的大鱼，周边的树上长着椰子、面包果、香蕉、芒果等果实。

整个小岛上唯一能捕到鱼的地方无疑就是这个环礁湖了。以前在通常情况下我可以轻松地游上几百码远的距离，而且在之前，多次前往斐济的旅程中我也学会了一些捕鱼技能。然而，在经历了坠机后的各种苦难之后——差点淹死、海上漂泊、双脚像螺旋桨似的在海里竭尽全力推动救生筏，没人再愿意冒风险去海上了。

环礁湖周边的海滩也易于被发现，救援人员在开阔

水域很容易就能发现我们的营地。肯特先前在小岛西面的海滩上竖起了一块 SOS 的牌子，后来在环礁湖边的岩石上也竖起了一块。此外在棚屋里还放着一个火把，它一直保持着干燥的状态以便随时点火以引起注意。尽管获救仍然遥遥无期，但当看到火堆上新添的木柴时，我仍然认为我们还有获救的希望。

此外还有鲨鱼。我之前大多数时候都生活在加州，我也曾无数次去过海滩，但是我唯一一次见到鲨鱼是在水族馆里。那时鲨鱼和我之间隔着一道厚厚的玻璃墙。由于缺少经验，同时也由于不了解有关鲨鱼的科普知识，我一直认为鲨鱼就像电影中所描绘的那样——一种眼睛会伸缩的巨大怪兽。只要我不进入深水区，我就是安全的。不过，大自然很快就教会我认识到这个世界上可不止一种鲨鱼。

*

第一次见到鲨鱼时，我并不害怕。鲨鱼真是太聪明了。当时我正在捕鱼，一条小鲨鱼在蔚蓝的环礁湖中疾速游着。它先是游到珊瑚礁的深处，然后又朝我游过来，好像在试探我的反应速度似的。这让我想到了顽皮的小狗，那条鲨鱼的体型也和小狗差不多大。我开始思考该为我的这条宠物小鱼起什么昵称。就在这时我的长矛刺穿了一条鱼的鱼鳃。我兴奋地将插着鱼的长矛从水中举起，鱼在长矛上拼命挣扎着。这时我的小宠物鱼一跃而起将我的猎物从长矛上扯下来,并将我用竹子做成的长矛咬成了两截。

当着我的面,小鲨鱼将那条黄色的松球鱼撕成了碎片,大块的鱼肉落在我脚边。湖水里泛起血水和鱼肉碎片。这场混乱不知从哪里引来了其他几条灰色小鲨鱼,它们也加入了这场盛宴。

我感到肾上腺素在激增。我开始小心翼翼地抽身,因为我记得《动物世界》里说过鲨鱼喜欢混乱,我可不想我的腿也变成它们盛宴的一部分。我不敢转身就走,而是慢慢后退从水里抽身。我的心还在怦怦地乱跳着。

"鲨鱼!在水里!别下水!"我气喘吁吁地喊道。莉莲一下子抬起头,站在海滩上看着我。

"是鲨鱼吗,戴夫?你被咬伤了吗?"莉莲问道,她用手慌乱地抚摸着我,寻找着我身上的咬痕、血迹或是其他什么伤口。

"什么样的鲨鱼?"肯特突然从树林里冲出来,手上拿着刀。

"不止一条,好多条呢,就在环礁湖里。"我回答道,此时我的呼吸已恢复了平静。

"等一下。"肯特挠了挠光秃的头顶问道,"你是指灰色的小鲨鱼吗?"

我点点头回答道:"是的,它们从长矛上把食物抢走了。"

肯特哈哈笑起来。"啊,你这个'小姑娘'。那些小东西可不会伤害你。下次你可以用长矛刺一下它们,这样你又可以放声大叫了。"肯特将小刀塞进口袋,然后又钻进树林去做他自己的事情——我们不知道他在树林里做什么。

"哦,来,坐下。"莉莲把我带到一块可以眺望海面的木头边,她把那块木头称为"捕鱼木舟"。"肯特今天早上抓到了一些老鼠,你明后两天都不要去捕鱼了,好吗?"莉莲问道。

"好。"我回答道。

两天之后在肯特卑躬屈膝的恳求之下,我终于答应再次下水捕鱼。太阳西沉之后,我一个人悄悄前往环礁湖。这样就算我没有捕到鱼,也没人会笑话我。然而当我扛着新制的锋利长矛沿着海滩朝环礁湖方向走去时,我听到身后有脚步声。

是莉莲。

莉莲说她也想去环礁湖边拾贝壳,尽管前一天她已经收集了满满一怀的贝类,足够我们吃一两天的了。其实我知道她陪我去环礁湖更多是出于对我的关心,但对此我假装不知道。我的内心有一个声音不断告诉我,她陪我是关心我的安全而不是保护我的安危。

与以往一样,莉莲的存在对我而言总是具有重大意义。她刚爬上岩石就立马意识到自己在岩石上可以确定水中鱼群的方位,同时还可以警惕水中捕食动物的身影。最终莉莲让我确信,甚至也让肯特确信,捕鱼是可以靠团队的力量来完成的——一个人每天负责站在岩石上指挥放哨,另一个人则负责在水中捕鱼。

今天轮到我在水里捕鱼了。莉莲和我现在已经配合得非常默契了。当她站在岩石上时,我感到心里十分踏实。当然,肯特捕鱼的效率也很高。当他负责捕鱼的时候,我们总是能捕到更多的鱼,但是我并不信任他。他负责指挥放哨时,我总是环顾水面时刻保持着警惕,因为我不知道当危险出现时他是否会警告我。当莉莲负责捕鱼时,我总是站在离湖很近的地方注视着她,我可不愿意将莉莲的安危托付给肯特这么一个不负责任的人。

莉莲站在岩石上大声喊叫。此刻她正踮着脚使劲向我挥手。我眯起眼仔细看着她的手势。如果莉莲发现了鲨鱼,她会将手指并拢,然后向上举起指向天空。如果她发现了鱼群,她会将双手放平,然后将手掌沿着手臂从指尖移向手腕。我希望每次都是鱼群,可我也时刻警惕着水面之下是否有巨大的黑影。

我还没来得及看清莉莲的手势,一大群黄色的金枪鱼就将我团团围住。这群金枪鱼个头挺大,它们的脊背上长着骨质的鱼鳍。它们看上去就像鲨鱼一样凶猛,但至少它们没有锋利的牙齿。

在离岸这么近的水域里发现金枪鱼是很少见的。不过肯特在过去几个星期里一直跟我们说有些种类的金枪鱼在季风季节会自己跳上岸。尽管我不愿承认,但肯特

的确说得没错。

我将长矛举得高高的,准备好发动攻击。自从捕鱼以来我已经领悟到了成功捕鱼的两大要素——快速发动攻击和发动多次攻击。

鱼儿现在就在我身边,它们的尾鳍像羽毛般轻轻弹在我的膝盖上。我手中的长矛以极快的速度不断刺向水面,水面发出哗哗的响声。长矛不停地在水面上刺入拔出,但并没有溅起太大的水花。

此时莉莲来到我身边,由于涨潮环礁湖里的水已经没到了胸口。长矛的一头插着一条闪着金光的金枪鱼,它正在奋力地甩头摆尾。鱼的重量使长矛的一头弯了下来。

"太棒了!"莉莲喘着气喊道,由于她一口气从岩石上跑过来,此刻她显得上气不接下气。"你刚才表现得就像一位忍者。肯特如果看到,一定羞愧死了。"

我自豪地咧着嘴微笑着,由于嘴角咧得太大,脸颊都酸痛起来。"我也很惊讶。我刚才还觉得有点头晕目眩呢。看见你站在岩石上的倩影,一切东西在我眼里都是朦朦胧胧的。"我说道。

听到我的赞美,莉莲几乎从水里跳了起来。她一把抓住我拿着长矛的胳膊。"别待在水里,我的捕鱼高手。你刚杀死了一条鱼,你知道那也是鲨鱼爱吃的鱼。"莉莲说道。

"你太多虑了。"我回答道,试图让自己显得很自信,我可不想让莉莲认为我是个胆小鬼。不过在莉莲转身的时候，我带着几分恐惧迅速环视了一下水面。啊，还好，没看到鲨鱼的背鳍。

当我们到达岸边时，莉莲一下子坐在了海滩上。她穿的短裤已经破了，两条湿漉漉的棕色大腿直挺挺地横着，腿上沾满了细沙。我将还在挣扎的金枪鱼放在海滩上，然后坐在了莉莲身边，我虽然还喘着气，但心里却很快乐。

"我现在都能闻到烤鱼的香味了。大家今天可以吃鱼排了——太棒了。"莉莲说道，用手挤着头发里的水。

"鱼是我抓到的，我应该第一个品尝。不过，天晓得我品尝完之后，是不是还有剩的。"我开玩笑说道。

"啊，我从鲨鱼口中救了你，我也应该有所回报吧。我们可以让肯特吃我采集的蜗牛。"莉莲说道，扬了扬眉毛，这是她和我开玩笑时总爱做的动作。

"好主意，肯特一定喜欢。"我拾起脚边被海浪冲上沙滩的一枚白色贝壳。此时我默默地用手指揉搓着它，过了一会儿我说道："我们做个交易吧——你和肯特说吃蜗牛的事。如果我把食物尤其是新鲜的鱼肉隐藏起来不给他吃，他会杀了我的。"

"我去和他说。"莉莲回答道，她的眼神此时变得像钢铁一般坚硬，"我可不怕他。你知道的，肯特他从没叫过我的真名。他一直都叫我'宝贝儿'或是'心肝儿'之类的称号。"莉莲皱了一下鼻子，仿佛这些称号让她闻到了臭气似的。

我将身子向旁边转动了一下，这样我便可以和莉莲

面对面地坐着。莉莲将手臂挡在自己的额头上以遮挡下午的阳光,她的眼睛正眯着直视着我。"我想这是因为你的名字让他感到了厌恶吧。"我说道。

"我的名字?是他告诉你的?"

"他可能提到过。"我回答道。

莉莲笑了起来。她将手指深深插入自己的头发里,海面阳光的折射使她翠绿色的眼睛里泛出一抹蓝色。她还是和我们在飞机上初次相遇时一样漂亮。我用手理了理自己浓密的卷发。在离开加州之前我并未剪头发,现在头发已经变得难以收拾了。脑袋上留着浓密的黑色卷发,脸上长着浓密的胡须,我感觉自己就像个野人。

"那个名字不太适合你。如果是在我家里,我们会叫你莉莉。"

"真的?莉莉?你确定吗?"莉莲问道。谢天谢地,我已经克服了初见她时的紧张感,但与她单独相处的时候,我的心也是会怦怦直跳。我不敢直视她,于是我的视线紧盯着沙滩上的沙粒,我希望这样我急速的心跳能缓下来。

"信不信由你。我父亲以前是一名花商。我小时候经常会待在他的花店里,那个花店叫'魔法花店'。"说到这儿,我下意识地翻了一下白眼,因为我一直都很讨厌这个店名,"莉莉这个名字在英语里指的是百合花,那也是我父亲最喜欢的花。我敢保证,我父亲一定会叫你莉莉的。"

"我也挺喜欢这个名字的。"莉莲若有所思地回答道,"莉莉……如果我们能回家的话,我希望能见见你父亲。他也许可以教我怎么摆弄各种花草。我也可以让他喊我莉莉。"于是我们开始谈论起有关回家之后的计划,仿佛这些计划真能实现似的。

"我的确很想让你见见我父亲。他是我所见过的最好的人了。不过,可惜他几年前就已经过世了。"

"哦,我很抱歉,戴夫。我并不想……"

"没事,没事,我很好。"我舒缓了一下感伤的情绪。我一直将这种情绪封闭在内心深处不愿去触及。当然我也不希望在这里将它释放出来,因为那会使我变得精神涣散。"我父亲过世已经有五年了。我们以前一直都很亲密。我三岁的时候,母亲抛弃了我们,所以我和父亲相依为命。"我坐直身体,用手指在沙滩上画了一个圈,"我很高兴父亲已经过世了,这样他就不用为我现在的处境担心了。"

"你能和自己的父亲如此亲密真是太令人羡慕了。我跟父母都不是很亲。我父亲是一位牧师。我知道他爱我,可他从不为我感到骄傲。在他看来,我所做的事情都还不够出色。"莉莲说道,她将自己的脚趾插入沙子里,她的脚趾甲上还残留着零星的粉红色指甲油。

"是吗?那你以前一定经常服用迷幻类药物或是经常想着离家出走吧?"我开玩笑地问道。

"当然没有。"莉莲咯咯地笑起来,"父亲想让我嫁给迈克·亨利,他是我们教区里的一位年轻牧师。他想让我成为牧师的妻子。我尝试这样做了,真的,不

骗你,但是我和迈克总是和不来。"莉莲看了看海面,脸上的表情显得很凝重。

"我那可怜的迈克一定很失望吧。"

"我可不这么认为。迈克后来结婚了,他的妻子是他在布道宣讲途中认识的一个姑娘。在他们结婚的前一年,我和杰瑞也结婚了。现在迈克已经有六个孩子而且在田纳西州有了属于自己的教堂。我没法使他幸福,父亲一直认为我很自私。"

"我可不认为你自私。我觉得你父亲想让你成为他心目中完美的样子,可那并不是真正的你。"我说道,语气显得有点愠怒。

"我也是这么认为的。"莉莲咬着口腔内侧的肉说道,"不管怎么说,我认了。我用不着为了父亲心目中的完美形象而折腾自己。后来我有了乔西和丹尼尔,父母亲对我的看法也改变了。他们现在可喜欢我的两个儿子呢。"

"你应该让我见见你的父母亲。在见了我之后,或许他们就会意识到他们养了一个多么优秀的女儿。"

"哈,哈,你可想错了。"莉莲猛地将头扭到一边用目光打量着我,"我父母应该会很喜欢你的。你幽默,受过良好的教育,而且你拥有他们最喜欢的一个品质——没有宗教信仰。我父亲会像用勺子挖冰淇淋一样一点一点开挖你的宗教潜能。"

"哇哦,听上去……很有趣,不是吗?"

"不过,我得警告你哦。我父亲会叫你'戴维'而不是'戴夫',就像他喜欢把'乔西'叫做'乔舒亚'①一样。他喜欢用《圣经》里人物的名字称呼别人。"

"戴维?戴维和哥利亚?"我皱了皱眉头问道。

莉莲点点头说道:"没错,就是那个戴维。他不仅杀死了巨人哥利亚,还成为以色列最伟大的国王之一,并且还是另一位国王——所罗门国王②——的父亲。我父亲认为戴维是耶稣的直系后代,就像《旧约》里预示的那样。"莉莲压低声音说道,仿佛她在透露一个惊天大秘密似的,"戴维可是个了不起的人物。"

"这么说来,你和肯特从现在起都得称呼我为'我的陛下'了。"我开玩笑说道。

"没问题,如您所愿。"莉莲轻轻拍了一下我的手臂。

"我还挺喜欢被人这么称呼的。戴维国王,哈,戴维国王。"我让自己的声音听上去深沉而浑厚,就像贵族一样。莉莲的脸抽搐了一下。"即使你不喜欢这个称呼,你父亲一定会很喜欢的。"我说道。

"我可不觉得他会喜欢。我想他一定会说这是'亵渎神灵',"莉莲说道,她拖长语调模仿起她父亲说话的口吻。"不过,戴维,"莉莲叹了一口气说道,"我喜欢这么称呼你。"莉莲将嘴唇微微并拢。此刻我真希望能吻她的嘴唇。上帝啊,戴夫,控制!控制住自己!

"如果你叫我戴维,那么我就叫你莉莉吧。"

---

①乔舒亚(Joshua):根据《圣经》,乔舒亚是摩西的继任者,他领导希伯来人征服了迦南。
②所罗门国王(King Solomon):公元前十世纪古以色列的一位国王。

"我觉得……我喜欢这个名字。"莉莲说道,她将头发甩到肩后。"现在我们都有了岛上的新名字了。这是我们之间的秘密。现在我们已经不再是以前的我们了。我们干吗不祝贺一下呢?"

"好主意。我们来彼此祝贺一下,莉莉。"我说道并伸出手。在松开手之前,我们握了两次手。

"那么,戴维,既然我们有了新的身份,现在你能教我怎么处理鱼的内脏吗?"莉莲问道,此时她用膝盖跪在沙滩上,看上去就像一个迫不及待想打开礼物的孩子。

"当然可以,如果你想学的话。"我回答道,我希望莉莲真的想学,这样我每天能有好几分钟在与她的聊天中度过。

"我当然想学。"莉莲站起身,她将手放在大腿上擦拭着。"你有刀吗?"

"我有。我们可以到岩石边清理鱼的内脏。"我说道,我的手迅速摸了摸裤子的右后袋,我想确定刀是否还在。我一直将刀随身携带,一直如此。除了刀之外,在裤子的右后袋里还有另一件东西,那也是我想给莉莲的一件东西。"我有件东西要给你。过来,坐下。"我紧握着莉莲的手指。

莉莲十分好奇地扬了扬眉毛,然后她又坐了下来,这一次她盘起双腿坐着。我又开始感到紧张了。我希望当做早餐吃下去的蜗牛和椰子汁不要从嘴里吐出来。我将手伸进口袋,然后拿出一个小小的包裹,包裹外裹着层层的棕榈叶，它们重叠在一起形成一个箭头，箭头直指着莉莲。它似乎比我记忆中的要小许多，还不及我的手掌大，大概只有两根手指那么宽。

"你看。"我把那件东西放在手掌上。此时阳光从莉莲的身后照射过来，我眯起眼试图看清她脸上的表情。

"哦，这东西是用来干吗的？"莉莲问道。我猛地一下将那件东西放在莉莲的手掌上，我感到自己的骨头都在颤动。

"我想你可以把它当做一份圣诞节前的礼物。我原本想等到……"我想不出恰当的词来描述，于是说道："你把它打开吧。"

莉莲笨手笨脚地用手指解开牢牢捆扎着包裹的鞋带。然后她一下子将整个包裹打开，她的动作几乎和我的心跳一样剧烈。此刻那件东西在莉莲的手掌上露出了真容：石头、木头以及我花了好几个小时亲手缠上去的布条——这一切都是为了莉莲。

"是把小刀？哪里弄到的？……怎么弄到的？……是你自己做的吗？"莉莲惊讶地问道。

"我是在一家五金商店里买的——哈哈，当然是我自己做的啦。你……你喜欢吗？"我紧张地问道。

莉莲的手指在刀柄上滑动着，她的大拇指在包裹着木质刀柄的布条上来回移动。她仔细端详着这把三英寸长的刀。

"我很喜欢，太喜欢了，真棒。我不敢相信这是你做的。它能用吗？我能用它来杀鱼吗？"莉莲将刀尖指

着那条已经死掉的金枪鱼。

"当然能用啦。"我回答道,此时我觉得应该离那把刀远一点。"你挥动的时候小心点,它很锋利。我之前整整磨了一个星期呢。"

"这就是你前一段时间经常不在营地的原因吗?你的手真巧,肯特一定嫉妒死了。"莉莲说道,此时她的双脚踩在沙滩上啪啪作响,仿佛跳舞似的。她为何如此高兴?这涉及我最害怕对她说的话。

"莉莲……莉莉。"我说道。听到这个名字时,莉莲脸上露出了微笑,但我没有笑。"我希望你不要让肯特知道你有这把刀。我希望你……保守这个秘密。"

"为什么不能让肯特知道?你给我这把刀就是为了在营地里使用。如果一直藏着,我怎么用它呢?这是一把很神秘的刀吗?我有点听不明白。"莉莲疑惑地说道。

这可比我事先设想的要困难。之前我花了数个小时削尖石头和雕刻木质刀柄。在那几个小时里我曾想过各种说法向莉莲解释其中的缘由。

"肯特这个家伙很危险。你不能信任他。"我说话的语速很快。莉莲张大嘴,似乎想要反驳,但我用双手轻柔地抓住了她的双肩。"这把刀不仅仅是用来干活的,它也是用来防身的。"我说道。

"防身?"莉莲凝视着那把刀,仿佛它正在她的手上燃烧似的。"防什么?你想说你制作这把刀是为了让我用它对付肯特?"

我将右手伸向莉莲的脸颊,然后将她脖颈处的一缕头发缠绕在自己的指尖上。"听着,和肯特待在一起,我们俩都不安全。但你比我更不安全,明白吗?"

"为什么?"莉莲嘲笑道,她后退了几步,"因为我是女人?"

"不是,我是说,是的,至少在一定程度上,是的。"我支支吾吾地回答道。

"多谢你的关心。我可以照顾好自己。你觉得肯特会对我做什么呢?持枪抢劫?还是对我进行侮辱谩骂?"莉莲说道,此刻她拿着刀的手向前伸,仿佛要进行回击似的。我向后退了几步,一时无法理解她为何如此愤怒。

"不是因为这些,是因为肯特他看你的眼神,莉莉。他看你的眼神就像捕食者在看自己的猎物。他想在这座岛上做些什么,然后逃之夭夭。我觉得他能做得出来。所以说,你和他待在一起不安全,迟早……"

"迟早什么,戴夫?"莉莲问道,她的声音颤抖着,我不知道这是出于愤怒还是恐惧。我握着她拿刀的那只手,然后用手指将莉莲的手指从刀柄上掰开。莉莲握得那样紧,仿佛她的手指已经与刀柄粘合在一起。

"迟早肯特会乘虚而入。你要当心,一定要当心。如果他对你做了什么,我不知道自己会干出什么来。"

一想到肯特玷污了莉莲,我就感到自己的胃在灼烧。莉莲从我的指尖也一定感觉到了我心中怒火的温度。她向后退了几步,手里仍然紧握着刀,浑身颤抖着。

"千万别干傻事,戴夫。别去激怒他。他可不是童子军里只有十二岁大的孩子。"莉莲说话的声音颤抖着,之前假装出来的勇敢和坚毅一下子灰飞烟灭。我看得出她其实很脆弱。"如果能让你放心一些,我会随身带着这把刀的。但是答应我,别一个人对付肯特。如果你答应我,我就拿着它。"

莉莲颈部的脉搏在剧烈跳动着。上帝啊,她隐瞒了那件事,那件她不想让我知道的事。我很想问她,但我不能。

"我还没想过怎么对付他呢。我只是担心你。我刚才的反应可能有些过激,但我希望你要保持警惕,你能做到吗?"

"能。"莉莲点点头,将那把刀放回用棕榈叶做成的刀鞘里,然后吐了一口气。"说了这么多,你还没教我怎么清理鱼的内脏呢。鱼在阳光里都快腐烂了。"莉莲说道。

"好。"我翘起嘴角,希望自己能装出一个笑容。

莉莲跳起来,手里拿着刀朝那条闪着金光的金枪鱼跑去,此时那条鱼看上去更像是一条搁浅的小鲸鱼。莉莲弯下腰试图拎起整条鱼,她笑着叫我过去帮她。她的笑声总是宛如回荡的风铃一般。

和莉莲在一起的时候,我总是会忘记自己有多么想家。即使当我梦见以前的生活时,我也无法想象没有莉莲以前的生活我是怎么熬过来的。我知道莉莲跟我想的不一样,她心里思念着的人是杰瑞,不是我。但即便如此,没有了莉莲,我在这小岛上也无法存活。如果莉莲不在了,我该如何活下去呢?

  此刻我的胸腔感到一阵剧烈的疼痛。我有些庆幸自己并没有询问她和肯特之间到底发生了什么,或是肯特到底对她做了什么。我知道如果我强迫莉莲告诉我发生了什么,她一定会说的……那样的话,我可能会杀了他。

第十七章 莉莲
此刻

"在圣诞节前我们储备了一个星期的水果。早上戴夫和肯特去捕鱼。那天我们准备了一顿大餐以庆祝即将到来的圣诞节。我们还用岛上找到的一些东西制作了圣诞礼物。在那天晚上吃完晚餐之后我们打开各自的礼物。此外,我们还做了一些装饰。我们采了一些鲜花,将它们编织成花环。当然这与在家里过圣诞节的感觉是完全不一样的。不过我们也已经尽力营造圣诞氛围了。"莉莲慢慢地说道,这是她最美好的回忆之一。

"你还记得你们交换了什么礼物吗?"兰德尔问道,语气似乎显得很无聊。兰德尔对于所有美好的事物都缺乏兴趣,她似乎正思考着用什么办法来打发接下来的无聊时光。

"我用棕榈叶给两位男士做了两顶帽子。他们很容易被阳光晒伤，尤其是肯特，他头发稀少，所以戴帽子防晒对他很管用。肯特送给我一个五彩贝壳，我后来将那个贝壳制成了一条项链。戴夫送给我一把长矛鱼叉。之前捕鱼的时候，我一直借用戴夫或是肯特的长矛，因为我不擅长制作尖锐的东西。我猜两位男士已经厌烦我了，所以特地给我做了一根长矛用来捕鱼。"

"在岛上没有家人的陪伴，日子一定很艰难吧。"兰德尔追问道。

"是的。"莉莲回答道，她克制住自己以免露出轻蔑的表情。

"你有没有问过你的家人，他们是怎么度过第一个没有你的圣诞节？当你在地球的另一端摆弄着无花果，削着长矛的时候，你的家人在做些什么？"兰德尔问道。

"他们在家里和我的父母亲一起过圣诞节。"莉莲回答道。

兰德尔点点头，仿佛她比莉莲更清楚她家人的生活似的。"如果我没记错，你的葬礼正是在圣诞节期间举行的，是吗？"兰德尔问道。

莉莲微微地张了一下鼻孔。此刻她真想把系在身上的麦克风扯掉，然后转身离开。她感到屋子里闷热憋气。也许是她忘了开空调。"是的，我听别人是这么说的。"莉莲回答道。

"飞机失事一个星期之后,搜救行动就开始了。你和你的同伴们很快就被认定为已经罹难。为什么你的葬礼会推迟这么久才举行呢?"兰德尔问道。

莉莲的视线越过兰德尔的肩膀聚焦在杰瑞身上,她不知道自己该如何回答兰德尔的这个问题。吉尔曾告诉过莉莲,杰瑞不愿意放弃希望。杰瑞曾用自己的积蓄雇佣直升机和搜救船寻找莉莲的踪迹。显然贝丝也和杰瑞一样花钱雇佣搜救队寻找戴夫。直到莉莲的父亲出面劝解,杰瑞才放弃希望并接受了没有莉莲和玛格丽特的生活。莉莲的父亲罗博牧师一直善于应对危机。莉莲的哥哥诺亚以前一直开玩笑地认为父亲在神学院里一定选修了危机管理方面的课程。

杰瑞最终放弃了,他坐飞机和莉莲的父亲一起回到家,但是拒绝为莉莲和玛格丽特举办各种追思仪式。时间日复一日地流逝,而葬礼却被耽搁了下来。最后由于莉莲的母亲和吉尔出面干预,大家才决定在佛罗里达州的怀尔德伍德为莉莲举办追思会,然后在爱荷华州的费尔菲儿德为玛格丽特举办追思会。在费尔菲儿德的家庭墓地里,他们为莉莲和玛格丽特竖起了两块墓碑。玛格丽特的墓碑紧靠在她丈夫的墓地边,而莉莲的墓碑紧挨着一块空旷的草地,那是杰瑞有朝一日的安息之所。后来在将玛格丽特的遗体安葬于墓地的时候,莉莲曾亲眼见过那两块墓碑。墓碑上的铭文写着:"亲爱的妻子和母亲,安息。"第二天莉莲就叫人将那两块墓碑移走了。

"是希望,"莉莲看见杰瑞鼓励的眼神,然后看着兰德尔说道:"是希望支撑着杰瑞。我相信在杰瑞的内心有一个声音一直在告诉他我还活着。"

"那个圣诞节——你的家人是怎么过的?"

"我只知道家人告诉我的那些事。"莉莲将身子靠在椅子的扶手上说道:"当时我父母在密苏里州的家里过圣诞节,他们还装饰了房子和圣诞树。"

兰德尔皱了皱眉说道:"这么说来,他们没有去参加自己女儿的葬礼而是在家欢度圣诞节喽?"

"你把我父母说得太冷酷无情了。"莉莲咬牙切齿地说道,"圣诞节一直是我最喜欢的节日;我父母想让那次圣诞节变得更特殊一些。他们想让我的两个孩子尽快恢复正常的生活。"莉莲此时找不到合适的话语来感谢父母为自己所做的一切。杰瑞当时由于过度悲伤,许多事情他都不愿做。于是莉莲的父母为孩子们购买和包装圣诞礼物,给孩子们做饭、讲故事、打开降临节日历[①]以及带他们参加圣诞夜的各种活动。

兰德尔像往常那样点点头,不过这一次她真心地赞同莉莲的话。"所以那段日子对你的孩子们来说很难熬,是吗?"兰德尔问道。

莉莲不愿再谈论这个话题。她可以一整天谈论小岛上的生活或是飞机失事的经过,但当话题涉及自己的孩子时,她却会变得难以承受。此时她摆了摆手,像是在驱赶眼前的苍蝇似的。她需要结束兰德尔试图发动的感

[①]降临节日历(Advent Calender):一种画有圣灵在圣诞节期间降临人间日期的彩色日历卡片。

情攻势。"对他们而言,那个圣诞节的确很难熬。但你也了解小孩子的。只要圣诞老人一出现,再悲伤的小孩子也会立刻快乐起来。"

莉莲很庆幸当兰德尔刚才询问有关圣诞装饰和圣诞礼物的时候,摄像机的镜头一直对着自己而没有拍到杰瑞。莉莲懂得如何装出一副无所谓的表情,而杰瑞却永远都学不会伪装。莉莲懂得如何控制自己的声音以及如何眯起眼睛挤出一个微笑。她也懂得如何表现得大大咧咧,这样人们就不会发现她内心的悲伤。这是她最了不起的才能,也是她在那座热带小岛上所学到的最宝贵的经验——这远比用长矛捕鱼、采摘水果或是用棕榈叶编织毯子更令人佩服。莉莲懂得如何撒谎。

"你们在岛上还庆祝其他节日吗?比如说新年?或是举办棕榈叶帽子派对或是椰子壳派对之类的活动?"兰德尔问道。

新年?如果说那一年的圣诞节是杰瑞有生以来最糟糕的圣诞节的话,那么那一年的新年也是莉莲有生以来最糟糕的新年。她为自己设计的陷阱——其实她一直深陷其中,在那个陷阱里她从未见到哪怕一丝光明——在那一年的新年终于挖好了。不过莉莲并未因此感到害怕,她也没有流下倔强的眼泪,她只是回答道:

"我们不庆祝其他节日。其他节日都和往常一样。"

第十八章 莉莉

第112天

岛上

我脸朝天空躺在蔚蓝色的水里。从高空照射下来的阳光刺激着我的眼睑。阳光在我的眼中形成绚烂斑驳的色彩,宛如一曲彩色斑斓的舞蹈,这使得我的思绪也随之飘荡起来。我将双臂完全展开,充分沉浸在自己想象出来的缤纷世界之中。我努力抑制住圣诞节以来一直萦绕在心头的思念之情。

*

一个星期前,在圣诞节的那一天我送给自己一个小礼物——向他人讲述自己的回忆。之前我一直小心翼翼地将这些回忆珍藏于心底,因为重拾往昔的回忆远比回避它们来得痛苦。然而在这个圣诞节，我不想再回避了。

我向戴维和肯特讲述关于我两个儿子的往事，有些往事已经讲了不止一遍。我告诉他们，乔西曾经把家里新买的平板电视当作黑板教丹尼尔学二十六个字母，为此平板电视上留下了永久的划痕。我还告诉他们乔西只喜欢穿橘黄色的衣服以及丹尼尔曾告诉幼儿园老师他最爱吃青豆时我有多么的骄傲。

此外，我还告诉他们我和杰瑞是怎么过第一个圣诞节的。那时虽然我们都没钱，但却为彼此制作了特别的圣诞礼物。杰瑞那年给我做的木质小化妆盒至今每天早上我还会使用。我就这样不断向他们诉说着我的往事直到他们都被彻底逼疯。肯特会躲进棚屋里，而戴夫则会勉强露出笑容继续聆听。

即使在他们聆听的时候，我的思绪也常常飘忽不定。从日出到日落我都会思念着家人，有时我会想起孩子们婴幼儿时期的往事，那时我每天要花数个小时照料他们并且能十分娴熟地裹襁褓。有时我会想起自己做家务的经历——大堆的琐事需要料理，孩子们也开始变得不听话。

我最爱讲述的往事——以很缓慢的语速讲述，仿佛在品读一本小说似的——是杰瑞在家时的那些慵懒时光。有时玛格丽特会来我家，有时我父母会来。在讲述了数小时之后，我竟然还能清晰地记着往事中的许多形象与细节，这让我感到颇为惊讶。每一次闭上眼睛，我就感觉自己仿佛回到了家。

我所无法预料的是我的圣诞礼物——讲述自己的家庭往事——让我逐渐变得惶恐不安起来。在圣诞节结束后的那一周里,我尝试着不再回忆往事而是把精力集中在"生存"方面。可是很难。在感到寂寞的时候,我的脑海中会充斥着有关往昔的各种印象、感受,甚至气味,而岛上的生活总是寂静得如一潭死水。

由于身处寂静之中,今天我又开始追忆往事。当我漂浮在淡水池里时,我感到自己再一次清醒了过来,仿佛池水在蒸发升入大气层时能帮我带走回忆留在心中的伤痛。对此我感到颇为高兴。

我有些不情愿地游向晾晒着衣物的岩石边。我拿起晾晒的短裤,发现它们还是湿漉漉的。戴夫希望我能回到营地继续昨晚的新年狂欢,但在昨晚的狂欢之后我感到十分疲倦。

昨晚肯特拒绝参加我和戴夫的新年狂欢,他像块石头似的一直躺在棚屋里睡觉,而我和戴夫则坐在篝火边唱着歌,说着鬼故事。对我而言,昨晚狂欢的高潮发生在邻近午夜时分。我和戴夫开始讲述各自看过的电影,从而判定谁看的电影最无聊。这是一场决定输赢的比赛,戴夫用戏剧般的言语讲述着一部名叫《我的儿子,我的爱人,我的朋友》的电影。他胜出了,我几个月来从没这么开怀大笑过。

最后我们在篝火边睡着了。自上次在海滩上遭遇肯特的骚扰以来,我就一直睡在篝火边。戴夫通常睡在棚屋里,但昨晚偶尔睡在屋外却让他感到很有趣,这让我想起了以前父母偶尔让我在朋友家过夜时的心情。

不过,现在的我已不像十六岁时能一觉睡到大中午了。在黎明破晓之前,我已经醒了。此时篝火只剩下了零星的火苗,空气中透露出一丝寒意。天亮前醒过来已经成为我的一个习惯。那是自从我睡在棚屋以来,自从我不得不提防肯特的咸猪手以来所养成的习惯。即使当肯特远离我的时候,我也始终保持着这个习惯。

圣诞节对于生活在小岛上的我们而言,很难熬,但它却对肯特产生了奇怪的影响。在圣诞之夜的那天晚上,肯特消失在了树林之中。之后的整整两天他都再未出现过。我告诉戴夫,我们应该去找他,也许他掉在了一个洞里或是捕鱼的时候淹死了。但是戴夫却显得漠不关心。事实上,戴夫对于肯特的忽然失踪显得颇为兴奋,因为我们不用再看肯特的脸色了。我之所以想找到肯特并非因为我想他,而是看到他会让我感到安全一些,因为看着他,我可以预测他到底想干吗。

戴夫说得没错,肯特并没有遭遇不测。两天之后的午夜时分他从树林里走了出来,然后扑通一声躺在我身边,我能闻到他身上散发出的鱼腥味和体臭。我开始埋怨自己为什么要睡在棚屋里——我原以为肯特不会再出现了。不过这一次当肯特试图碰我的时候,我可不再假装睡着了。我来到沙滩边,在那块叫"捕鱼木舟"的木桩边睡了一夜。那天晚上我躺在潮湿的沙子上瑟瑟发抖。从那以后肯特没再跟我说过一句话,但我知道他一直在注视我。

我爬上晾晒衣物的岩石，然后站在阳光里。当阳光照在我皮肤上的那一刻，我情不自禁地发出了一声愉悦的低吟——这里是我的阳光浴场。阳光将我皮肤上的水蒸发掉。只需要几分钟，我穿在身上已经薄如纸张的胸罩和内裤就能晒干了。我十分悠闲地躺在岩石上，聆听着树林发出的沙沙声。此时我的心中空无杂念，渐渐进入了梦乡。

脸颊上的轻微瘙痒让我的神志清醒了一些。女孩子的身体有时会莫名地表现出一些怪异行为，但我已经过了那个年龄段。不过这一次有所不同。我的脸上感到一阵瘙痒，这使得我的手开始推揉想象中朝我爬过来的一切东西。

我的手指拍打着自己想象出来的东西，而我的眼睛却闭得更紧，我希望那东西能赶快走开。我将手臂放在岩石表面的凹槽处，这使得我的身体处于最舒适的位置。我觉得自己做得没错，因为我的脸终于不再瘙痒了。

就在这时，有一只手忽然捂住了我的嘴。

我猛地睁开眼，看见肯特就站在我身边，他的一只手正使劲捂着我的嘴，我的脑袋被死死地按在岩石上，我感到自己都无法呼吸了。我抓住肯特的手臂，试图将他的手从我的嘴上扯开。我将指甲深深嵌进肯特的手臂里，他的手臂开始出血了，但他仍不松手。他的前臂如同树桩一般纹丝不动。由于按压，我的门牙嵌进了嘴唇里，门牙像剃刀一般割开了我的嘴唇，我的嘴巴开始流血了。鲜血沿着我的脖子向下流，满嘴的血腥味让我感到窒息。我的双腿向两边猛踢，可是根本踢不到肯特的身体。

我感到自己的肺在燃烧，仿佛水从杯子里满溢出来一般，我的眼前已是一片黑暗。这一切发生得太突然了。我的身体停止了挣扎，我的肺部也不再吸入空气。当我失去意识的时候，我不再感到痛苦或是懊恼。在一片漆黑之中，我感觉到一种虚无感，它既令人感到恐惧又令人感到振奋。它告诉我无须再挣扎，放开一切让自己随波逐流。它对我产生一种强烈的试图放弃挣扎的诱惑力，就像我的身体不可避免地受到地球引力的影响一般。然而就在我即将滑入这黑暗的深渊时，那只手松开了，我又能喘气了。

微弱的光线透过眼睑使我见到了一丝光亮，同时也提醒我要回到安全的地方。我还没来得及思考，还没来得及回顾那如同电影片段一般支离破碎的记忆，我口腔中的鲜血便沿着我的脖子流了下来。我必须得坐起来，否则我会被自己的鲜血噎死。我张开嘴巴，沾满血液的黏稠唾沫从我的下颚滴落下来。我用手背将唾沫擦拭掉。此时我想起来：有人袭击了我，是肯特袭击了我。

我眯着眼睛看看四周，一切看上去都是模糊的。我看了看淡水池和周边的树林，但是肯特已经不在了。我爬回到岩石旁边，但我从三尺高的岩石上忽然翻滚下来，

摔在了泥泞的地上。地面的撞击让我感到一阵恶心。我用双手和膝盖支撑着地面，呕吐出一大块鲜血和果肉的黏稠物。我感到胃酸在灼烧我的喉咙，而我的脑袋受了伤，仍然看不清东西。

我身后的树林里传来树枝被折断的声音。我用满是泥浆的手指紧紧抓住地面，试图在肯特回来继续攻击我之前爬到安全的地方。泥浆就像流沙一样，你越想摆脱它，反而会陷得越深。我大口喘着气并将双手从紧紧吸着手掌的泥浆中举起，然后将双手放到几尺外的地方。可是我的身体并没有前进反而在后退。我感到自己快要被活埋了。我急速跳动的心脏输送着血液，温暖而腥气的鲜血从我嘴巴的伤口处汨汨地流出来。

"你想去哪儿？"肯特在我的后方问道，他的声音听上去既快乐又恼怒。肯特随意地用双脚搅动着泥浆朝我走来，他的神情就如同一个大人走向一个蹒跚学步的孩子。他越走越近，我想张嘴大叫，但我所能发出的声音仅仅只是充满痛苦的低吟。

肯特咯咯地笑起来。我不敢往身后看。

*爬到树林边，然后跑。*浓密的树林离我只有几英尺远，但此时它又仿佛离我有一英里的距离。我越是想快些离开，我的动作却越是变得缓慢。

肯特此时已站在了我身边。他赤裸的双脚全部浸在了泥浆里，大腿上横七竖八地流下许多褐色的泥浆水，泥浆水很快干了并凝结在肯特小腿的毛发上。"甜心，你干吗要跑？你用不着怕我呀。"肯特开始用嘲笑的口吻说道，"来吧，宝贝儿，快站起来，我来帮你把身子洗干净。"

我试图看清肯特的脸，但此时他一把揪住我的头发，用力拉扯着，试图让我用膝盖站起来。我不想任由他摆布，但我别无选择。我的双脚无力地在泥浆里打着滑。

站起来，我的脑海里有一个声音叫道。让我站起来吧。肯特将我的头向后掰，直到我能听见自己脖子上淋巴结碎裂的声音。肯特扯下一大把头发，他的蓝眼睛中露出像针尖一样犀利的光芒。

"你最好听话一点，宝贝儿。如果你聪明的话，你也不会遭这份罪了。"肯特说道。

"肯特，你……你到底想怎样？"我口齿不清地问道，我整个人仍然半躺在泥浆里。

"我想怎样？"肯特笑道，"我想你立刻站起来，这就是我现在想要的。"

肯特将刚才扯下的头发扔进泥浆里，然后再次抓住我的头发。这一次他抓的面积比刚才更大，他迫使我站起来。

"你想知道我接下来想做什么吗？"肯特问道，他将我的脑袋掰到他的脸旁边。他恶臭的鼻息喷在我脸上，我极力克制住不让自己呕吐出来。"我要特丽莎，我要她每晚睡在我身边。可是现在我做不到，不是吗？为什么我做不到呢，莉莉？嗯？"肯特停顿了一下，好像在等待我的回答，然后他吼道："这全是因为你，是你害死了特丽莎。是你和那位公关先生迫不及待地逃出机舱

而抛下了特丽莎，现在你却光着身子在这里晒太阳，还和那个笨蛋戴夫调情。难道你就没想过跟我调调情吗？"肯特的声音变得声嘶力竭以至于惊动了树上栖息的鸟儿。有几只鸟儿慌乱地飞走了。肯特用嘴角吐了口唾沫，然后用力扯我的头发，他笑着说道："我可不认为你会和我调情。现在游戏结束了。到水里去！否则我就把你扔进水里。"

接下来的事我已经记不清了。我不知道自己是如何从泥浆里站起来，然后进入齐腰深的水中。可我此刻就站在水里，肯特仍站在我旁边。他的手里紧握着我的头发，我就像一个提线木偶一般被他操控着。

"拿着！用这个洗。"肯特喊道。

肯特将一个小瓶子塞进我手里，那是玛格丽特的洗发液，瓶子上的商标是一朵绽放的苍兰花。我用颤抖的手指拧开瓶盖，瓶子从我的手上滑落，扑通一声掉在了水里。我伸手去捡，但我无法弯腰，因为肯特的手正死死地扯着我的头发。

"别管它！"肯特吼道，"洗！马上！"

我搓着满是泥浆和血迹的双手，从我指缝间渗出的肥皂沫看上去就像布丁一样。我洗着脸、手臂、身体和腿。肯特从我手里一把夺过装着浴液的瓶子，然后将里面剩余的液体一股脑地倒在我的头发上，然后他使劲揉搓我的头发，那本已没有多少泡沫的浴液刺激着我的头皮。最后肯特将我按入水里。

"不要，求你了，不要。"我哀求道。我无力地在水中挣扎着，觉得肯特想淹死我。

"怎么？这么点水就害怕了？你每个星期到这里戏水的时候，我看你似乎很享受嘛。你光着身子躺在池塘边，却告诉我们你去干活了。现在你怎么不想戏水了，嗯？还没决定，是不是？好吧，让我来为你做决定吧。你下去吧。"肯特使劲将我的头往水里按，我的脸已经快贴近水面了。"下去吧，好好洗洗。"肯特喊道。

他把我按入幽暗的水里。水灌入我的鼻子和嘴巴，让我感到刺痛和窒息。我必须抬起头。在我的头没入水里之前，我第一次也是最后一次放声大叫，叫声在水中引起一串串水泡。无法呼吸。无法呼吸！

我用尽仅剩的一点力气将双脚扎进黏滑的池底。我奋力抬起肯特如钢铁一般坚硬的手臂。我的头终于露出了水面，空气进入了我的肺部。我剧烈地咳嗽起来，大口大口地吐着水。肯特站在一边，双手交叉在胸前，他在等待着。最后我的身体终于停止了颤抖，他后退几步打量着我，就像在打量一双肮脏的袜子似的。

"现在看上去好些了。"肯特咕咕哝哝地说道，然后他将我带往浅水处。

"现在，乖乖听话。"他轻声说道。他站在离岩石几尺远的地方，然后将我往前推。我的脚趾紧扣住灰色岩石周边突出的小石子。"现在站上去！把衣服都脱了！马上！"

我知道肯特想让我赤身裸体。我也知道一旦我一丝不挂地站在他面前，接下来会发生什么。但是我的脸颊

和脑袋上的剧痛也提醒我,他接下来可能会做出更可怕的事情。我浑身颤抖着爬上裸露的岩石。当口腔再一次渗出鲜血时,我迫使自己调整呼吸,抑制住呕吐。我知道当我举起手摸索着岩石表面可以抓握的地方时,肯特能看到我的手在剧烈颤抖。他看得出我此时十分恐惧,这让我感到恼怒,但我却无法控制住身体的颤抖。当到达岩石顶部时,我用双手牵引身体向上爬,岩石表面尖锐的石碴嵌入我的手掌。

"站起来!"肯特喊道,然后吐了口痰。他布满泥巴的脸上此时露出了淫邪的笑容。

我颤颤巍巍地站起身。肯特的目光凝视着我的每一寸皮肤,仿佛我已经赤身裸体了一般。此时我感到自己的身体比在泥浆里更肮脏。

"从上身开始脱!"肯特呵斥道。我弯曲手臂去解背后胸罩上的纽扣,我的手又开始剧烈颤抖起来。我将食指塞到带子下面,然后将拇指放在带子上面,我捏着胸罩带子的两面准备解开系在背部的扣子。这是我从青春期以来每天都做的动作,但是纽扣并未被解开。

"怎么了?"肯特问道,他将小刀在自己的大腿上擦拭了一下。他所期待的并不是我的回答,而是我的动作。我用力扭转手臂试图解开胸罩。我等待着胸罩被解开的那一刻,我知道在那一刻肯特眼中凶狠的目光将会消失,我也知道在那一刻他将会伤害我。

"我脱不下……我脱不下来。"我喊道,感觉自己就像个迷路的孩子,孤独无助地在寻求着母亲的帮助。

"再试一次,不然我就自己动手了。到这边来!"肯特吼道,他来到岩石边。他听我说话表明他还不会进一步伤害我,但这不是长久之计。我看了看周围,心里开始计算水池的深水区离我有多远,我可以消失潜入深水中自救。当肯特伸出右手试图抓住我的脚踝时,我蜷缩起脚趾,紧绷着小腿从岩石上跳了下去。可是我并没有跳入十码外的深水区——深水区的水大概有六七尺深,而是直接落在了肯特左边三尺远的水里。我一下子沉到水底,泥沙将我黏着的头发从脸上冲开,混合着沙子的水流沿着我的背部流动着。此时我沉在水里,拼命用双脚踢着松软的池底。我想游入池塘最幽深的区域以求生。

一开始我的动作敏捷而有力。我轻松地在水里游着,仿佛是在飞翔而不是在游泳。我感到很振奋,我相信自己能行的。我能脱险!

就在这时,肯特的手抓住了我的脚踝。他使劲在水里拽着我,而我的双手则在昏暗的水中不停挥舞着。我试图在水里抓住任何东西,任何能让我不被拽回到地面的东西,因为我知道回到地面之后我将遭受难以想象的折磨。可是水里没有任何东西可以抓握。

肯特终于将我从水里拽了出来。他将我丢在岸上,我又开始大口吐水直到感觉胃都好像被翻了出来。我在地上不停扭动着,而肯特则站在一边十分得意地看着我。

"现在玩够了吧。"肯特说道。他将一只脚猛踩在我身上,当我平躺在地上时,他顺势跨坐在我身上。他

那布满老茧的粗壮手指一把抓住我的双手,然后将它们猛拉到我背后。我感到臂膀周围的肌肉组织一下子被拧紧了,我的肩膀像火烧般疼痛起来。

"好极了。"肯特咕咕哝哝地说着。他将我的脑袋按入泥浆里,混合着沙子的泥水渗入我的嘴角和牙齿缝。然后他开始摆弄起我系在脖子上的项链,似乎在数项链上的戒指:玛格丽特的戒指、查理的戒指以及我的戒指——那是我最近系在项链上的。由于岛上的生活使我体重急剧下降,我将手上的戒指系在项链上以防丢失。不过此刻我身上的任何东西都无法保证安全。"你现在不再需要这些东西了,不是吗?你的丈夫会发现你其实就是个荡妇,那时他会怎么想?"肯特笑道。

肯特向后猛扯着项链,项链就像一根鱼线似的紧紧勒住了我的脖子,然后项链又一下子被扔进泥浆里。它就被扔在我的脸旁边,我看着它,它是我往昔岁月的最后纪念,可它很快就被褐色的烂泥吞噬了。

与其想象着肯特接下去要做的事,我更愿意就这样凝视着项链。此时我想看看肯特的脸,这样我就可以知道他何时会越过底线,而那将从此改变一切。此刻我真希望自己听从了戴夫的劝告,将那把小刀随时放在身边。我真希望那把小刀现在就在我手上,可是它此刻却在我牛仔短裤的口袋里,而牛仔短裤则在二十尺外的岩石上晾晒着。

不远处有一只鸟儿开始鸣叫起来,仿佛它也在担忧我的安危。至少此刻我不感到孤独了,因为鸟儿的叫声让我想起了一首歌,那是我小时候每当做噩梦时母亲常唱给我听的一首歌。我母亲是在和她的养父母住在澳大利亚时学会那首歌的。直到现在我仍然会唱给我的孩子们听。此时歌词从我的脑海里不断涌出,我无法将其抑制在心里,于是我唱出声。

"生锈的钉子上坐着一只翠鸟。"往昔的歌词从我嘴中迸出,尽管它们已不成调。当我唱歌的时候,我似乎感觉不到肯特将冰冷的刀放在我的皮肤上正在割断我的胸罩带子。"它的……尾巴上……有一道小小的伤。"肯特将胸罩丢在泥浆里,可我听不见他的淫笑声。"哭啊……小翠鸟……哭啊……小翠鸟……"我也感觉不到肯特的手在我的背脊上滑动。"啊,生活……怎么……会是这样。"

在歌唱完的那一霎那,我感觉到了肯特的一举一动。我想再唱一遍,这样我的灵魂便可得到自由,此刻我已经没有了任何反抗。

正当肯特将小刀伸入我大腿内侧的时候,树林里传来一声尖叫。

"肯特!"那是一个愤怒咆哮的声音。

我的心猛跳起来,我既满怀希望,同时又满怀恐惧。那是戴夫的声音。

第十九章 戴夫

此刻

"坦白说,戴夫,你和肯特相处得并不愉快,是吗?"

"你凭什么这么认为?"戴夫质问道,他很难假装自己喜欢肯特。

"哦,那可能是我的主观判断。但是当你在说肯特的昵称'能手'时,我总觉得你语带讽刺。如果'能手'真的是肯特的昵称,这听上去仿佛他一个人就能完全搞定你和莉莲在岛上的生活,而你们对他的付出却并不心怀感激。"兰德尔说道,她扬了扬眉毛似乎在责怪戴夫。难道戴夫之前的一言一行让兰德尔感觉到了什么吗?

"肯特的确不是一个容易相处的人。他有丰富的知识,而且对我也算不错,但他不是一个温柔可亲的人。"

"我所听说的可不是这样。"兰德尔插嘴说道,"肯特的家人说肯特十分热爱生活。他积极乐观,是一个很容易相处的有趣家伙。他的家人还说他和特丽莎十分相爱,他们都快要订婚了。"

戴夫知道特丽莎的确将与肯特订婚,但在飞机失事之前的几周她已经和肯特分手了。肯特的家人就是一群无赖。在与肯特的家人打过交道之后,戴夫对于肯特之所以会变成那样一点也不感到奇怪。在被营救回来住在医院的那段时间里,戴夫和莉莲这两个空难幸存者便被蜂拥而来的媒体团团包围。早间的头条新闻尤其喜欢报道他们的故事。真见鬼,似乎所有人都喜欢他们。信件和电子邮件从世界各地像雪片似地飞来,戴夫和莉莲立刻成了明星。然而也有两个人并不喜欢他们,那就是琼和吉姆·卡特——肯特的父母。

"肯特的家人当然会和我想的不一样。我和肯特需要彼此以求能活下来,我们只是勉强维持生活在一起罢了。当然我确信肯特对其父母而言一定是个了不起的儿子,对此我从未怀疑过。"戴夫回应道,对于一切和肯特有关系的人尤其是他的父母,戴夫总是尽量表现得和颜悦色。

*

戴夫先前是从杰妮斯那里知道真相的。杰妮斯说在飞机失事之后,飞机的黑匣子很快就被找到了。航空公司和卡尔顿公司都把飞机失事的责任归咎在肯特身上。他们认为飞机失事是人为失误——肯特的失误——造成的。因此肯特的家人不能像莉莲和戴夫的家人那样获得一千万美元的保险赔偿。肯特的父母对此感到极为不满。

于是肯特的家人决定与航空公司对簿公堂。根据杰妮斯的描述，那是一场错综复杂的公堂博弈。肯特曾被指控在醉酒状态下驾驶飞机，于是他的飞行执照在美国被吊销了一年。所以他后来去了南太平洋地区并被当地一家叫卡那库的小型航空公司雇佣，那家航空公司专门经营私人喷气式飞机方面的业务。法院最后判定肯特的家人败诉而且法官甚至宣称他们失踪的儿子就是一个杀人犯。

在戴夫回到家一个星期之后，他和贝丝经常会在夜里接到匿名电话。每次在戴夫和贝丝准备上床睡觉时，电话铃就会突然响起来：铃声会响三四下，可当拿起听筒时电话那头却无人回应。戴夫在一个月内更换了四次电话号码。

一天晚上戴夫正在厨房里吃着夜宵，而贝丝此时已经上床睡觉了。当戴夫将芥末酱涂抹在面包片上时，刺耳的电话铃又突然响起来。戴夫吓了一跳，手上的面包片落在了桌子上。电话铃响个没完，戴夫都来不及去清理落在桌子上的食物。他用水槽边的毛巾擦了一下手，然后就去接电话，他不希望贝丝被电话铃声吵醒。他看了一眼电话上的来电显示，上面显示的是'不明号码'，但是戴夫知道那其实指的就是'莉莉'。然而当戴夫拿起听筒时,来电显示却变成了'移动电话号码',这是戴夫曾见过好多次的号码,他已经记不清有多少次了。

真是太蠢了,戴夫这样想着,同时他用力按下了电话的接听键。他试图调整自己的声音,因为此时他心中的怒火已被点燃。"你到底想怎样?"戴夫愤愤地问道。

电话那头无人回应,只能听到呼吸声和电视里传来的声音。

"我不知道你到底是谁,但是你最好现在说话,因为我明天就会撤销这个号码,所以你有话快说,我知道你在电话边——我能听见你的呼吸。"

"你为什么要撒谎说我儿子的坏话?"一个声音沙哑低沉的女人问道。

"不好意思,夫人。我认识您吗?我认识您儿子吗?"戴夫问道,他为何要对一个不断跟踪自己的疯子如此客气地说话呢?此时戴夫真希望对方会挂断电话。

"你当然认识我儿子,"电话那头的声音回答道,语气里充满了讥讽,"我儿子救了你们的性命,可你却假装不知道。"

"肯特?"戴夫问道,这个名字就像打在戴夫脸上的一记耳光。

"是的,肯特,肯特·卡特。"电话那头的声音变得尖锐起来,"你知道你对他做了什么吗?对他的名誉造成了多大的伤害吗?你应该说他从不酗酒,飞机失事不是他的错,这样人们才会知道真相。他救了你的命,这是你欠他的人情。"

"我想我已经说得很清楚了,肯特的确帮了大忙,没有他我们可能活不下来。这样的话我已经和媒体反复说过很多次了。你还想叫我说什么?"

电话那头传来一声沉重的叹息声,然后那个声音调整了语气,仿佛她正在和一个孩子通话似的。"我说过了,你只需要说肯特从不酗酒。如果你这样说了,一切都会变得不一样。"

戴夫摇摇头,尽管对方看不见。"我向媒体已经说过了。我不知道肯特是否有酗酒的习惯。反正我在他身上从来没闻到过酒味。我知道的就这么多。莉莲对肯特的了解就更少了,她是在飞机失事后才认识肯特的。"

"有没有律师跟你打过电话?你和他们说了些什么?"对方迫不及待地问道。

律师?戴夫似乎突然明白了。如果自己没有告诉律师肯特曾经酗酒的话,肯特的家人就能获得那笔可观的保险赔偿金了。

"没有律师给我打过电话,卡特夫人。即使律师打电话给我,我也会实事求是地回答。我所能做的就这些。"戴夫回答道。

"你这狗娘养的杂种!"对方开始向戴夫讲脏话了,这也是肯特从他的家人身上所继承下来的品行。"我想我从你这种下贱的人身上指望不到任何东西,不是吗?有一天人们会知道真相的,到时候你会为你的所作所为后悔的。"

"我对肯特的死真的感到很难过,卡特夫人。"戴夫叹了口气说道,"我真心希望你们一切安好。现在已经很晚了。我得挂电话了。"

"随便。"卡特夫人咕咕哝哝地说道,然后电话啪的一声断了。

戴夫把电话听筒放在冰冷的石英桌面上。此时他的脑海里涌现出许许多多骂人的话语,但他竭尽全力克制住自己。他将手猛拍了一下桌面,由于用力过猛,桌面上的电话都跳动了起来。戴夫随后拿起电话并高高举起,他想把电话摔个粉碎。但又突然停了下来,将电话放回到自己面前,然后用极快的速度按下一串熟悉的号码,这串号码能让他从内到外感到温暖和酥麻。

"喂?"电话那头传来一个声音。

"嘿,莉莉,你还好吗?"戴夫将身子靠在墙上,然后并拢双腿让身体慢慢沿着墙壁向下滑。能再次听见莉莲的声音让他感到很欣慰。

"还不错。我们今天去了公园,还在公园里野餐了。"莉莲开始不加停顿地讲述起来。"丹尼尔已经学会怎么爬单杠了。他今天回来的时候手掌上全是爬单杠留下的印子,不过他对自己感到很自豪,根本不在乎那些印子。"莉莲的声音充满了活力,那是只有当她谈到孩子时才有的活力。"你怎么样?过得还好吗?"莉莲问道。戴夫听得出莉莲正在咬手指甲。

"很好。"戴夫深吸了一口气,试图让自己平静下来,"至少五分钟以前还很好。"

"啊,不会吧。"莉莲说道,她的语气表明她仿佛已经知道了其中的缘故似的，"你又和贝丝吵架了？"

"没有。"戴夫叹了口气。该死！他究竟向莉莲讲述过多少次有关吵架的事情？他本不应该向莉莲讲述那些事的，因为莉莲从未抱怨过杰瑞，从来没有过。戴夫理了一下思路，然后说道："我刚才接到一个疯子的电话。"

"真的吗？就一个？那家伙是不是说我们被外星人绑架了，过去的两年我们其实都生活在外太空？他没有没向你要外星人的电话号码？"莉莲开玩笑道。

"我倒希望接到的是那样的电话。这至少比我刚才接到的电话要有趣得多。"戴夫停顿了一下，他不太愿意向莉莲讲述那个电话。"刚才那个电话是肯特的母亲打来的。"

"她在电话里说什么？"莉莲的声音开始颤抖了。此时戴夫真希望自己能伸手拍拍她的肩膀安慰她一下。

"她说的话很……有意思。她希望我们说肯特在飞机失事那天并没有喝酒。我猜她是想获得保险赔偿金，所以要我们作证。"

"你和她说了什么？你不会答应她了吧？我可不会为她作证的，戴维。"莉莲说道。每当听见莉莲叫自己"戴维"时，戴夫觉得自己愿意为她献出一切，他感到自己充满了力量。

"嘘……莉莉，你不用出庭作证，我也不会去作证。如果法庭寄给我们传票要求我们作证的话，我就照他们所希望的说好了。"戴夫说道。

"但是在法庭宣誓之后，我们就必须得说出真相，你明白吗？"莉莲在电话里吼道。戴夫不知道，莉莲是怎样做到既能大声吼叫又能不惊醒家人。

"你不用说任何对自己不利的事情，"戴夫提醒道，"你也不用说他们要求你说的事。哦，我们现在似乎没必要在电话里谈这些事吧，不是吗？"

莉莲对此似乎并不认同，她在电话里说道："也许，"她停顿了一下，她似乎在思考着什么，然后她继续说道："也许我应该向杰瑞坦白一切。他是律师。他或许能帮我们。"

杰瑞！将一切告诉杰瑞那就等同于一场灾难。

"你有没有冷静地想过，莉莉？如果你向杰瑞坦白一切，那你所要坦白的可就不仅仅只有肯特了。我们之所以编造那个愚蠢的谎言难道不就是因为杰瑞吗？"

"我不知道，"莉莲轻声说道，"杰瑞现在对我很温柔，但我明白如果他知道真相的话，一切都完了，真的完了。我不想告诉他，但我又真的希望他能知道真相。以前我和杰瑞之间是没有任何秘密的，但现在……我感觉自己在对他撒谎。"

"那是因为你已经在对他撒谎而且现在还在撒谎。"戴夫说道，他的语气开始变得生硬起来。戴夫发现只要谈到杰瑞，他就会难以控制自己的情绪。"这样吧，由我来告诉杰瑞真相。这样他就可以知道有关玛格丽特和肯特的一切事情了。嗯……你觉得杰瑞会对保尔的事情感兴趣吗？我挺想和他聊聊保尔的。你现在把他叫起来听电话吧。不,等等,我觉得还是亲自见他一面比较好。我可以坐飞机过来。"

"你别这么做。"莉莲说道。

"我可以的。我猜杰瑞会接受真相的,就像你想的那样。然后我在你的生活里就不仅仅只是一位在深夜一点钟打电话聊天的朋友了。"戴夫说道。

在电话那头莉莲一言不发。"你说得没错。"莉莲忽然承认道,"杰瑞不能知道真相。他永远都不能知道。此事就到此为止,戴维。如果你告诉杰瑞真相,我就再也不理你了,再也不,听明白了吗?"

莉莲最后说的那句话像一把尖刀似的直插戴夫的胸膛。"我刚才是在开玩笑。"戴夫怯怯地说道,"我……我不知道该怎么生活。听不到你的声音,我不知道自己该怎么活。"

"你现在不应该对我说这些,戴维。"

"我知道,对不起。"戴夫说道,他想让莉莲感觉好受些,"别担心,我们只需要重复以前接受采访时所说的那些话就可以了。"戴夫再次向莉莲保证,"我们不能让杰瑞知道真相。"

"我明白。"

此时戴夫的心中有一种感觉——这不会是他和莉莲之间最后的通话。有朝一日莉莲会主动联系他。

"你不用担心肯特的母亲。我估计她今后还会打电话给我。不过我早上就会将她的电话号码屏蔽掉。毕竟,他们也不想让公众知道肯特的真正为人。用不了多久他们就会发现他们其实并不了解自己的儿子。"

"我可不希望事情发展到如此地步。"莉莲抱怨道,"我不愿再去想那些事了。给我讲个故事吧,戴维,这样我才能安心入睡。"

戴夫将头靠在墙上,然后闭上双眼说道:"现在闭上眼睛。想象一下海浪,你听!海浪正在拍打着海滩。鲜花的芬芳混合着大海的咸味正围绕在你身边。凉爽的夜风正吹拂在你的肌肤上……"戴夫描述着自己的回忆,他听见莉莲的呼吸开始变得均匀,他知道莉莲此时已经进入了梦乡。

戴夫不知道,莉莲是如何做到在卧室的床上接听电话而同时又不引起杰瑞的怀疑。杰瑞难道从未注意过电话账单上的通话时间?戴夫和莉莲可是每晚都通电话的呀。戴夫认为,如果莉莉是自己的妻子,这样的通话一定会让自己醋意大发。然而,莉莉并不是自己的妻子,只是自己的朋友,而且永远都只能是朋友。

*

"你出于什么原因特别讨厌肯特?"兰德尔问道,"他到底做了什么?"

此时戴夫感到自己体内有一股怒气正在升腾。他克制住怒火,尽可能让自己放松,因为他知道任何狰狞的表情都会被摄像机捕捉到。于是他再次露出笑容,试图发挥昔日的公关技能。

"在飞机失事之前我并不了解肯特，每个人对于灾难的反应都各不一样。肯特对于特丽莎的死一直耿耿于怀。我想正是因为这一点他才会变得难以沟通。他的确帮助过我们，甚至可以说是他救了我和莉莲的命。但即便如此，我和他也无法成为好朋友，可这并不意味着我们彼此憎恨。"

"没错，"兰德尔抖动了一下眉毛，她似乎想要皱眉，"但显然你并没有解释清楚有关肯特的一些事情。你为什么不实话实说呢？"

戴夫想把自己真正憎恨肯特的原因说出来——肯特站在莉莉身边的那副模样：手里攥着刀跨骑在莉莉身上，仿佛莉莉只是一头被捕获的动物而非一个活生生的人。在戴夫眼中，莉莉是他遇见过的最幽默、最温柔、最聪明的女人。他在莉莉的眼睛里能看到永不磨灭的纯真。

"你想要我实话实说，是吧？那好，我告诉你。我和肯特不是朋友，而且没人能和他成为朋友。不管他的家人怎么想，他在飞机失事前就是一个狗杂种。小岛上的隔离生活也无法改变他的性格。他总是用十分粗暴的态度对我讲话，而且他对莉莲……他……他……"兰德尔将身子向前靠过来，她似乎比戴夫本人更期待接下来的回答。戴夫沉默了片刻，他耸耸肩，深吸了一口气，然后用柔和的声音继续说道："就像我刚才说的，我和肯特的性格完全不同，但是我们需要彼此，这样我们才能生存下去。"

"好……关于肯特还有一个问题。"兰德尔说道，她的脸上此时露出令人厌恶的笑容。"肯特的家人说肯特是一名非常出色的游泳健将,对此你有什么要说的吗?"

"对此我表示完全赞同。"戴夫点点头说道,"但是,兰德尔女士,再出色的游泳健将也游不过<u>鲨鱼</u>。"

第二十章 戴维

第113天

岛上

太阳已从海平面上升起,我在海滩边一个浅浅的水坑里洗了一下手,然后抓起一把沙子并将其抹在手掌上,指缝间以及手腕上。我用力揉搓着,希望这些沙子能像漂白剂一样洗净我手上的污迹。

漂白剂,这正是我所需要的,因为我想让一切再次变得纯净,就像广告里所宣传的那样,让洁白的东西变得更洁白。我想把昨天的记忆全部洗刷掉,就像洗刷掉衬衫上的一个污渍。我忽然想起了麦克白夫人[①]的那句话,"擦掉!这该死的污渍!"我要将昨天下午在树林

[①]麦克白夫人(Lady Macbeth):莎士比亚戏剧《麦克白》中的人物,她是麦克白的妻子,同时也是麦克白谋权篡位的帮凶。

中看到的那一切永远彻底地从头脑中抹除掉。

*

"戴夫,转身滚回去!"肯特命令道,仿佛我是他调训出来的猴子似的。或许肯特已经忘了我对他的恼怒,或许他已经忘了他曾给过我一把刀。不过最合理的解释是他并没有把我视作威胁。我站着不动。

"放开她,肯特。"我吼道,并从卡其布裤子的口袋里掏出小刀,然后迅速抽出自己用棕榈叶做成的刀鞘。此时的我自信满满,因为两天前我花了很长时间磨这把刀。"如果你敢伤害她,我就……"

"你就怎么样?"肯特嘲笑道,他几乎都没看我一眼,"你觉得你能对我怎样吗,小屁孩?你一定是昏了头,自以为很了不起。如果你像看上去的一样聪明的话,现在就赶快滚开。我要好好享受我的猎物了。"

我想让他放开莉莉,也想叫他住嘴。我向前迈了两步,然后冲向肯特。

"你是来真的吗?你真打算这样做吗?该死的混蛋。"肯特从莉莉身上站了起来。莉莉在泥浆里扭动着身体。*快跑!莉莉,快跑!*

"别想跑!"肯特威胁道。"你跑跑看,别忘了这可是在小岛上。我比你们更熟悉这座小岛。"肯特拿着刀来回指着我和莉莉。"不管你跑到哪儿,我能都找到你。"

"莉莉——别听他的，"我叫道，我的眼睛死死地盯着肯特，"你赶快跑！快跑！"

"哈，莉莉，你怎么不跑啊？"肯特开始奚落道，此刻他慵懒地坐在我的对面，就像一只大猫准备扑向它的猎物似的。"你不想看看我将如何亲手宰了你的男友吗？"

莉莉在泥浆里翻转过身。她的脸已经肿了，鼻子也好像磕破了。此时我的手牢牢握着刀。

"戴维，你赶快走吧。"莉莉含含糊糊地说道，她的嘴唇已经肿了。

"我不走。"我吼道。

莉莉跪在泥浆里。她用力喘着气，我能在她布满干硬的黑色泥浆的脸上看到那双翠绿色的眼睛。

"求你了，戴维。你不值得为我豁出性命。"

"莉莉，别说了。"我命令道，我向肯特的方向又迈出了一步。此刻我的大脑在不停地转动着：我的右面是淡水池，左面是树林，而前方则是一个杀人的疯子。情况看起来不妙。

此时莉莉又开口说话了，这一次她已经站了起来。"肯特，别！"莉莉吐出一口混合着唾沫，鲜血和泥水的黏液。"只要你不伤害戴维，我全听你的。"

"别再说了！"我朝莉莉吼道。

"这才像话，小甜心。不过我现在有点事先要解决。别担心。"肯特咯咯地笑起来，露出了他的牙齿，"我等一会儿来找你。我喜欢捕猎的感觉。"

"快跑！"我向莉莉大叫道。此时肯特已向我扑来，他高举着手上的刀，刀尖直指我的胸膛。

我略微迟疑了一下，然后奋力蹬腿在柔软的沙滩上跑起来。我的手紧紧握着刀，如果此时我不是义愤填膺的话，那把刀可能会割伤我的手。肯特厚重的上身撞在我的右肩上，他坚硬的指关节击中了我的下颚。

我狂舞着手臂，试图用拳头击中肯特。肯特用膝盖猛击我的腹部，这是他惯常的卑鄙伎俩。我翻倒在地，肯特用拳头打掉了我手上的刀。刀飞入了旁边的灌木丛里，我忽然感到自己的腹沟处有一阵爆裂般的剧痛。

我还没来得及缓过神，肯特就将我整个人按倒在地，然后将他粗壮的大腿压在我的身上。我用双手捂住自己的脸以防肯特的拳击。由于打不到脸，肯特开始猛击耳朵等部位，我的脖子也遭到了一两拳。

"你不肯认输，是不是？"肯特吼道，他的手指紧紧掐住我的脖子。我张开嘴试图朝他吼叫，但在他手指的重压之下，我感觉自己的气管都快裂开了。

就是这种感觉。我的四肢已毫无反抗地摊在地上，我的意识里只剩下了一片黑暗。我快要死了。死亡来得并不平静，在死亡的尽头并没有光明，只有对于未了心愿的遗憾与恐惧。

在我生命的最后一刻我想到的只有莉莉——飞机上莉莉沐浴在阳光中的脸庞、坐在我身边时她眼中温柔的目光、给肯特缝合伤口时她所展现出的坚强、失去玛格丽特之后她所表现出的悲痛以及她开玩笑时嘴角露出的微笑。这一幕幕都在我生命的最后时刻涌入脑海，同时我也意识到一个我永远不敢承认的事实——我爱莉莉。

然后我死去了。

疼痛已经消失。此刻我漂浮在一片寂静的水面上而不是在污浊的泥水里打斗。水面反射着从天空倾泻而下的黄色光芒。在岸上我看见有一些东西在跳跃，它们看上去像一群孩子。两个小女孩和一个小男孩——不，他们是在跳舞，就像童话中的精灵一般——他们咯咯的笑声像丝绸一样荡漾在空中。这些孩子在岸上每跳一步便会有蓝色的薄雾升起并盘旋，那薄雾就像轻纱一般飘荡在孩子们的身后。

我坐起身，双眼朦胧地看看四周。我发现水只有几英寸那么深，周围环绕着许多树木。它们不是岛上的棕榈树，而是父亲在我小时候带我看过的巨型红杉树。我环视了一下岸边，下意识地期待能在这些树木之间看见父亲的身影。此时我不再感到寒冷和疼痛，我知道自己将得到最终的安宁与幸福，可是我没有。我的脑海里忽然冒出一个念头，它就像一个被遗忘的单词，你越是冥思苦想，越是无法回忆起它。这个念头告诉我，我不能待在这里，不能待在这森林的薄雾之中；我必须去其他地方，我必须去……

如同我之前忽然来到这森林幽谷中一样，此刻我又忽然回到了现实。淡水池里的水正冲刷着我的脚，发出哗哗的响声。肯特仍然在我身上，但他的双手已经松开了我的脖子。他身体直直地趴在我身上，我能闻到他身上的体臭和鱼腥味。我的大脑再次想到了死亡，我必须将他从我身上推开。不过这一次肯特并没有做出任何举动。

"莉莉！莉莉！"我用沙哑的声音喊道，感到脖子上被肯特掐过的地方，脉搏正在不停地跳动。我推了好几下才将肯特已无知觉的身体推开。我的左腿已经麻木了，我一瘸一拐地朝树林边缘走去。当我站起身时，感到天旋地转，视野仍然模糊一片。当我眨眼的时候，已经干枯的小块泥土从我的眼睫毛上落了下来。

我躲进茂密的树林中，然后扫视淡水池周围寻找着莉莉的踪影。我在淡水池边的树林附近搜寻了一遍，认为莉莉一定就在附近观察着这一切，同时她将自己隐藏起来以便随时逃走，可是莉莉不在附近。我往反方向看了看，心中计算着如果肯特醒过来，自己还剩多少时间可以逃跑。

"莉莉，你在哪儿？"我轻声喊道。

最后我终于发现了莉莉。她正蜷缩在那块晾晒衣物的岩石后面，她的双手死死地捂着脸。我快速回头看了一眼肯特，此时我已离开了树林的掩护，所以必得和肯特保持足够远的距离，然后我小心翼翼地朝那块岩石的方向跑去。

在巨大岩石的映衬下，莉莉显得如此娇小，她的身体蜷缩一团。我目不转睛地看着莉莉，仿佛只要我移开视线，她就会融入泥土或是岩石中。她是如此瘦小，手臂的骨骼极不自然地凸出。为什么我之前没有注意到呢?

我走到她身边，然后蹲在她面前，周围到处都是泥浆。我艰难地伸出手臂想要触碰她，想告诉她一切都过去了，我不会再让任何人伤害她了。但当我的手触碰到她的膝盖时，她忽然变得警觉起来。

莉莉放下捂着脸的双手，此刻在她脸上我看到了恐惧。泪水混合着泥水在她的脸上纵横交错，她的嘴角还留着凝结的血块。过了好几秒钟她才认出我是谁。在她认出我的那一瞬间，她的下嘴唇剧烈颤抖起来，红肿的双眼又流下了眼泪。

"你还活着，"莉莉轻声问道，显得很惊讶，"我还以为……还以为你死了。"

"我也以为自己已经死了。"我轻声地回答道。

"嘘。"莉莉伸出手，她将颤抖的手放在我的嘴唇上示意我不要再说下去，"我不想听你说这话。你还活着！你还活着！"我紧紧握住莉莉的手，亲吻着她的指尖，此刻我毫不在意她指甲上凝结的鲜血。

"你没事吧，莉莉？肯特他……"我想找一些恰当的词汇来描述肯特的恶行，否则我真想杀了他，"我没有来迟一步吧？"我问道。

莉莉缩回手，好像我咬到了她的手似的。

"没有。"莉莉用颤抖的声音回答道，"差一点。"

我想伸手去扶她，但又迟疑了。她的腿上和肚子上都覆盖着泥浆，身上的内衣也已变成黑褐色。我能想象得出她原本戴着的胸罩去哪儿了，现在只有两条被割断的带子还挂在她的肩上。我随手拿了一件晾晒在岩石上的衣物，然后将它丢给莉莉。还好，那是我已经破破烂烂的蓝色衬衫而不是肯特的衣物。

"靠过来。"我说道。莉莉用磨破的膝盖支撑着身体靠了过来。我将还未干透的衣服套在她的头上，当我的指关节碰到莉莉的后脑勺时，她的头向后扭动了一下，这时我才发现她头发里凝结着泥土块和血块。我帮她穿上衣服，仔细看着她身上每一处红肿或被磨破的皮肤。她的手掌，膝盖以及肘部由于充血而变成紫红色。她的脸也红肿着，脸的一侧还在流血，看上去像是被人揍了一拳似的。此外，她的脚趾也在流血，一个脚趾上的指甲也已脱落。啊，我可怜的莉莉。肯特这畜生究竟对你做了什么？我不忍心再看了。

我让衣服自由地滑落在莉莉的身上，然后伸手整理衣服的领子。我十分小心地给莉莉穿着衣服，生怕我会触碰到她，从而加重她肉体的疼痛。在给莉莉穿上衣服之后，我为她系上了纽扣，我系纽扣的动作很慢，这是我唯一能在不伤害她的情况下触碰她的方法。

衣服终于穿好了。莉莉忽然举起满是泥土的双手一把搂住我的腰。"谢谢你来救我，戴维，谢谢你。"她的手指紧扣住我的手指，我能感觉到她的手指在颤抖，这让我进一步意识到了自己的无能。

"我很抱歉，莉莉。这一切都不应该发生。我不会让这一切再发生了。"我说道。此时我还不知道肯特是否已经醒了，这让我觉得如芒在背，仿佛有人始终在监

视我们似的。我试图朝岩石的前方瞄一眼，可是莉莉却将我牢牢按住。"我得站起来，莉莉。"我开始感到身子有些酸痛。"我要保护你，莉莉。请让我来保护你吧。"

莉莉仍然不愿让我站起来，她说道："他已经不在了，已经不在了。"

"嗯？"我松开莉莉紧握的手，我身体的每一块肌肉都紧绷起来，准备好再进行一次战斗。我靠在岩石边上慢慢站起身，我一边环视淡水池的周边，一边计划着该怎样对付肯特。然而，我看到肯特仍然躺在泥地里。我紧绷的神经略微松弛了一下。看来我们仍然有时间逃跑。

我迅速蹲下身，说道："他还躺在那儿。我知道你受伤了而且很害怕，但在他醒过来之前我们必须得离开这儿。你现在能站起来吗？"

"他不在了。"莉莉回答道，她又将身子蜷缩起来。"他已经不在了，已经不在了。"莉莉不断重复道。

"不，莉莉，他还在那儿。我们得赶快离开这儿。"我又拉了一下她的手臂，准备将她拽起来。

当我将莉莉捂着脸的双手拉下来时，莉莉忽然凝视着我说道："戴维，你明白我的意思吗？他不会回来了，我们用不着逃跑了。他不在了。"莉莉喊道，"他不在了，因为我杀了他。我用你送给我的那把刀，当他骑在你身上的时候，我……"

"什么？你说什么？"莉莉刚才说的话像一阵风似的在我的头脑中盘旋，我似乎很难确定它的确切含义。

莉莉全身颤抖地深吸了一口气,那是当她极力保持镇定时常做的动作。她将膝盖并拢,用手捏着衣服已经破损的边缘说道:

"当他攻击你的时候,我跑回去从晾晒的衣服里掏出了你送我的那把刀。我发誓"——莉莉举起一只手,好像此刻她正在法庭陈述证词一般——"我只是想吓唬他,但他根本不理睬我。他一直不肯松手,我看到他快把你掐死了。当时你的脸已经变绿了,戴维。然后你没有了反抗,我吓坏了。"莉莉从旁边的泥浆里抓起一个尖锐的东西。正是那把刀,我曾在岩石上不断地磨,不断地削直至将它打磨成一件武器。此时那把刀上沾满了鲜血。

"你用它刺了肯特?"我问道。

"是的。"莉莉含糊地回答道,眼睛始终凝视着地面,似乎不敢抬头看我。"我用刀刺了他。"莉莉将自己的脸埋进满是泥块的头发里。

我坐到她身旁,将身子靠过去直至我俩的手臂碰在一起。莉莉没有挪动身子,于是我将手伸过去。莉莉将手掌朝上摊开,我们俩的手指紧扣在了一起。莉莉的手指轻轻地挤压着我的手指,这让我感到头部和喉咙的疼痛得到了缓解。莉莉此时一定也和我有同样的感觉,因为她将身子靠在了我身上。

我们就这样坐着,什么话也没说直至我的腿开始发麻。我聆听着周围的鸟鸣和风声,同时也警惕着是否有人会起死回生。我不知道莉莉此刻在想什么,我也不想去问她。我注意到她呼吸的频率，感谢上帝，她已经镇定下来了。不过很快她的呼吸又变得急促起来。

"嘘，没事了。"我将头靠在她的头上，避免触碰到她后脑勺上的伤。"你已经安全了。我不会再让任何人伤害你了。我保证。"

"我杀了肯特。"莉莉重复道，此刻她显得有点恍惚，"我真的杀了他。"

"你救了我的命，莉莉。你别无选择。"我安慰道。

"我杀了他。我本想住手的，可我停不下来。当我看到他掐你脖子时，就决定要杀死他了。当拿起刀的那一刻，我……我就知道自己要做什么了。这算是蓄意杀人。我是杀人犯。"莉莉说道。

"肯特本可以住手的，但是他没有那么做，不是吗？你属于正当防卫，你在救我的命。没有你，我可能就死了。"

莉莉迟疑了一会儿，好像在思考反驳的话。"你觉得我会进监狱吗？"莉莉问道。

我觉得莉莉此时已经精神错乱了。"进监狱？"我克制自己不笑出来，"难道这里会有人用椰子壳做的电话打110报警吗？"我说道，想看看我的玩笑能否让莉莉的脸上露出笑容。

"这可一点都不好笑，戴维。"莉莉说道，将我的手臂放在她的大腿上。"如果我们离开了这儿，人们会来这儿把肯特的尸体挖出来，然后他的家人会把尸体带回去。他们会发现肯特是被人刺死的，因为他的背上有许多条被刺的伤口。我曾在电视节目里看过一些人在证据不足的情况下仍被判定为有罪，会被判定为蓄意杀人。我离开了这座岛上监狱，又会马上被关进另一座监狱。"

"不会的，有我在呢。我看到了肯特对你我所做的事情，会告诉他们的。"我试图安慰莉莉，但她的一番话也让我明白了她的担忧不无道理。如果我们获救了，接下来会发生什么呢？如果人们发现了肯特的尸体，接下来又会发生什么呢？

"你有可能会被认为是我的同谋。"莉莉说道，她捏了一下我的手，她布满泥土的手指在我的指关节处滑动着。"在我刺肯特的时候，你已经失去了意识，你的证词可信度不高。我知道我可能在说胡话，但是我开始相信任何人都会遭遇到可怕的事情。"

"你想让我去检查一下尸体吗，莉莉？你希望我去确认一下他是不是真的死了？"我问道。

莉莉点点头。我们迟早都得面对事实。如果肯特真的死了，我们不能把尸体留在淡水池边，因为淡水池是我们的生命之源。即使刚才的打斗没有污染到池子里的淡水，把肯特的尸体留在那里任其腐烂一定会污染水源。

但是，如果肯特没死……一想到这一点，我的喉咙就开始感到酸痛。如果他没死，我们该拿他怎么办呢？我猜我们必须得照料他。我迫切地想让肯特死掉，但莉莉绝不会同意我蓄意害死肯特。

我不情愿地松开了和莉莉紧扣在一起的手指。我们手上的汗与手掌上的泥融合在了一起。我用手撑地站起

身，感到自己的手黏湿而冰冷。地球的引力此时像是在我的背上施加了几万磅的重量似的，我艰难地挪动了好几步才终于站了起来。

肯特仍然面朝下躺在泥水里。我向前走了几步便发现鲜血已经染红了他白色的飞行员衬衫。我数着他衬衫背部被刺破的口子……一、二、三、四……也许还有五。每道口子下面都是一个深深的伤口。莉莉说得没错，肯特已经死了。

如果莉莉说得没错，那么……我觉得接下去有多种可能性。如果莉莉说得没错，我得把肯特的尸体翻过来，检查他的脖子或是手腕，看看是不是还有脉搏。我将会凝视肯特空洞的眼神，我被压在他身下所进行的搏斗竟然是肯特人生最后的片段。如果莉莉说的没错，我得把肯特的尸体处理掉，不能让任何人知道发生了什么。

莉莉说得的确没错。当我将肯特翻转过来时，他的身体已经变得冰冷而僵硬。无须医生的诊断便可以明显看出沿着肯特下颚流淌的鲜血是体内出血导致的。不知为什么，肯特睁着的眼睛让我想到了特丽莎死时的眼神。以前我一直认为人在死的时候总会十分安详地闭上双眼，玛格丽特死的时候便是如此。然而那些因遭受突然事件而死去的人却不是这样，他们脸上的表情在生命最后一刻被永远凝固住了。

我试图合上肯特的双眼，那双被泥水沾湿的眼睑好不容易才被合上。现在我可以较为轻松地看着他了。我蹲在地上深吸了一口气，然后闭上眼睛。此刻我希望随着自己的深呼吸，我能够想出接下来的应对方案。我知道自己已不能回头。即使死了，肯特也是一个大麻烦。我睁开眼睛，看到离肯特尸体不远处有一个橘红色的物体在闪着光。那是肯特先前给我的小刀。在之前的搏斗中肯特将它从我手上打飞，而现在它在我的默默祈祷之下又出现了。

莉莉还坐在原地。她蜷缩着身子靠在石头上并用膝盖支撑着脑袋。当我靠近她时，她抬头看着我，脸上的表情显得既痛苦又充满期待。

"他死了，是吗？"莉莉问道。

"是的，他死了。"

"我就知道。我就知道。我就知道。"莉莉像唱歌似地重复道。

"别多想了，莉莉。我会处理的。"我跪在她面前，仿佛在祈求她不要失去理智似的。"没人会知道的。"

"怎么会没人知道？"莉莉反问道，我不知该如何回答。

"别担心。一切让我来处理。我们先回营地。你在篝火边暖暖身子，把衣物烘干。一切交给我，你不要再去想今天发生的事了。"我说道。莉莉试图反驳，但此时的她已经筋疲力尽，没有了反驳的力气。

我扶着莉莉一瘸一拐地走向营地。衣服悬挂在我疼痛的肩上，不过我已经不在乎自己的疼痛了，因为我知道莉莉比我更痛。我们一路走着，什么话都没说。在到达营地之后，我用剩余的木柴点起了篝火。我和莉莉全

程都没有说话,我们似乎害怕打破彼此之间的沉默。即使当我带她去海里洗澡的时候,我们也保持着沉默。只有当咸涩的海水碰到伤口时,莉莉才大声哭起来。

我将莉莉紧紧抱在怀里。她就这样在我的怀里哭啊哭啊,直至太阳西沉才渐渐睡过去。我喜欢她躺在我怀里时的感觉,她的体重让我感觉自己就像一杆秤——这杆秤原本失去了平衡,而现在又被矫正回来了。

我看着莉莉熟睡的样子。在我的情绪恢复平静之后,将莉莉轻轻地放在棚屋的地上,就像将一个婴儿放回婴儿床中一样。此时我的脑海里已经有了一个计划。如果这个计划可行的话,那么一切犯罪证据将会永远地被抹掉。

我将小刀放在口袋里,然后回到肯特躺着的地方。我一边接近肯特僵硬的尸体,一边用脚赶走一大群老鼠。我拎起肯特沉重的大腿,这可不像我预想的那么容易。

我拖着肯特的双腿穿越树林,时不时地停下来休息一下,肯特的尸体重得就像一大袋水泥,我不知道自己能否拖着它穿过树林。一个小时之后,我决定将他的尸体丢在树林里,让甲虫和食腐动物吃掉它。但是我答应过莉莉,之前答应过她,会好好处理肯特的尸体。

终于将尸体拖出了树林,此时太阳即将沉入海平面。我累得满头大汗,而尸体的情况更糟,肯特的手臂上布满了被划开的伤口,黑色的血液正从伤口处不断渗出,在我身后的地上留下一条曲折的血痕。

我来到岩石边上,拽住尸体下方,然后快速将其拖到石崖边。我喘着粗气从口袋里掏出了小刀，刀上还覆盖着之前和肯特在淡水池边打斗时粘上的泥巴。肯特也许从未想过，他当初给我的这把刀现在竟会用在他自己身上。

首先，我用小刀切开了他身体一侧的衣服直至整具尸体赤裸地平躺在岩石上。我手上的刀子可不仅仅只是用来切割衣服的，它还将切割其他东西。我希望自己能从屠宰肯特的过程中得到某种满足感，或者至少在为莉莉报仇之前能再看一眼肯特的脸。然而，我知道这么做对我而言太难承受了。

太阳几乎全部沉入了海平面，我知道现在是时候了。我将刀子切入尸体冰冷的肌肉，然后开始沿着尸体手臂上的蓝色血管进行切割。刀子发出奇怪的割裂声，凝胶状的血液从长而薄的切割处不断涌出。我抓起尸体的另一只手，然后用刀深深地划下去。我就这样不停地切割着，直到准备切割尸体脖子时，我才停下手。我将已经浸透了血液的飞行员衬衫盖在肯特的脸上。

我原本以为血液会像水龙头似的喷射出来。但由于肯特已经死亡较长时间，血液只是缓缓地渗出而已。我还记得先前肯特捕到海鸟或是偶尔捕到啮齿类动物时，他是如何割断它们的脖子然后把它们倒挂起来放血。莉莉很不喜欢这种方式，因为这会招来甲虫和老鼠，而且如果几天不下雨，地上的血迹会散发出一股难闻的气味。然而现在我正需要血液，我希望此刻正有一大群清道夫守候在海滩的两侧。

我向前拖动尸体直至他的上半身悬挂在石崖上。然后我坐在尸体的大腿上，剩余的事情就交给地球的引力吧。血液正不断地朝下方翻涌的海里滴落。日出和日落时分正是那群清道夫进食的时间。我知道它们就在附近的海里。我只需要等待它们露出可怕的三角形背鳍就可以了。

当天色几乎完全变暗的时候，海水中出现了黑色的阴影，海面上时而划过一个背鳍。太好了。我从肯特的尸体上站起来，最后推了一把。地球的引力再次帮上了大忙，它猛地将尸体拽入下方的海里。嗅到血腥味的捕食者们正等在那里准备吞噬肯特的肉体。它们会把尸体拖入开阔的海域，尸体会被吃得连一块骨头都不剩。一想到这个我就感到如释重负，但同时心中又感到愧疚，当然只是些许的愧疚。

当夜空布满点点繁星的时候，鲨鱼已在下方的海水里闹腾了起来。它们发出的声响比我想象的要大，但这声响在我听来犹如音乐一般美妙。我没有往下看，尽管我忽然对死亡场景产生了迷恋，但我不敢凝视下方黑暗的深渊。我躺在冰冷的岩石上，海浪翻涌上来的雾气让我的身体变得湿漉漉的。我一直聆听着，没过多久下方的声响开始渐渐变小，它变得越来越轻，越来越远。

最后一切又归于沉寂。我转过身，面朝夜空。我能适应这如此残酷却又如此美妙的场景吗？也许我可以。我开始认为我可以适应一切。

肯特死了。莉莉用刀刺死了他，而我则肢解并销毁了尸体。我在等待心中泛起强烈的罪恶感,但是罪恶感却始终没有降临。相反,夜里我睡得很香,那是我做噩梦以来第一次睡得如此舒坦。

我安心地入睡了,什么梦都没有做。当太阳从海平面上升起时,我醒了过来,感到全身僵硬。在我的眼睛适应了初升太阳的光芒之后,一幅血淋淋的场景呈现在我的面前。岩石上布满了已经凝结干枯的鲜红色血点,我的双手和衣服上也全是血迹。我爬到石崖边向下张望。如果尸体还漂浮在海面上,接下来该怎么办?对此我也不知道。然而,我看到的只有水晶般纯净的海水和洁白的海浪。在那一刻我知道,*我们自由了。*

*

我站起身举起双手。在阳光中仔细检查着我的双手。它们已经被洗得很干净了。我刚才洗手的那个水坑里的水变成了淡淡的红色,我赶紧将一层沙子覆盖在水坑上。我不想让莉莉在新的一天里踩到这个水坑。此时有几滴雨落在我的肩上,有史以来第一次我极为高兴地期待着暴风雨的来临。雨水会将肯特的血迹彻底洗刷干净。昨天的印记留下得越少越好。

我沿着海滩向营地走去。在经过篝火边时,我将肯特已经被割碎的衣服揉成团,然后扔进了火堆里。由于湿气,衣服一开始冒出一股烟,但没过多久它便开始燃烧起来。我回头看了一眼篝火,我看到被绣在衣服上的飞行员标志烧成了灰烬。随后我快速钻进棚屋，我想看看莉莉的情况如何。肯特已经成为了过去，莉莉才是我的未来。现在我不愿再回顾过去。

第二十一章 莉莲
此刻

"你能描述一下肯特死亡那天的具体情况吗?"兰德尔问道。

莉莲之前已对这个问题做好了准备。她一边诉说着,头脑中一边回忆着所有与事实有出入的"蓄意误差"。

"当时我们在岛上生活快一年了(撒谎)。那天早上肯特想去珊瑚礁抓鱼(撒谎),所以他第一个起床。通常我们都会结伴去捕鱼,但是那天他说他想一个人去(撒谎)。当时戴夫正在切水果,而我则和保尔睡在棚屋里(撒谎!撒谎!撒谎!)。后来我们听到了尖叫声(撒谎)。那声音和我之前在岛上听见过的其他声音都不一样,尖叫声大概持续了一分钟,然后就消失了。戴夫和我跑到我们经常捡拾贝壳的岩石边(撒谎),那块岩石高耸出水面，所以我们能看到海面上的情况。不过我们什么都没看见。我们喊肯特的名字，然后我们沿着海滩寻找他，后来把整个小岛也找了一遍，可是肯特好像失踪了似的（*撒谎*）。我想我们可能永远都无法知道究竟发生了什么（*撒谎*），但是我和戴夫推测肯特应该遭到了鲨鱼的攻击（*真话*）。"

莉莲将双手放在自己的大腿上。她意识到自己在一分钟之内竟撒了十个谎。这也算得上是一项世界纪录了吧。

"那你们是怎么面对失去肯特这一事实的呢？这太……残酷了。"兰德尔说道。

"啊，是的。为此我哭了好几天，眼睛都哭肿了，脑袋也感到疼痛。我不知道没有了肯特，我们该怎么活下去。"

莉莲看了一眼兰德尔。看到她皱起眉头，莉莲感到了一丝欣喜。她又一次成功地瞒天过海了。

让莉莲感到十分惊讶的是自己在撒谎的时候，表达竟然如此顺畅。她不知道这是由于自己天生就能言善道，还是由于自己的道德良知出了问题，但是每一个成功的谎言都会让她感觉自己无所不能——至少短时间内是如此。然而，这种兴奋感无法持续太长时间。这就如同在夜里喝酒一样，酒精能让你在夜里忘乎所以，但到了第二天早上，它也会让你头痛不已，深深忏悔。

对莉莲而言，她最后悔向自己的家人尤其是向自己的两个孩子撒谎。她曾试图说服自己，孩子们年纪还太小，他们无法理解真相。但每一次当他们问莉莲，玛格丽特是怎么死的或是询问保尔时，莉莲都会感觉自己是个骗子。当她逾越了道德与良知的底线时，她又该如何教导孩子辨别是非对错呢？

莉莲采取的措施就是尽量回避。她会把家人的生活安排得满满当当，这样她就不会有时间来回忆过去了。于是莉莲精心规划了孩子们在她回家之后的第一个暑假。她和孩子们一起去游泳，一起去公园，一起去图书馆借阅最新出版的《内裤超人》系列漫画，还一起在后花园里玩各种孩子们想玩的体育游戏——从棒球玩到橄榄球。

暑假的另一规划便是重新布置乔西和丹尼尔的卧室——从小孩子的育婴室变成青少年的卧室。他们花了一个周末的时间来完成这一规划。周五晚上他们一起去家得宝①购买涂料，然后又购买了天花板和护壁板，顺带还吃了一顿披萨。

周六他们便开始粉刷墙壁直至他们的手上，脸上和头发上都沾满了天蓝色的涂料斑点。即使丹尼尔也对于粉刷墙壁这样的辛苦活乐此不疲。他们粉刷墙壁时会轮流用乔西的平板电脑播放他们最喜欢的歌曲，在外人看来这更像是一场舞会而不是家居装潢。

周六晚上全家人挤在地下室里看着电影。大家彼此依偎在沙发床上，这让莉莲感觉自己无限地接近了天堂。

周日早上他们匆匆去了一趟教堂，随后回家吃午

---

①家得宝（Home Depot）：美国家居装潢用品连锁店。

饭——鸡肉玉米饼和甜玉米。吃完午饭后,他们便上楼继续完成房间的装潢。他们的动作很快——拿掉地毯、贴上喜欢的运动队的标志、拆除之前保护家具的大块塑料板和护垫。在一切都完成之后,莉莲把孩子们叫到房门口,让他们审视自己的劳动成果。

"是不是看上去很棒,小伙子们?"莉莲说道,同时还捏了一下孩子们的肩膀。丹尼尔的肩膀捏上去十分柔软舒适,仿佛他肩膀上的皮肤天生就是给莉莲的手指揉捏似的。丹尼尔紧紧依偎着莉莲,他将自己的小脸埋在莉莲的怀里,就像几个星期之前他将脸埋在吉尔的怀里一样。此刻莉莲的脸上露出了笑容。

乔西站在莉莲的另一侧。他皮肤之下隐约可见的肌肉表明他已不再是一个小孩子了。所以莉莲会捏得更用力一些。对于乔西这个年龄段的男孩子而言,他们会很快厌倦自己的母亲同时也会厌倦和家人一起过周末。

"太棒了,"丹尼尔轻声说道,"我能叫艾玛来看看吗?我答应过吉尔姨妈,等我们把房间弄好了就邀请她们过来。"

"当然可以啦!"莉莲说道,她觉得自己未免太热情了一点。她并不喜欢孩子们称呼吉尔为'吉尔姨妈',不过莉莲也不想与自己最要好的朋友发生正面冲突。此外,在过去的十八个月里乔西和丹尼尔一直与吉尔的两个女儿——艾玛和珍妮——相处得十分融洽。丹尼尔之前觉得女孩子十分'做作讨厌',但现在他的这一想法已大为改观。他和六岁大的艾玛现在已是难舍难分,而乔西和珍妮也发展出了稳定的友谊，他们两个会待在一起画他们自己的漫画故事《乔西·珍妮历险记》。莉莲已经读过该历险记所有十五个片段，她觉得那将会是一部了不起的文学著作。

"你为什么不给她们打个电话呢？我们可以做三明治。你叫吉尔姨妈带一点薯片过来，好吗？"莉莲喊道，此时丹尼尔已经在走廊里蹦蹦跳跳了。"你感觉如何，小伙子？"莉莲问乔西，"你喜欢你的房间布置吗？"

乔西用左手将头发向后捋了一下，这已成为了他习惯性的动作。他用深褐色的眼睛环视着整间房间，然后说道："啊，是的，还不错，谢谢，妈妈。"乔西用左臂抱住莉莲的腰，给了她一个深深的拥抱。一秒钟之后乔西松开臂膀，然后再次紧张地将头发向后捋了一下。

"妈妈，我能问你一个问题吗？"乔西问道。当说出"妈妈"二字时，乔西的声音颤抖起来。莉莲知道乔西此时正在极力克制自己不哭出来。

"怎么啦，宝贝？你可以问我任何问题。"莉莲转身看着乔西，乔西的眼眶里已经隐隐地泛起了泪花。这一次莉莲用手将乔西的头发向后捋，然后看着乔西的小脸。

"你还会离开我们吗？"乔西问道，一滴泪沿着他的脸颊滑落下来。

有那么一刹那莉莲感到心脏停止了跳动。"你怎么会问这样的问题，乔西？"

乔西后退几步说道："你离开我们这么长时间，一直都和那个叫戴夫的家伙在一起。我的同学塞米跟我说，因为你和戴夫住在一起而爸爸住在这里，所以你不想和爸爸结婚了。塞米的爸爸妈妈去年离婚了。现在塞米每个星期的周一，周二和周三都得自己坐公交车来上学，而周四和周五他都是走路来学校的。塞米说他的爸爸妈妈一开始大吵大闹，然后他们就不睡在一个房间里了，最后他爸爸和自己的女朋友搬出去住了。"

莉莲从没见过塞米，但此刻她真想见见他，然后用手指指着他的脸说："你管好你自己的事，小子。"然而不幸的是，这可不是在麦当劳的儿童游乐园——在游乐园里莉莲可以要求其他想要快餐玩具的孩子不要对自己的孩子大喊大叫。但是现在乔西已经快十岁了，她再也不能为他包办一切了。

乔西说的话不无道理，这让莉莲的心情变得比以往任何时候都要糟。对成年人撒谎是一回事，但对自己的孩子也要撒谎吗？在之前的许多个夜里莉莲会躺在沙发椅上或是独自待在某个房间里和戴夫通上数个小时的电话，对此杰瑞什么都没有说。莉莲对此很感激，但她不知道如果杰瑞给她看电话账单或是告诉她他对此作何感想时，她该如何回答。

很显然孩子们已经察觉到了。或许在两年前当莉莲和杰瑞因为一些琐事发生争吵时，他们就已经感觉到了。那些琐事——诸如杰瑞忘了将卫生纸放进卷筒，或是莉莲的头发堵塞了冲淋房的排水口——最后都会演变为激烈的争吵，而那样的争吵本应该在远离孩子们的地方进行。一些诸如"我希望你永远都别回来"或是"我不想再跟你过下去了"之类的话本不应该当着孩子们的面说出来，但是它们却被说了出来，从而打破了家里原本平静的生活并且改变了孩子们的生活。

乔西用忧伤的眼神凝视着莉莲，莉莲将双手放在乔西的肩上。她直视着乔西的眼睛说道："我永远都会在你身边的，乔西，永远。我不会允许任何人将我和你以及你弟弟分开。当我被困在小岛上的时候，我活下去的唯一动力就是你和你弟弟。"乔西若有所思地咬着下嘴唇。"现在我和你可以谈论任何话题了，是不是？"莉莲鼓励他道，"你还有什么问题要问吗，宝贝？"

"我担心是因为……"乔西支支吾吾地说道，莉莲想用手擦干乔西脸上的泪痕。当她粗糙的手指触碰到乔西的脸时，乔西向后退缩了几步，然后说道："妈妈，别动，你听我说。爸爸有一个女朋友。"乔西停顿了一下，他看着莉莲，他似乎认为莉莲此时应该会大声尖叫或是立即昏倒，可是莉莲却一言不发，于是乔西继续说道："我们每隔一段时间就会去见她，但我不喜欢那个女人。爸爸说我们应该要接受一个新妈妈，因为你永远不会回来了，你在天堂也希望我们活得幸福。可是我不想接受新妈妈，我也不希望爸爸接受。你看看现在都发生了什么。你并没有永远离开我们，我们也用不着接受新妈妈了。"

莉莲将乔西的话深埋在心里。杰瑞之前承认自己曾与别的女人约会过几次，但他从未提起过有女朋友，尤其还带着孩子去见女友。此时莉莲感到了嫉妒，任何妻子在这种情况下都会感到嫉妒。莉莲想知道那个女人长什么样，多大年纪。当想到杰瑞可能亲过那个女人甚至和她有进一步的接触时，莉莲就觉得怒火中烧。莉莲希望自己能将对于吉尔的妒忌转嫁到和杰瑞约会的那个女人身上。然而，莉莲无权去评判杰瑞，因为她自己也不愿接受杰瑞的评判。

"乔西，你真是个乖孩子。"莉莲说道，她一把抱住乔西，乔西也没有抗拒。乔西将脑袋放在莉莲的肩上而不是胸口，乔西的身上闻上去有一股洗涤剂和肥皂的味道以及男孩子身上特有的汗味。"你爸爸不会做对不起我们的事的。他当时还不知道我还活着，所以他不会永远等下去。你还记得一年前你爸爸去见的那位法官吗？当时他签署了一份声明宣布我已死亡。你们还为我和奶奶举行了葬礼。你爸爸没有对不起我，宝贝。我完全理解他，我没有疯。我很自豪你能勇敢地将这件事告诉我，这说明你爱我，关心我。"

"我不想再失去你了，妈妈。"乔西轻声说道，他将头靠在莉莲的肩上小声啜泣起来。

"别担心，宝贝。我不会允许任何事将我们分开。"莉莲回答道，她的手揉捏着乔西的肩膀。莉莲的确就是这么想的。

近来莉莲一直在思考她与乔西的这次谈话，这也是她为什么愿意接受兰德尔专访，面对各种刁难问题的原因。她想最后一次讲述自己的故事，然后将一切——飞机失事、小岛、肯特、戴维以及保尔——永远抛到脑后。

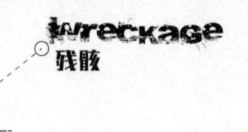

即便这意味着要对兰德尔撒谎,要对全体美国人撒谎,这也是值得的。当兰德尔询问莉莲对于肯特的死作何感想时,莉莲装出一副痛苦的表情并努力从眼睛里挤出了几滴泪。莉莲说道:"我感到太伤心了。"

第二十二章 莉莉

第156天

岛上

今天又是周日了。自从我杀死肯特以来已经过了六个星期零两天,自从我将刀刺入肯特的背部——扎进他的皮肤,刺入他的肋骨——已经过去了四十四天。当时我感到刀在肯特的肋骨间发出令人作呕的扭动声。我至今无法判定杀死肯特究竟是我这一生中做过的最可怕的事……还是最勇敢的事。

戴维似乎有他自己的想法。在过去的几个星期内,戴维一直睡在篝火边,他跟我说的话不会超过三个字。我独自一个人睡在棚屋里,这对我而言就像是一种惩罚。有时我觉得自己是自作自受。出没在棚屋阴暗角落里的鬼魂使我整夜都无法入睡。

天亮后我从棚屋里出来,看到戴维已经生起了火,一条刚捕获的鱼正在烧得发烫的石头上滋滋作响。当闻到烤鱼的香味时,我的胃隆隆作响。然而尽管很饿,我还是想在戴维回来之前先去一次环礁湖。我宁愿饿死也不愿和沉默不语的戴维一起吃饭。

谢天谢地,我现在洗澡时无需再提心吊胆了。我和玛格丽特的衣物已经变成了暗褐色,无论我怎么洗,它们都不会再变成白色了。不过上面的血迹至少已经被洗掉了。

我朝一个中空的椰子树树桩走去,它就位于树林的边缘。它也是离海滩最近的一个树桩,可以看到海面上的情景。我用手轻轻掸掉树桩表面的一层石灰,然后拿起玛格丽特已经破烂的化妆盒并用脚趾在树桩表面上摩擦石灰。

随后我沿着海滩慢慢溜达朝着环礁湖中我最喜欢的地方走去。用海水洗澡的确很难,从海水里出来的时候身上总会沾着盐粒——尤其是我的头发,它们总是硬邦邦的,上面还会覆盖着一层白色的盐。然而尽管如此,我仍然不愿在树林中的淡水池里洗澡。

*

在肯特死了之后我曾有一次试着在淡水池里洗澡。我以为既然肯特已经死了,曾经充斥在淡水池边的恐惧应该已被肯特的鲜血洗刷掉了。然而当我的双脚踏上池

子边潮湿的泥土时，我知道自己想错了。

"他不会出现了，不会出现了。他已经死了。"我不断提醒自己。但当我来到肯特曾经袭击我的地方——肯特曾在这里抓住我，他曾在这里将我的脑袋往泥浆里按，曾经的回忆一时全部涌上心头：我曾无助地躺在这儿，我无法拿到戴维为我制作的那把小刀，那时我快要向肯特屈服了。

我不能待在这儿。我感到自己面红耳赤，步履蹒跚地离开这儿，同时也将玛格丽特的化妆盒里的洗发水和小块肥皂丢在了这里。叮当一声，玛格丽特系着戒指的项链落在了岩石上，但我没有停下脚步去捡拾，因为我还记得当肯特拉扯它并将它扔在泥浆里时它曾紧紧勒住我的脖子。

我跑着穿过树林，沿着曲折的小径向海滩的方向跑去。低垂的树枝和藤蔓打在我的胳膊和手上，我的头发在身后散乱舞动着，就像在操场上玩游戏的女孩子一样。当我跑回营地时，我裸露的肌肤上布满一道道纤细的印痕，印痕下隐约可见血痕。

戴维此时就在营地。见我瘫倒在地上，他用双臂一把抱住我，将我抱进了棚屋。他紧紧抱着我并用牙齿撕扯开急救箱里仅剩的一块酒精棉，然后擦拭我的伤口。他的动作如此轻柔，我甚至都感觉不到酒精擦拭在伤口上时的疼痛。当酒精棉变成暗红色时，我的呼吸逐渐恢复了正常。戴维仍然紧紧抱着我，那一天他就这样抱着我数个小时。那是我最后一次睡在他的怀里，他的怀抱是我唯一感觉安全的港湾。

当我醒来时，太阳已经西沉，我一个人躺在棚屋里。棚屋外闪烁的篝火使我能清楚地看到戴维，此时他正躺在篝火边睡觉。他黝黑的上身赤裸着，由于靠篝火太近，背上渗出了汗珠。他的头发现在已经长得很长，蓬松的卷发披在肩膀上，脸上还留着几道伤疤。根据戴维背部有规律的起伏可以判断出，他正在熟睡。

此时我渴望戴维能睡在我的身边。自从肯特死了之后，每晚我都睡在戴维的怀里，他的呼吸宛若一首摇篮曲能让我安然入睡。那一夜我本想叫醒戴维，让他到棚屋里来睡。但当我伸出手时，在铺在地上的竹叶上我摸到了一个冰冷的东西。那是玛格丽特的化妆盒，盒子上放着玛格丽特的项链，项链上还系着玛格丽特和查理的戒指。戴维是怎么找到它们的？我没有找到属于我自己的那枚戒指，但这已经无关紧要了。我将项链挂在自己的脖子上，肯特曾死死地拉扯过这根项链，冰冷的金属此时紧贴着我的胸口。

戴维似乎总能明白我想要什么，而我竟然想将他叫醒，我感到自己很自私。我拿起玛格丽特的化妆盒，将其紧紧抱在怀里，犹如一个孩子入睡时紧紧怀抱着泰迪熊一般。我躺下身，仍然紧紧地将化妆盒紧贴在胸口。我看着戴维熟睡的身影，自己也很快进入了梦乡。篝火的温暖填补了戴维不在身边时的清冷。

　　自从那一夜之后,戴维再也没有进棚屋睡觉。我不知道其中的缘由,戴维也不愿意谈论其中的缘由。我们俩玩起了捉迷藏的游戏。当我们交谈时,我们的话题只是食物或是天气。

　　每当我穿着破烂的衣服从棚屋里出来时,我总在做着思想斗争——我想把身上已被扯成布条的衣服彻底脱掉。无论戴维是否因此而回避我,我都无可奈何。我松开扎着头发的绿色棉头绳,将打结的头发披在身后,然后将米黄色的残破内衣往上撩,由于身体日渐消瘦,内衣似乎一直在向下滑。我从未想过自己竟会对食物失去兴趣,但我猜想如果你成为了一个杀人犯,你也会和我一样。我将衬衫和短裤放进自己编织的洗衣篮里,然后朝海滩边走去。海水是我的天堂,就像乔西和丹尼尔喜欢在洗澡时玩水一样,我也喜欢温暖的水。

　　今天我不想回忆过去,我将衣物放在一块矗立于环礁湖中央的大石头上。水深刚好齐腰,很适合洗衣服。

　　在洗完一堆衣物之后,我将它们晾晒在石头上。然后我将身子浸泡在水里慢慢脱下胸罩和内衣并将它们放在旁边的岩石上,我准备洗完澡后再洗我的内衣。我打开化妆盒,从里面拿出一小瓶混合着水的洗发液。洗发液散发出我最喜欢的栀子花的芬芳,这瓶洗发液是玛格丽特在我们旅行之前从我家附近的马里奥特[①]酒店顺手牵羊拿来的。在我们离开斐济时,瓶子里的洗发液已经被玛格丽特用去了大半,然而这剩余的洗发液所散发出的香气仍然会使我想起玛格丽特,因此我只在最特殊或是最需要的情况下才会使用它。上一次使用还是在圣诞节的时候,那时戴维用珊瑚给我做了一条项链,而肯特也还活着。

我轻轻地揉搓着头皮。之前伤口上结的疤已经消退,一小撮新生的头发像春笋一般从伤疤中生长出来。滴落在掌心上的一小滴洗发液虽然已经搓不出泡沫,但它的香气仍然浓郁芬芳。我尽情地呼吸着这浓郁的香气,想象着自己此时正身处在一间宾馆的房间里,房间的墙壁上悬挂着古怪的图画,房间的床上还铺着带有花饰的床罩。

当我正准备洗澡时,我忽然感觉有一双眼睛正在窥视我。这种熟悉的感觉让我不寒而栗,手臂上泛起许多鸡皮疙瘩。我蹲在水里,用一只手臂遮挡住自己的身子,而另一只手臂则去抓取放在石头上的内衣。我知道现在在这座岛上除了自己之外只有一个人,那就是戴维。但不知怎的,我环顾四周搜寻着陌生人的身影。

我迅速穿上松垮的内衣,然后将胸罩带子紧紧系在肩上。即使这个星期不洗内衣,又有什么关系呢?我将其他衣物留在原地,然后蹚着水朝海滩方向走去。我不

[①]马里奥特(Marriott):美国第二大宴会承包商,旗下拥有众多酒店。

知道自己的勇气从何而来，或许再也不想受到任何惊吓的迫切愿望给了我这份勇气。

"是谁？谁在那儿？"我喊道，我的声音颤抖着，同时又显得有点恼怒，"戴维，是你吗？"

当我走到炎热的海滩上时，一个男人的身影出现在树林的边缘。我刚想高声尖叫，但我立即意识到那应该是戴维。

"啊，你吓死我了。"我恼怒地笑道，"你还有衣服要洗吗？"

戴维慢慢地摇了摇头，他极力不看我。"我没有衣服要洗。我……我只是想告诉你小心一点。我刚才捕鱼的时候感到今天的水流特别湍急。"

"好的，我会小心的。"我回答道。一切还是照旧。我转过头，试图凝视戴维的眼睛。通常情况下，只要我长时间凝视戴维的双眼，便可以更深入地了解他。戴维的额头留着一缕蜷曲的黑发，此刻我感觉自己迷失在了他那双深蓝色的眼睛里。

"你的头发掉下来了。"戴维咕咕哝哝地说道，仿佛刚刚睡醒似的。他伸出一根手指，然后撩了一下我的一缕头发。我渴望他的触摸，他手掌上的热量深深地吸引着我，我将脸颊紧贴在他灼热的手掌上。戴维颤抖地深吸了一口气，这让我的心怦怦直跳。

"我要你。"我说道。我闭上双眼，一滴泪沿着我的脸颊滑落下来。戴维用拇指的指尖沿着我的泪痕滑动，我睁开眼睛，期待看到那个在几周前睡觉时我一直依偎着的男人。我看到的只是戴维,但戴维身上似乎增添了某种新的东西——一种让我的脉搏狂跳,皮肤躁动的东西。

戴维的指尖一直滑到我的下巴,他指尖的滑动让我感到心惊肉跳。当他的指尖滑过我的下嘴唇时,我尝到了自己眼泪的味道——苦涩的味道。我不愿去多想,我将身子向前靠去过,饥渴地张开嘴。

戴维的目光在我的嘴与眼睛之间不停移动,他在揣测我的意图,也在感受我的欲望。此刻除了亲密的拥吻之外,我再也想象不出其他情景。我想象着他将我拥入怀中,我们彼此交融在一起,那一刻全世界都只有我和他,再无其他东西。我的肉体与心灵都渴望着那一刻,我希望戴维也渴望着那一刻。我伸出手抚摸戴维长满胡须的下巴,然后我的手指沿着他的脖子向下滑动并将身子向他身上靠去。戴维像是被冻住了似的一动不动。他把手从我脸上放下,然后将我向后推,推离他的怀抱。

"我还是走开为好。"戴维清了清喉咙说道。此时他的脸上浮现出羞愧与厌恶。然后转身离开了。

我将自己浸泡在水里,浪花冲刷着我的身体,仿佛水里才是我真正的归宿。我让自己沉入水中,即使我的肺部感到灼烧般的疼痛,我都不愿将头露出水面。刚才的戴维已经不是以前的戴维了,他不再像以前那样热情,而是多了几分清高。如果我待在水里的时间足够长,我是不是能将他从我心里清洗掉呢?也许我以后不再需要戴维了。我痛恨自己对于戴维的依恋。

我屏住呼吸待在水里。当水流开始冲击我的时候，才将头露出水面。我用手将眼中的泪水抹去，希望自己也能如此轻而易举地将戴维从心中抹去。

我匆忙洗完澡，然后开始洗衣服。我将衣物猛甩在粗糙的岩石上，然后用沙子摩擦衣物上的污迹。我看了一眼放在岩石上的衣物，终于只剩最后一件了。我拿起那件衣物，那是戴维的卡其布短裤，裤子的右膝盖上有一个手臂都可以穿过的大洞。戴维肯定也在做着思想斗争——是否要撕掉这最后的遮羞布。用不了多久这条短裤就会完全被磨烂，那时一切可就完了。我将这条破烂的短裤泡在水里，在快速将它洗完之后，把它放在岩石上和其他衣物一起晾晒。活儿都干完了，但我不想回营地。于是我再次回到水里，让自己面朝天空漂浮在水面上。

西边的天空正升起一场暴风雨。黑色的暴风云团笼罩在海平面上，正缓慢地吞噬着前方宁静蔚蓝的大海。有那么一刹那我想到了杰瑞和孩子们。我还记得以前，当夏天下起暴雨的时候，杰瑞总喜欢坐在屋前装有遮雨棚的露天阳台上观赏暴雨，而乔西和丹尼尔是我们那片住宅区里唯一两个在下暴雨的时候还能睡得着觉的孩子。

此时一种熟悉的生离死别的悲痛又开始在我的心中弥漫开来，它提醒我不要再做无济于事的妄想。我知道杰瑞此时应该已开始了新的恋情，孩子们或许正在把另一个女人当做自己的母亲，当他们摔跤磕破膝盖时，会去找那个女人寻求安慰。我在孩子们的心里现在只不过是摆放在钢琴上或是床头柜前的一张相片而已。我紧紧闭起双眼,想要将这些始终萦绕在心头的念想从大脑中清除掉。此时一声震天的闷雷打破了我的思绪,刚才的那些念想如同逃跑的老鼠一般仓皇地钻进我的潜意识里。我注意到暴风雨几乎快要接近小岛了,我必须得回营地。

当天上开始掉下大颗的雨滴时,我刚好回到了营地。我气喘吁吁,四肢颤抖着。还好,篝火还在燃烧。我将尚未晾干的衣物丢进棚屋,然后用东西遮挡住篝火,此时雨势开始变猛了。有时我们会用树枝,树叶和救生筏上的塑料布制作成挡雨的工具来保护篝火在暴风雨期间不会熄灭,然而有时这样的工具并不能起到遮风挡雨的功能。要生新的篝火是十分困难的,所以我们会尽量保护篝火不被熄灭,尤其在没有肯特的情况下更是如此。肯特,一想到这个名字我的身体就会隐隐作痛,尤其是我头上那几处已经结疤的伤口。我极力将肯特从我的脑海中清除掉。我将衣物挂在用竹子做成的钩子上,那些竹钩子在棚屋的屋顶上排成一排,这样湿衣服即便在季风期也可以挂在上面晾干。如果不这样做,我们在整个季风期就只能穿着潮湿恶臭的衣物了,而且等季风期过去之后我还得将衣物再洗一遍。

我放下从救生筏上拆解下来的黄色塑料布,然后用手掸掉牛仔短裤上的沙子,并将其和其他衣物放在一起。四方形塑料布有两个角非常长,足以平铺在棚屋的地面

上，所以我将塑料布的两个角牢牢固定在地面上，塑料布的另外两个角则在风中剧烈地舞动着。此时户外已经大雨倾盆，我蜷缩在棚屋的一个角落里——棚屋的后墙与救生筏残骸相互倚靠的角落——不让自己的身体被雨淋湿。戴维现在在哪儿？他宁愿在下着滂沱大雨的时候待在户外也不愿意和我待在棚屋里躲雨，这让我感到十分恼怒。

当户外开始狂风大作的时候，我跑到棚屋边将半干的衣物从竹钩子上取下，然后将它们平铺在棚屋的地面上。在将所有衣物都平铺在地上之后，我将一条用棕榈叶编织成的毯子裹在自己身上。此时户外的气温至少下降了十度，篝火也渐渐变小了。没有玛格丽特的外套裹在身上取暖——外套还是湿的，正和其他衣物一起平铺在地上——我的牙齿开始打战。我已经习惯于一个人全身冰冷地躺在棚屋里了。我的身体似乎还记得曾经从里到外冰凉透骨的经历。在刚上小岛的第一个晚上我在做什么？我记得当时就坐在沙滩上，玛格丽特的尸体靠在我的大腿上。从那时起我就一直在思念着往昔的日子，思念着我的家庭和亲人。我紧闭双眼，仿佛这样做我便可以抵御风寒，忘却回忆。

此时我的脑海中有一张面孔正看着我。我很惊讶那并不是杰瑞而是戴维。之前戴维教我如何捕鱼，在飞机失事之前他和我快乐地坐在一起攀谈。他的牙齿洁白而整齐。当肯特为我缝合伤口时他曾紧紧抱着我，那时我能闻到他身上新鲜的体味。没过多久，之前所有的片段就像这户外的倾盆大雨一般在我的头脑中不停泛滥着。那些片段是我最快乐的时光,那时戴维会对我微笑、那时我们还是朋友,那时我还未杀死肯特救他的命、那时他也没有像现在这样莫名其妙地嫌弃我。

一股强烈的潮湿气流冲进棚屋里,我的思绪被打断了。我从毯子里伸出手想要将被风掀开的帘布拉下来,但是我全身颤抖着,连手指都几乎伸不直。就在这时戴维温暖的双手一把握住我的手,然后他开始揉搓我的双手。

"莉莉,你还好吗?"戴维问道。我冷得都无法开口说话,只能点点头。"你都快冻僵了,"戴维轻声说道,"你的外套在哪儿?"

"在——在——那儿,"我声音颤抖着回答道,"还——没——没干。"

戴维用他的双臂紧紧抱住我,我的身体紧紧贴在他的身体上。此时我感觉自己更需要他的体温而不是空气。戴维的上身没穿衣服,他浓密的胸毛摩擦着我的脸颊。我将戴维的身体抱得更紧,将自己冰冷的脚趾紧贴在他的脚上,戴维的双脚还带着沙子的余热。我的右腿自然而然地与戴维的右腿交缠在一起,我们将彼此紧紧扣住。戴维的身上有一股风与海水相融的味道。

能够再次被戴维紧紧搂在怀里,能够再次聆听他的心跳,这一切真是太美妙了。我的头紧靠在戴维的胸前,在肉与肉相互触碰的地方,彼此的肌肤融合在了一起。我轻轻地叹了一口气,然后用双臂紧紧抱住戴维的胸

腔。此时我的脑海中一片空白，只能感受到戴维身体所散发出的天鹅绒般的温度。很快我全身紧绷的肌肉松弛了下来。

"感觉好些了吗？"戴维问道。

"嗯。"我含糊地回答道，"感觉好多了。你真好，戴维。"我摆动了一下身体想要多说一些话。此时我的鼻头摩擦着戴维的脖子，他下巴上的胡须如同羊毛一般摩擦着我的脸颊。我希望自己能一整天都这样躺在他的怀里。

然而戴维似乎另有打算。当他一听到我说"感觉好多了"时，便马上松开了抱住我的双臂，然后将我朝棚屋的后墙方向推去。

"你在做什么？"我喊道，"你别走，这里暖和。"我像个孩子似地死死抱住他。他越是用力推，我抱得就越紧。我再也不想一个人待在棚屋里了。

"我……我得出去找点吃的当午饭。你一定饿坏了吧。"戴维说道，我感到他的身体变得紧绷起来，如同一个柔软的枕头忽然变成了一块坚硬的岩石。这太明显了：戴维正在寻找借口试图离开，因为他无法忍受跟我待在一起。

"我不饿。"我咬牙切齿地回答道。然后用手指戳着戴维的肩膀说道："我不希望你离开我。"

"你对我真是太好了，但我现在想离开一会儿。"戴维说道，他将刚才推我的左手从我的肩上放下，然后抓住我的右手——我的右手此时正抱着他的腰——用力将其掰开。接着又迅速将我的左手掰开，然后便想抽身离去。此刻我感到自己的身边竟是如此空空荡荡。

"难道你这么恨我吗？"我站起身喊道，裹在身上的棕榈叶毯子滑落下来。我浑身颤抖着，这一次是由于愤怒而颤抖。"难道我让你感到如此厌恶吗？你竟然都不愿意和我睡在一个屋子里。你曾经告诉我你一个人没法活，但是你现在让我没法活。我像坐牢似地一个人生活在这座岛上。你为何对我如此狠心！当然，你有权利恨我，因为是我让你去处理肯特的尸体，但是……"

"恨你？"戴维问道。此时他坐在棚屋旁，眼睛直视着前方的大海。他的头发已经被雨淋湿了，轻轻说道："我不恨你。"

"是吗？但你也并不爱我，这一点我可以肯定。最近你一直都在回避我，而我已经厌倦了追踪你。"我说道。

"那就停止吧。"戴维轻声回答道，"请不要再追踪我了，莉莉。这对大家都有好处。"

"我一直以为我们是最好的朋友。"我向前迈了一步说道，"我觉得我们需要彼此。你想一想我们一起经历的那些事。难道你不要我了吗，戴维？"我伸出冰冷的手去触碰他的肩膀，但他躲开了。

"现在情况不一样了，莉莲。在肯特，在他……"戴维摇了摇头，雨水从他的鼻尖滴落下来，他一侧的脸颊抽搐了一下，更多的雨水滴落下来，落在了我的手臂上。"不能再做那样的事了。那样做完全不值得。"戴维喊道，他将手放在被雨打湿的地面准备冲出去，此时户外还下着大雨。在他准备冲出去的那一刻，我一把拉住了他的手。

"你无法原谅我，是吗？也许当时我应该和肯特一起走。这样他也不会死了，你也不会恨我了。"我说道。戴维忽然迅速转过身，头发上的雨珠像光环一般向四周散开。

"别再说那样的话啦。"戴维吼道，他的手指紧紧地攥着我的手，我的手指都被攥疼了。"你不应该和肯特这种人在一起。"

"但我杀了他，我还让你去做了那件可怕的事情来掩盖我的罪恶。"我说道。

"你没有杀他，你是正当防卫。"戴维用手指抬起我的下巴说道，"我很高兴肯特他死了；我很高兴能送你那把刀；我很高兴那把刀锋利无比；我也很高兴我们一起杀了他。"

"是我杀了他。"我说道。

"不是的。"戴维摇着头，他用双手捧着我的脸，就像以前在海滩上他经常做的那样。"是肯特自己杀死了自己。你不应该为此自责。我就从不为此自责。"戴维说道。他说话时的语气如此轻松，这使我感到比以前更困惑了。

"那你为什么躲着我？"我咬着下嘴唇轻声问道。

"别再问了，莉莲。"

"我就是要问，除非你告诉我真正的原因。你为什么不看着我的眼睛？"我用手臂环抱住戴维宽阔的肩膀，

"我们之间不应该有任何秘密。"

"你非要刨根问底,是不是?"戴维问道,他的身体变得松弛下来。

"你觉得呢?"我反问道。我希望戴维的脸上此时会露出微笑,但是他却一直凝视着大海。

"我害怕,你明白吗?"戴维慢慢说道,"我怕自己会变成第二个肯特。"

"别胡说了。你和肯特完全不一样。"我笑道。

"你并不了解我,莉莉。你不知道我的脑袋在想什么。"戴维指了指太阳穴。

"我的确不知道你的脑袋在想什么,但我了解你。"我将手伸进戴维浓密的头发里,轻抚着他的脖颈。"我知道你是个好人,一个大好人。"我说道。

"我真的像你想得那么好就好了。如果你知道……"

"知道什么,戴维?难道你是个坏蛋吗?"我反问道。

戴维转身面对着我,双手牢牢抓住我的双肩。"我想得到你,你明白吗?你是我这一辈子最想得到的人。当你睡在我身边时,我整夜都无法入睡,因为我想亲吻你身体的每一寸肌肤。和你一起坐在海边时,我真希望你是属于我的。哪怕这一辈子都将生活在这座岛上,我也不愿放弃你。"

戴维的眼神疯狂地看着我的脸,然后将我一把推开,并用双手捂住自己的脸。戴维刚才说的话在我的头脑中不断盘旋着,这让我感到头昏目眩。我在这座小岛上已经生活很长一段时间了,这使我完全遗忘了爱、浪漫还有性欲。肯特想要的并不是这些东西,他只想控制我,占有我而已,但是戴维呢?不,戴维绝不会像肯特那样。

"戴维,求你别再躲着我了。"我说道,手指沿着他的脖颈向上滑动,我将他的一缕黑色卷发缠绕在自己的手指上。"今早在沙滩上的时候,如果你愿意吻我,我是不会拒绝的。"我用手掌抚摸戴维的背,然后停在了他的两块肩胛骨之间,"可是当时你却走了。肯特绝不会像你这样。你当时为什么要走?"我问道。

戴维看着我说道:"肯特已经伤害过你了,所以我不能像他那样。我……我对你的爱告诉我不能那样做。"

我将身子向前靠过去,并将自己的脸靠在戴维的脸旁边。我的嘴唇轻轻地触碰着戴维的嘴唇。我所期待的不仅仅只是戴维的双唇——他的双唇由于雨水的滋润散发着一种甜味。然而,与接吻在心中所激发出的熊熊烈火相比,我们拥抱在一起时所产生的热量却少得可怜。我将身子向后仰,然后看着戴维。此时我感到自己的双唇微微发麻,心中洋溢着幸福。戴维仍然紧闭着双眼,仿佛他已迷失在了一场梦里。我舔了舔嘴唇,然后将脸靠上去想继续吻他,但就在我们的双唇快要触碰到的那一刻,他突然将我推开。

"别这样,莉莉,请别这样。"戴维说道。

"你不喜欢吗?"

"我喜欢,太喜欢了。听着!你不必勉强自己。我不会伤害你的。我会和你保持距离。你用不着这么做。"

戴维拍拍我的手,我感到手臂上的汗毛都竖了起来。

"我知道你不会伤害我。但是我想要你。"我回答道,我是真的想要戴维。我有这种想法已经有多久了?我竟然都没有意识到。"我不是因为害怕或是满足你,而是因为……因为我也爱你。"

戴维凝视着我的眼睛说道:"你确定吗,莉莉?我希望你确定你所说的话。"

"我不知道自己是什么时候意识到这一点的,但是我确定,是的,我爱你,我"——我的脸颊忽然变得通红——"我要你。"

戴维将身子靠了过来,他将我的一缕湿湿的头发捋到耳后。他一直看着我的脸,似乎在观察我的反应。当他微微张开双唇时,我扬了扬眉毛,我已经等得不耐烦了。戴维的双手抚摸着我的脸颊,他轻柔地将我朝他的方向拉过去。我舔了一下嘴唇,嘴唇上还带着刚才游泳时留下的海水的咸味。

戴维的嘴唇一开始只是轻轻触碰着我的嘴唇,他似乎在试探,试探我是否会随时改变主意。但是我不会改变。我已经闻到了他的体味——那是篝火的烟熏味,海水的咸味和雨水的甜味混合而成的味道——我觉得自己欲罢不能。我将双臂紧紧搂着戴维的脖子,我抱住他的头,然后将自己的头歪斜到一边,这样我们接吻时鼻子就不会碰在一起。此时我感到戴维的肩膀松弛了下来,他的双唇也松弛了下来。他发出一声低吟,随后他的吻变得狂热而迫切。我也同样迫不及待。我不想让我和戴

维的身体之间存在任何空隙。

随着亲吻变得越来越炙热,我们的手自由地抚摸着彼此。戴维的手伸入我的衬衣,然后沿着我的背脊向上抚摸。我们躺在了棚屋的地上,在一堆潮湿的衣物上翻滚着身体。这是欲望与激情的结合,但其中也蕴藏着一股温柔,它足以消解肉体上的任何抗拒。此刻我已不知自己身在何处或是应在何处,我让自己完全沉浸在戴维的怀抱之中。我强烈地意识到,即使我们永远都无法离开这座小岛,但只要戴维爱着我,我就不会再感到孤单与寂寞。

第二十三章 戴夫

此刻

"我先跳过几个问题,因为此刻我想问一个我很好奇的问题。"兰德尔说道。戴夫可不愿意将"兰德尔"与"好奇"联系在一起。"在肯特死后直到救援队到来的这段时间里,你和莉莲在岛上独自相处了多长时间?"兰德尔问道。

戴夫必须得好好想想该怎么回答。死亡的顺序依次是特丽莎、玛格丽特、保尔、肯特。是的,没错。

"大概三个月吧。"戴夫回答道。兰德尔点点头,戴夫认为兰德尔的点头表明自己回答正确。

"你们单独待在岛上时感觉如何?没有了肯特,岛上的生活是怎样的?"兰德尔继续问道。

幸福,幸福得像天堂一般。事实上戴夫和莉莲独自在小岛上相处了一年多。他们彼此相依为命,远离飞机失事和肯特之死带给他们的创伤。在那期间戴夫开始对莉莲有了新的了解,这种了解不仅限于肉体。戴夫发现莉莲是一位美国南北战争方面的专家。有时莉莲会将美国南北战争时期的战场布局画在沙滩上。戴夫有时会指责莉莲对于战争的讲述过于娱乐化,因为他以前从未觉得历史是一门有趣的学科。如果没有莉莲关于葛底斯堡演说①戏剧化的讲解,戴夫可能永远都不会仔细看一眼五美元纸钞。

戴夫和莉莲会经常大笑,开怀大笑。莉莲对戴夫的双关语会咯咯发笑,而对戴夫傻乎乎的幽默玩笑则会放声大笑。有时他们之间的谈话内容就像两个一起吃午餐的中学生所谈论的话题。

然而,戴夫也记得在小岛上所经历的悲伤与饥饿,尤其是他和莉莲被解救前的那一个星期。他此刻需要做的就是认真回忆那一星期所经历的种种绝望。然后他才能真正回答兰德尔提出的问题。

"没有肯特,岛上的生活真的很艰难。"戴夫叹了一口气说道,"我们没有能力获取足够多的食物。莉莲当时病得很重,而我却无能为力。"

"莉莲当时已经严重脱水并且陷于极度饥饿之中,是吗?"兰德尔问道。

---

①葛底斯堡演说(Gettysburg Address):林肯总统于1863年在葛底斯堡进行的一次演讲,以纪念在美国南北战争期间牺牲的士兵。五美元面值的纸钞即以该次演说的场景作为背面。

戴夫点点头。他还记得当时不再有笑声,他害怕莉莲就这样死去,而自己只能眼睁睁地看着一切。

"那你为什么没有生病呢,戴夫?"兰德尔用缓慢而平稳的语气问道。

戴夫咳嗽了一声,他感觉自己的喉咙一下子绷紧了。他不喜欢兰德尔这种嘲讽的语气。难道兰德尔是在暗示,眼睁睁地看着莉莲死去就能省下更多的食物?

"莉莲生病之后,她就不怎么吃东西了。当然,我也不知道她生病的时候到底吃了什么。你可以去问莉莲本人和她丈夫。自从她出院以来我们只见过几次面,而且每次见面的时间都很短。"戴夫回答道。

"这是为什么呢?"兰德尔问道,然后她撅了一下嘴继续问道:"为什么你和莉莲·林登之间要刻意保持距离呢?你是否感到自己被疏远了?"

戴夫思考着,他的大脑在思考着各种回答。或许他将即兴编造一个答案。他和莉莲之间的故事现在还在可控的范围内。

"我们并没有刻意保持距离,"戴夫回答道,"我们居住的地方相隔数千英里,而且我们都有各自的生活和家庭。"戴夫用手指戳了一下自己的膝盖,"你要知道,莉莲和我在坐那架失事的飞机之前彼此并不认识。我们相互帮助才熬过了最艰难的时刻。我觉得在获救之后,我们也应该回归各自原有的正常生活。"

贝丝似乎并未对戴夫的谎言做出任何反应。她只是不停地轻咬着指甲,或是摆弄着手机,金黄色的卷发遮住了她大半张脸。此时戴夫能想象得出贝丝会在自己的微博上发文："快来看吉薇芙娜·兰德尔对我丈夫的专访。越来越可疑喽！哈哈。"

*

令人惊讶的是，贝丝似乎从未起过疑心，或者就算起了疑心，她也从未暴露过。通常情况下，贝丝总是显得对任何事都漠不关心，而且容易生气或是精力无法集中，这让戴夫感到很欣慰，至少让他松了一口气。贝丝从来不会刨根问底，或者察觉到戴夫前后不一的破绽。相反，贝丝让戴夫觉得自己就像个傻子，只有傻子才会掉进海里，在小岛上生活并经历各种危险。

然而贝丝也并非总是保持冷漠的态度。在戴夫最初回到家的那一段时间里，贝丝也充满了好奇，她想知道所有细节，所有她错过的戴夫的时光。每天晚上当她躺在床上时，她总会询问戴夫各种问题，诸如在某天他在小岛上正在干吗，或是不断追问戴夫在某个时刻是否思念自己，仿佛这些问题对她而言具有重大意义似的。

在关岛的时候，贝丝曾一直守在戴夫的病榻边，当时戴夫正在输液和打抗生素。那时戴夫装出一副对贝丝很关心的样子。莉莉就在隔壁的病房里，当时她已经深陷昏迷，病得很重，完全不知道自己已经获救了。戴夫很难不去关注莉莉的安危，也很难不去聆听从莉莉的病房里传出的心跳监护器的声音。

在医院里戴夫希望自己是唯一能紧握莉莉双手的那个人,然而他却只能聆听贝丝的唠叨。他与贝丝分离已有一年半了,他也的确应该假装关心一下贝丝。可是戴夫的伪装技巧似乎还不够娴熟。无论他做出怎样的反应,例如及时扬一扬眉毛以表示关心,贝丝都能看得出他心不在焉。

贝丝对于戴夫的好奇以及戴夫对于贝丝的伪装都只维持了两个星期。自从他们从南太平洋地区回家以来,他们两人之间的交流仅限于绝大多数夫妻在每天早上都会说的那几句话:"你昨晚睡得怎么样?""今天早上听见邻居家的狗在叫吗?"以及"把牙膏递给我"。

在媒体的镜头前,戴夫和贝丝是一对恩爱夫妻,而在家里他们之间却隔着一道任何言语都无法穿透的墙。在某个周日的早晨,戴夫和贝丝正坐在餐桌边吃着早餐。和往常一样,周围的空气里弥漫着熟悉的沉默气息。

戴夫将叉子插入一个鼓鼓的鸡蛋奶酪三明治,那是他模仿麦当劳汉堡特地为自己制作的。在过去的一周,戴夫每天早上都会去快餐店。在媒体面前他绝不会承认这件事,但自从回家之后,他总是无法抗拒快餐店橱窗的诱惑。此外,戴夫以前所有的裤子现在对他而言都太大了。除非他的体重每天至少增重几磅,否则他就得买一柜子的新衣服了。

在接受了几次电话采访之后,戴夫开始将每周六的大部分时间花在外出品尝各种三明治上,他发现这能有效地分散自己的注意力,而这正是他想要的。

戴夫咬了一口自制的三明治，然后慢慢咀嚼起来。他一边品尝着三明治的味道，一边想着下一次是否应该使用真正的加拿大火腿肉而不是熟食店的火腿。在毫无预兆的情况下，贝丝忽然说话了，这打破了他们之间所默认的"沉默协议"。

"你在家感到快乐吗，戴夫？"贝丝问道，她正神情紧张地搅动着漂浮在碗里的麦片。

"嗯？"戴夫说道，一块融化的奶酪掉在了盘子上。贝丝将手中的小勺放在桌上，她的动作如此轻柔，犹如把一个婴儿放回摇篮里睡觉一般。然而，金属小勺仍在餐桌的茶色玻璃上发出很响的碰撞声。

"你还想待在家里吗？"贝丝问道，此时她抱起双臂放在胸前。

"你什么意思？我当然想待在家里啦。好吧，我以后只在某个特定的时间去快餐店，不过我需要换换口味。"戴夫开玩笑道，他将咬了一半的三明治放在盘子上。

贝丝并没有笑。"我是在严肃地问你，戴夫。你到底想待在家里吗？你待在家里感到快乐吗？"贝丝用命令的口吻说道，她的声音微微发颤，但淡蓝色的眼眸仍然澄澈而明亮。

"我当然很快乐啦。"戴夫回答道，将头扭到一边。戏弄贝丝总是一件很容易的事。以前贝丝从来不关心他的情绪。"怎么啦，宝贝？你怎么看上去这么焦虑？"

贝丝将碗向前推了一下，然后将身子靠在椅背上。她金黄色的卷发在脸边抖动着。她看上去仍然很美。

"是你，戴夫，是你让我感到焦虑。"贝丝说道，她叹了一口气，然后揉着眼睛，全然不顾早上花了很长时间才化好的妆容。"我不知道你自己注意到没有，你现在和以前不一样了。"

贝丝用她的大眼睛凝视着戴夫，她的眼神充满了期待。戴夫感到愧疚，但同时又感到愤怒。他不知道是愧疚催生了愤怒，还是愤怒催生了愧疚，但是他知道这是自己所无法抑制的愤怒。

"我的确和以前不一样了，贝丝。"戴夫愤愤地回答道，"我在远离家的小岛上生活了将近两年。我始终处在饥饿的边缘，每天我都必须去找食物才能活下去。我还得担心暴风雨会不会将食物吹跑。任何的刮伤或是割伤都可能要了我的命，更别说岛上的老鼠、蛇、鱼、鲨鱼以及其他数不清的生物。生活简直就像"——戴夫用手拍了拍桌子，桌上的器皿发出叮当的响声——"就像无尽的恐惧与绝望，这些足以改变一个人。"

贝丝的眼睛在浓密的睫毛掩映下疑惑地看着戴夫。"可是为什么我觉得你很怀念岛上的生活呢？你为什么不想跟我生活在一起了呢？"贝丝开始哭诉道，她说话的语气让戴夫又想起了灾难发生前他和贝丝五年的婚姻生活。

戴夫太了解贝丝了，贝丝总是想着她自己。也许戴夫真的已经变了，因为三年前他会不断向贝丝道歉，拍着她的手安慰她，会尽力让一切都变得更好。但是此刻戴夫却猛地从桌边站了起来。

"不是所有事情都得以你为中心,贝丝。"戴夫说道。

"那正是我想对你说的,"贝丝说道,她将手指着戴夫,仿佛要将一切指责都抛到他的脸上,"我不是在担心我自己,戴维,我是在担心你。我现在很生气,我不得不承认我很在乎你。"

"除了你自己,我从来没见过你在乎过谁,贝丝。"戴夫说道,此刻他感到有一股力量在体内涌动,这股力量使他说出了一直想说却又不敢说的话。"还有,你别再叫我'戴维'。"

听着戴夫的话,贝丝原本毫无表情的脸变得扭曲起来。她的手扯着深黄色桌布的边缘,她将桌布边缘的角折叠成对称的小三角形。

"你知道我为什么在等你吗?"贝丝轻声问道,"我一直在等你,你知道为什么吗?"

"不知道。"戴夫对此并不关心,因为即便他不想知道,贝丝也还是会告诉他原因,这就是她的为人——她总是为所欲为。

"当电话通知我你坐的飞机失事的时候,我感到天都塌了。我先是失去了孩子,然后又突然失去了你。你们失事的飞机是在两天之后被发现的。当时机舱里没有别人,只有那位空乘服务员——"

"她叫特丽莎。"戴夫插嘴说道。人们似乎已经忘记了特丽莎的名字,这让戴夫感到十分厌恶。

"是的,特丽莎。潜水员发现飞机上的救生筏不见了。在那一刻我就知道,我就知道你还活着。"贝丝的手开始乱扯桌布，她将折叠好的三角形又恢复成了原样。"搜救队搜寻了整整一个星期，他们将整个南太平洋都找了一遍。当时我坐飞机来到斐济，我想离你近一些。如果他们找到你，我就可以随时来到你身边。后来海面上出现了巨大的风暴。在连续取消了两天的搜救之后，他们取消了整个搜救计划。当时杰瑞和我就在旁边。"

当听到莉莲丈夫的名字时，戴夫不由自主地颤抖了一下。他曾从莉莲口中知晓有关杰瑞的许多故事，但是他不希望从贝丝的口中听到有关杰瑞的任何事。

"当时我只知道你一定在某个地方。我知道这可能听上去有点荒诞……哦……我去见了一位巫师。"贝丝抬起头看着戴夫，此刻她感到自己的行为如此幼稚。

戴夫扬了扬眉毛。

"巫师告诉我，你还活着。他告诉我，我们会找到你的。他还说，我们仍是一家人。"贝丝说道。

"你相信巫师的话吗？"戴夫直截了当地问道。

贝丝咬着嘴唇，然后耸了耸肩说道："巫师知道……他知道孩子的事。"

他们已经有好久没谈论过这个话题了。此刻戴夫仍然没有做好谈论该话题的准备。他一把拿起桌子上的盘子，然后大跨步走到洗碗槽边将盘子丢了进去。他在洗碗槽边站了一会儿，双手撑在洗碗槽冰冷的石英台面上。他的嘴里还留着三明治里廉价奶酪的味道。此刻他无法面对贝丝。他觉得如果此刻看着贝丝，他将说出一些永远无法收回的话。

贝丝用近似绝望的语气支支吾吾地说道:"巫师说,我们还有机会要孩子,你和我的孩子。"贝丝的声音直接从戴夫的背后传来,戴夫知道贝丝就在自己身后,只要他一转身,他们的身体就会发生触碰。然而,此刻戴夫并不想触碰她。

"我不想和你要孩子。"戴夫轻声说道。戴夫希望自己的声音听上去冷漠无情,但在开口的那一刻他的声音仍然暴露了他内心的伤痛。

"这不是你的真实想法。我不是故意的。"贝丝说道。

"我知道你不是故意的,你只是忘了。"戴夫用讽刺的语气说道。

"不,我没有忘。"贝丝语气含糊地回答道。

"什么?所以你破天荒第一次承认自己做错了,是吗?"戴夫说道,他装出很惊讶的表情。

"我……我当时既愚蠢又固执。我原以为自己可以搞定一切,所以我没有服用药物。用别人的卵子怀孕想起来很简单,但我实在无法接受自己不是孩子亲生母亲这一事实。如果那个孩子出生,我看到它就会想,那个孩子是我的吗?"贝丝将手放在自己的肩膀上,"这是我这辈子犯得最大的错误。我对此真的很抱歉。"

贝丝的话听上去的确充满了内疚,但戴夫始终无法确定这是贝丝的伪装还是她的真实心声。戴夫想告诉贝丝让他一个人待一会儿或者永远不要再碰他,然而此刻戴夫忽然想起了许多事。贝丝的手轻柔地放在戴夫的身上，这让戴夫想起了他所失去的一切。他需要一些东西来填补内心的空白。他没有将贝丝的手推开，而是任其放在自己身上。此刻对戴夫和贝丝而言，沉默比说话更能抚慰心灵。

"很抱歉，我辜负了你。你会得到更好的回报，我知道一定会的。"贝丝在戴夫的身后轻声说道，"求你，求你了，"贝丝恳求道，"再给我一次机会吧。我知道你变了，但我也改变了。你看不出来吗？"

贝丝亲吻着戴夫的颈背，她的气息沿着戴夫宽阔的肩胛骨移动着，戴夫感到贝丝的呼吸穿透了自己内衣的棉布纤维。贝丝将手伸入戴夫的衣服，然后向上抱住戴夫的胸膛。她的双手在戴夫结实的身体上摸索着，这让戴夫感到自己的心跳正变得越来越快。

贝丝的触摸让戴夫感到既熟悉又惬意。当贝丝将身体整个靠在戴夫的身上时，身体的本能被激发了出来。此时不需要思考，也不需要说话。

贝丝让戴夫转过身，然后将自己的脸凑到戴夫的脸上。贝丝迫不及待地将嘴唇深深地印在戴夫的双唇上，这让戴夫的身体开启了被长期抑制和封存的欲望。他屈服了，他也迫不及待地将嘴唇印在贝丝的双唇上，他一把抱住贝丝，双手牢牢地抓着贝丝的肩膀。他们躺在冰冷的瓷砖地板上，双臂紧紧地交织在一起。戴夫紧闭着双眼，此刻他的头脑中想象着海浪正在拍打沙滩，灼热的沙子让皮肤变得滚烫。

"现在先停一下,让我们休息片刻。"兰德尔对着戴夫身后的摄像师说道,此时房间里所有人都长长地吐了一口气。兰德尔还没有问关于保尔的事情,但她似乎对于这次专访到目前为止所取得的成果并不满意。"让我想想"——兰德尔看了看手表——"大家休息二十分钟吧,然后我们继续。"戴夫认为,兰德尔所谓的"继续"指的是继续卡片上的下一组问题,不过戴夫并不清楚,兰德尔的问题究竟会将话题引向何处。

兰德尔站起身将裙子往下拽以便遮住大腿,裙子发出沙沙的响声。然后她站在戴夫面前,她原本苍白的眼睛忽然变得神采奕奕。

"戴夫,你现在先休息片刻,你可以伸伸腿放松一下。等一会儿可有的忙了。"兰德尔轻柔地说道,"那里有一些吃的东西。"她指了指前方的就餐室,餐桌上摆放着一碟碟的三明治、丹麦曲奇饼以及三个大咖啡机。"吃点甜食能让你保持体力,也能让你的大脑保持……敏锐。"兰德尔用暗示的口吻说道,戴夫觉得兰德尔似乎在警告自己。

戴夫尽量不去理会,他只是凝视着地面。兰德尔穿的高跟鞋踩过戴夫家客厅的巴西羊毛地毯时发出沉闷的嗒嗒声。《头条新闻》的所有工作人员一大早便在客厅里搭建起了各种摄像装备。戴夫的双手仍在微微颤抖着,他将手放在裤子的一边不停摩擦,他希望在专访结束时裤子上不会被磨出一个洞。

"戴夫,你还好吗?"贝丝的声音从客厅的另一头传来。贝丝仍然坐着,她的身子向前倾,脸上露出十分关心的表情。

"是的,"戴夫用十分严肃的语气回答道。他清了清嗓子,然后试着用严肃的语气继续说道:"是的,我很好。"

戴夫推开身边的一把沙发椅,然后跟跟跄跄地朝贝丝走去。他感到双腿在打战,仿佛刚才喝的是伏特加酒而不是白开水。他一屁股坐在贝丝身边的一把椅子上。尽管他整个上午都一直坐着,然而此刻当他坐在这儿,他才感觉整个人都放松了下来。

"你的脸色不太好。"贝丝看着戴夫的脸说道,"你想停止专访吗?我不希望你一个人全程接受专访。"

"我很好。没事儿,都是一些说过很多次的内容了。"戴夫回答道。贝丝将手放在戴夫所坐的椅子的扶手上,戴夫拍了拍贝丝的手背。

"可是兰德尔问了一些从来没有人问过的话题。在问到有关特丽莎的问题时,我感觉你显得毫无头绪。"贝丝试探性地问道,"我从没见过你接受采访时这么手足无措。"

"不是的,"戴夫急匆匆地回答道,此刻他绝不能迟疑,"我只是感到累了,对于那些愚蠢的问题我有一点厌烦了。那些问题都毫无意义,没有一个问题是卡片上列出来的。我不知道她到底想了解什么。"

"我也不知道。"贝丝轻声应和道。戴夫觉得现在需要转换一下话题。

"现在你们两个人感觉怎么样?这个问题比我今天被问及的所有问题都重要。"戴夫面带微笑看着贝丝,"我的小足球运动员有没有在里面蹬腿?"说着将手放在贝丝的腹部上,她的小腹在紧身牛仔裤的腰际上方微微隆起。

"我今早喝了一点橘子汁,然后他就踢个没完。他现在一定是睡着了。"贝丝说道,她将腰向后仰,这样戴夫的手掌便可以充分感受她的腹部。贝丝的小腹既柔软又结实,就像一个充满气的皮球。每次抚摸贝丝的腹部,戴夫总感到十分神奇。

"我真想看看它。"戴夫用十分沮丧的语气说道。

"还早呢。我也是几个星期前才刚刚感觉到它的存在。网上说还得等上一个月。"贝丝说道。

"一个月?"戴夫皱皱眉头,"我可等不了这么长时间。我今晚就想跟我的儿子好好聊聊,要让他知道爸爸希望他每周至少能蹬一次腿。这是命令,完不成命令,晚饭后就不准吃冰淇淋。"戴夫装出一副严父的样子。他将脑袋凑得更近,然后将耳朵贴在贝丝的肚子上仔细聆听里面的动静,仿佛肚子里的孩子会对此做出反应似的。贝丝笑了起来,她的腹部微微晃动着。

"别,还没准备好呢。我可不会阻止你们父子拥抱的。现在你们两个来一个拥抱吧,来吧,把它抱起来。"贝丝笑道。

戴夫喜欢眼前这个全新开朗的贝丝。他不知道在自己不在她身边的那段时间里到底发生了什么事从而改变了原来的贝丝，他也并不想知道。贝丝已经不再和以前的朋友来往了，她似乎终于明白这个世界并不是绕着她在转。几个月前当贝丝拿着呈阳性的妊娠测试结果给戴夫看的时候，戴夫终于学会再次信任她。现在戴夫绝不相信贝丝会做任何事情伤害他们未出生的孩子。

戴夫伸出双手抱着贝丝的腹部，他的孩子正在里面茁壮生长。虽然他还看不到它，但是他爱它。就在这时戴夫感到自己的掌心被轻轻触碰了一下，就像有人从拥挤的房间挤出去时不小心触碰了你一下似的。

"贝丝？是他在蹬腿吗？"戴夫惊奇地问道。

"啊，当然啦。我真不敢相信你能感觉到。"贝丝喘着气说道。戴夫将脑袋贴在贝丝的腹部，他刚才感受到触碰的地方，此刻他根本不去管周围的人会怎么看。

"啊，是的，就在这儿，宝宝，我是你爸爸。我爱你，我向你保证：我不会让你出任何事的。"戴夫说道，然后他缓慢地站起身。他看着贝丝，发现贝丝的眼睛已经湿润了。他将一只手搂住贝丝披着金黄色卷发的肩膀，然后将她紧紧搂在怀里。贝丝的头在戴夫的下巴处扭动了一下。戴夫叹了一口气，此时他感到心满意足，因为这是他这么长时间以来第一次没有想起莉莉。

第二十四章 戴维

第 201 天

岛上

醒来时发现身旁空荡荡的，我吓了一跳。莉莉已经走了。我将薄薄的毯子掀开，心中仍怀有几分忐忑。整整一分钟之后我才完全平复下来。莉莉还在，就在我前方的篝火边，她正在用树枝拨弄着烤鱼。她没有注意到我在看她，我十分享受地默默观赏着。

莉莉将头发扎在脑后，她脸周围以及脖颈上露出细密的毛发。我感到自己的手指已经迫不及待地想把它们捋到莉莉的耳后。也许莉莉是故意不将它们扎起来以便给我一次机会让我再次触碰她。莉莉的身体在腰际划出了两道完美的曲线，我想用手抱住她的腰，抚摸她带有点点雀斑的肌肤、触碰她隆起的臀部以及她的背脊。上帝知道，我有多么爱莉莉。

对我而言，过去的几个星期既不真实，但又幸福得如同天堂一般。自从那个寒冷的下午之后——我和莉莉终于意识到我们的友谊已经演变成了爱情——我们两个就再未分开过。

每当莉莉伸手握住我的手或是轻轻地给我一个吻并在我耳畔说"我爱你"时，我都会感到目眩神迷。这座我们初次登陆时犹如监狱一般的小岛现在却变成了我愿意生活一辈子的地方，想到这一点我就觉得不可思议。

此时莉莉回头看着我，仿佛她听到了我头脑中的想法似的。她的脸上露出了微笑，那笑容足以融化我的心。"你醒啦？"莉莉说道。

莉莉从沙滩上站起身，然后进入棚屋坐在我身边。她的手上还沾着沙子，当她的双臂搂着我的脖子并轻轻吻我的时候，她手上的沙子摩擦着我的皮肤。虽然我需要激情，但轻柔的吻更能慰藉心灵。

"嗯，我爱你。"当莉莉的双唇慢慢滑过我的唇边时我含糊地说道。

"是永远吗？"莉莉问道。这是我们每隔几天都会问彼此的问题。

"永远。"我回答道，然后莉莉从我身边走开，并将手放在膝盖上蹭了蹭。

"我们今天会很忙。"莉莉用坚定的语气说道。

"啊，是吗？"我扬起眉毛。莉莉说话的语气像是要我和她去参加什么活动似的，仿佛我们是一对正在度假的夫妻。这让我不禁感到好笑。

"是的，我们今天要徒步走到小岛的另一边。这边树上的果实已经采摘得差不多了。我猜环礁湖里的鱼也都游到小岛的另一侧去了。所以我们得到那里去碰碰运气。"莉莉说道。她递给我一个椰子壳，椰子壳里装满了芒果片和一些鱼肉。我皱了皱鼻子。这些鱼肉尝上去一定味道很特别。

"听上去今天将会是美好的一天。"我说道，我用手指戳了戳椰子壳里的食物。此时我空空如也的肚子终于接受了这些脏兮兮的珊瑚鱼鱼肉。

"我知道这的确算不上美食。"莉莉说道，她用手抚摸着我的肚子，一下子让我觉得这些食物变成了美味。当我吃下最后一口时，莉莉的手渐渐慢下来，我发现她原本"凝望大海"的忧郁面容上显露出了快乐与兴奋。当莉莉变得快乐幸福时，她似乎总会想到家。

"莉莉，你没事吧？"我问道，并将手放在她古铜色的大腿上。

莉莉的手指紧握着我的手指，她的脸上掠过一丝笑容。"我没事，只是想到了一些事而已。"

我让莉莉将手掌摊开，然后用手指轻轻划过她掌上的纹路。此刻我真希望自己是个算命先生，能够为她指明这些纹路的寓意。"你想跟我聊聊你刚才想到的事吗？有人曾经说我是一个极有耐心的听众。"

"哈，我曾经说你是一个好人。你的头衔可真够多的。"莉莉说道。莉莉有一个坏习惯：当她不想谈论某件事情的时候，她总是会显得很幽默，而这种幽默比她茫然无措的表情更能暴露出她真实的内心活动。"我猜你一定也是个好听众，但我觉得你不会想听我的故事。"

"我想听有关你的一切。我是说真的。"我用食指轻触着莉莉的掌心，等待着莉莉的反应。我发现只要轻轻拍莉莉的手掌，她便会十分惬意地大声说出心中的秘密。

"如果我没算错日子的话，今天应该是杰瑞的生日。"莉莉轻声说道，她把手紧握起来，我的手指被攥在她的手心里。

听到杰瑞的名字让我感到有些奇怪。自从我们相爱以来，还从未提起过各自的配偶。不过我从未忘记过杰瑞，也从未忘记过我对莉莉的爱可能对他造成的影响。

"你想庆祝一下吗？"我立即问道，我不想让自己显得很犹豫，"我们要不要为你的孩子们也庆祝一下？"

在十月份我们曾用沙子和椰子壳制作了一个蛋糕并在蛋糕上拼出丹尼尔的名字。虽然那个蛋糕无法食用，但是我们用唱歌的方式进行庆祝。莉莉用六根小树枝来代替蜡烛，在吹灭树枝上的火之后，莉莉泪流满面。我们当时还计划在下一个月为乔西庆祝生日。然而，此刻如果莉莉想为杰瑞庆祝生日的话，我不知道自己会作何感想。我想帮莉莉，假装自己无所谓，可越是假装自己无所谓，我心中的嫉妒之情就越无法抑制。

"不用，当然不用。"莉莉摇了摇头，然后将头靠在我的肩膀上，"我刚才在想他们此时正在干什么。我有一种很奇怪的感觉，我们离开家人已经有将近七个月

了,我在想家人是否还会想念我们。"

"我也有这种感觉。"我说道,并将她的手捏得更紧,"不过,我很难想象你的家人会不想念你。"莉莉调皮地耸了一下肩膀,我继续说道:"我可不确定有人会想念我。啊,我收回刚才那句话。杰妮斯应该会经常想起我,因为她一直在等着接替我的工作。我的离开一定让她感到焦头烂额。而且我办公桌上的东西摆放得一片狼藉。"

莉莉大笑起来。我告诉她当杰妮斯知道自己不能去阿迪阿达海滩时,她有多么生气。杰妮斯一直很羡慕我能跑斐济线路。如果当时是杰妮斯在那架飞机上而不是我,现在又会是怎样的一番情形呢?

"戴维,我敢保证贝丝一定很想念你。"莉莉用很急促的语气说道。在她的语气里我似乎能察觉到一丝醋意,这让我笑了起来。

"在飞机失事前她就不曾想念过我。我可不认为在飞机失事之后她还会想念我。现在她可以整天忙着工作,可以在天亮后睡觉,也许还可以拿着我的保险赔偿金和她的朋友们在外鬼混呢。我猜她现在一定活得很开心。"我说道,我的语气无法掩盖此时内心的苦涩。

忽然我感到自己的肚子上被人轻轻地打了一拳。"住嘴!你这样说可不公平。"莉莉说道,她撅着嘴。我用余光看了她一眼。

"你不明白,莉莉,因为你并不认识贝丝。"我说道,此刻除了对莉莉的爱,我不愿去想任何事情。莉莉对我的指责激发出了我心里某种冷酷阴暗的东西。

"那么，跟我说说她，说说贝丝。"莉莉说道。

我将手上的椰子壳朝篝火的方向扔去，但没有击中篝火。我和莉莉之间的谈话开始让我感到不自在。我不想谈论贝丝。在过去的七个月里我都一直避免提到她。我曾告诉我自己，没有贝丝我会活得更快乐。我将自己的双脚深深埋进棚屋外凉爽的沙子里，我想以此分散自己的注意力。

"听着！"莉莉开门见山地说道，"显然你和贝丝之间有矛盾。你和她在电话里的谈话我都听到了，我也看到了你脸上痛苦的表情。所以当时我才走过来跟你聊天，希望能缓解一下你的情绪。我从来没问过你和她之间到底发生了什么，从来没有。不过现在情况不一样了。"莉莉将手放在我的背上，她手心残留的沙子在她的手掌和我的肩胛骨之间摩擦着。我将身子朝莉莉的那一侧靠过去，莉莉的抚摸像一股暖流输遍我的全身。"现在我们的友谊已经发生了变化。我需要了解那个女人，因为我爱着她的丈夫。"

我迅速转过身用手捧着莉莉的脸，将手指插进莉莉脖颈处温暖的头发里。我想再听一遍莉莉说她爱我。

"我也爱你。"我轻声说道，我将莉莉朝我身边拉。我随意地吻着莉莉，她将嘴迎上来，于是我的嘴唇恰到好处地碰在她的嘴唇上。莉莉心存感激地抚摸着我的身体，仿佛此刻她更需要的是我而不是空气。我希望能一直这样吻着莉莉，对此我永远不会感到厌倦。

当脉搏的跳动频率达到最高峰时，我有些不太情愿

地松开了嘴唇,因为我还没有回答莉莉的问题。我将前额靠在莉莉的前额上,调整着自己的呼吸。

"我和贝丝从来没有过这样的体验。"我告诉莉莉,"贝丝没有你的幽默感,她也没有像你一样的心灵。"我在莉莉的额头轻轻地吻了一下,然后将她额头上的几缕秀发撩到一旁。我一边说着一边用手抚摸着她的脸颊和下巴。"贝丝长得很漂亮,她是第一个对我感兴趣的美女。我和她的初次见面是在卡尔顿公司。当时她负责市场营销,而我则刚到公关部工作。那时公司员工会经常一起出去喝酒,我和贝丝总是最后离开。我们那时经常约会,两年之后我终于鼓起勇气向她求婚。然后又过了一年我们才正式结婚。"我将身子向后仰,真希望有关贝丝的话题到此为止。几个月以来我一直不愿提及贝丝是有原因的,可是莉莉对我和贝丝的往事很着迷,于是我继续说道:"我和她的婚姻其实很不顺。我感觉在婚姻里我总是在做妥协。几年前贝丝换了工作,成为了一家软件公司的销售经理。她工作的时间变得越来越晚,我一直认为她是在故意避开我,以免我和她之间再次爆发战争。"

莉莉抿着嘴唇,似乎在思考着什么。此时我忍不住又想亲吻她。"那么你和贝丝的那通电话是关于什么事,戴维?我想我现在可以问这个问题了。"莉莉问道。

"好吧,"我点点头,莉莉在我的脸上快速地吻了一下以示鼓励,"你还记得在我们……第一次之后,我有多害怕吗?"一谈到这事,我的脸就涨得通红。

"是的，我记得。"莉莉会意地笑道，"当时你担心你会让我怀孕。"

"不过后来你告诉我你装了子宫避孕器，所以你不会怀孕。老实讲，当时我整个人都懵了，就像初次偷尝禁果的青少年一样。不过，我之所以担心是有原因的。我以前并不知道这事。我和贝丝发现即使不采取避孕措施，她也怀不了孩子。"

莉莉猛地转动身子。她从我身边走开，然后坐在地上，地上的竹叶发出咯吱咯吱的响声。"所以你们一直在尝试，但却不起作用？"莉莉问道。

"是的，我和贝丝试了很多次。"

莉莉皱了皱眉头，装出一副无所谓的表情。"好吧，'尝试'的话题到此结束。"

"你吃醋了？"我问道，顺带扭动了一下眉毛。

"我才没有呢。继续，继续说你的故事。"

"后来我劝贝丝去看专家门诊。我们进行了许多测试，最后发现贝丝根本无法怀孕。她的卵子提前二十年就失去了活力。"

"啊，那太可怕了。这对她来说一定是致命的打击吧。"莉莉感叹道，然后叹了一口气以示同情，这让我又重新怨恨起了贝丝。

"我不知道她对此作何感想。一开始她对是否要孩子一事总是模棱两可，直到我们发现她无法怀孕。然后她又表现得很想怀孕似的。她想证明自己可以像其他正常女人那样怀孕。"说到这儿，我摇了摇头，"在得知她无法怀孕之后，我便考虑领养一个孩子，可是她不允许。那时她会偷偷和医生见面寻找卵子捐赠者。有一天她告诉我，如果我不想成为孩子的亲生父亲，这没关系。但是她想要自己受孕，不管是否使用我的精子。"

我喘了一口气继续说道："我猜想，贝丝当时的意思是既然我愿意领养一个孩子，所以我不会介意这个孩子是否是我的精子和别的女人的卵子相结合的产物。我猜那个卵子捐赠者很有可能是一位需要钱来支付学费的大学生。我的意思是，我不是那种乱来的男人。"说到这儿，我偷偷地瞄了莉莉一眼，莉莉会意地笑了笑。"我甚至连夜店都从来不去，要和别的女人生养一个孩子让我一时无法接受。"

"但是你最终还是接受了，是不是？用别的女人捐赠的卵子进行试管授精？"莉莉问道，她将膝盖并拢，然后将脑袋靠在膝盖上。莉莉并未对此做出任何道德评价，我觉得自己更爱莉莉了。

"是的。所以你和玛格丽特在斐济旅行的第一周我并没有陪同你们，因为当时我和贝丝在一起。"我停顿了一下，用手指揉了揉眼睛，其实我并不想谈论这个话题，"贝丝必须注射荷尔蒙，这样她才有可能受孕。那时贝丝经常去她的一个朋友家接受荷尔蒙注射，因为她的那位朋友是一名护士。注射让贝丝感到既疲倦又生气。所以我决定离开她一段时间以避开她的怒火。"我放下高举的手臂，等待着眼前的黑暗渐渐消失，这样我才能再次看见莉莉。此时莉莉正专心致志地聆听我的讲述。

"那么，那通电话呢？贝丝在电话里说了什么？"莉莉问道。

现在我必须将一切都告诉莉莉。"医生在贝丝体内植入了三颗卵子。贝丝需要不断注射荷尔蒙，然后两周后进行血液测试。我原本打算陪她两周，但到了第五天我便决定前往斐济。第二天我在飞机上打了那通电话。"在讲述的过程中，我必须时不时地咽几口唾沫才能继续。莉莉用手抚摸着我的肩膀，鼓励我继续说下去，因为她想知道结果，"后来贝丝停止了注射。她对我撒谎，她其实根本就没去她的护士朋友家接受注射而是去了星巴克或是其他什么地方。贝丝的身体无法产生荷尔蒙，而荷尔蒙正是卵子生长所需要的。"我感到喉咙哽咽住了。在自己还没反应过来之前，眼泪就顺着脸颊流了下来。

"可是，为什么呢？为什么她不去注射荷尔蒙呢？"莉莉问道。

"我也不知道。"我喊道，莉莉似乎并没有听明白我的意思，这让我感到有点失望，"她说她忘了，但是……"我觉得自己透不过气了，"为什么她会忘呢，莉莉？你说，为什么她会忘呢？"

"我也不知道。"莉莉吻着我的脸颊，我心怀感激地将头靠在她的肩上。"啊，戴维，我对此真的感到很难过。"

"我不知道为什么现在想起这件事仍会让我如此伤心。"我喘着气说道。

"我想这是因为你对此还耿耿于怀，戴维。你必须

释怀，这样你才能原谅她。"莉莉回答道。

"原谅她？"我猛地站起来，"你叫我怎么原谅她？她摧毁的不仅仅只是三颗卵子，她摧毁的是我当爸爸的梦想。"心中的愤怒让我变得面红耳赤，汗水沿着我的脖子背面流下来。"那几颗小小的卵子本可以成为孩子，而贝丝却让它们枯萎，它们就像没被浇水的植物那样枯萎死去。她摧毁了我的梦，仿佛我的梦只是一堆垃圾。不！"——我摇着头——"那不是垃圾。贝丝这个女人连垃圾都生不出来。"莉莉试图再次紧紧抱住我，可我一把将她推开。

"我不是让你现在就原谅她。"莉莉说道，此时她将古铜色的双臂交叉在胸前打量着我。"我是说有朝一日你也许会原谅她。我相信，如果肯特的家人知道了树林里发生的真相，或者杰瑞知道我们为了救活玛格丽特付出了多大的努力，或者杰瑞知道我在这儿有多么孤独，有多么需要你，"说到这儿莉莉咬了咬指尖，停顿片刻继续说道，"我相信他们都会原谅我的。"

"那不是一回事，莉莉。你所做的那些事都不是存心的。"我反驳道。

莉莉压低声音说道："好吧，如果你不愿意原谅，你也可以这样假设：假如当时没有那通电话的话，现在会怎么样呢？现在的一切对你来说又会怎么样呢？"莉莉看了看四周——沙滩，棚屋还有我。

我从没想过这个问题。如果我现在还以为贝丝正坐在家里，肚子里怀着我们的孩子，我会怎么样呢？我还会像现在这样心情愉悦地待在岛上吗？我还会有心思爱着莉莉吗？我还会心甘情愿地埋葬玛格丽特的尸体以及处理肯特的尸体吗？如果待在岛上一天，就一天见不到自己的孩子，我会怎么样呢？想到这里，我不禁浑身颤抖了一下，一阵微风让我感到脖颈上冰凉的汗水还在流淌。

"我想我一定会灵魂出窍飞回家人身边。我一定会想方设法离开这儿……"我忽然停下嘴边的话看着莉莉的脸，"你是不是也是这么想的？"

"一开始我的确是这么想的。"莉莉承认道，她从地上拾起一块碎裂的竹片，"但是当我意识到自己有多么爱你时，我就觉得心情好多了。"

此时各种念头在我的头脑中翻腾着，就像一枚硬币在魔术师的指关节上不停翻转着似的。"你说的没错。我应该释怀。我必须向前看，因为现在我已经拥有了继续向前的动力。"

莉莉放下手中的竹片，然后将手伸向我。我已经迫不及待了，于是也伸出手一把拉住她的手。在我们的手彼此触碰的那一刻，我忽然觉得自己很感激贝丝打来的那通电话。那通电话对我而言已成为了过去，因为现在莉莉才是我唯一真正需要关心的人。

*

我们出发的时间比预计的晚，但是我和莉莉都不在

乎。我们沿着沙滩来到小岛另一边的海滩。我们将这片海滩命名为"集市海滩",因为这里的水果种类更丰富。水里的鱼似乎也是懒洋洋的,对我们毫无戒心。此外,我们之所以要换个地方还因为营地里的沙蚤搅得我们心烦意乱。

在这片海滩上捕鱼也较为容易。莉莉想出了一个捕鱼的新方法。她将几片棕榈叶编织在两根竹竿之间,然后我们只需坐在水边或是站在水边等着鱼儿自投罗网就可以了。在鱼儿进入自制的网里之后,我们只需快速将网抬起来,鱼儿便陷在网里了。

在捕获了大约二十条巴掌大小的鱼之后,我将它们的内脏掏空,切下鱼头,然后将它们裹在海草里放在火上熏烤。火慢慢熏烤食物时,我和莉莉采摘了满满一篮的水果。然后我们坐下,一边看着日落一边吃着从营地带来的熟透的芒果。当我们坐在树桩上的时候,我感到沙蚤在咬我的脚踝。我的脸上和手上满是芒果滴落下的汁水。芒果多汁的纤维组织卡在我的齿缝间,我感觉自己从未尝过如此美味的东西。

"太好吃了。"莉莉咕咕哝哝地说道,她的嘴里满是芒果肉,她破烂衣服的胸襟上也满是芒果滴落的汁水。不过,现在我们已经全然不顾污渍了。在将最后一块椭圆形芒果吮吸完之后,莉莉将干瘪的芒果丢进大海。她站起身,在裸露的大腿上擦拭了一下手,然后嗖地一下朝海边跑去,"看谁跑得快!"莉莉喊道。

"这不公平,我还没准备好呢!"我喊道。我将最后一块芒果肉塞进嘴里，然后起身追赶莉莉。莉莉并没有抗拒，因为我马上就赶上了她并将她紧紧搂在怀里。我们在海浪中高抬着腿，海浪冲刷着我们的身体。海水灌入我的鼻孔和嘴里，与我嘴里甜甜的芒果肉混合在一起，味道犹如一种特制的鸡尾酒。海水以前常常让我感到窒息，而如今它却令我感到如此亲切，甚至令我感到无比惬意。

莉莉此时就站在我面前。在莉莉还没来得及说话之前，我一把搂住她并将她拉到自己身边。我开始亲吻莉莉，莉莉的嘴巴在吸入了海水之后显得那样甘甜。我紧紧搂着她，我的手指在她的衣服下面滑动着。我抚摸着莉莉的背脊，莉莉低吟着，她的双手也在我的胸前和腰间抚摸着。此刻我无法想象自己所获得的快乐。

第二十五章 莉莲
此刻

"保尔,"莉莲用一种庄严的口吻念着这个名字,"他很漂亮。"

此时杰瑞就坐在兰德尔身后不远处。他将双手交叉在胸前,衬衫袖子上的金黄色纽扣闪烁着金属的光芒,莉莲感觉这光芒似乎充斥了整间房间。为什么先前当杰瑞说他不愿下楼聆听专访时,莉莲会为此烦恼呢?如果公众对于飞机失事的原因、玛格丽特的死因甚至肯特的死因都充满疑惑的话,那么这些疑惑与保尔的谜团相比简直不值一提。莉莲一直在想方设法隐藏有关保尔的秘密。此刻尽管杰瑞凝视着她,莉莲也必须得隐藏。

"你刚上岛的时候难道没有意识到吗？"兰德尔开始刨根问底。

"没有，我是在好几个星期之后才有所怀疑的。我猜戴夫和肯特在我之前就有所察觉了吧。"

"你意识到之后的第一反应是什么？"兰德尔问道，她将一缕头发从脸旁撩开，以便让前方的摄像机更清楚地捕捉到她脸上"好奇"的表情。

"难以置信并且很恐惧。直到我发现身体上的一些变化，我才相信那是真的。"

"为什么你在获救之后没有向任何人说起过这件事？你是在，啊，让我想想，一个星期之后才向媒体公布了保尔的事，这是为什么？"

"媒体。"莉莲咬牙切齿地念着这个词。为什么媒体觉得理所应当知道自己的每一个生活细节呢？莉莲是在脱离了半昏迷状态之后才向媒体讲述了保尔的事。现在这一切忽然变得可疑起来。当时救治莉莲的医生知道保尔，杰瑞知道保尔，甚至连贝丝也知道保尔，但只有媒体不知道，因为这是一个约定。

"根据大家的建议，保尔的事情应该被保密直至我们准备好对外公布。"莉莲用她事先准备好的言辞进行回答。此时她的食指摩擦着大拇指闪亮的指甲盖，然后她继续说道："之所以说出这个秘密我也是身不由己。我当时身体十分虚弱，公布这个秘密并不是我做出的决定。"

莉莲说的没错。她到现在都无法回忆起获救时的情景。有整整五天她都处于昏迷之中。她所记得的最后一件事是躺在棚屋里。当时戴夫将水滴在她的嘴唇和脸上，她希望戴夫别把自己弄醒。当时莉莲只想昏睡，外界的阳光让她的眼睛感到刺痛。

当莉莲再次醒来时，她发现周围一片寂静漆黑。当时她的第一反应是自己被活埋了。然后她看到了戴夫，戴夫当时坐在一把红褐色的椅子上，椅子两侧的木质扶手显得十分陈旧。戴夫穿着一件淡绿色的病号服，那件衣服套在他身上看上去就像一顶帐篷。戴夫的眼睛显得很红肿，好像刚刚大哭过似的。莉莲感到自己的双眼有一种灼烧般的刺痛，她伸手去揉眼睛，才发现自己的手上似乎扎着什么东西。她在黑暗中举起手，辨认出那东西是扎在手背上的输液管。

"戴维，"莉莲想要讲话，但是声音却显得如此沙哑，甚至连她自己都认不出自己的声音。她感觉喉咙里像是被灌满了沙子。当她再次发出咕咕哝哝的声音时，戴夫将头转了过来。

"莉莉，上帝啊，你终于醒了。"戴夫似乎在抹眼泪，但在黑暗中莉莲也无法确定。莉莲感到头昏目眩，她看了一眼周围，房间里所有的东西都似乎在下沉。

"水。"莉莲有气无力地说道。戴夫站起身，将身边的输液架推到身后，走到一个从墙上凸出来的柜子边。

他拿起一个塑料水壶，赶忙在一个塑料杯里倒了很多水，水都溢了出来。

戴夫拿着杯子走向莉莲，拿杯子的手微微颤抖着，杯子里的水时不时地洒在地面灰褐色的瓷砖上。他将一只手放在莉莲的脑后，然后扶着莉莲起身喝水。水沿着莉莲的食道往下流，这水尝上去有一股奇怪的金属味，但莉莲并不在乎。毕竟这是水——干净的可饮用的水。

莉莲大口地咽下最后一口水，然后她尝试着再次说话。她清了清嗓子，戴夫则拿来一把椅子坐在莉莲的床边。戴夫时不时看看房间的另一头，莉莲不知道他在看什么。

"我们这是在哪儿？"莉莲轻声问道，此刻她已经有力气说话了。

"关岛。我们到这儿已经有三天了。"

"什么？我是说，怎么会？"尽管莉莲已经能够说话，但她的嗓子仍然沙哑。她和戴夫之间无需过多的语言交流，她知道戴夫明白她的意思。此时戴夫的手紧握着莉莲微颤的手，他长舒一口气，然后说道：

"先前你病得很重。就在我觉得快要失去你的时候，我听到了某种声音。于是我跑到海滩上，那也是我几天以来第一次离开你身边。那声音是一架直升机发出的。原来我们住的那个小岛正好是某个意大利亿万富翁的私人岛屿，那个富翁正打算卖掉那个岛。直升机上坐着房地产经纪人还有买家。我跑出去的时候，飞机正好飞到小岛的另一边，所以我就朝着小岛的另一边跑去，我就像个疯子似的一边跑一边大叫。他们一开始没看到我，于是我又跑到我们以前抓鱼的那个树桩边，我在树桩上点起了火。那个树桩又旧又干，我用了好几根树枝才把火点着。"

莉莲把眼睛睁得大大的。她记得她和戴夫曾有许多个夜晚坐在那个树桩上促膝长谈，更别提那个树桩与保尔有着千丝万缕的联系。现在那个树桩并没有消失而是被戴维焚烧了，这让莉莲扎着输液管的手剧烈地颤抖起来。

"我知道，我知道，我不该烧那个树桩，可当时我也没办法。我能怎么办呢？眼睁睁看着你死去吗？"泪水开始在戴夫的眼眶中打转，莉莲床边心跳监护器发出的绿光映射出戴夫眼中晶莹的泪珠。

"嘘—"莉莲试图安慰戴夫，可是她的身子无法动弹。戴夫用手再次抹掉脸上的泪痕。

"飞机上的人看到我之后就离开了。我当时以为我们没救了。我爬回棚屋，躺在你身边，将手放在你的胸口以确定你的心脏是否还在跳动。我一边数着你的心跳一边睡着了。到中午时分，我被直升机的声音吵醒了。飞机上有两名救护人员用绳梯下到地面。他们没问我们是谁，只是给我一条毯子，然后就开始抢救你。过了一会儿你就被抬到了一个担架上。他们用皮带将你固定好，然后把你运进了直升机。我跟在你后面也进了飞机。"

戴夫用手揉搓着莉莲手臂上的汗毛。他手上的老茧摩擦着莉莲的皮肤，这种感觉莉莲已十分熟悉了。获救了。莉莲之前已经接受了这一事实，即永远不会有人来救他们了。现在终于获救了，而莉莲却感到万分恐惧。

"他们知道吗？"莉莲觉得此时嗓子好了些。于是咽了一口唾沫，继续问道，"他们知道我们是谁吗？"

戴夫十分严肃地笑了笑，这时莉莲才发现戴夫的胡子已经没了。他的脸刮得干干净净，原先长胡子的地方现在露出了雪白的肉。看着没了胡子的戴夫，莉莲感到很奇怪，仿佛她穿越时空又回到了在斐济登机的那一天。

"我在直升机上把我们的情况告诉了他们。他们惊得目瞪口呆，你真应该看看他们当时的表情。"戴夫说道，他脸上的笑容依旧，只是少了胡子，然而这也使莉莲看到了戴夫脸颊上的一道皱纹，那是莉莲以前从未注意到的。"我猜我们现在已经成名人了。之前直升机降落的时候，地面上就已经有不少媒体了。现在每个人都想找我们聊聊。"戴夫将莉莲的一缕长发捋到她耳后。这一举动对莉莲而言是如此自然，但在这新的环境里又显得如此不协调。

"我们的家人，啊，你和他们见过面了吗？"莉莲问道，此时她仿佛再次看到了自己的孩子。接着她想到了杰瑞，她有太多的话要对杰瑞讲。莉莲还不知道如何向杰瑞讲述玛格丽特去世的消息，她不知道当杰瑞知道自己母亲去世的消息后，自己该如何面对杰瑞痛苦的表情。她也不知道该如何向杰瑞讲述有关肯特的事情。此外，莉莲认为必须将自己与戴夫以及保尔的事全部告诉杰瑞。

"贝丝和杰瑞都在。他们在得知我们获救的当天就到了关岛。杰瑞之前一直在你的床边。现在其实是我第一次单独跟你在一起。我猜一定是护士叫杰瑞去休息了，他可能有些精神不济。"说到这儿，戴夫又看了一眼墙。之前莉莲以为墙上挂着一个钟。但现在她知道，戴夫看墙是害怕杰瑞会随时出现。

"贝丝怎么样？"莉莲问道，她想避开所有有关杰瑞的话题。

"啊，她还是老样子。她刚才就睡在我病房里的另一张床上。"戴夫回答道，黑蓝色的眼眸闪烁着亮光，"我还没告诉他们关于我和你或是保尔之间的事。我想你还不想让他们知道这些吧。"

莉莲感到自己的胸口舒坦了许多。她如释重负地说道："谢谢你。"

戴夫看见莉莲流泪了，松开了她的手，坐回椅子上。此时他只是静静地坐着，取暖器不停发出嗡嗡的声响。莉莲用床单拭了一下脸。

"我们不应该告诉他们，是吗？"戴夫忽然问道，他的语气里带着一股寒气。

"你觉得我们应该告诉他们吗？"莉莲用怀疑的口吻反问道，"你想告诉贝丝关于我们或是肯特的事吗？"

"我不会向任何人讲有关肯特的事情。"戴夫说道，他语气里的寒气变得更加咄咄逼人。"这一点我可以向你保证，绝不食言。可是，莉莉，你想想看，他们早晚会发现的。当他们把玛格丽特的尸体挖出来的时候，就会发现保尔的尸体。到那时你该说什么呢?"戴夫用手紧紧握着裹着薄木片的椅子扶手。莉莲将头靠在床头的金属栏杆上。

"我来告诉他们有关保尔的事。"莉莲轻声说道,她咬着自己干裂的嘴唇,凝视着墙壁上的某一点。

"但是我和你之间的事呢?你打算把我们的事情也告诉他们吗?"戴夫问道,指甲拨弄着椅子扶手的薄木片,薄木片发出咔咔声。他下颚的肌肉在薄薄的皮肤下时而显得很紧绷,时而又显得很松弛。

"我不会说我们之间的事,这对大家都好。贝丝和杰瑞一直在等着我们归来。我们怎么能把我们之间发生的事告诉他们呢?"

"可是我觉得我们相爱过。"戴夫说道,很显然他忘记现在应该保持冷静。他将椅子拖到离莉莲的病床更近的地方,膝盖已经碰到了床架。"在保尔的事情没有发生之前,我们在一起是那样快乐。"戴夫将莉莲的手贴在自己光滑的脸颊上。戴夫的脸颊摸上去如同绸缎一般,莉莲忽然很想在上面亲一口。戴夫继续用渴望的语气说道:"你不可能一直伪装下去的。你曾爱过我,这一点我敢确定。"戴夫黝黑的脸颊泛起红晕。看着戴夫沮丧的神情,莉莲感到很难过。

"我的确爱过你,戴维,现在也爱着你。"莉莲说道。戴夫笑了笑,然后亲吻起莉莲的掌心。莉莲感到紧绷着的喉咙快要让自己窒息了,但是她知道她必须要将想说的话说出来。"我会一直关心你,但是现在你和我都清楚我们无法在一起了。"戴夫停止了亲吻，他的嘴唇停留在莉莲的掌心边，眼睛直视着她。慢慢地松开了手。

"我明白。你将回到自己的家。你认为这样就可以弥补失去保尔的空白了。"戴夫摇头说道，"但是你记住我的话，上帝是不会对你的任何祈祷做出回应的，你这一辈子只能生活在伪装之下。然后有一天你会想起你在那座小岛上唯一拥有过的人只有我。"

莉莲将手缩了回来，她说道："你不会明白的，因为你没有孩子。这完全是两码事。孩子们既然知道我已经回来了，我就不能抛弃他们。即使是为了孩子，我也会尽力回到原先的生活中去。"莉莲感觉自己重新回到了现实，她原本美丽浪漫的彩色梦境已经变成褪了色的黑白照片。

"你说得不对。"戴夫说道。他将双臂交叉在胸前，倚靠在椅背上，椅子的两条后腿开始嘎吱作响。"我可能不知道有孩子是什么感受，但我知道失去孩子是何种感觉。你不会失去你的孩子。你已经死而复生了，仅凭这一点你的孩子们就已经极为幸福了。"

"我不能抛弃杰瑞还有我十岁——哦不——现在应该已经十二岁的儿子。和你的结合只是因为一场意外。我不能因此抛弃我的家庭。"莉莲说道。

戴夫一边用手指摩擦着鼻梁一边摇着头，"我真不敢相信你会说出这样的话，莉莉。我从没想过你会抛弃我。如果你告诉杰瑞真相，杰瑞不要你了，你该怎么办？然后你会回到我身边吗？"戴夫愤怒地看着莉莲，他将双手牢牢握在一起，仿佛在祈祷一般。

"我不会告诉杰瑞真相的。"莉莲直截了当地回答道。其实莉莲早就已经做好了这个决定。她之所以能在岛上和戴维保持情人关系而又不觉得自己背叛了杰瑞和孩子，正是因为这个决定。她曾告诉自己如果有一天必须做出选择，她将选择回归家庭。

"我能问一个问题吗？"戴夫将椅子向后推了一下，椅子发出哆的一声声响。莉莲感觉这声音听上去就像心碎了一般。"你不打算告诉杰瑞？你打算怎么隐瞒呢？"戴夫问道。

"我们一起编一个故事，一个天衣无缝的故事，我们对外就说这个故事。"莉莲回答道。

"为什么我要和你一起编故事呢？"戴夫笑道。他的笑声变得越来越响，莉莲担心护士会有所察觉。

"我希望你和我一起编故事，因为我知道你关心我，你爱我。"莉莲回答道。

戴夫坐着一动不动。如果戴夫没有拒绝的话，这算是好事还是坏事呢？莉莲不知道。然而，戴夫必须得明白这让莉莲也很为难。莉莲之所以要编故事不仅仅是为了她自己。虽然此刻莉莲想将身子挪到床的一侧将戴维抱在怀里——她想用双臂搂着戴维细细的腰，亲吻他的脖子，他的锁骨，但是她知道现在不可以这么做。在岛上的时候，她和戴维之间的亲密举动算不上背叛，但此刻躺在现实世界里的病床上——这一切发生得如此突然，莉莲觉得任何亲密的举动都是对家人的伤害。

"好吧。如果你坚持这么做的话,我可以配合你。"戴夫咕咕哝哝地说道,"我可以撒谎。但是你必须得向我保证,如果你的故事无法瞒过杰瑞的话,就想想我们的未来……或是过去。我知道我们在一起会很幸福的,我敢保证。"戴夫激动地说道,他的语气听上去如此坚定。有那么一刹那,莉莲仿佛在戴夫的眼中看到了他们的未来——他们手拉着手徜徉在加州的海滩,孩子们踏着浪花朝他们跑来,戴夫肩上还坐着一个金黄色头发留着小辫儿的孩子。戴夫眨了眨眼,这时莉莲才意识到这一切原来只是场梦。

"我保证,戴维。我和你不会就此结束。我们一起经历了太多事情,我们无法就此分离。此外,我们还要一起编故事。如果我们真的像那些医护人员所说的那样会变成名人,公众就会对我们刨根问底,他们会将我们的秘密公之于众。我们决不能让他们这么做。"

戴夫点点头,他并未对此发表自己的看法。戴夫从莉莲的床边起身离开,他坐的那把椅子发出咯吱摇晃声。接下去的二十分钟,莉莲和戴维之间更像是在进行一场商业谈判,他们一起编造出了可能要说上一辈子的故事与谎言。

*

九个月之后,他们仍然在说着这些故事与谎言。当莉莲讲述自己和保尔的故事时,她的表述流畅得如同抽丝剥茧一般。她觉得真应该犒劳一下自己。一切太顺利了。

"保尔和你生活了多长时间？"兰德尔开门见山地问道，看得出兰德尔一直在等着问有关保尔的话题。尽管只有戴夫和莉莲知道保尔到底是谁，但似乎所有人都对保尔很感兴趣。通常讲述如何拥有保尔然后又如何失去保尔的过程时，莉莲都会感到痛心，但这一次的讲述让她感觉很好。有时莉莲感觉保尔似乎从未存在过，所以当谈到保尔的时候，尤其是在这么长时间都未谈及他的情况下，莉莲又找回了以前的感觉。

"只有短短三个月，但却是难忘的三个月。"莉莲叹了口气回答道。

"你是什么时候发现保尔的？"兰德尔问道，她的嘴角此时歪到一边。莉莲知道兰德尔迫切地想知道答案。

"当时我坐在海滩上，正吃着一根绿香蕉……"

第二十六章 莉莉

第 301 天

岛上

我讨厌绿香蕉，它们吃起来就像青草，而且咬在嘴里时会破裂成不规则的大块果肉。通常我会将绿香蕉放在火上烤，直至它们的表皮微微变焦，这样里面的果肉变得松软而且容易下咽。然而，今天早上篝火显得有气无力。我饿得都有些等不及了。

有时我觉得自己已经完全忘记了美食的味道。巧克力、牛排、甜面包圈、新鲜的豌豆、汉堡包、冰激凌——所有这些美食，我可能无缘再品尝了。此刻我意识到，对于美味的记忆总比其他的记忆消褪得更快。一些形容美食的词汇，诸如"美味""可口"等，现在对我而言显得如此陌生和不协调。我现在只想得到吃鱼、老鼠、蜗牛以及不同成熟程度的水果。

我吃下最后一口香蕉，仍然感到饥饿。如果能在这该死的香蕉上抹上一层花生酱，那该有多好。我将香蕉皮丢进烟灰里，然后站起身从篝火的底部抽出一些还在燃烧的木头。我必须得让篝火烧得更旺些，这样当戴维捕鱼回来时，鱼很快就可以被烤好了。我希望戴维这次能捕获一条肉多一点的鱼，否则我们就得去"集市海滩"捕鱼，因为我已经吃腻了味道尝上去像海草一样的小鱼了。

篝火变旺了，我向后退了几步，此时我的脸颊两侧已是汗水淋淋。香蕉并没有填饱我的肚子。尽管时而感到闷热，时而感到恶心，但我打算今早编织一些东西。我用渴望的目光看着波光粼粼的蔚蓝色海浪。快速下潜到海里应该不会有大碍吧。

戴维不希望我一个人到海里游泳。即使知道肯特的死因只是一个谎言，但我们仍然会相信他的神秘失踪就是由于鲨鱼。戴维认为鲨鱼在尝到了人类的血液之后会对我们变得更具攻击性，但是我觉得戴维多虑了。我告诉戴维他可能是电影看多了。

过了一会儿，我把短裤脱下来，然后将上衣丢进棚屋里，这样可以避免我之后着凉。此时我穿着泳衣，泳衣现在非常合身。在肯特死后的几个星期里，我的体重急速下降。现在我能看到自己臀骨的轮廓，对此我感到十分快乐。

我用手握住泳衣的腰带，然后准备跳入海浪之中。今天我并不打算潜水，只是想在到达我胳肢窝那么深的

海水里游泳而已,因为我得顾及戴维的心情。

当我和戴维第一次意识到彼此相爱时,一切都显得那样激烈。在许多个深夜,我感受着从未体验过的激情。这并非由于我的天真单纯,而是我和戴维之间被压抑的如火激情终于得到了释放或是由于我和戴维的确情投意合。所以我们会充分利用空闲的时间。我想你应该能明白我的意思。

我让自己漂浮在海面上,咸咸的海水将我托举起来,我感觉自己仿佛在飞翔。近来我的心中渐渐产生了一种满足感,此刻这种满足感又涌上了心头。有整整一分钟我忘记了饥饿,我也不再去想在世界的另一端我的孩子们在没有我的情况下生活得如何。

对于自己与戴维的关系,我竟然毫无愧疚之情,这一点让我感到颇为惊讶。我与戴维之间的感情来得如此自然,而且很显然这并非仅仅只是出于生理上的需求。我与戴维之间的感情绝不是一时的冲动,而更像是婚姻。随着时光的流逝,我们之间的爱正变得越来越深,越来越有意义。

有时我觉得我与戴维之间的关系比婚姻更伟大。以前我和杰瑞绝不会每时每刻都相守在一起,每年一起生活的时间不会超过十个月。我还记得在圣路易斯时,每当杰瑞在假期结束后外出工作时,我通常会长舒一口气,仿佛得到了解脱。我想大多数夫妻可能在某个时候都想要摆脱伴侣一段时间,但是我却从未想过要摆脱戴维。事实上,只要戴维离开我的视线,我便会时时刻刻思念着他。

戴维已经离开一个小时了,这真让我焦虑。自从肯特死后,每当我一个人的时候,总觉得有人在暗中窥视我。尽管在内心深处我知道这种想法十分荒谬,但是在经历了肯特对我的所作所为之后,独处时的恐惧成了我心理上的创伤。

我最好还是回到沙滩上,在戴维回来之前将身子晒干。于是我翻转身子朝着沙滩游去。我爬上沙滩,海水像溪流一般从我的身体上淌下来。此时我真希望能有一条大大的浴巾。我记得我在家中大厅的柜子底部存放着许多条大浴巾。它们比一些毯子还要柔软,而且不管用过多少次,它们还是会有一股淡淡的消毒水的味道。然而,此刻我却只能用手拧掉头发里的水……

啊!我的胃忽然剧烈抽搐起来,就像有人在我的腹部猛踢了一脚似的。身子还是湿漉漉的,双膝跪在沙滩上,肚子里似乎有东西让我感到极不舒服,仿佛有一条蛇在我的肠道里爬动。这绝不是香蕉吃坏了肚子。这是——我不知道这是什么引起的。

"莉莉!"戴维在叫我。"怎么了?你受伤了吗?"他跑到我身边,膝盖上黏满了沙粒,沙子在他奔跑的双脚下像水花一般四溅。

"我不知道。感觉很奇怪。好像肚子不对劲。"我用手捂住腹部,捂得很用力试图让这种奇怪的感觉赶快消失。

戴维拉着我的手臂将我扶起。"我们到荫凉处去。"

戴维说道。

"我最近总是感到很饿。一直在猛吃,也许是吃坏肚子了?"我问道。我们对于食物的卫生总是严格把控,因为很清楚比起鲨鱼和毒蛇,我们在岛上更有可能死于不干净的食物。我可以吃下一整条烤了没多久的鱼,而且可以吃下不止一条。

"你觉得会不会是寄生虫?"戴维问道,此时他的眉毛拧成一股,眉毛中间露出三道皱纹。我伸手去抚平那几道皱纹,而戴维则让我躺在棚屋里。

"别马上下结论,亲爱的。也许只是胃胀气或是其他什么尴尬的情况。"我安慰道。

戴维摩擦着双手,一缕沙子从他指间缓缓流下。"让我来给你检查一下吧。你就假装我是名医生。"戴维说道。

戴维笑起来的时候真的很像医生。他用手沿着我的胸腔抚摸着。当摸到我身体两侧时,我忍不住咯咯笑起来。戴维知道这个地方是我的软肋,于是他的手在这个部位抚摸了好久,我觉得这也算是一种习惯性的调情方式吧。然后戴维的手又朝我的肚脐方向移动,这时他脸上的笑容消失了。他将身子靠得更近些,凝视着我的腹部,仿佛他正在用 X 射线照射我的腹部似的。忽然我的腹部震动了一下,仿佛有东西在里面活动。戴维突然将手缩回,目瞪口呆地站在一旁。

"啊,上帝啊,我感觉到了。"戴维将手放在脸上,然后用大拇指的指甲轻轻敲着自己的门牙,门牙发出嗒嗒的响声。戴维的这一举动表明他此时正在思考着什么。

"我不知道该怎么办。寄生虫会这样动吗？我们该怎么把它弄出来呢？"戴维问道。

"寄生虫不是会自己出来吗？我记得从哪里听说过，只要饿一段时间，寄生虫就会自己从体内钻出来。不过，我觉得这种方法并不适用于我们。我也得替你检查一下，因为我们吃了相同的食物。你有没有感觉不舒服？或是感到疲倦？恶心？总是吃不饱？或者腹部胀痛之类的情况？"我询问道。我觉得许多情况都会出现这些症状，诸如贫血、糖尿病、怀孕……怀孕。

"没有。"戴维想了想回答道，"最近我没有感到有什么不适的地方。老实说，我刚才吓了一跳，但我觉得这更像是你故意震动肚子而不是寄生虫引起的。"此时戴维一定注意到了我脸上的表情，因为他刚想笑便立刻收住了笑容。"怎么了？又来了？很痛吗？"戴维急切地问道。

"其实倒也不痛。"我回答道，之后便陷入沉思。这些症状——恶心反胃、体重增加、腹部反复的震动——对我而言是如此熟悉。我怎么会这么傻呢？我坐起身，一把拉住戴维的手，然后将他的手放在我的腹部——肚脐的下方。"戴维，"我慢慢地说道，知道如果自己的猜测没错的话，一切将会发生天翻地覆的变化。"我想我是怀孕了。"

戴维猛地将手抽回，他的动作比我料想得还要猛烈。此时他脸上的表情并不是震惊，而是更接近于愤怒。

"这可一点都不好笑。"戴维咬牙切齿地说道，"别开玩笑了。看来你体内的寄生虫很难对付，我可没办法帮你了。"

"我没开玩笑。我以前怀孕时也是这种感觉。我早该意识到的，但是自从来到岛上，我的月经周期就一直不正常，所以当时我的体重会急速下降。可是自从我们两个在一起之后，我的体重已经增加了几磅，这一定是怀孕导致的。"我想再次把戴维的手放在我的腹部，但这一次我只是用手指拉着他的手指而已。

"可是你说过我们很安全。你说你装了子宫避孕环，不是吗？"戴维用急促的语气问道。

"是的，我的确装了子宫避孕环。在过去的五年里它的确很管用。不过我在旅行之前的几个月又重新装了一个。我想新的避孕器应该也是很管用的。"我其实不应该为自己辩护，这样反而显得我在撒谎似的。"医生说这个新的避孕器会有一些副作用。我不知道怀孕也会是它的副作用之一。"

戴维显得快要崩溃了。戴维——一个面对肯特这样的狂徒显得如此冷静的人——在得知有一个小人在我体内生长时竟然快要崩溃了。不过很快我也和他一样变得极度紧张起来，因为想到了接下来将会发生的事。生孩子？在这座小岛上？我们该怎么办？

"我都干了什么？"戴维开始质问自己。他猛地用手捂住嘴巴，好像要呕吐似的。"我对不起你，对不起你，莉莉。"

"别道歉了。"我用命令似的语气说道，感到越来越生气。"我们都有责任。谁都不知道会这样。"

"可是这很危险。你可能……你可能……"戴维无法说完这句话。

"几万年以来女人一直在生孩子。出生在野外的孩子远多于出生在医院里的孩子。而且"——我希望能尽可能用平静的语气来讲话——

"而且我已经生过两次了。不会有事的,不是吗?"

戴维退缩到棚屋的一个角落里,仿佛这样做便能将我们过去五个月所做的事一笔勾销。他将身子蜷缩成一团,膝盖死死地抵着胸口。

"你真的认为一切都会安然无恙吗?"戴维问道,他的声音颤抖着,口气中既有希望,也有恐惧。"你认为你在这里真的能活着生下一个孩子吗?"

此时我觉得戴维可能并不想听我的真实想法,所以我把他想听的和我极力想要相信的话告诉他。"是的,戴维。我可以。你就快要当爸爸了。"

"爸爸。"戴维轻声念着这个词,仿佛在品味其中的滋味。"可是……"

"我们现在不该忧心忡忡。"我用命令的语气说道。此刻我不愿去思考在怀孕过程中会遇到的一系列麻烦。"我至少还有四个月才会分娩,也许五个月。所以我们还有好几个月的时间可以慢慢规划。现在让我们假设一切都会顺顺利利,然后你便会有一个孩子。"

"我对不起你,莉莉。"戴维说道,这一次他的语气变得坚定了些。"我没想到会是这样。我没想过要让你怀孕。如果我们能回家，如果能像你说的一切都顺顺利利，那我宁愿什么都没发生过，也不要你怀孕受苦。"此时我能看出戴维愿意背负起做父亲的职责。他将身子坐直，然后盘起腿。他用十分坚定的语气说道："让我们一起来面对吧。我会竭尽所能照顾好你还有孩子，我们的孩子。"

"你现在该做的第一件事就是走过来，亲亲我。"我展开双臂，此刻我需要戴维的触碰，我也需要他的安慰。刚才我的心在狂跳，而我的头脑则在胡思乱想。

"我来了。"戴维一下子来到我身边。他弯下腰吻着我，他的右手抚摸着我的脸颊，仿佛我的脸颊是这世界上最珍贵的稀世珍宝，而他的左手则放在我的腹部上。戴维是多么爱着我们尚未出生的孩子啊，对此我十分感动。此刻我无法想象在我的体内竟有一个胎儿正在不断成长。一个孩子。我多么想要第三个孩子。以前我总是想方设法说服杰瑞要第三个孩子，可是杰瑞却始终不赞成。他说四口之家对于外出度假和野餐最合适不过了。对我而言，杰瑞这种控制家庭人数的理由简直荒唐可笑。可是我从未想过第三个孩子竟会以这种方式出现。它竟然不是杰瑞的孩子。

我躺在戴维的怀抱里享受着他祝贺似的亲吻，我试图忘记心中的忧虑。我的嘴唇自动地与戴维的嘴唇摩擦着，然而这一次涌上心头的并不是性的欲望而是恐惧。我将注意力集中在戴维身上，我感觉自己即将被一个困惑的漩涡所吞噬。我正极力试图从这个漩涡中摆脱出来。

第二十七章 戴夫
此刻

"我们在岛上待了几个月。如果我没记错的话,那是在新年之后,那时莉莲有所察觉了。"戴夫说道。在和贝丝以及尚未出生的孩子相处了一会儿之后,戴夫感到心情好了一些。此时贝丝肚子里蹬腿的孩子让他想起了保尔。

保尔能让戴夫感到快乐,而与兰德尔的谈话却会让他产生截然不同的心情。兰德尔会让戴夫感到极度痛苦。戴夫甚至都不愿他最憎恨的人会像他这般痛苦。每一次当兰德尔说到保尔的名字时,戴夫仿佛又看到了保尔的脸——甜美而精致的小脸。他将再也见不到那张小脸了。戴夫觉得自己对不起保尔。

"当莉莲告诉你和肯特的时候,你们是怎么想的?你们有什么反应?"兰德尔问道,她将身子向前靠,夹在她的大腿和扁平腹部之间的卡片发出咔嚓声。显然兰德尔并没有问卡片上的问题。

"我们当然很惊讶,而且吓坏了。尤其是肯特——他担心又将多一张嘴需要喂养——但是看着莉莲的肚子变得越来越大,保尔在她肚子里不停折腾,即使像肯特这样的人心也变软了。"戴夫回答道。

"莉莲挺着大肚子是怎样在岛上生活的呢?"

"就像你推测的那样,生活很艰难。我和肯特必须不断向莉莲提供食物和水,但是莉莲和孩子在岛上不可能获得足够的营养。莉莲的体重开始下降,确切说是下降了很多。自从飞机失事之后我们的体重都在下降,但是莉莲的体重下降最明显。她的肚子变得越大,她身体的其他部位就消瘦得越明显。"

戴夫不愿去回忆那段时光。直至今日莉莲都不知道自己在生养保尔的那段时间里有多么消瘦。谢天谢地,当时没有镜子。但是戴夫清楚地记得一切。

*

戴夫上一次见到莉莲时,莉莲依然十分虚弱。当时莉莲来到加州,和她的朋友——在戴夫看来,更像是莉莲的保镖——一起参加卡尔顿公司举办的颁奖晚宴。戴夫在洛杉矶国际机场的安检线外焦急地等待着,他是专程来接莉莲她们的。

　　一定有人向媒体通风报信了，因为戴夫发现在他两边几尺远的地方已经有人拿着相机在拍照了。此时戴夫回家已经有三个月了，他已经开始习惯了无所不在的相机和摄像机。当媒体守候在戴夫的家外或是健身房外时，戴夫可以无视它们的存在继续做着自己的事情。然而，当他看见莉莉站在移动扶梯上的那一刻，媒体的长枪短炮便成为了他唯一顾忌的理由。他觉得自己不能越过那条隐形的底线跑过去用自己酸痛的双臂搂住莉莉。所以他只是静静地等待着。戴夫默默数着脚步声。当莉莲转过一个拐角时，她认出了戴夫。见到戴夫时的喜悦之情会张扬地表露在莉莲的脸上吗？还是会在眼角的细纹中含蓄地体现出来呢？可是此时的莉莲戴着一副墨色太阳眼镜，她面无表情，完全看不出任何情感上的波动。

　　戴夫告诉自己那是因为莉莲没有认出自己。一旦透过墨黑的太阳眼镜看见自己的脸，莉莲一定会笑容满面。然而，事实却并非如此。当莉莲面无表情地向戴夫走来时，戴夫的心为之一沉。一个高个子红头发的女士用手臂扶着莉莲。莉莲的这位朋友身材高挑且充满活力，她与病怏怏的莉莲形成了鲜明的对比。这让戴夫感到很生气。此时他想上前将莉莲和她的朋友分开，他想一把摘掉莉莲脸上的太阳眼镜，然后质问她到底谁该为这阴魂不散、笼罩在她心头的忧伤负责。不过，戴夫并未这么做。他只是一言不发地与吉尔握了握手。

　　"戴夫，很高兴认识你。我是吉尔·斯皮尔斯。"

吉尔说道，她快速地与戴夫握了握手，然后将手抽回。

戴夫点点头说道："久仰。很高兴终于能见到本人。"戴夫说话时的语气温婉而客套，而他的眼睛却始终看着莉莲那张表情呆滞的脸。

"我也是。"吉尔回答道，她并不打算露出微笑。她调整了一下肩上的背包，然后说道："听着，莉莲的身体有点不太舒服。这次为了坐飞机，医生给她开了一些抗抑郁的药物。现在药力还没过去呢。"此时吉尔看到了相机的闪光灯。"我想我们最好赶快上车。随身物品都已经检查过了。"

"好的。要不要我帮你拿包？"戴夫问道，他将吉尔手里的推杆行李箱拿了过来，然后又去拿吉尔肩上重重的背包。此时吉尔将身子靠过来，轻轻地在戴夫耳边说着话。

"快带莉莲走。她已经有些神志不清了。"吉尔抬起莉莲的一只胳膊，那只胳膊就像一条湿毛巾似的软弱无力。戴夫用双手扶住莉莲，他感到自己快被压倒了。

"车就停在那儿。"戴夫说道，此时他领着莉莲穿过不停闪烁的相机。戴夫一路上都面带微笑并时不时地挥挥手。终于他们到达了停车场，车子就停在这儿。

戴夫领着莉莲，不，那是莉莉。眼前这个穿着灰色棉布T恤衫和阔脚牛仔裤的女人一点都不像戴夫印象中的莉莉。这个女人一定是戴夫曾经听说过的莉莲。

在车上吉尔不停地讲述着莉莲的孩子和家庭。戴夫感到很庆幸，因为杰瑞没有一起来。如果杰瑞来的话，戴夫是不可能给他好脸色看的，同时也一定会将积压在心中的埋怨表达出来。然而，此刻戴夫对于吉尔的讲述只是不停地点头微笑。他先扶着莉莲坐在车的后座上，为她系上了安全带，然后他开始发动汽车。

"她现在怎么样了？"戴夫问道，此时他开的车已经行驶在了洛杉矶拥挤的公路上。他第三次回头看看后座以确定莉莲是否睡着了。吉尔将手举起来，然后晃动着手臂上闪亮的银手镯，手镯发出刺耳的碰撞声。

"你要我老实说吗？"吉尔神情紧张地抿着嘴唇说道。"她的情况不妙。你可别误会我。能重新回到家人身边她自然很高兴，但是现在和以前完全不一样了。"

"她经历了太多事情。"戴夫轻声说道。一想到和莉莲曾经一起经历过的那些事，戴夫总是会感到隐隐的牙痛。

"是的，所以我很担心她。她仍然感到很悲伤。她思念着她的孩子。她太爱他了。"

戴夫看着前方一辆绿色的福特旅行车说道："她仍然爱着他。这种爱永远不会消退。你们需要给她更多的时间。玛格丽特去世时，她也很悲伤。不过，过了一段时间她便振作了起来。"

"不仅仅只是因为保尔。"吉尔说道，她用手指捋着自己红色的坚硬短发，戴夫似乎能听到她头发上各种饰品的碰撞声。"孩子们现在占据了她大部分的时间。她也一直在接受治疗。但是她和杰瑞之间好像出现了问题，这不仅仅只是因为保尔。"

吉尔忽然停止了讲话，她的眼睛打量着戴夫的侧脸。吉尔的目光显得如此锐利，戴夫觉得很难和这样一个自己并不熟悉的人谈论莉莉的事。不过，戴夫心中清楚地知道吉尔所谓的"问题"指的是什么。

"嗯，我能理解。那你觉得原因是什么呢？"戴夫问道。

"是你。"吉尔十分直率地回答道。

如果吉尔的回答是奥萨马·本·拉登，戴夫倒也不会显得如此震惊。此刻戴夫能感觉到吉尔这个四十岁上下的女人身上正散发着一股敌意。不过，他认为这是吉尔对于莉莲的过度保护，因为莉莲现在的精神状态显得萎靡不振。但是戴夫想错了。

"我？这是我所听过的最愚蠢的原因了。"戴夫瞄了吉尔一眼以确定她是否在开玩笑。

"行了，别在我面前假装无辜。你要知道，我当了十二年圣路易斯高中的教导主任。你是不是在撒谎，我一眼就能看出来。"

"吉尔，我真的不知道你在说什么。"戴夫说道，此时他显得有些慌张。恰恰此时交通变得拥堵起来，路上的车子就像蜗牛一样在爬动。戴夫只好将脸转过来看着吉尔。

"莉莲不开心的时候，会打电话给你。是不是？"吉尔质问道。

"是。"戴夫回答道。戴夫知道如果自己说实话，吉尔就不会问个没完。如果吉尔想要知道真相，他就尽量实话实说。

"很好。我很高兴你没有糊弄我,戴夫。"吉尔调整了一下坐姿,她将身子转向戴夫准备进一步的审问。

"你不开心的时候,也会打电话给莉莲,是不是?"

戴夫叹了口气回答道:"是。这有什么问题吗?我和莉莲在一起生活了将近两年,而且每分每秒都在一起。你无法想象我们之间有多么亲密。"

"嘘,不用展开讨论。我还有一个问题。"吉尔说道,将腿盘坐起来,像在打坐似的,褶皱的裙子随意地覆盖在她的大腿上。她将身子向前倾,用肘部支撑着膝盖。她已准备好提出下一个问题了。"你爱莉莲,是不是?"吉尔问道。

"啊,有完没完。"戴夫用手猛拍方向盘。

"是还是不是?"吉尔坚持问道,她将身子后仰靠在紧闭的车门上,双臂牢牢地交叉在胸前,这让戴夫体会到了圣路易斯高中那些学生们的心情。

"不是像你想的那么简单,吉尔。当然,我爱莉莲。"戴夫结结巴巴地回答道,此时他感到十分紧张,他担心如果自己大声说出来可能会让吉尔产生误解。"但是我确定你也爱莉莲,不是吗?"

"当然,但我的爱和你的爱不是一回事。莉莲是我最好的朋友。自从成年之后我们都一直是彼此最好的朋友。"吉尔回头看着莉莲,这也是她和戴夫谈话以来第一次回头。此时莉莲的头正无力地靠在车门上。"莉莲总是和我形影不离。我生孩子的时候,是她在产房陪着我。我母亲过世的时候，是她紧紧握着我的手安慰我。我的丈夫被查出癌症时，是她帮我照顾孩子，洗菜做饭。我因为车祸手臂绑着石膏时，也是她帮我梳头洗脸。"说到这儿，吉尔原本锐利的目光变得柔和起来。"你说得没错，我的确爱她，但是我无法替代她的爱人。我也无法介入她的家庭生活，只有家庭才能给她内在的力量。"吉尔用手指轻轻拨动着衬衫领子上裸露出的皮革。"其实你爱她也没什么不对，但是现在她并不需要你，她需要的是她的家人。"

"吉尔，"戴夫用严肃而冷静的语气说道，"爱着一个人和爱上一个人是两码事。就像你一样，我也希望莉莲能幸福快乐。如果我的电话能给予莉莲快乐的话，我还是会和她保持通话。"很显然莉莉需要他，看看没有他莉莲现在变成了什么样。"你难道要我不管她吗？难道来电显示她的电话号码时，你要我置之不理，让她一个人独自承受一切吗？如果你要我这么做，那么你绝非像你想的那样是莉莲最好的朋友。"说到这儿，戴夫猛踩了一下油门，车子没有闪灯就上了另一条路。吉尔牢牢抓住座椅扶手。戴夫的心中感到一丝得意。

"我不知道。"吉尔叹了一口气说道，她用食指敲击着自己的门牙，"有些事必须得改变一下。我很担心莉莲的状况。"

"为什么杰瑞不改变一下呢？杰瑞是她的丈夫呀。"戴夫一说出口就后悔自己说话的语气过于尖刻。

"哦，他已经在试着改变自己了。"吉尔回答道，她紧张地啃着自己的指甲，似乎并没有责怪戴夫尖刻的问题，"莉莲被禁锢的时间太长了，这对她没好处。如果她是你的妻子，你会怎么做？我是说，如果你的妻子回家时像莉莲这样的状态，你会怎么做？"吉尔问道，她似乎很在意戴夫的想法。

"我不知道——也许不会这么苛求她吧。我会给她一些时间和空间。我觉得杰瑞应该要多一些谅解。"戴夫在思考着，他的双手紧握着方向盘，双眼紧盯着前方的一辆蓝色汽车。"我还可以告诉你一件事。我绝不会叫别人来当说客，如果杰瑞希望我不要再给莉莲打电话，那么他就应该像个男人一样面对面地跟我说。"

吉尔猛地将手放在大腿上，闪亮的手镯又发出了碰撞声。"杰瑞可没有叫我来当说客。"吉尔看着窗外含糊地说道，"你不要再给她打电话了。你要知道，这对大家都有好处。"

"我不会听你的，绝不会。"戴夫看了吉尔两眼，然后将车开上了通往旅馆的下匝道。"只要她需要我，我还是会和她保持通话。"

戴夫的语气一定显得十分坚定，因为吉尔只是点点头，然后将脑袋靠在车窗上，她原本坚挺的红色短发被车窗玻璃压扁了一块。戴夫将车上的无线电调到他最爱的电台。他将无线电的音量调低，轻柔的音乐弥漫在车厢令人尴尬的空气中。

终于达到旅馆了。戴夫从旅馆的货运通道进入停车场以免有人拍摄到昏睡中的莉莲。车子一停下来，吉尔便从车里跳了出来,她要求打开车子的后备箱。戴夫按下后备箱的按钮,然后慢慢地拔出车钥匙让车子熄火。他想给莉莲一些时间好让她慢慢醒过来。

后备箱一打开,吉尔就迫不及待地拿出了行李箱。车子的地板上放着莉莲的白色平底鞋,长长的牛仔裤裹着她的双腿,只露出十个鲜亮的红褐色脚趾甲在午后的阳光下闪着光泽。

莉莲现在留着一头齐肩长的直发,这让戴夫感到很陌生。他不知道如果莉莲穿着新衣服留着新发型,自己还能否认出她。戴夫钻入车子,然后关上了车门。此时他坐在了熟睡中的莉莲身边,轻轻地拍着她的大腿。

"莉莲,我们到了,该醒醒了。"戴夫轻声说道。莉莲扭动了一下身体,睁了一下眼睛,然后又昏睡过去。于是戴夫又试着叫醒莉莲。这次他靠得更近,将一只手放在莉莲的肩上。"莉莉,亲爱的,你该醒醒了。等进了旅馆房间,你可以继续睡。我保证。"

戴夫撩开覆盖在莉莲脸上的一缕头发。他发现莉莲的脸上涂了脂粉,眼睫毛也比他记忆中的更加乌黑。但除了这些之外,眼前的这张脸依然是他睡梦里所看到的那张脸。此时莉莲的眼睑动了一下,然后睁开了眼睛。

"戴维,"莉莲叹了口气说道,"是你啊。"莉莲十分吃力地坐起身。沿着戴夫的手臂摸索着,双手越过戴夫穿的淡蓝色T恤衫,然后紧紧抱住了戴夫的脖子。戴夫也有些不太情愿地用双臂抱住了她,戴夫觉得此刻他们最好还是待在车里。

"是我,你还记得吗?是我从机场把你们接过来的。你现在在加州,记得吗?我们明天晚上有一个晚会,一个颁奖晚会。"戴夫似乎在提醒莉莲,他需要莉莲保持清醒。戴夫意识到在过去的三个月里能让自己始终与莉莲保持安全距离的唯一办法就是让莉莲保持清醒。此时莉莲皱了一下右边的眉毛。

"我好想你啊。"莉莲声音含糊地说道,"你为什么要抛下我?我好孤独啊,戴维。你为什么要离开我?"

"我没有离开你,莉莲。我们已经回家了。你和你的家人已经在一起了。这正是你向往的,记得吗?"戴夫安慰道。

莉莲的双唇在不停抖动着,而她的舌尖则在牙齿间不停移动着,她看上去像是被注射了弗努卡因①而不是抗抑郁药。戴夫越来越担心莉莲服用的药物,以及服用的剂量是否过量。

"我记得。可我还是想你。"莉莲不断重复道,将头靠在戴夫的肩上。

"我也想你。来吧,到床上去睡。"戴夫哄着莉莲爬到车门边,然后扶着莉莲从车里出来。在这一过程中莉莲的手臂一直紧紧抱着戴夫的脖子。

戴夫将手放在莉莲的肩上,他站着直至莉莲站稳。在确定莉莲站稳脚跟之后,戴夫立刻向后退了几步。此时莉莲的双手在戴夫的脖子后面牢牢地扣在了一起,她将戴夫抱得更紧了。戴夫站着一动不动,他想把莉莲的

---

① 弗努卡因(novocaine):一种麻醉类药物。

手从自己的脖子上拿下来,他想和莉莲保持一定的距离。但是当莉莲手上的温度传遍他的全身时,戴夫心中又感到了无限的快乐。

"戴维。"莉莲一直喊着这个名字,这是莉莲对戴夫的爱称。对戴夫而言,这个名字既是这世上他最爱听的声音,同时又是他最不想听到的声音。"你还爱着我,是吗?"莉莲含糊地问道。

戴夫被怔住了。此时吉尔就站在莉莲身后,她正紧皱着眉头,背包则挂在她的肩头。此刻戴夫可以为自己辩解,他也应该为自己辩解。但当他将莉莲抱在怀中的时候,他要给予莉莲自己所能给出的唯一回答。

"我当然还爱着你,莉莉。"

"不对。"莉莲喊道,她就像个被宠坏的孩子似的摇着头,"说永远爱我。"

戴夫不想那样说。当着吉尔的面随意说出这样肉麻的话简直太可怕了。莉莲将戴夫抱得更紧,戴夫感到自己已无处可逃。终于他屈服了。

"我永远爱你,莉莉。"

莉莲笑了,她将身子凑上前在戴夫的嘴唇上轻轻地吻了一下。"永远。"莉莲轻声地在戴夫的唇边重复着这个词。她的双唇光滑而热情,这感觉就如同以前他们在岛上捕鱼回来之后在棚屋里的拥吻一般。此时戴夫也想吻莉莲的双唇。他想紧紧抱住莉莲的身子直到透过衬衫能感觉到莉莲的心跳为止。可是吉尔正在关注着一切。

戴夫站着一动不动,他平静地劝说莉莲去旅馆房间。

此时的戴夫面红耳赤，心脏在剧烈地跳动着，心中充斥着各种矛盾的欲望。吉尔站在戴夫和莉莲身后，她叹了一口气，随后朝着旅馆入口走去。

直到第二天晚上颁奖晚宴的时候，戴夫才再次见到莉莲。此时莉莲身穿一件镶嵌着亮片的蓝色衣服，衣服上的亮片甚至能将空荡荡黑乎乎的屋子里微弱的光线都反射出来。莉莲的右肩上系着一条微微发亮的丝巾，而她的左肩上则空无一物。由于长时间被岛上的阳光照射，莉莲的肤色依然黝黑，仿佛她的皮肤能够自己发亮一般。莉莲微微转过身在吉尔的耳边小声说着话。戴夫偷瞄了一眼莉莲的后背，衣服后背的开衩显露出莉莲完美的腰线和肩膀线条。莉莲肩上的那道白色伤疤在她右肩的丝巾之下时隐时现，它就像莉莲与戴夫之间的秘密一般影影绰绰。那是他们不愿公布于众的秘密，不是吗？

莉莲终于看到了戴夫，莉莲笑了。戴夫屏住了呼吸，然后也向莉莲回了一个笑脸。此时戴夫感到十分紧张，这种紧张感令他的皮肤感到刺痛。这正是他初见莉莲时所感到的紧张情绪，这种情绪曾让他手心不停冒汗，舌头打结说话不清。他已经有很长时间没有过这种感觉了。

以前戴夫常常喜欢将自己伪装起来，这也是他工作表现出色的原因之一。他总是明白在什么样的人面前应该装出什么样的表情，然而这些表情并非真实的自我。在获救之后的一次媒体记者会上，一位记者曾问了一个十分露骨的问题：莉莲在岛上的时候是穿着衣服还是赤身裸体？当时戴夫没有露出他习惯性的公关笑容，他也没有保持冷静与克制，而是一把抓起麦克风叫那位小报记者滚出会场。

喜欢伪装的那个戴夫已经不存在了，他在飞机失事中已经死了。戴夫认为这可能是因为随着时间的流逝自己变得更成熟了。然而，当他见到从头到脚都完美得像一块水晶般的莉莲时，戴夫终于明白莉莲才是这世上真正了解自己的人。只有莉莲真正了解戴夫那些可怕的想法以及行为，并且还一直深爱着他。戴夫觉得自己无需再伪装了。莉莲和那座小岛已经让他真正认识了自己。

"戴夫！"莉莲挥着手，她正穿过一排空位子朝戴夫走来。空位子的周边是几张餐桌，桌上摆放着精致的白色瓷器，瓷器的两边是摆放整齐的叉子和小勺。"能见到熟人真是太好了。"莉莲说道。吉尔紧跟在莉莲身后，此时吉尔身穿一件嵌着珠子的铁青色上衣，衣服垂挂在她身上，使她看上去就像上世纪20年代的时髦女郎。四方形的服饰显然是时下的流行趋势，但对戴夫而言这种服饰让吉尔——莉莲最好的朋友兼保镖——看上去更像个男人。吉尔的头发进一步加重了她的男性气质，因为它们全都像钢针一般竖着。

"我们应该坐在那儿。"戴夫喊道，他朝大厅前方的一张长桌点了点头。那张桌子让他想到了婚礼上接待来宾的桌子，不过那张桌子显得更长。四边的墙上装饰着各种用金线勾勒出的工艺画以及数百幅头戴白色假发的男女画像。戴夫觉得即使贝丝也会觉得这个地方装饰得有点过头了。

"你今天看上去好帅啊。"莉莲说道,此时她已站在了戴夫身边。莉莲伸出双手,然后迅速抱住戴夫的腰给了戴夫一个拥抱。也许是由于穿了高跟鞋的缘故,莉莲的头正好靠在戴夫的肩上。戴夫无法抵抗这样的诱惑,他将鼻子埋入莉莲的秀发中,试图去追忆莉莲头发上苍兰花的芬芳。

吉尔在旁清了清嗓子。"我们什么时候可以见贝丝?"吉尔问道。

莉莲的双手仍然藏在戴夫的外套之下抱着戴夫的腰,仿佛她和戴夫是一对来参加晚宴的老夫老妻似的。此时戴夫的手放在莉莲的臀上,而他的大拇指则触摸着莉莲的腰,戴夫十分珍惜这样的机会。

"贝丝在家里,她病了无法前来。不过她让我向大家问好。"戴夫回答道,脸上露出不太友好的笑容。戴夫知道吉尔并非真正关心贝丝,而是在提醒自己是一个有妇之夫。

"啊,可怜的贝丝!"莉莲的嘴角歪到一边,"今天你没有感觉不舒服吧?"莉莲问道,她将冰冷的手放在戴夫的额头然后又放在他的脸颊上。在岛上的时候莉莲总是用嘴唇来检查戴夫是否发烧。莉莲曾告诉戴夫,嘴唇是最灵敏的体温计。

"贝丝的病不会传染。别担心。"戴夫回答道,他凝视着莉莲的脸,搜索着莉莲脸上他熟悉的颧骨曲线以及眼角周围的细纹。那些细纹能够清晰地表明莉莲的心情是快乐还是悲伤。今天那些细纹露出快乐的线条,戴夫松了一口气，因为他发现莉莲的状态比昨天好多了。

"太好了。"莉莲说道，她的手仍然抱着戴夫的腰，而她的一根手指正在戴夫的皮带扣上滑动着。莉莲的身子紧紧依偎着戴夫，戴夫十分享受当下的每分每秒。

吉尔似乎也很享受当下的时光。"见到你很高兴，戴夫。不过我们现在要离开一会儿。前台有位女士说杰妮斯想见莉莲，所以我现在得带她去杰妮斯那儿了。"吉尔说道。

"哦，好吧。"莉莲叹了口气，终于将紧抱戴夫的手松开了。"我得去见见杰妮斯，不过我肯定我们等一会儿会坐在一起。也许我们还能跳一支舞呢。"

莉莲上前一步走向吉尔，戴夫颇为不情愿地将手从莉莲优雅的裙子上放下。"当然可以啦。"戴夫回答道，此时他极力掩饰自己的沮丧之情。"其实，我和你跳舞是必须的。杰妮斯希望我们两个跳一支开场舞。这当然可能有点老套，但既然我和你都是荣誉嘉宾……我想一起跳支舞也没什么大不了的。"

"没什么大不了吗？那太棒了。"莉莲说道，她拉了一下套在自己腿上的银白色丝袜。此时吉尔用她布满雀斑的苍白手臂挽着莉莲。"过一会儿再见。"

在晚宴开始的时候，戴夫再次见到了莉莲。此时他和莉莲坐在宴会桌的两侧，他们中间则坐着卡尔顿公司的首席执行官约翰·理查德·卡尔顿及其妻子。参加晚宴的人都在聊着天，他们聊天的内容无非就是有关岛上生活的三个问题：你们在岛上吃什么？喝什么？到哪里排便？这些问题让戴夫感到忍无可忍。戴夫以前对于他人的无知会感到很惊讶，然而现在他对此已经司空见惯了。

在晚宴快要结束的时候，大家起身向莉莲和戴夫敬酒。然后卡尔顿公司播放了一段自制影片以怀念玛格丽特，特丽莎和肯特。当看到肯特红润的面孔出现在屏幕上的时候，戴夫感到食物在胃里翻腾。他忍不住回忆起肯特死时的情景——被拖着穿越树林，肿胀的面孔以及被肢解的肉体。

戴夫看着挡在自己和莉莲之间的卡尔顿夫妇。屏幕上所展现的内容此刻也一定让莉莲感到心惊肉跳吧。戴夫将身子向前倾，他想将视线越过卡尔顿夫妇看一看莉莲。余光中戴夫只能瞥到莉莲的侧影。偶尔屏幕会变得十分明亮，戴夫能看到莉莲的眼中有光在反射。莉莲的眼眶是湿润的，但眼神却是坚定的，这与昨天在机场所见到的她判若两人。

影片的最后一部分是打着文字的黑白屏幕。戴夫几乎不敢看。屏幕上的文字让莉莲扭过头。戴夫最终还是忍不住看了一眼屏幕：

怀念保尔·林登

屏幕上没有照片，只有那个并不属于保尔的名字。此刻戴夫感到一股钻心的刺痛越过卡尔顿夫妇向自己袭来，而这种刺痛感也在狠狠地钻着戴夫的心。自从保尔去世之后，戴夫的心中一直为他留着一个位置，而现在这个位置终于被填满了。戴夫感到保尔是他唯一后悔编造的谎言。

大厅里的灯光又亮了起来。戴夫赶忙擦干眼泪，然后扭头面对大厅里所有的人。戴夫觉得这次晚宴是卡尔顿公司所操办的最豪华的一次晚宴：新闻媒体、现场音乐、上等牛排，还有香槟。对戴夫而言，这次晚宴更像是一次接风宴——庆祝遇难者奇迹般的回归，同时公司也能从中获得更大的知名度。如果戴夫此时还是公关部的领导的话，他想自己也一定会这么操办的。

在大厅的一角有一支乐队。当灯光照射在这支乐队的领唱——他穿着一件旧的黑色皮夹克，腰上系着一条头巾——身上时，那位领唱拿起麦克风。"开始狂欢吧！"他用粗犷沙哑的声音吼道。

在场所有人爆发出雷鸣般的掌声，然后乐队开始演奏一首快节奏的当代摇滚歌曲。戴夫听不明白这首乱哄哄的歌到底在唱什么。这支乐队很显然是去年夏天最火爆的一支，但戴夫从没听说过。随着人们的欢呼雀跃以及摄像机的拍摄，戴夫也开始假装自己在欣赏这首歌。终于演唱结束了，这时音响里又一次响起了那位领唱沙哑得如同沙皮纸一般的声音。

"接下来有请荣誉嘉宾——莉莲·林登和戴夫·霍尔。"当戴夫从宴会桌边站起身时，大厅里响起了舒缓的背景。当戴夫和莉莲走到铺着镶木地板的舞池中央时，莉莲不小心撞了戴夫一下。莉莲衣服上的亮片反射着舞池的灯光，形成无数个闪光小点，这些光点在戴夫的黑色礼服上以及脸上不断晃动着。

光点像覆盖在苍穹之上的点点繁星一般，折射出莉莲深邃幽暗的瞳孔。莉莲在头上用别针固定着一些小小的珍珠，戴夫觉得那些珍珠似乎正在对自己微笑。自从昨天和莉莲见面以来，戴夫的心中，第一次感到一阵不安的骚动，他第一次回忆起岛上那个穿着破烂牛仔短裤和旧衬衫的莉莲，她曾是那么美丽。

莉莲的手伴随着音乐慢慢向前伸出。戴夫立刻接住了她的手，他将莉莲紧紧抱住，他们的双手紧扣在了一起。戴夫用自己的手臂挽住莉莲的腰，他们一言不发地伴随着音乐舞动着。莉莲抬起头，戴夫极力克制自己不去吻莉莲的前额。

"今晚你真美。"戴夫轻声说道，"我竟还没来得及早点告诉你。"

"杰妮斯给我和吉尔找来了一位设计师。我可从没想过这辈子能打扮得这么漂亮。"莉莲说道。

戴夫看得出莉莲在得意地咯咯笑着。在跳了半圈舞之后，戴夫说道："你……今晚简直判若两人。"

"你不记得第一次见到我时的样子了吗？快乐时的我就是这个样子，戴维。"莉莲在戴夫的臂膀中不停旋转着，而戴夫则用自己有力的手腕挽住莉莲。

"你看上去真棒。"戴夫说道，他原本想说一些肉麻的话，但是克制住了，因为他知道周围除了有摄像机之外还有许多双眼睛正在注视着他们。"什么事让你如此高兴？"戴夫问道。

"一想到明天我就很兴奋。"莉莲回答道。此时其他人也来到舞池里一起跳舞。于是莉莲将脸贴在戴夫的耳边轻声说着话。

"你不打算再考虑一下吗？"戴夫问道。此时戴夫真希望自己在说话时尽量不要动嘴唇。

"贝丝不会知道的，是不是？"莉莲问道。

"如果你不想让她知道，她就不会知道。"

"我不会告诉杰瑞，你也别告诉贝丝。"莉莲的气息喷在戴夫的脖子上，这让戴夫又回忆起了他一直极力试图忘记的往事。

"成交。"戴夫回答道，他看了一眼吉尔。此时吉尔仍坐在餐桌边，她正紧皱着眉头看着戴夫和莉莲相拥在一起跳舞。"那你该如何避开你的保镖呢？"戴夫问道。

"别担心吉尔。我告诉她我明天有一个采访，我已经预定了出租车。"

"真希望能开车来接你，但你知道我不能。"戴夫说道。此时音乐开始渐渐变轻了，舞池里跳舞的人也开始放慢舞步停了下来。戴夫的手臂仍然牢牢抱着莉莲。"我明天十点整跟你碰头，好吗？"戴夫问道。

"好，我等着你。"莉莲在戴夫耳边轻声回答道，然后她向后退了一步，向戴夫礼节性地鞠了一躬，这让戴夫大笑起来。

之后他们再也没一起跳过舞。整个晚上他们都在和不同的舞伴跳着。戴夫可能和某位参议员一起跳了一支舞,还和某位他在电影里见过的影星跳了一支,不过他都没注意。此时即使与示巴女王①共舞,戴夫也不会注意,因为他现在真正关心的是明天与莉莲的碰面,那才是他此生最重要的事。

此刻戴夫想起他一生中最重要的一些日子:飞机失事的日子、肯特死亡的日子、他和莉莲获救的日子,最重要的是保尔出生的日子。以前在戴夫的人生中还有其他重要的日子,例如他结婚的日子、他父亲过世的日子以及大学毕业的日子等等。然而,自从飞机坠入大海之后,再回想起之前的那些日子总让人觉得犹如雾里看花,显得那么不真实。

*

兰德尔的脸上露出期待的表情,它将仍陷于回忆中的戴夫拽回到了现实。她将身子向前倾,已经准备好问一连串的问题了,而且显得很兴奋。

"所以你刚才说,莉莲在飞机失事前就已经怀孕了,但是当时她自己也不知道,而且在你们上岛之后的几个月里也都没有察觉,是这样吗?后来莉莲在岛上生了一个健康的男孩儿,但是那个孩子只活了三个月,是这样吗?"

---

①示巴女王(Queen of Sheba):示巴是古代中亚一个以香料、黄金和宝石闻名的古国。根据《圣经》的记载,该国的女王曾拜访过古以色列的所罗门国王。示巴女王以妩媚妖娆而著称。

"是的，可怜的女人。"戴夫回答道，他必须使自己说话的语气听上去像在谈论一个陌生人，而不是莉莉和自己的儿子保尔。

"那么孩子出生时是谁接生的呢？是肯特吗？你不是称呼肯特为'能手'吗？"兰德尔语带讥讽地问道。

戴夫感到自己要说的话被卡在了喉咙里。他咳嗽了几声，想让喉咙变得通畅些。戴夫曾对莉莲说过，有一点他是绝不会撒谎的。"不是肯特，保尔是我接生的。"

第二十八章 戴维
第 465 天

岛上

我深陷于浓浓的爱意之中。我从没想过自己竟会如此爱一个东西或一个人以至于每次想起的时候都会满含热泪。我爱贝丝和莉莉,但那种爱并不一样。他什么都不会,只会躺在我的怀抱中扭动着身子。我看护着他并将他身上的污渍洗去。我确信他是这个世界上所存在过的最伟大又最漂亮的人。

他长得很像莉莉。此时他的眼睛呈现出碧蓝色,但莉莉说几周之后颜色会发生变化,最后会呈现出特定的颜色。我猜想那颜色一定是祖母绿。他的头发浓密而乌黑,头发末端微微卷曲着,莉莉说这是遗传我。不过,他弯弯的粉红色嘴唇完全像他的母亲。

莉莉很快就睡着了。我从不知道生孩子竟会如此辛苦。在看着莉莉生完孩子之后，我觉得莉莉将会睡上几个星期。怀孕的最后阶段对莉莉而言是一种肉体上的折磨，而对我则是精神上的折磨。此时的莉莉已经变得骨瘦如柴，她身上凸显出的一些骨头是我以前从未见过的。我实在不忍心看到莉莉这副模样，感到自己十分无能。我无法捕获到足够的鱼，或是采集到足够的水果或蜗牛来满足莉莉的食欲。

在整个怀孕过程中莉莉都一直声称自己感觉很好。然而，只要她一坐在篝火边，就会立马睡着。我觉得莉莉之所以如此疲倦并非仅仅是因为缺少体力，腹中胎儿的轻微活动也时刻提醒着她另有两个孩子。莉莉脸上的表情显得十分坚定而勇敢。尽管她爱着腹中的孩子，但也总是思念着另外两个孩子，而那两个孩子她可能再也看不到了。

一天早上莉莉的羊水破了。一个小时之后莉莉的宫颈开始收缩。一开始莉莉还能应付，她喘着气平躺在地上，然而很快变得焦躁不安，不愿意躺在地上了。

莉莉开始沿着海滩漫步。宫颈每次收缩的时候，她都会停下来将身子靠在树上或是我身上。这种经历对我而言真的很陌生。在宫颈收缩的间歇，莉莉可以正常讲话聊天，仿佛什么事情都没发生过似的。然而当宫颈开始收缩时，疼痛便会随之而来。莉莉就像被击倒了一样紧闭着双眼，仿佛随时会离我而去。有时她会叫我帮她搓背或是给她喝口水，但大多数时候她遵循着大自然所赋予她的本能，坚强地面对着一切。

我不知道这一切持续了多久。在临近正午的时候——当时太阳已经升得很高了，莉莉感到自己快要分娩了。我赶紧拿出准备好的东西——一根用来捆扎的绳子以及一条用来接生的干净毯子，这些东西是自从四个月前当得知莉莉怀孕之后就开始准备着的。此外，玛格丽特的那件外套已经用清水洗干净了，它将用来包裹新生的婴儿。当然还有我的小刀，它也已经被洗净并被磨得十分锋利。我将小刀放在篝火上烧了一下以消毒，它将用来割断婴儿的脐带。

"去捕鱼的那个树桩旁边。"莉莉喘着气说道，然后宫颈收缩的疼痛又来了。我让莉莉躺在一棵树旁边，然后便开始准备接生。我把用棕榈叶编织的地毯放在树桩的正前方。毯子紧靠着水边，这样孩子一出生就能立刻得到清洗。我将所有接生的物品摆放好，然后回到莉莉的身边。

我们一路上共停下来四次。莉莉时不时地痛苦呻吟着，最后我们终于到了摆放着毯子的地方。莉莉的身子仍然紧紧靠着我，没完没了的疼痛让她半蹲了下来。当看到莉莉正艰难地试图躺下身时，我帮她平躺在毯子上，然后准备好迎接我的孩子。

莉莉总共使了三次力，她真是太了不起了。莉莉没有像电影里生孩子的女人那样尖叫，只是屏住呼吸直到脸涨得通红。她用力生产时，眼珠都快爆裂了。当莉莉第一次用力生产时，我已经能看到孩子的头顶了。第二次用力时，孩子的整个脑袋已经全部露了出来。等到她第三次用力时，我知道自己有孩子了，一个儿子，一个漂亮的男孩儿。

此时莉莉坐起身用肘部支撑着身体。孩子大哭起来时，莉莉笑了。她的脸上布满了细细的血丝，看上去犹如害羞了一般。在莉莉的催促下，我将孩子放到她张开的双臂中。孩子的脐带很长，足以能使他舒服地躺在母亲的怀里。

"你觉得，"莉莉问道，"'保尔·詹姆斯'这个名字怎么样？"莉莉又躺了下来，我立刻将玛格丽特的那件外套裹在这对母子身上，然后割断黏滑的脐带。脐带十分有韧性，它就像软骨似的在我的手上滑动着。

"我觉得这个名字很好。"我回答道。"保尔"是莉莉祖父的名字，而"詹姆斯"则是我父亲的名字。

"保尔·詹姆斯·霍尔。保尔·霍尔？这算是最佳的名字组合吗？"莉莉笑着说道，她笑起来时，松垮的肚子也跟着晃动起来。

"我们以前怎么没想过这个问题呢？"

"我们叫他'詹姆斯·保尔'怎么样？詹姆斯·保尔·霍尔，这个名字难道不更好听些吗？"莉莉问道。这时分娩后的疼痛袭来，莉莉的眉头紧皱起来，可嘴里却一直念叨着那个名字。

"你感觉还好吗？"我问道。此刻我兴高采烈，因为莉莉终于挺过了分娩的难关。然而，我知道我们还在树林里。我知道孩子出生后的最初几周是最危险的时候，我们得防止感染以及产后大出血。新生命的诞生是令人感到神圣和敬畏的,但同时也总令人提心吊胆。

"我很好,没事。"当疼痛缓解时莉莉喘着气回答道。"我以前从没经历过宫颈收缩带来的疼痛。现代医药真是神奇,竟然可以麻醉子宫壁。"此时莉莉的脸上有了红润的光泽,即使皮肤表层下布满了血丝,看上去仍然如此红润,于是我知道莉莉至少现在还不会出现大出血。

"比起'詹姆斯',我更喜欢'保尔'这个名字。"我说道,尽量不让自己去想过去几周一直萦绕在我心头的各种忧虑。"我们不必去担心其他孩子或是家人对他的嘲笑。我们就给他取名'保尔',因为我们喜欢这个名字。"当我念到'保尔'这个名字时,孩子开始扭动身体,似乎他已经知道这就是他的名字似的。

孩子皱巴巴的眼睑在正午的阳光下微微颤动着。他的小脑袋从莉莉的胸前抬起来,仿佛在凝视着莉莉。"嘿,宝宝,我在这儿呢。"莉莉轻声说道,"我在跟你说话呢。"

多年来我一直渴望有个孩子。这几个月来我一直期盼着这个孩子的降生。我简直一下子就爱上了这个孩子。"他真的像我吗?他是这个世界上最漂亮的孩子吗?"我轻声问道。孩子的小脑袋不停地上下晃动着,对他而言,抬头似乎变成了最难完成的一项任务。

"我敢保证他是这世上最漂亮的孩子。"莉莉笑着说道,并亲吻了一下保尔浓密而湿润的头发,然后闭上了眼睛。此时疼痛使莉莉的脸变得扭曲起来,"我想我们该回棚屋了。"

几分钟后,莉莉舒服地躺在了棚屋里。随后我回到她分娩的地方清理现场。之前我没想到分娩竟会流出那么多的体液，但凭借我杀鱼和肢解尸体的经验，我会尽量使这个地方不留下任何痕迹。我将胎盘深深地埋在树桩边的沙子里。回到棚屋之后，莉莉便马上给保尔哺乳。保尔终于安静地进入了梦乡，莉莉松了一口气，没过多久也跟着睡着了。

完成清理工作之后，我将躺在莉莉怀中的那个皱巴巴的孩子抱起来，抱在自己胸口。孩子已经睡了三个小时。我用玛格丽特的外套将自己和孩子裹起来，感到我们的体温在外套的遮蔽下融为了一体。我情不自禁地亲吻着孩子。

莉莉动了一下身子，此时我的心中浮现出一种奇怪的感觉。今天早上只有我和莉莉两个人，而下午我们已然成为三口之家。在过去的几个月里我始终不能理解莉莉腹中那个推搡扭动的东西到底是什么，此刻终于明白那是一个完整的人。我也曾是父亲怀中的婴儿，父亲也曾数着我的小手指和小脚趾，猜想着我长大后会变成什么样。此刻我真希望父亲就在这儿，我在想他是否正从……某个地方注视着我们呢？我将保尔紧贴在自己的胸口。

"孩子怎么样了？"莉莉虚弱的声音打断了我的思绪。她的身子抖动了一下，然后转过身。

"孩子很好。抱着新生儿的感觉真是太神奇了。我觉得人们可以用这种方式来治疗忧郁症。"我将自己的手指绕在保尔细小的手指上，"看看这些小指甲，太可

爱了。"

"你现在是初为人父。"莉莉咯咯地笑着说道。我能从她看保尔的眼神中看到自豪的光芒，她也一定注意到了这孩子有多么漂亮。

"你现在感觉怎么样？饿吗？还有一些芒果和椰子，全是为你准备的。"我仔细端详着莉莉，想用自己敏锐的目光检测她是否有内出血或是细菌感染的症状。

"我饿坏了。谢谢你提醒我，亲爱的。"莉莉对我微笑了一下，伸手想要抱保尔。"我想再抱抱这个小不点。我真想把他含在嘴里，太可爱了。"说着莉莉就将熟睡中的保尔抱进自己怀里，不停亲吻着保尔的小脸和脖子。

我一路小跑将事先准备好的水果拿给莉莉。莉莉拿起一个水果，轻声说了声"谢谢"。此刻我必须得亲她一下，我已经等不及了。

我躺在莉莉的身边，渐渐将莉莉和保尔拥入怀中。我先吻了一下保尔，他那如同羽毛般柔软的头发上留有一股甜甜的奶香。然后又低头将脸贴在莉莉的脸上，直至我们的嘴唇几乎快要碰在一起。

"我爱你，莉莉。"我说道，嘴唇感受着莉莉温暖的呼吸。真想把莉莉吸入我的体内，让她充实我的身体。

"我也爱你，戴维，非常爱你。"莉莉喘着气说道。此刻我希望莉莉说得全是真的，我已经无法再克制了，在这种情形下压抑自己简直不可理喻。于是我将身子紧贴着莉莉，我们的嘴唇融合在了一起。然而，当莉莉的舌头舔着我的下嘴唇即将进入我的口腔时，我不得不将她推开。

"你要去哪儿,我的水手?"莉莉开玩笑似的问道。

"你刚生完孩子,女士。我觉得我们在有些方面还是得守规矩。"我回答道,此时我感到自己的脸颊在微微发烫。真不敢相信现在面对莉莉我竟然还会脸红。

"接吻没事的,傻瓜。"

"好吧,但是保险起见,我还是希望你能好好休养。你生这个孩子吃尽了苦头。你都不知道自己在分娩时用了多大的力气。接下来的几个星期你和孩子的唯一任务就是好好休息。"

莉莉缓缓地摇着头,"我可不能被禁锢在这里,而且我也不希望你一个人去捕鱼。"

"我不会有事的。"我试图打消莉莉的忧虑,再次向莉莉提起了以前和她讨论过的那件事,"我想继续在沙滩上画 SOS 标志。"

"SOS 标志?"莉莉反问道。这时保尔在莉莉的肩头扭动了起来,莉莉将保尔放到另一个肩上。"我们不是一致认为 SOS 标志根本没用吗?"

我把手放在保尔的背上。保尔的腰是那么细,细到我几乎可以一把握住。一个人的身体怎么会如此娇小?

"我想带他回家。"我说道。

"回家?"莉莉将挡在眼前的一缕头发吹开。"这里就是他的家,戴维。他诞生在这里,在可预见的未来他也将生活在这里。何况一年多以来,我们连一架飞机、轮船或是潜水艇都没见到过。即使将 SOS 标志制作成霓虹灯高高挂起，我看也不会有什么希望了。"

此时保尔的头发已经干了，在潮湿的空气中微微卷起。我抚摸着他的头发，轻触着他头顶上颅骨尚未合拢的柔软部分，喃喃道："我不想让他在这里成长，莉莉。我想带他回家，想让他睡在婴儿室的摇篮里。要给他买最贵的尿垫。有朝一日我还要教他怎么骑自行车，怎么打棒球。"

"这里是保尔的小岛。我们应该想办法让他适应这里的生活，别再做梦去想尿垫和自行车了。"莉莉反驳道。

"我同意你的观点，但是我绝不会放弃希望。我是他的父亲，自然要将最好的东西给他。"

"我也希望保尔能过上最好的生活。"莉莉说道，"但是我没办法像你一样活在幻想的世界里，戴维。"

啊，该死，我把莉莉惹哭了。当保尔出生的时候，莉莉流下的泪水是幸福的眼泪，而此刻伤心的泪水正沿着她的脸颊往下流。

"啊，别，别……亲爱的，别哭，对不起。"我赶忙擦掉莉莉脸颊上的泪水。莉莉的脸颊摸上去有些发热，这让我感到有些不安。"我去给你拿点水。你的脸好烫。"刚才清理分娩现场时，我将水瓶留在了树桩旁边。真是该死。正当我准备起身去拿水瓶时，莉莉用她滚烫的手拉住了我。

"别往心里去。我刚才情绪有点失控。如果 SOS 标志能让你感觉好受些，那你就去做吧。说不定什么时候就会有人乘着降落伞从天而降呢。"莉莉一边说一边大笑起来,笑声响亮且奇怪。我注视着莉莉,发现她正大汗淋漓,头发几乎快湿透了,仿佛刚从游泳池里出来似的。莉莉到底怎么了?

"莉莉,"我十分镇定地说道,语气中既带着几分焦虑又掺杂着几分怯弱,"你为什么这么高兴?"

莉莉停止大笑,松开抱着孩子的一只手,擦了一下正在滴汗的额头。"我没有什么可高兴的。你也知道,我其实比谁都更希望回家。可是,"莉莉咳嗽了几声,此刻我意识到自己该去拿水瓶了。"可是,现在事情变得复杂了。"莉莉继续说道。

"复杂?"我用嘲弄的口吻反问道。难道所有事情还不够复杂吗?自从我们踏上那架飞机以来,所有的一切不就已经变得错综复杂了吗?此时莉莉的目光刻意回避我,她用牙齿咬着自己的舌尖。"你是指我和保尔,是吗?是我们让所有事情变得复杂了,是吗?"我质问道。

我感到所有空气似乎都从肺部被抽了出来。莉莉并没有像我爱她那样爱我。原来我只是自作多情而已。

"我当然不是这个意思,你懂的。"莉莉说道。尽管她感到全身疼痛无力,还是试着坐起身。"我爱你们两个,但是我该怎么向杰瑞和两个孩子交代呢?"

"你可以告诉他们,我和你彼此相爱。我们在小岛上互帮互助,共渡难关。你还可以告诉他们,保尔是你的儿子,你并不后悔生养他。我相信你不后悔。请回答

我，我说的对不对。"

"你忘了，在这里我的确和你在一起，可是我们并没有结婚。我常常会忘记这一点，可是当你准备生火并在海滩上画SOS标志时，我就会想起这一点。"说到这儿，莉莉艰难地吞咽了一口唾沫，仿佛在吞咽一块难以下咽的肉似的。"请别让我想起这一点，行吗，戴维？至少今天别让我想起。"莉莉清了清嗓子，又吞咽了一口唾沫，然后将身子慢慢躺回到地上。此时莉莉的呼吸声变得安静下来。

"莉莉，你没事吧？"我问道，感到情况有些不妙。莉莉被太阳晒得黝黑的皮肤此刻变得苍白起来，而她怀抱保尔的双手也松垮了下来。"醒醒！莉莉！醒醒！"我将孩子从她的怀中抱出，放在旁边像床一般的篮子里。那个篮子是我之前为了孩子的降生而特地制作的，就放在棚屋的一个角落里。此时保尔就像小猫一般恬静地睡着了。

安顿好孩子之后，我趴在莉莉身边。莉莉的身子一动不动，我抬起她软弱无力的手腕，急切地数着她脉搏跳动的次数。莉莉的身子十分滚烫，身上的衣服已经被汗水浸透。之后，我托住莉莉的后背和双腿，将她整个抱起来，几乎感觉不到她的体重。在生完我们的孩子之后，莉莉变得多么虚弱啊。

我抱着莉莉来到树桩旁边。将她放在树荫处凉爽的沙子上，让她倚靠在树桩上。我弄来半瓶水，然后将瓶口贴在莉莉的嘴唇旁。

"喝水，莉莉，喝口水。"我催促道。莉莉紧闭的双眼转动着，似乎正极力想睁开。我将水瓶轻轻斜放，一小股水流入她微微张开的嘴里。莉莉的舌头舔了一下牙齿和嘴唇，此时的她就像一个迫切想要一大瓶饮料的孩子似的。于是我又拿起水瓶，这一次莉莉开始猛喝，将大股大股的水猛地咽下。

"莉莉？你能听见我说话吗？"此时我早已泪眼模糊，几乎看不清她的样子。"求你了，求你了，快点醒来吧。"我将莉莉抱在怀里。我抱着她，就像几分钟前抱着保尔那样。我强制性地又喂了她几口水，直至她的眼皮开始抖动，呼吸开始变得舒缓。

"这种感觉好奇怪啊。"莉莉结结巴巴地说道，"我感到又渴又累。我怎么会这么疲倦？"

我真希望自己能回答这个问题。此时我能想到的唯一答案就是由于分娩，莉莉流失了大量体液。如果真是这样，我不知道自己该如何帮助她。在电影里人们会用试管和针头进行输液和输血。但是我不记得自己的血型了，我也记不清什么血型会要人命而什么血型能救人命。总之对我而言，水是眼下唯一的解决办法。

"你可能是脱水了。今天太辛苦了，所以才会感到这么疲倦。现在喝点水，吃点东西吧。让我来好好照顾你。"我亲吻着莉莉湿漉漉的头发，她咸咸的汗液让我干裂的嘴唇感到阵阵刺痛。

莉莉轻拍了下我的脸颊，由于太过虚弱，力度小得如同小猫在挠人似的。"我知道你会照顾我的，戴维。

我知道你会的。"莉莉虚弱地说道。我拿下她放在我脸颊上的手,想让她节省一些有限的体力。莉莉继续用微弱的声音说道:"我对之前说的话表示道歉。你可以去画 SOS 标志。你可以去做任何想做的事。我真的很想回家。你会带我回家吗,戴维?"

眼泪从莉莉长长的睫毛下涌出,然后沿着她的脸颊滑落到锁骨。我凝视着莉莉的眼泪。现在她不能再损失任何体液了。

"我会的,亲爱的,我会的。嘘,别说话,好好休息吧。"

莉莉点点头。此时从远处传来微弱的哭泣声,那声音听上去就像一只受惊的小猫。保尔醒了。我脱下身上的衬衫,卷成团。然后小心翼翼地将它垫在莉莉的脑后,这样她的头就不会磕到硬物了。

我沿着沙滩一路小跑来到保尔身边。他已经将尿布弄脏了——尿布是在保尔出生前我用棕榈叶和空椰子壳做的简易尿不湿。这块尿布对保尔来说显然太大了,因为我和莉莉事先都没想到保尔的身体竟会如此娇小。此时保尔的背脊和皱巴巴的大腿上都沾满了黏糊糊芥末色的屎尿。看来这简易尿不湿没有起多大作用。

我迅速用水将保尔的身子洗干净,然后又换上另一块尿布,尽可能将尿布的尺寸调整得十分妥帖,幸好玛格丽特的那件外套并没有被弄脏,我将保尔紧紧包裹在外套里,然后一手怀抱着他,另一只手里拿着一碗椰子汁沿着沙滩回到莉莉身边。莉莉将孩子抱入怀中,给他喂起了奶。

我就这样静静地坐在莉莉身旁。万一莉莉在喂奶过程中昏睡过去，我就得立马抱起孩子。静止不动地坐在一边对我而言是一种折磨，但这也留给我许多时间去思考这一天所发生的所有事情以及我新的职责和新的恐惧。我想到以前那些被我认为十分重要的东西——我的车子、房子、液晶电视机、音乐播放器以及平板电脑。我看了看周围，现在自己一无所有。

然而，我宁愿一无所有。一切物质财富都只不过是过眼云烟，它们会像我们乘坐的那架飞机一样灰飞烟灭，会像我们落在飞机上的行李那样沉入海底。现在我最宝贵的财富就是莉莉和保尔。哪怕有一百万辆豪车，一百万座豪宅或是私人飞机，我都不愿拿他们去交换。但是我也清楚地意识到，重要的东西绝不等同于永恒。

看着莉莉一边与睡魔进行着抗争，一边喂奶，我意识到保尔可能永远都无法去医院进行身体检查，也永远无法拥有真正的衣服和尿不湿。他会一直处于饥寒交迫之中，这是任何父亲都不愿看到的。莉莉也只能听天由命，因为在这座小岛上，我无计可施，无能为力。

忽然，我感到莉莉和保尔是那样脆弱，他们的生命是那样短暂，仿佛比我家的窗玻璃或是车灯的灯泡或是橱柜里的瓷器更为易碎。物质财富尽管会最终失效，但马上会有新的财富替代它们。然而，你所爱的人却无可替代。

我忘记了此刻我应该去做什么，只是伸出手抱着这对可怜的母子。莉莉将头靠在我的肩上，又陷入了如同被麻醉一般的深度睡眠。我把手垫在保尔身下，以免他从莉莉的怀中掉下来。我的掌心能感觉到保尔急促的心跳。

我很高兴莉莉终于同意了我的想法——我要把我们仨一起带回家。

第二十九章 莉莲

此刻

"在生完保尔之后,我的身体始终无法得到恢复。六个星期之后,我开始在营地里帮着戴夫和肯特做一些自己力所能及的事。直到回家之后接受了治疗,我的身体才终于慢慢恢复过来。"莉莲此时若有所思地停顿了一下,然后继续说道:"就像我刚才说的,在保尔出生后不久肯特便失踪了。"

"在日常生活中你是如何照顾保尔的?在一个蛮荒的小岛上养活一个婴儿一定很艰难吧?"兰德尔问道,此时她已经坐在了椅子边上,看上去十分期待莉莲接下来的回答。这是否就是她采访莉莲的初衷呢?这一切都是由于保尔的缘故吗?

"保尔很乖。他总是悠然自得,喜欢躺在我的怀里睡觉。夜晚他依偎在我和戴夫中间,这样我们就能让他保持温暖。我有母乳可以喂他。只要有东西吃,有水喝,我就能分泌乳汁。所以我们还是挺幸运的。"莉莲回答道。

莉莲轻松自如地谈论着保尔的出生以及他在岛上的生活情况,莉莲对此感到颇为惊讶。以前当提到保尔的名字时,莉莲常会泪流不止。此刻莉莲觉得自己谈论保尔时平静的语气是一个好兆头,这预示着自己内心的创伤正在愈合。

莉莲一直在想,为什么以前自己谈论起保尔竟会如此艰难呢?她对保尔的爱与对另外两个孩子的爱一样深。保尔曾在自己的腹中成长,曾躺在自己的怀中,曾吮吸过自己的乳汁,这一切都是莉莲此生最难忘的回忆。莉莲认为谈论保尔的出生不应该如此艰难,只有在谈到如何失去保尔时才应该哽咽。

"向我们描述一下保尔吧,莉莲。"兰德尔说道,她的声音显得如此甜腻,具有一股安慰人心的力量。莉莲不知道这是否是兰德尔发自肺腑的关切的问询,但她选择相信。莉莲看了一眼杰瑞,在刚才过去的二十分钟里,杰瑞一直在细致地清理着自己的指甲。莉莲闭上眼睛,试着去回忆那张现在只能在梦中才能见到的小脸。

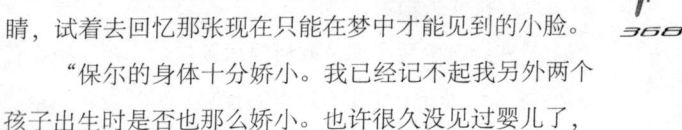

"保尔的身体十分娇小。我已经记不起我另外两个孩子出生时是否也那么娇小。也许很久没见过婴儿了,所以才会觉得他很小。他躺在我怀里的时候,就像羽毛一般轻柔。"说到这儿,莉莲的脸上露出一丝愁苦的微笑,她睁开眼睛继续说道:"他头上有很多黑发,就像他的两个哥哥一样浓密而卷曲。他的眼睛是蓝色的。在出生一个月后眼睛原本的褐色渐渐消失,最后变成了碧蓝色,就和大海的颜色一样。有一天他开始会笑了,然后……"莉莲的声音一下子哽咽住了,就像一辆疾驰的摩托车突然撞在墙上似的。

"我知道讲述这段往事可能对你很难。"兰德尔说道,这次她说的是实话。

"的确很难。"莉莲回答道,她不愿去回忆那天的情景。为了不去回想当时的场景,她曾想尽了一切办法,包括服用小片安眠药以祛除噩梦。

"在谈论保尔生命的最后一刻之前,我还有一个问题想问你。"兰德尔说道。

一个问题?莉莲被怔住了。她咬紧牙关,尽量让自己看上去是在微笑,而不是像一条准备反扑的猎犬一样面目狰狞。

"好的,我一定知无不言。"莉莲回答道,她用手指摩擦着指尖,随后是指关节。此刻莉莲的内心祈祷着,在谈论保尔去世时自己一定要挺住。

"你为什么要对我撒谎,莉莲?"兰德尔直截了当地问道,她的语气让莉莲感觉自己已经被识破了。

"什么?我……你到底在说什么呀?"莉莲结结巴巴地说道,她感到自己的胃在往下沉,仿佛刚吞了一大块鹅卵石似的。她的大脑开始不停旋转,快速回忆着之前的采访内容。难道有什么地方说错了吗?难道有什么地方说漏嘴了吗?

"我认为你在撒谎。"兰德尔说道。莉莲感到口干舌燥,她想来一杯可乐,她没有准备好如何回答兰德尔的这个问题。"保尔的故事里还漏掉了一些细节。一开始我认为保尔是你和戴夫编造出来的谎言以此博取公众的关注。但是在采访完你和戴夫之后,你猜我发现了什么?"

"什么?"莉莲下意识地问道。说出这个词的时候,莉莲感觉自己就像个白痴。

"你在登上小岛时根本就没有怀孕,是不是,莉莲?"兰德尔问道。

恐惧像洪水猛兽一般向莉莲袭来。她看了一眼房门。如果现在脱下高跟鞋,要花多长时间才能跑到吉尔的家?此刻莉莲想拥抱一下自己的两个孩子,想给戴夫打一个电话。今晚她可能得在外面的旅馆过夜了。莉莲感到戴夫是唯一能够理解自己的人。

莉莲用鼻子深吸了一口气,氧气或许能使她保持头脑清醒。她告诉自己,逃跑只会增加内心的负罪感,逃跑行不通。她必须再编造一个谎言——一个更加天衣无缝的谎言。此时坐在兰德尔身后不远处的杰瑞意识到了事态的严重性,也变得紧张起来。当莉莲准备开口回答问题时,杰瑞用很响的声音清了清嗓子。

"我看这个问题就到此为止吧。"杰瑞插嘴说道。他站起身,用律师特有的方式扣上衣服。他的举止让莉莲想起了十二年前刚结婚时,当时杰瑞是一个对未来充满了期待的法律系学生。

"不好意思，林登先生，您之前说过您不愿意参与采访。"兰德尔说道，她冰冷的目光始终聚焦在莉莲身上。杰瑞沉重的脚步声在橡木地板上回响起来。

"我现在不是在以莉莲丈夫的身份跟您说话，而是以莉莲律师的身份。您现在必须停止这种无理的问题，否则林登夫人有权提前结束专访。"这一次杰瑞说话的语气变得更为严肃，说话间，他已经站到了兰德尔面前。

兰德尔就像一位准备开始比赛的拳击选手一般扭动了一下脖子。她不停转动着手上的签字笔，用沉默而镇定的眼神眯眼看着杰瑞。即使莉莲此时也看得出兰德尔黑色的眼睛中正喷射着愤怒的火焰。兰德尔若有所思地咬了咬舌尖。她挺喜欢杰瑞这种为妻子挺身而出的姿态。如果此刻杰瑞要求结束专访，兰德尔是会听他的。

"好吧。"兰德尔咬牙切齿地吐出这句话，仿佛吐出毒药一般。"如果您坚持的话，我可以改变一下我的'无理问题'，律师先生。"

"我当然要坚持。此外，如果节目播出时有任何诽谤中伤的言语，到时您就会收到以诽谤罪起诉您的法院传票。"

兰德尔胡乱地翻弄着手上的卡片。很显然，让莉莲说出保尔的身世秘密才是本次专访的高潮所在。至于兰德尔是如何得知保尔的秘密以及她知道多少，莉莲可能永远无从知晓。莉莲没想到真正拯救自己的人竟会是杰瑞。

莉莲松了一口气，朝杰瑞露出感激的笑容。杰瑞在看了一眼愤怒的兰德尔之后走回自己原来的座位。坐定之后,杰瑞又重新解开上衣的扣子,肘部支撑在膝盖上,双手擦了一下脸,然后揉了揉眼睛,看上去就像一个疲倦的孩子。揉完眼睛之后,杰瑞脸上刚才那种严肃的律师表情消失了,一个新的表情在他脸上浮现出来。那是莉莲在以前的婚姻生活中见到过的表情。那是恐惧的表情。

上一次见到这种表情还是在六个半月前,那是卡尔顿公司所举办的晚宴结束之后的一天。当时莉莲和戴夫一起共度了一天的时光,而吉尔则一个人待在旅馆的房间里做着教师评估报告。吉尔并不知道莉莲和戴夫在一起。如果知道,她绝不会赞同的。

颁奖晚宴结束之后,吉尔曾陪同莉莲一路坐着豪华轿车回到旅馆。回到房间后,吉尔花了二十分钟才好不容易将身上沉重的礼服脱下来。然后用洗面奶和肥皂洗脸,穿上睡衣,之后便开始评论莉莲在晚宴上的各种表现。莉莲对此感到有些生气,她觉得自己受到了冒犯,但是她不想予以反驳。尤其当想到第二天将与戴夫会面时,莉莲就不愿过多耗费精力。她只是对吉尔微笑了一下,摸了摸吉尔竖直的头发,然后就上床睡觉去了。莉莲知道在与戴夫约会之前自己只有几个小时可以好好休息。

"我陪你回房间,这合适吗?"戴夫问道,此时他和莉莲正手拉着手走在铺着红地毯的楼道里。

"今天早上吉尔告诉我,她要去看望住在圣塔·莫尼卡①的一个表兄。深夜之前她是不会回来的，我们很安全。"莉莲说道。一想到空荡荡的房间，莉莲便觉得心花怒放。尽管她曾向自己许诺——绝不会主动邀请戴夫进房间的。

"我无法相信我们之间就这样结束了。自从关岛分别之后，我就一直期盼着今天。但是现在我还是得说再见。"戴夫说道，他的手紧握着莉莲的指尖，这让莉莲意识到戴夫可能不舍得离开或是不愿意离开。此时莉莲自己也不清楚是否该让戴夫离开，也许戴夫的离去会让自己痛不欲生。

"我也会想你的。不过，至少我们可以通电话。我用其他名字申请了一个新的手机号码。我们可以发短信。"莉莲说道，这时她指了指楼道里的倒数第二个房间——223号房间。"我们到了。"莉莲突然停下脚步，站在房门前。她转过身面对着戴夫，一边数着戴夫衬衫前的蓝色纽扣。

"我现在必须得离开了，是吗？"戴夫问道，他向前跨了一步，然后将莉莲的一缕头发撩到耳后。当戴夫的手指触碰到莉莲的耳垂时，莉莲浑身颤抖起来。为什么戴夫至今还能让她产生这种感觉呢？

"我们或许有些太贪婪了。"莉莲笑道，此时她极力遏制住内心的欲望，她想在尚未做出让人后悔的事情之前赶紧脱身。"有空跟我说说贝丝的近况。下次见到我时，我可能正在洛杉矶接受专访呢。"

---

①圣塔·莫尼卡（Santa Monica）：位于美国加州西南部的一座小城市。译者注

为了加强玩笑的效果，莉莲挥了挥手，但她看得出戴夫并没有在聆听她的玩笑。此时戴夫的双眼凝视着莉莲的双唇，就像野猫凝视着金丝雀一般入迷。莉莲的脸颊泛起滚烫的红晕，很显然戴夫在克制自己。这时戴夫勇敢地又向前走了一步，他和莉莲的身体几乎碰在了一起。

莉莲像被冻住了一样站在原地一动不动，她凝视着戴夫黑色的睫毛，而戴夫的目光则在莉莲的脸上搜寻着他记忆里的那些线条。莉莲感觉自己快要醉了，她需要动用身体的全部力量才能使自己不跨过那条隐形的界限。自从莉莲告诉戴夫他们必须一起编造谎言的那一刻起，莉莲就一直恪守着那条界限。然而，此刻她想跨越那条界限，真的真的很想。

莉莲将手放在戴夫的胸口，她本想推开戴夫。可是当她的手触碰到戴夫的那一刻，她就意识到自己错了。一股电流在他们两人之间产生，仿佛莉莲的手将电传导到了戴夫的胸口似的。戴夫的目光与莉莲的目光交汇在一起，戴夫也已经感受到了那股电流的力量。莉莲想对戴夫说"不"，或者至少让他后退几步。可是此时的莉莲也想再次感受戴夫的柔情。她将身子微微向前靠过去。就在这时莉莲身后的房门开了。

有一阵风在莉莲和戴夫身体之间的狭小空间中盘旋着。莉莲急忙甩开手，她希望自己的心跳能放慢一些。吉尔一定会从自己的眼中看出蛛丝马迹的，对此莉莲十分确定。

在房门迅速打开的那一霎那,戴夫也立即向后退了几步,并将手插进口袋。即使莉莲也看得出戴夫的举动是做贼心虚的一种表现。

"莉莲,你在这儿啊。"一个深沉而熟悉的声音从寂静的房间里传来。莉莲转过身,此时她发现自己正站在杰瑞的对面。杰瑞的脸上布满了愁容,通常刮得十分干净的下巴上留着浅浅的胡渣。杰瑞穿着一条褶皱的灰色长裤,长裤里塞着一件带条纹的白色新衬衫。

"杰瑞?怎么会……我不知道你会来。"莉莲强迫自己挤出一个笑容。

"让你很吃惊吧。"杰瑞说道,他的语气里带着一丝敌意。"我原本想在你今天早上的媒体采访中给你一个惊喜。不过,当我得知今天并没有采访活动时,我倒是大大地吃了一惊。"

"啊,是的。我提前结束了采访,采访的时间太长了。"莉莲此时必须尽可能地将杰瑞糊弄过去。她不能告诉杰瑞自己根本就没打算接受采访,采访只不过是她和戴夫待在一起的一个借口罢了。

"嗯,是的。"杰瑞咬牙切齿地说道,"我听说了。"

莉莲觉得,吉尔真是个长舌妇。

"吉尔在哪儿?"莉莲大声问道。

"她回家了。"杰瑞回答道,将脑袋歪向门框的一侧。"吉尔说你和莉莲昨晚聊得很愉快,是吗,戴夫?或者,我应该称呼你为'戴维'?"

"很高兴能再次见到你,杰瑞。我可听说了很多有关你的事情呢。"戴夫说道，一动不动站在原地。戴夫斜眼看了一眼杰瑞，然后继续说道："你叫我'戴夫'就可以了。"戴夫将双手交叉在胸前，前臂上的青筋鼓胀着，仿佛他能轻易地举起五十磅[①]重的物体似的。

当杰瑞再次准备开口说话时，他下颚的肌肉紧紧地绷着。莉莲真害怕杰瑞的下巴会脱臼。"莉莲，我想知道你这一天都去哪儿了？"

"我们先参加了采访，然后戴夫带我在洛杉矶到处转了转。"莉莲回答道，此刻她的大脑在不停思索着，怎么才能让自己和戴夫的约会听上去像两个老朋友正常的外出游玩呢？"戴夫带我去看了他父亲的花店，然后我们在一家名叫里卡多的餐厅吃午餐。那家店的店主是戴夫父亲的好朋友，然后……"

"你别再撒谎了，莉莲。你的表情告诉我你在撒谎。"

"我没在撒谎，杰瑞。我干吗要撒谎呢？"莉莲的声音听上去十分慌张，她原本故作镇定的表情立即消失不见了。

戴夫也一定看出来了，或者说，他也意识到了。他将头倚靠在过道铺着墙纸的墙上，仿佛无法承受自己的体重似的。戴夫叹了一口气说道："杰瑞，你在自取其辱。"

杰瑞迅速将头转向左边。此时杰瑞显得怒不可遏，莉莲从没见过自己的丈夫如此愤怒。杰瑞的双唇变得惨白惨白，不停地喘着粗气。莉莲忽然想站到这两个男人的中间去。

[①]五十磅：约四十六斤左右。

"我在自取其辱,是吗,戴维?你是在嘲笑我吗?"杰瑞开始咆哮道,他的拳头在一张一合,仿佛要捏碎什么东西似的。莉莲知道,杰瑞以前从没打过架,至少从没有过肢体上的打斗。他总是平易近人,总是喜欢用逻辑理性来分析问题。然而,此刻的杰瑞似乎失去了理智。戴夫的话无异于火上浇油。

"你的表现不就是在自取其辱吗?"戴夫说道,他的语气显得颇为慵懒。"你难道不知道我和莉莲之间发生了什么吗?"戴夫将手插进裤子口袋的深处,挺直身子站立着,然后极为藐视地看了杰瑞一眼。

"你觉得我是个傻子吗,戴维?还是觉得我很好骗?"杰瑞吼道,他朝戴维的方向迈了一步,这是他第一次迈过房门。"你和莉莲之间的通话记录我都看到了。你们通过多少次电话,什么时候通的电话以及每次通话多长时间,我全知道。我知道你每次总是在我妻子睡觉之后打电话给她。吉尔告诉我了,你还会继续和莉莲通话。你根本不知悔改,是不是?我觉得我傻还是好骗?"

"我愿意……无能的懦夫。"戴夫将手从裤子口袋里掏出来。双手垂在身体两侧颤抖着,仿佛随时准备战斗似的。杰瑞将身子微微向后弯曲,就像奥林匹克运动会上准备跳高的运动员一般。莉莲知道此时她需要做点什么。

"戴夫,杰瑞,你们两个别再说了!"莉莲的声音在空荡荡的过道里回响着。戴夫和杰瑞看着她,仿佛刚才已经忘记了她的存在。莉莲走到两个男人中间,双手分别拉住两个男人的衣袖。她抬头看着这两个男人凝视自己的眼神，一双眼睛像黑夜一般漆黑，而另一双则像小岛上的环礁湖一般碧蓝。"别在这里丢人现眼了。如果你们要谈，就进房间谈，像两个成年人一样谈。"

杰瑞一把抓住莉莲的手，顺势搂住她的腰。"我可不会邀请这个人进屋的。"

"对不起，先生。如果我是你，我会将手放开。"戴夫说道。他将身子朝莉莲靠过去，而莉莲则用自己平滑结实的手掌将戴夫推开。

"戴维，"莉莲喊道，她又开始叫戴夫的昵称了。此时戴夫看上去就像《圣经》中的戴维一样，眉头紧锁，眼神中充满了坚定与愤怒。莉莲知道，如果交给戴夫来处理这件事，他一定会告诉杰瑞真相，然后再见机行事。然而，莉莲做不到，她还未做好准备。"我会处理的。我保证。请给我们一点时间，好吗？"莉莲说道。

戴夫的心急速地跳动着，不顾一切要保护莉莲的激动之情湿润了他的眼眶。"你确定自己能处理吗，莉莉？别让他伤害你。"戴夫说道。

"伤害她？你竟有脸说这种话。"杰瑞摇着头说道，身子仍站在原地不动。

"我不会有事的。"莉莲回答道。

戴夫全然不顾杰瑞的感受，将莉莲的手紧紧握在自己的手中，仿佛要带莉莲离开似的。莉莲将头歪向一边，凝视着戴夫光滑的脸庞。她试图不去回忆往昔的那些日子。

然而，莉莲还是情不自禁地开始回忆过去。所有她一直试图忘却的快乐时光此时就像一匹飞奔的骏马，越过回忆的屏障向自己飞驰而来——戴夫的臂膀、嘴唇、肌肤、勇敢、坚定以及忠诚。戴夫曾整晚拥抱着自己，俩人整天开怀大笑，也曾全心全意地爱着他和莉莲的孩子。更糟糕的是，莉莲在戴夫的脸上能看到保尔的影子。戴夫的手松开时，莉莲感到了自己的难舍之情。

莉莲转过身看着杰瑞，内心紧张、焦灼。她凝视着杰瑞的脸，惊讶地发现杰瑞脸上那怒不可遏的表情消失了，脸色如此苍白，还挂着重重的眼袋。

"我无法再这样承受下去了，莉莲。"杰瑞长吁一口气，"最初，我以为你已经死了，整个人都快崩溃了。"杰瑞一边说着，一边用指尖抚摸着莉莲的颧骨。"后来，我终于把你接回了家，但现在又将再次失去你，因为你将回到他的身边。"杰瑞扬了扬眉毛，然后向一边点点头。

"你是指回到戴夫身边吗？"莉莲问道，其实她是明知故问。"戴夫是我的朋友。我非常关心他，但是我们并没有在一起。"

"你当然会这么说，然后你又可以花大把时间跟他通电话了。天晓得你们在电话里都说了些什么。然后你会坐飞机横穿美国来到这里，谎称参加媒体采访。其实就是想见他。"杰瑞压低嗓门继续说道："你现在跟我分床睡，你叫我作何感想？"

莉莲回头看看戴夫是否在听杰瑞的话。只见他倚靠在墙上一副随时发动攻击的样子。莉莲看得出杰瑞刚才的话戴夫听得真真切切。

"我还能说什么呢，杰瑞？戴夫和我什么事都没有，事实就是这么简单。戴夫和贝丝正在处理婚姻方面的事宜，他们正在找律师。"莉莲向前走了一步，"或许我们可以帮他们。"

"我敢打赌，他绝不会告诉律师自己每晚会花好几个小时和另一个女人通电话。"杰瑞故意抬高嗓门，这显然是针对戴夫的，而戴夫不停换脚站立着，仿佛已准备好对杰瑞的冷嘲热讽做出回击。

"我们没在电话里谈情说爱。"莉莲解释道，"我需要戴夫，因为只有他了解我所经历的那些事。"

杰瑞摇了摇头说道："这不公平，莉莲。你从来不跟我讲你的事情，我怎么会知道你到底经历了什么？"

"跟你讲？你从来都没有兴趣听我的讲述。每次我说到保尔，你要么就是不搭理我，要么就是转移话题。戴夫曾和保尔共同生活过。他对保尔有着鲜活的记忆。我需要有人记得我曾有个孩子名叫保尔，他在我的怀里出生，又在我的怀里死去。"莉莲咬着自己的嘴唇内侧，直至舌头感到一丝血腥味。此刻她不会为保尔哭，不会当着戴夫的面哭，因为戴夫不允许为他的儿子落泪。

杰瑞十分感伤地摇着头。"干脆一点吧，莉莲。你是要我，还是戴维？我不是指我和孩子们——我指的只是我。如果选择我，从今以后不准在午夜打电话给他，也不准再有私下的幽会。所有这一切必须到此为止，否则"——杰瑞停顿了一下，清了清嗓子继续说道，"否则我们的夫妻关系就到此为止。"

杰瑞凝视着莉莲,脸上布满了恐惧,仿佛知道莉莲会做出什么回答似的。如果杰瑞此时开始哭,莉莲真不知道该怎么办才好。

此刻,莉莲感到周遭一切像被冻结在了一层薄雾之中,仿佛时间已经减速而自己却还在向前急速飞奔。她必须做出选择。杰瑞——结婚十二年的丈夫、孩子们的父亲。杰瑞比莉莲自己都更了解她。应该选择杰瑞吗?还是选择戴夫?莉莲对戴夫如此着迷,仿佛已深陷乔西的漫画书里所描写的引力场中。她曾和戴夫相濡以沫,共渡难关;她和戴夫也曾在千难万苦之中孕育了共同的孩子,并且见证了孩子的夭亡。莉莲知道,不管发生什么事,戴夫将永远会是这世上保护自己的那个人。

这不公平。如果是三个月前甚至两个月前,莉莲或许会有所犹豫,因为那时她还记得自己获救之后待在医院时的情景,那时她还记得自己与戴夫点点滴滴的回忆。然而,今天之后的日子会怎样呢?不,戴夫应该和贝丝在一起,而莉莲则应该和杰瑞在一起。

莉莲在做出最后回复之前又看了一眼戴夫。此时戴夫正眯着眼,抬头看着天花板上的灯,莉莲在他的脸上看不到恐惧也看不到希望。戴夫的表情显得十分顺从,同时也显得十分羞愧。杰瑞担心莉莲最终会选择戴夫,不过戴夫此刻清楚地知道莉莲会选择谁。

莉莲回头看着自己的丈夫,然后轻声说道:"我选你。"

第三十章 莉莉
第 589 天

岛上

灼热的沙子让我的脸颊感到滚烫，不过我对此并无感觉。当然这并非实情，我的确感觉到自己的脸颊滚滚发烫，但这是我自作自受。我将脸埋入炙热的沙子里，不停地用手刨着沙子，希望能再一次聆听他尖锐的如同海鸥般的叫声。

虽然已经过去了一个月，但我仍然无法忍受只有自己和戴维的生活。我不知道为什么现在竟会如此难以适应这样的生活。保尔在这里生活了三个月。三个月在我的人生中只是短暂的一瞬，然而自从保尔降生以来，我就一直觉得他属于这里。现在他走了，我感觉自己也死了。

我无法再睡在棚屋里。保尔就是在棚屋里撒手人寰，咽下最后一口气的。哪怕醒着的时候我都不愿看到棚屋。自从保尔出生以来，他就一直睡在我的怀里。然而，在一天夜里，保尔停止了呼吸。等我用饱含乳汁的乳头准备给他喂奶时，我发现他已经全身冰冷，脸色发绿。

戴维被我的尖叫声吵醒。当看着一个全心全意担负着父亲职责的男人忽然失去了为人父的身份时，我感到自己犹如目睹了父子二人同时死亡一般。戴维说他不怪我，可是我不相信他的话。连我自己都会责怪自己，他怎么会无动于衷呢？一个熟睡的母亲竟然没有发觉自己的孩子夭折，这是一种怎样的体验啊？即使对于孩子的死我无能为力——对此我不敢确定，我也希望能再看一眼他的眼睛，能在他温暖的粉嘟嘟的小脸上再亲一下。

然而，现在我抱着的却是孩子僵硬而苍白的尸体，这个记忆将会一直萦绕在我心头。此时我甚至都无法回忆起保尔活着时的样子。我想问戴维，想让他告诉我，保尔浓密的黑发曾像羊绒一般柔软，他身上的气息比小岛上任何鲜花还要香甜。我想让戴维告诉我，保尔脸上曾经展露过浅浅的笑容，尽管我们得绞尽脑汁才能逗乐他，但他的笑容却比任何电影或是电视节目所能给予我们的快乐都要多。我还记得自己曾像一个经验老到的母亲那样告诉戴维："别担心，很快他就会笑个没完。"上帝啊，我错了，我憎恨我自己。

如果此刻能代替保尔去死，我不会有丝毫犹豫。我曾数千次恳求上帝用我的命换回保尔的命。然而奇迹并未发生，现在我开始认为这个奇迹永远都不会发生。一

切不会如我所愿，我当然也不会期待奇迹出现。

我原本只是一个住在密苏里州的家庭主妇，过着平静的生活。我会积攒商场购物优惠券，带着孩子做游戏，也许空闲时间还会去上瑜伽课。我曾经希望当孩子们长大之后，自己能回学校教书，就像吉尔要求的那样。这样的生活会日复一日，我会每天沉浸在一大堆家庭事务的琐碎之中。以前我常觉得这样的生活如此无聊，自己也会变得像这种生活一样无趣乏味。然而，现在我真希望能回到那种生活中去，宁愿过着无聊又无趣的人生，也不愿意待在这里。

可是我永远地被禁锢在了这片我所憎恨的海滩上。我无法忍受仰望星空，也无法忍受在我所憎恶的海水里洗澡。更为可怕的是，我已经变成了一个连我自己都认不出的人。我是一个杀人犯、一个通奸的淫妇、一个不称职的母亲。如果此刻有一块写着这些称呼的木牌挂在脖子上，或许还能让我感觉好受些。我不知道海丝特·白兰[1]那个胆小的女人究竟有什么可抱怨的。

此时我脸颊下炙热的沙粒已渐渐冷却。连沙子都无法原谅我的罪孽。我空空如也的胃发出隆隆的响声。尽管早已习惯了饥饿，但我仍然憎恶这饥饿的响声。

在小岛上吃东西并非头等大事，所以我现在决定尽量先不考虑吃什么东西。失去保尔的痛苦远胜过挨饿的痛苦。我猜想这可能也是我回避戴维的一个原因吧。我

---

[1] 海丝特·白兰（Hester Prynne）：美国作家霍桑的小说《红字》中的女主人公，她因与牧师通奸而被要求永远穿着一件胸前绣有 A（Adultery 通奸）字母的衣服以作为对其通奸罪的惩罚。

的孩子已经死了,即使躺在戴维的怀里,我也无法感受到快乐与慰藉。

我已经想过各种办法来结束自己的痛苦,其中一个办法尤其让我着迷。当我和戴维清理篝火残灰的时候,戴维会靠得很近,他会将手放在我的大腿上,有时我们的手指会触碰在一起。然而,我并不觉得戴维能帮我消除痛苦。我本可以引诱戴维,但等他意识到的时候,我已经没有了心情。

"莉莉!该吃饭了!"戴维说道。

戴维就是这样,他仍自以为是地认为我需要进食。我们每天都在伪装自己,这已经成为了每日的惯例。我趴在炙热的沙子上试图缓解内心的痛苦,沙子下面便是保尔的坟墓。戴维一直在埋头干活,他似乎对失去自己唯一的孩子并不感到伤心,但我知道这都是他装出来的。

此时戴维端上食物,他已经尽其所能使食物显得丰盛而美味。我假装吃着,而戴维则在一边看着我吃。我们将更多的食物放在火上烤,然后默默地坐在篝火边。渐渐地我睡着了,戴维回到棚屋里他自己睡的那一侧,仿佛我仍然睡在他旁边似的。

"莉莉!"戴维又一次喊道,他的语气显得有点不耐烦。如果我长时间没有回应,他便会从棚屋里出来,那可不是什么好事。

"晚安,保尔。"我对着沙子轻声说道。沙子被风微微吹开,然后我心不甘情不愿地站起身。由于阳光的暴晒,我感到旧伤口上的肌肉变得紧绷起来。

我艰难地跨过沙丘，然后朝篝火走去。此时才意识到自己的头发竟凌乱地披在脸上。此刻我希望自己和戴维不要有眼神上的交流。戴维认为他能隐藏住自己的痛苦与焦虑，但我知道他隐藏不住。我和戴维几乎不再说话。自从那晚我的尖叫声将戴维吵醒之后，我就再也没听见过他的笑声。

"到这儿来，莉莉。坐在我身边。"戴维向我招招手，好像我们是两个参加野营活动的高中生而非两个前景迷茫的可怜人似的。

"我现在不是很饿。"我回答道，其实我在撒谎。我一闻到烤鱼的香味，便开始垂涎欲滴。该死，我讨厌鱼。可为什么它此刻闻上去竟会如此美味呢？

"我知道，我知道。你早饭不吃也不觉得饿，也许午饭不吃也不会觉得饿，是不是？"戴维说道，他拍了拍身边的一块朽烂的树桩。"过来陪陪我，也许你就会有胃口吃东西了。"

"好吧。"我砰的一声坐在戴维身边，动作看上去就像一个被宠坏了的孩子。"如果这是一块披萨饼，我就吃。"

"真的吗？你知道我有办法做出一块鱼肉披萨饼的，是不是？"戴维说道，他将一个装满食物的椰子壳塞进我手里。

"那就祝你好运吧。没有芝士的披萨饼不算真正的披萨。"我将装满食物的椰子壳放在一边。我的动作必须快，否则空空如也的胃将无法抵抗这些食物的诱惑。

"你的脸又被烫得通红了。"戴维用焦虑的眼神看着我,他的眉头之间露出一道皱痕。他摸了摸我被灼伤的脸颊,手指轻柔的触碰让我感到畏惧。

"只是轻微烫伤而已。我没事的。"

此时,戴维脸上的表情变得严肃起来,我看得出他正在紧咬牙关。当戴夫极力克制自己的时候,他总是这样。我和戴维之间从没打过架,而现在我们每天都会为同一个话题争吵。

"我知道你不想让我说话,但我还是要说。"戴维用缓慢的语气说道,此时他似乎并不在意手上的食物会冷掉。"你现在是我唯一拥有也是唯一关心的人。我不准你再伤害自己。即使你不在乎自己,也应该想想我。"戴维将他的手十分自然地放在我的后脑勺上,仿佛我的后脑勺天生就与他的手指相得益彰。

戴维手指的轻柔触摸使我的脉搏跳动得更快。每次戴维触碰我的时候,我都会这样。此时我不愿去回忆戴维和我之间的关系,也不愿去回忆我们在小岛上的一切往事。我的大脑抗拒这些回忆,就像我空荡荡的胃抗拒着饥饿,我的身体抗拒着皮肤灼伤所引起的刺痛一般。如果和戴维谈论往事,那么就会谈到保尔以及所有我们已经失去的东西,而这一切都缘于这座该死的小岛。

"我实在忍不住。我不会再得到幸福了。我不配拥有幸福。"我咕咕哝哝地说道,然而身体却在与我作对,它自动地向戴维靠过去。我把脸埋进戴维的掌心,用我黏满沙粒的脸颊摩擦着戴维温暖的手掌。

"我并不希望你会忘记保尔,但我希望你会重新获得幸福。在我父亲去世之后的那段日子里,每天早上起床时成了我最艰难的时刻,因为我会想到那个真正关心我的人已经不在了。每当看电视节目放声大笑时或是和朋友一起欢闹时,我总会感到很惭愧。过了好长一段时间我才意识到父亲并不希望我永远活在回忆里。他爱我。我快乐,他也就会快乐。"

我聆听着戴维的话。我知道他的话不无道理,这也是我对我们两人之间的关系并不感到羞愧的原因。我知道即使我无法和家人在一起,他们也一定希望我活得幸福。尽管会十分伤心,但我希望杰瑞有朝一日能找到一个全心全意爱他的人。我也希望那个人能给予我的孩子们自己所无法给予的爱。然而,这一次情况有所不同。

"保尔还只是个婴儿。他所需要的就是母亲全身心的照料,可我显然没能做到。"

"这不是你的错。保尔死了就是死了。他也可能会死在密苏里州装有空调的育婴室里。婴儿有时的确会夭折,对此我也感到很伤心。但是你又能怎么样呢?永远惩罚自己吗?"此时戴维将双手放在我的肩上。我耸了耸肩,戴维的手也随着我的肩膀上下起伏着。

"我不知道。我以前从没有过这种感受,也不知道这种感受会持续多久。"我的声音开始颤抖起来。我必须停止说话了,否则可能会大哭起来。如果现在大哭,我将一发不可收拾。

戴维将我抱在怀中,我的脸紧贴着他裸露的肩膀。

他的皮肤和沙子一样炙热。然而，戴维身体的炙热对我产生的影响却与沙子截然不同。肉体之间的激情触碰让我又想到了之前那个可以消除痛苦的方法。只要能让戴维同意，我便能消除痛苦。但我十分确信戴维是不会同意的，不过我可以大哭迫使他同意。

我抬起头看着戴维的脸，用嘴唇去摩擦他的锁骨。触碰戴维的肉体所产生的悸动，像一股电流一般掠过我整个身体。戴维手臂上的肌肉微微变得紧绷起来，我把他抱得更紧了。此刻我已无法再压抑自己，开始沿着戴维的脖子和下巴轻轻地吻着，然后便是充满激情和欲望的狂吻。

戴维是否有所顾虑，我不知道。他颇为饥渴地将我拥入怀中。当我们彼此触碰，彼此抚摸，彼此缠绵的时候，我所能感觉到的只有澎湃的肉欲。这太令人惊奇了。这或许能够消除我的痛苦。

我几乎已经忘记了自己和戴维之间曾是多么亲密。戴维清楚地知道我渴望他的手放在哪儿。他的手会沿着我的脖子向下滑过肩膀，最后放在我的胸口。戴维喘着粗气，看得出他对我的渴望与我对他的渴望一样强烈。

当戴维的嘴唇触碰到我的嘴唇时，我的双手沿着他紧绷的后背向下移动，直至碰到他卡其布裤子的腰带。这条系裤子的腰带是戴维用半个裤腿底部的布条做成的。我的手沿着这条简易腰带向前移动，摸索着腰带上的绳结。我发现绳结很难解开，于是低头看了看。片刻的分神让戴维马上意识到了什么，他的双手像一把老虎

钳似的牢牢抓住我的手。

"你在干什么，莉莉？"

"你觉得我在干什么？"我问道，试图挑逗他。

戴维将我的双手扯开，随后站起身，仿佛想要逃跑似的。"对不起，莉莉。我今天还没准备好。"

"你不希望我们在一起吗，戴维？你别告诉我，你不喜欢这样。你不想要我了吗？"

"这不是要不要的问题，而是是非对错的问题。我不能再把自己的生理欲望强加在你身上了。我不能再让你怀孕了，这太危险了。"戴维向上提着裤子，然后迅速将松垮的腰带系紧。

"会有那么糟吗，戴维？"我反驳道，戴维刚才的话让我忽然有了精神。"再怀一个孩子？我知道那个孩子不可能是保尔，但是如果我们能再有一个孩子，我们一定会很幸福的。至于怀孕，我以前也怀过，我知道我可以再次怀孕的。如果出现问题……至少我可以离开这个小岛。"

戴维站着一动不动说道："你别说那样的话。请别告诉我你过来是为了诱惑我。你觉得我能让你快乐吗？"

"你曾说过你想让我快乐。我一直在想这个问题。你可以让我快乐。"说完这些话，我才意识到这听上去很疯狂，简直就像疯子说的话。可是我想消除心中的空虚感，尽管不知道这样做是否管用，但我就是想这样做。

此时，戴维也一定认为我疯了，脸上露出厌恶与怜悯的表情。我用手遮住眼睛，不想看他的脸。如果戴维恨我，这意味着我将失去一切。

"这不是一回事，莉莲。"当听到戴维喊我的真名"莉莲"时，我感到极为震惊，甚至感觉自己粗俗不堪。

"我懂了。"双手捂脸咕咕哝哝地说道。我感到颇受打击，孩子没了，我永远失去了我的孩子。孩子不是一个坏了零部件可以随时在网上重新订购的玩具，我自身无法创造出新的孩子。孩子不会再回来了，我对此伤心不已。我开始低声啜泣，对自己刚才的言行感到羞愧。

我竭尽全力才使自己不至于瘫倒在地上，也不想让自己像个大发脾气的孩子似的坐在地上大哭。此刻我只想猛踢腿，然后用尽气力大声尖叫，这不公平！因为这对我而言的确不公平。

我现在真正需要的就是戴维。他是我的解药，是唯一经历过我所经历过的所有事情的人。我需要他的臂膀和甜言蜜语。戴维总是在等待我，却不知其实是我在等待他拥抱我。我放下双手，看了看周围。太阳已经西沉，篝火燃烧的烟被风高高地吹上天空。戴维已经离开了。眯起眼睛，我能够看到他正在远处的海水里游泳，脑袋在水面上时不时地冒出来。恭喜你了，莉莲，你让唯一还爱着你的那个人也远离你了。戴维失去了自己的孩子，我也彻底变得神志不清，但是有朝一日我会补偿他的。我会让他成为我永远的守护者。但并不是今天，因为现在的我还没有变得足够强大。

胃又开始隆隆作响，这一次我真的感到饥饿难耐了。我的身边就放着那个装满食物的椰子壳。冷却的鱼肉此

时看上去如此美味。我把椰子壳拿起来，手剧烈颤抖着，椰子壳里的大块鱼肉也跟着不停地晃动。我迟疑了一会儿，然后将一片烧焦的鱼肉塞进嘴里。咸中带甜的鱼肉在我的舌头上几乎快融化了。在真正尝到食物的那一刻，我的嘴巴便分泌出大量唾液。胃里再次充满食物将会是一种怎样的感觉啊？

这时我又看到棚屋，那条毯子还在那儿。先前跟保尔睡一起时，我总是用那条毯子来包裹身体。那时戴维总是依偎在我和保尔身边。我将手指深深插入薄薄的椰子壳里。如果不是由于过分饥饿而体力不支的话，椰子壳很有可能在我的手上就碎了。我一下子将椰子壳丢进篝火里，椰子壳里的那些珍贵食物很快就变成了焦炭。

我这是在和谁开玩笑呢？没有了我，戴维或许能活得更好。此时太阳已经落到海平面以下，它将会在世界的另一边升起，照耀在我家人的身上。我看到戴维游上了岸，海水从他破烂的裤子上滴落下来。至少戴维还记得日落时分正是鲨鱼活动的时刻。

在戴维回到篝火边之前，我还是走开为好。在遭到戴维的拒绝之后，我已无法再面对他了。我向篝火里又丢了一块木柴，然后再次检查我刚才丢进去的证据是否已经烧成了灰烬。随后我穿上玛格丽特的那件旧外套，外套上还残留着保尔的气息。我沿着沙滩，经过埋着玛格丽特和保尔的沙丘。沙丘上的沙子已经冷却。此时我感到比白天时更加饥肠辘辘，然而这无尽的饥饿感也是我咎由自取。

第三十一章 戴夫
此刻

"回顾经历过的所有事情,什么事是你最后悔的,戴夫?什么事是你最想改变的?"兰德尔问道,她将细长的手指放在下巴下面。采访已经进行了整整一天,戴夫已经感到有些头晕目眩了。

"我希望……飞机当时没有出现故障,兰德尔女士。"戴夫回答道,随后他和许多在场的工作人员都笑了起来。贝丝此时正直挺着身子坐在椅子上等待采访结束,她也跟着大家笑了起来。然而,兰德尔的眼神却使戴夫收住了笑容。兰德尔并没有听明白戴夫的玩笑话,或者即使她听明白了,她也并不觉得好笑——一点都不觉得。

"是的,这个希望当然没错。"兰德尔刻意挤出一个笑容,然后提出了最后一个问题。"什么事情是你能够改变的吗,戴夫?或者说,有什么事是你认为一定会发生的吗?"

戴夫张口想要回答,可却吐不出半个字。有什么事是他能够改变的吗?戴夫觉得这就像爱一个人和被一个人爱时的感觉一样。他曾经为人父。被救回家之后,曾为人父的感受始终萦绕在他心头。经历了迷茫与挫折之后,他和贝丝又开始了"造人工程"。他们的儿子将在几个月后出生,这一次是在医院里,由医生来接生。他能改变这一切吗?不能。可是他能向兰德尔大胆地承认这一点吗?

"如果时光能够倒流,我一定会取消'梦想之旅'的行程。这样玛格丽特、特丽莎、肯特、保尔就不会死,他们现在一定都还活着。"

兰德尔点点头,最后一次翻弄着手中的卡片。她将卡片整齐地摞起来,然后将它们垫在大腿下。之后,她将双手交叉在胸前,说道:"谢谢你接受这次专访,戴夫。这次专访很有启发性。"兰德尔深深地叹了口气,脸上露出僵硬的笑容,"本次专访将在几个月后的电视节目中播出。我希望届时你会喜欢。"

戴夫扬了扬眉毛,感到很震惊,但同时又松了一口气。采访终于结束了。"谢谢你,兰德尔女士。我很期待本次专访的播出。"

戴夫终于挺过去了,他终于顺利完成了专访。尽管兰德尔来势汹汹，每一个问题都仿佛是在冷嘲热讽，但是戴夫的秘密最终还是守住了。戴夫并不在乎自己曾有多么爱莉莲，或是他和莉莲在洛杉矶时一起做了什么。总之，戴夫在他的有生之年不会再接受任何采访了。

摄影器材，摄像机以及电线等设备陆续被挪走，屋子里的光线也跟着暗了下来。戴夫认为，这一切一定是在某个自己并未发觉的神秘指示下进行的。一个大块头的家伙将固定在他领口处的麦克风取了下来。从沙发椅上站起身时，戴夫感到自己犹如一名从监狱里被释放出来的囚犯一般。

戴夫张开双臂，伸了伸懒腰，然后将双手放在头后。他扭动了一下僵硬的腰杆，然后便去寻找贝丝。此时贝丝正站在屋子的另一头，和拉尔夫说着话。也许他们正在闲聊以此打发时间，直至所有人都离开为止。正当戴夫朝贝丝和拉尔夫的方向走去时，兰德尔挡在了他面前，脸上的表情显得既刻薄又严肃。

"哦，戴维，你做到了。恭喜你了。一切都结束了，你可以继续守护你的那些小秘密了。"兰德尔愤怒地看着戴夫，目光中毫不掩饰地露出憎恶。在之前的整个采访过程中，戴夫曾见过兰德尔脸上的各种表情，但从未见过她此刻的表情。

"啊……我不知道你指的是什么，兰德尔女士？"戴夫问道。

"我指的是你一定得到了某些人的帮助。"兰德尔恶狠狠地说道，并用手指摸了摸自己的鼻子，由于长期抽烟,指尖已被尼古丁熏黄了。"你一定很信任他们吧?我指的是林登先生和林登夫人。或许我应该说是林登律师和他的小小建议。"

"我完全被弄糊涂了。"戴夫感到自己的脑袋在旋转,"我已经有好几个月没和林登一家通过电话了。"

兰德尔用她涂抹着闪亮指甲油的手指甲戳了戳戴夫的肩膀,愤愤地说道:"如果你说出真相,这次采访节目本可以获得电视访谈类节目艾美奖的,你明白吗?然而,现在它却只能变成一个垃圾节目。"兰德尔向前走了一步,她混合着烟草味的鼻息喷在戴夫脸上,"我弄不明白的是,为什么林登一家要袒护你呢?"

"专访已经结束了。我没有必要再回答你的问题。请让一下,我要去找我的妻子。"戴夫用渴望的眼神看着贝丝,希望贝丝此时也能看看他。然而贝丝却只顾着与拉尔夫聊天,她的卷发随着她的笑声抖动着。拉尔夫这个小子已经有些难以把持了。

兰德尔并不打算就这样放过戴夫。"如果你承认,我现在就放你走。事实已经很明显了。即使林登律师警告过我,但我也已经有了十足的把握。智商平平的人都能看得出你在撒谎。谎言全都写在你的脸上。"兰德尔说道,并不停地按着手上签字笔的笔帽。笔帽发出的咔哒声始终盘绕在戴夫的头脑中,每一声仿佛都在说,被她识破了,被她识破了。

"好吧,那你听好了。"戴夫回答道,此时他不再环顾四周,而是将视线锁定在兰德尔的脸上,"我知道你想把真相公之于众。那就请便吧，你大声去说好了。"戴夫此刻已经不想走到贝丝身边。他想独自面对兰德尔的回击直至她自行离开为止。兰德尔深吸了一口气，戴夫将手插进口袋里，等待着她最恶毒的回击。

"老实说，我不相信你能永远守住秘密。每次你提到她名字的时候，我都看得出来。你爱她，是不是？我不知道你对她的爱是什么时候产生的，但我确定你爱她。可是，我想知道她爱你吗？"兰德尔凝视着戴夫，她想在戴夫的脸上找到答案。"我从她的脸上看不出，因为她比你隐藏得更深。"

戴夫回想着自己此生最憎恨的那几个人，其中之一包括肯特，而现在又增加了一个人——吉薇芙娜·兰德尔。她简直就是一个为了成名可以不择手段的卑鄙小人。"我和你的谈话已经结束了。我会聆听你的问题，但我不会再回答你提出的任何问题。"戴夫说道。

"可你已经回答了，戴维。"兰德尔恶狠狠地念着戴夫的昵称，仿佛这是一个肮脏下流的名字似的。"我已经看出来了。就像我刚才说的，你爱莉莲，而莉莲却爱着肯特。"

戴夫试图理清兰德尔说的话，他的嘴唇开始抖动起来。此时兰德尔的脸上忽然多了几分喜色，这是她在整个采访过程中，表情最为生动的一次。

"当莉莲谈到失去肯特时，你没见到她哭得有多么伤心。当时她在啜泣。"兰德尔像一只捕捉到猎物的野猫似的咧嘴笑起来，她在等待着戴夫对此的反应。"而你……在我看来，你根本无法掩饰自己对肯特的憎恨。很显然，你的人性逐渐被嫉妒吞噬。当莉莲怀上了肯特的孩子之后，你便开始实施报复。你残忍地杀害了肯特，然后处理掉尸体。莉莲由于害怕，同时也由于需要你的照顾，所以才不得不同意和你一起编造谎言。那也就是为什么你们希望将保尔的尸体永远葬在那座小岛上的原因。尽管你和莉莲在卡尔顿公司的晚宴上表现得很亲密，但是你们私底下却形同陌路。因为你杀了莉莲所爱的男人，莉莲永远都无法原谅你。"

兰德尔凝视着戴夫，此时她已经停止了愤怒的指责。戴夫觉得兰德尔由于愤怒身体都颤抖了起来。这就是她在整个采访过程中所得出的结论吗？这就是她一直企图揭露的故事真相吗？可是，这完全是错的……错得太离谱了。

"你说的这个故事很有趣，兰德尔女士。"戴夫咳嗽了一声，试图掩盖自己的笑声。"我觉得你还是把这个故事忘了吧，这样你会活得更自在。"戴夫十分有礼貌地向兰德尔笑了笑，那神情举止仿佛想邀请她共舞似的。"现在请您原谅我，我不想再跟您说任何话了。"

兰德尔收拾好卡片，文件以及公文包。离开的时候，她愤愤地留下所谓"真相"以及"法庭上见"之类的话。戴夫摇了摇头。兰德尔这个臭名昭著、尖酸刻薄的新闻节目主持人和戴夫之前所想的并不一样。她聪明吗？是的。冷酷吗？是的。判断正确吗？全然不是。

兰德尔离开时愤愤地将门一甩,挂在屋顶的吊灯微微晃动起来。戴夫注视着这一切,一种恐惧感忽然袭上心头。一个曾经采访过两届在任总统、获得过一次皮博迪奖①、三次艾美奖,曾采访过无数恐怖分子、强奸犯和杀人犯的记者兼主持人竟然能够如此曲解他的秘密,那么贝丝对他的故事又会有一番怎样的理解呢?

贝丝和拉尔夫的聊天终于结束了。戴夫迅速走到屋子的另一头,然后用双臂紧紧抱住贝丝。贝丝显得有些不知所措。

"我真想就这样抱着你一整天。"戴夫说道,将鼻子埋进贝丝草莓香气的卷发里。

"我也想这样。"贝丝笑道,同时用双臂抱住戴夫的腰。贝丝微微隆起的肚子紧贴着戴夫的身体。一家三口此时都被戴夫抱在了怀里。

贝丝的头并没有靠在戴夫的肩上,戴夫搜寻着贝丝脸上任何怀疑、痛苦或是愤怒的迹象,但是他什么都没发现。"我终于完成了专访。如果此生我将不再跟任何记者说话,那会活得多么快乐啊。"

贝丝皱了一下眉头,然后笑道:"对不起,我刚才已经替你又接了一次采访。"

"什么?"戴夫惊问道。贝丝和那个拉尔夫到底聊了些什么?

"我邀请他们在我们的孩子出生之后再来进行一次

---

①皮博迪奖(Peabody Award):与艾美奖同为美国电视节目的最高奖项之一。译者注

采访。"

戴夫知道自己到时必须十分小心谨慎。他不能暴露自己所隐藏的那些秘密,但他也无法再忍受与兰德尔待在同一房间里哪怕一秒钟。天晓得到时兰德尔的脑子里又会冒出对他的何种指控?

贝丝似乎注意到了戴夫的疑虑。"那不会是真正的采访,我保证。他们只是来给我们和孩子拍几张照而已。你知道的,主要是看看我们的家庭到时有多么幸福。"

"不会问问题吗?"

贝丝摇摇头。"绝对不会。就是给你,我还有我们的宝宝拍照而已。不好吗?"

"给你和宝宝拍照?我太想看了。"

第三十二章 莉莲

六个月之后

莉莲觉得邀请大家观看《头条新闻》的专访首播是一个不错的主意，然而，为什么会觉得这是个好主意，莉莲自己也说不清楚。她和家人将这次专访的首播称之为"乐园中的噩梦"，这是莉莲在看一部儿童情节剧的时候忽然想到的。这个称呼十分符合《头条新闻》这一节目的氛围——一部乱哄哄的情节剧。

距离兰德尔的上次采访仅过去了六个月，而莉莲却觉得像过了好几年似的。节目预计将在六月份播出，这也正好是莉莲与戴夫获救一周年的日子。然而，由于法律诉讼方面的问题，该节目被推迟到了夏季结束时才能播出。

最终《头条新闻》放弃了诉讼。杰瑞认为出于确保言论自由等原因，新闻节目很有可能会赢得最终的诉讼，但是莉莲认为她的故事可能不值得该节目为之支付数十万美元的诉讼费。或许节目组已经意识到莉莲的故事具有极大的轰动效应，所以兰德尔女士试图揭露的真相也就变得无关紧要了。

　　不管出于何种原因，莉莲和她的家人都不可能看到一个完整的专访——拉尔夫上周打电话给莉莲，向她解释节目已被删减。对此莉莲简直无法相信。消息很快在莉莲的小圈子里传开了。每个人都在谈论专访的首播。大家决定把该节目看作一场狂欢而不是访谈节目。莉莲通过发送电子邮件的形式邀请自己的家人和邻居观看节目。

　　那天夜里，乔西和丹尼尔被允许晚睡，他们可以和其他人待在地下室看电视。节目开始了，一切仿佛都在赶进度。节目里有关飞机失事、遇难细节以及对幸存者的访问都是草草了事。每次当镜头聚焦在莉莲脸上时，七十英寸超薄液晶电视上便会看到莉莲的整张面孔。这台电视机是杰瑞在得知莉莲遇难之后买的，它将莉莲脸上的每一条细纹和每一个毛孔都放大了好多倍。莉莲觉得高清摄影机把自己拍得一塌糊涂，但却将小岛拍得如同伊甸园一般。在一个画面中，摄影机呈现出一个特别的聚焦镜头，镜头向着天空越推越远直至整座小岛消失在周围宽阔的海面上。莉莲觉得这个镜头与自己真实的感受如出一辙。她越是远离小岛，小岛上曾经的生活就显得越模糊不清。有时候她甚至完全忘记了那曾是她生活的一部分。然而,今天莉莲并没有忘记,此刻她清晰地记得所有细节——环绕在营地周边的红色叶脉的树木,轻轻啃着她脚趾甲的褐色沙蚤以及闷烧的竹子的气味。她还记得每一个吻,每一道伤口以及流过的每一滴泪。莉莲迫使自己回忆着每一个细节。

戴夫在专访过程中显得出奇地镇定。他的肤色泛着金褐色,十分接近他在小岛上时类似红糖的肤色。戴夫整齐的牙齿犹如磨光的大理石一般闪烁着。即使之前从未爱过戴夫,莉莲也会觉得戴夫是个闪耀着光芒的男人。然而,与此同时莉莲也觉得节目中的戴夫与小岛上她所认识的戴维长得并不一样。戴维脸上的毛发要比黑色的胡须更加浓密。坐在飞机上的戴夫·霍尔曾是那样敏感而焦虑,有着一颗脆弱的心灵,而电视屏幕上那个英俊的男人却显得自信笃定,这让莉莲感到难以置信。

电视屏幕上的戴夫显得如此超越现实。莉莲眯起眼,仿佛还能捕捉到那个她曾经与之相守的男人的影子。戴夫如同男中音般浑厚的嗓音让莉莲不禁眼泛泪光,于是她急忙转身,假装自己忘了厨房里的某些事,这样其他人就不会注意到她的反应了。戴夫的声音曾在莉莲最危难的时刻给予她慰藉。那声音也曾陪莉莲一起笑过哭过。有时莉莲极度渴望能再次聆听那个声音,这就如同过很久之后,你渴望一遍遍地聆听你最爱的歌曲一样。

十个月前,当莉莲走出旅馆大厅的时候,她向杰瑞保证自己再也不会跟戴夫通电话。有很多次莉莲的手指会按下那串电话号码，然后大拇指会在绿色的通话键上犹豫徘徊很久，然而每次她都克制住了自己。你可以编造谎言讲述一个越来越虚幻的过去，但是你能欺骗当下的现实生活吗？莉莲已经厌倦了撒谎。

节目很快就结束了，穿插着商业广告的节目总共也就一个小时。莉莲感觉自己表现得还算不错。即使在最后的镜头里看到戴夫怀抱着一个黑色头发的男孩儿，贝丝在旁哄着孩子的情景，莉莲也始终保持着克制。她只是和其他人一起发出"哇"的叫声。大家对此似乎都很高兴，这让莉莲感到既妒忌又轻松，这两种矛盾的心情交织在一起，莉莲也不知道哪一个才是自己当下最真实的感受。

谢天谢地，当电视屏幕上出现工作人员名单时，大家便匆匆离开了。莉莲认为吉尔一定事先告诫过众人，节目一结束就必须马上离开，否则吉尔将对他们不客气。吉尔知道如何对他人施加影响，不过，此时莉莲对吉尔的这种做法却十分感激。

在拥抱完最后一个客人之后，莉莲砰的一声关上房门。她上楼时看到杰瑞正从孩子们的房间里出来。他刚把乔西哄上床睡觉，丹尼尔此刻已经进入了梦乡。

"答应我，现在别看重播。明天早上十点再看。"莉莲轻声说道，同时用手搂住杰瑞结实的腰。

杰瑞轻声笑了笑，随后亲吻了一下莉莲的鼻子。"只要你答应让我帮你，我就不看重播。这对我而言可是一个很艰难的决定。"

"啊，别担心。"莉莲回答道，她将卧室的房门推开，"不管是否愿意面对，这对我们全家而言都是一件艰难的事。孩子们也会来帮我的。时光飞逝，在我们不经意之间，孩子们终有一天会离开家独立在外生活。"

"是的，没错。"杰瑞开玩笑说道，他紧跟在莉莲身后，"有一天耶鲁大学会打电话告知乔西被录取了。赶快通知他本人啊。"

"好消息啊！"莉莲也开玩笑道，她一个纵身蹦到床上，同时踢掉了脚上的高跟鞋。"但是乔西最好还是等等，哈佛大学也会录取他。到时让他自己做决定吧。"

杰瑞解下皮带，并将皮带放在一大堆脱下来的衣服上，然后又摘下手表。杰瑞开始从下往上解开蓝色衬衫的纽扣，随后他坐在莉莲身边解开耐克鞋的鞋带。床吱吱嘎嘎地摇晃起来，床垫深深地陷了下去以至于莉莲和杰瑞的肩膀靠在了一起。莉莲顺势将头靠在杰瑞的肩上。

"你今晚表现得很棒。"杰瑞说道，他扑通一声将鞋子丢在地板上。

"每个人都会有表现好的时候，不是吗？"莉莲反问道。

"你知道我指的不是你在节目里的表现。"杰瑞轻声说道，他用自己的脑袋蹭了蹭莉莲的脑袋，"我原以为你看到戴夫时会情不自禁呢。"

莉莲咬着嘴唇。为什么一定要说到戴夫呢？她和杰瑞已经有很长时间没有谈论戴夫了，这多好啊。今夜莉莲没有想起她之前每天都会说的那些半真半假的事实以及胆大包天的谎言,这对她而言已经够不容易了。莉莲还将不断编造有关戴夫的谎言,即使听到戴夫的名字都会让莉莲的胸口充斥着负罪感。

"不是我表现好,而是我已经能够坦然面对了。"莉莲叹了口气说道。事实也的确如此。如今想到戴夫时,莉莲已经很坦然了。此外莉莲希望,如果自己坦然面对的话,杰瑞便能结束有关戴夫的话题。

杰瑞将手放在白色床罩的边上准备握住莉莲的手。莉莲那枚普通的银白色婚戒深深地嵌在她的手指上,它正等待着他人的抚摸。杰瑞捏了一下莉莲的指尖,他沉默的举动让莉莲感到颇为陌生。

"那个孩子很漂亮,是不是?"杰瑞问道,话题忽然发生了转变。

戴夫和贝丝的孩子的确很漂亮。杰瑞难道还想再要一个孩子吗?就像这几个月以来他一直想的那样?也许杰瑞此刻只是在试探莉莲,试探莉莲是否心怀妒忌。

"他的确很漂亮。"莉莲回答道,语气显得若无其事。莉莲握住杰瑞的手,她的手既没有握得更紧,也没有松开。

"嗯。"杰瑞停顿了片刻。此时杰瑞的目光凝视着莉莲牛仔裤上的一个污渍,那是莉莲先前制作番茄酱时滴落在裤子上的,"他看上去真像他的哥哥。"

"哥哥?"莉莲反问道。杰瑞难道失忆了吗?"你知道的,戴夫和贝丝之前从没有过孩子。"

杰瑞点点头说道:"我是说保尔。"

保尔这个名字像一股电流似的让莉莲浑身发怵。杰瑞说话的语气让莉莲瞬间警惕起来，"你在说什么呀？"

"你应该明白我在说什么，不是吗？"杰瑞的眼睛始终看着莉莲。

关于保尔的那个谎言已经过去很久了。过了好几秒钟莉莲才弄明白杰瑞的意思。

"啊，上帝啊……"莉莲试图有所回应，但是此刻她却只是惊讶地张着嘴，"……你知道了？"

莉莲本可以假装若无其事，她也本可以重复之前的谎言，然而，杰瑞刚才的说话语气让莉莲意识到杰瑞已经不再相信有关保尔的谎言了。莉莲感到极度恐惧，她想要逃跑。

"你是怎么知道的？"莉莲问道，她很惊讶杰瑞还一直紧握着自己的手，"你是怎么发现的？"

"我早就发现了。"杰瑞微笑着说道，"你在医院的时候，就有人告诉我了。当时你还处于昏迷之中。我是你的丈夫，所以你所接受的所有治疗都得找我签字。当医生告诉我你最近生过孩子时，我告诉他们一定是弄错了。然后"——杰瑞回忆着当时的情形，他的眼睛看着地板——"我发现戴夫是如此关心你，他几乎每时每刻都陪护在你的病床边。所以我就很自然地将医生告知的情况和我的推断联系在了一起。"

有那么一霎那，莉莲感到极度恐惧，因为有人发现了她和戴夫之间不可告人的秘密以及保尔的真实身份。这种被揭穿的恐惧感曾经每晚都萦绕在莉莲的心头，使她无法入睡。在白天她只能一个人承受着这份恐惧。她无法感到快乐，也无法过正常的生活，因为她时刻担心有人会揭穿她的秘密。

"啊，杰瑞，我很抱歉。请原谅我吧。"莉莲恳求道，她将杰瑞的手放在自己的胸口——心脏所在的部位。

杰瑞点点头，嘴角微微向上扬，"我早就已经原谅你了。"

"你早就该告诉我你知道了真相，杰瑞。你为什么不告诉我呢？你知道我有多么渴望将一切都告诉你吗？但是，我当时觉得告诉你真相之后，你和孩子便会离我而去。我觉得你会恨我。"

杰瑞摇了摇头，然后说道："我不恨你。即使在当时我也不会恨你。我一直在等你告诉我真相。如果你不愿告诉我真相，我也不好说什么。我当时真害怕你会和戴夫一起私奔。"杰瑞感到自己额头上的青筋又开始鼓胀起来，这意味着他的血压又开始升高了。

莉莲的手指沿着杰瑞额头的青筋滑动着。在她指尖的触摸之下，鼓胀的筋脉终于渐渐平复。"如果你已经原谅了我，"莉莲温柔地说道，"为什么要等那么长时间才说出来呢？"

"因为我们一回到家，所有的新闻媒体和记者都蜂拥而至。这时我才发现谎言有多么重要。如果当时你告诉公众关于戴夫和保尔的真相，如果全世界数百万人都对此事评头论足，那么我们这个家就完了。"杰瑞回答道，并吻了一下莉莲的手掌。莉莲随即将头靠在杰瑞的脖颈处，她用鼻尖摩擦着杰瑞脖颈背面的细小绒毛。"你也明白这一点，是不是？"杰瑞问道。

"我想了好长一段时间才编出那些谎言。"

"你早该告诉我。"杰瑞说道。

"不过，我很高兴现在你终于知道真相了。"莉莲说道，将头凑近杰瑞的头，这样他们的嘴唇便可以碰在一起。在快速亲吻完莉莲之后，杰瑞将莉莲轻轻推开，双手搭在莉莲的肩上。

"你今后不可以再对我撒谎了。你必须发誓。"杰瑞恳求道。

"我发誓，再也不撒谎了。"莉莲说道。当说出这句话时，莉莲感到如释重负。

杰瑞此时与莉莲之间保持着一定距离。杰瑞将背靠在床柱上，然后说道："你是不是还有什么事没向我坦白？"杰瑞问道，他将双臂交叉在胸前看着莉莲，莉莲则显得一脸困惑。

杰瑞还想知道什么呢？莉莲还有许多细节可以讲述，但是杰瑞似乎确有所指。莉莲曾和另一个男人发生了私情并怀上了那个男人的孩子，对此她撒了一个弥天大谎。此外，她还有一个天大的秘密……

"你怎么知道我杀了肯特？"莉莲的嘴里蹦出了这句话。如果除了戴夫以外已经有人告诉了杰瑞真相，那么这意味着她的这个秘密也已经被揭穿了。

"你说什么？"杰瑞问道。

"我杀了肯特，我刺死了他。这件事还有谁知道？"

莉莲一下子跳了起来……此刻她必须打电话给戴夫，因为戴夫也将因为这个秘密而深陷困境。

"莉莲，我实在听不明白你在说什么？"

"你不会举报我的，是不是？"莉莲一边说着话，一边向衣柜走去。她从衣柜的顶部拿下一个空的行李箱。"你知道我是个好人，你不会举报我的，是不是？否则我必须暂时离开美国避避风头。"莉莲将行李箱放在床上，然后跑向摆放着内衣的柜子，她开始在柜子里翻找自己的胸罩。

杰瑞一下子走到莉莲身边。紧紧抓住莉莲的手腕，然后摇晃着莉莲的身子以便使她冷静下来。"你在做什么，莉莲？我可没说你杀了人。"

"但是刚才你不是要我坦白其他秘密吗？"

"我是指你在洛杉矶与戴夫碰面的事。"杰瑞说道。莉莲刚才出其不意的回答把杰瑞吓坏了。"你杀了肯特？"杰瑞问道，他向后退了一步。现在该是莉莲坦白的时候了。

"肯特他疯了，他简直就是一个疯子。他总是用他的咸猪手碰我，企图对我图谋不轨。有一次他发现我独自一个人，于是他……他想……"莉莲吞吞吐吐地说道。

"等等。你是指肯特他想强奸你，是吗？"杰瑞几乎吼叫起来，莉莲害怕他的嗓门会吵醒孩子。"你为什么以前不告诉我？"

"我不敢告诉你，杰瑞，因为我杀了他。我不想真相被揭露之后别人把你看成是我的同伙。你也可能会因为此事进监狱或是受到监视。"

"可你的叙述听上去更像是自卫。"杰瑞说道。作为一名律师，杰瑞开始动用自己的法律知识了。

"我不知道那是否算自卫。戴夫本想阻止肯特，而肯特几乎要杀了戴夫，所以我……我就在肯特的背上刺了几刀。"莉莲咬着嘴唇说道，她在等待着说出那个自己所厌恶的词，"我是一个杀人犯。"

"这不能算是谋杀。"杰瑞说道，他将指尖放在嘴唇上，额头蹙起的褶皱表明他对此事的关切。"这件事除了戴夫之外还有其他人知道吗？"

莉莲对于杰瑞说话时的温柔语气感到颇为惊讶。"没有。我和戴夫对此都撒了谎，你不记得了吗？"

"很好。"杰瑞看着莉莲，沉默了片刻，"那么肯特有没有得逞呢？他伤害到你了吗？"

莉莲颤颤巍巍地吐出一口气，然后说道："他伤害到我了，但是他并没有强奸我。你是指我有没有被他玷污是吗？杰瑞！"莉莲摇摇手，"没有，我没被他玷污。我们过会儿再谈论这件事吧。刚才你说你想知道我和戴夫在洛杉矶的事。"

"啊，是的。"杰瑞将行李箱从床上推下去，然后小心翼翼地扶莉莲坐在床上，仿佛她是一个一碰就会碎的瓷娃娃似的。"是的，戴夫以及洛杉矶。"

莉莲看着卧室对面镜子中的自己。她的头发已经长长了，发梢几乎快碰到了肩膀。掺杂着眼影的眼泪在她的脸上形成两条黑色的泪痕。莉莲用手指将眼泪擦干，然后用手抓起床罩的一角。"戴夫以及洛杉矶"这个话题比肯特的话题来得轻松,但也轻松不到哪里去。

"首先我要说,我和戴夫在洛杉矶的会面绝不是你想的那样。"莉莲一边喘着气,一边说道。不过,她立马意识到自己的话听上去整个逻辑混乱。莉莲用手擦了擦脸,她并不在乎黑色眼影会黏到白色的衣服上。以前莉莲曾认为白色对于有孩子的家庭而言是最合适的颜色,然而现在她可不这么认为了。

"我知道和我想的不一样。"杰瑞说道,此时他也坐在床上,就坐在莉莲的面前。即使在发现自己的妻子是杀人犯之后,杰瑞也显得并不慌张。"因为当时我一直在跟踪你们。"

"跟踪?"莉莲问道,她显得目瞪口呆,"像警探那样跟踪我们吗?"

"我想人们管他们叫私人侦探。不管叫什么吧,我的确在跟踪你和戴夫。我雇了一个人在洛杉矶跟踪你的行踪,他告诉了我你在洛杉矶所做的一切。"说到这儿,杰瑞若有所思地擦擦额头,"我现在把这件事告诉你,你可能会觉得我太疯狂了。可是你得理解,我当时嫉妒得快发疯了,我每时每刻都觉得会失去你。你可能会觉得,在没有你的情况下生活了这么久我一定能活得很好,但是事实恰恰相反。"杰瑞将手放在膝盖上,莉莲则将自己的手放在杰瑞的手上。"我一直都爱着你。"杰瑞说道。

"我也爱你,杰瑞。"莉莲紧紧攥着杰瑞的双手,她随后恳求道:"我发过誓我不能说。戴夫信守他对我许下的诺言,我也必须信守我对他的诺言。"

此刻杰瑞不想听这话,他用力猛拍羽绒床罩。"别说了,莉莲。你在听我说吗?你不必告诉我你对他的诺言,因为我全都知道了。我得向你坦白"——杰瑞用手擦了擦额头上鼓胀的青筋——"当私人侦探告诉我,你和戴夫去了一家妇科诊所的时候,我感到有些不知所措。当时我以为你们打算生活在一起组建家庭。所以那天你才会在旅馆的房间里遇到我。"

"可是,当时我选择了你啊。"莉莲插嘴说道,她将身子向前靠,直至能闻到杰瑞身上的香水味。

"我知道。当时我有些摸不着头脑。可是后来我和贝丝通电话,贝丝告诉我她和戴夫生活得很幸福,并且他们正准备要一个孩子,当时我就有一种奇怪的感觉,随即脑子里冒出了一个奇怪的想法。今晚当我在电视上看到那个孩子时,我终于明白了。"杰瑞用手指轻敲了一下太阳穴,"戴夫和贝丝的那个孩子其实也是你的孩子,是不是?"杰瑞的目光此时显得那样冷峻而锐利。

"他不是我的孩子;他是戴夫和贝丝的孩子。"莉莲回答道。杰瑞伸出两根手指放在莉莲的嘴唇上。

"你向我保证过不撒谎的,莉莲。我要听实话。"

莉莲此时已无退路。"实话?"莉莲用缓慢的语速问道,"是的,从基因上而言,那个孩子是我的。"

莉莲终于将她最后的秘密和盘托出,此刻,她感到……自由了。之前她从未意识到谎言的重量压得自己几乎无法动弹。现在即使杰瑞就坐在面前，气势汹汹地怒视着自己，莉莲的心情也如同唱歌一般欢悦。

"你对此不会有困扰吗？"杰瑞问道。

"没有，杰瑞。我没有任何困扰。贝丝无法生育，我只是一名卵子捐赠者而已。戴夫和贝丝原本打算使用一个陌生人捐赠的卵子。一想到这点，我就感到极其难过。戴夫曾那样爱保尔，而且他说贝丝已经改变了很多。如果戴夫愿意原谅贝丝，那么他所说的一定是真的。所以我想成为他们的卵子捐赠者，给他们一个机会重新获得拥有孩子的快感。此外，这也能缓解我对保尔的思念。我会感觉保尔正以另一种面貌活在这世上。"

"贝丝知道吗？"杰瑞问道。

莉莲摇摇头，说道："贝丝是不会知道卵子捐赠者的真实身份的。"

杰瑞将头歪到一边。"你不觉得贝丝有权知道吗？"

"戴夫之所以不让贝丝知道是因为我要求他这样做。"莉莲耸耸肩，继续说道，"我觉得这无关紧要，因为卵子捐赠者的身份本来就是保密的。"

杰瑞思考着莉莲刚才说的话。他眯起眼睛看着她，这与乔西等待莉莲抓狂时做出的表情如出一辙。莉莲爬到床边，然后伸出双臂抱住杰瑞。

"我不知道该如何去想这件事情。"杰瑞停顿了片刻，然后继续说道："不过我可以告诉你，如果戴夫和贝丝同意的话，你可以去看望那个孩子，莉莲。我不会阻止你看望自己的孩子，我保证。"杰瑞轻声说道，此时他将嘴唇紧贴在莉莲的脖颈处，莉莲则用手抚摸着杰瑞的背。杰瑞继续说道："如果你觉得你能把一切都瞒过我的话，那你一定是低估我了。"

"我觉得我这样做是在保护你啊。难道我这样做不对吗？"莉莲反问道。

杰瑞将头靠在莉莲的肩膀上，他点了点头，亲吻起莉莲裸露的肩膀，随后又用双手捧起莉莲的脸庞。杰瑞鼻子里微微的啜泣声以及眼睛周围微微的红晕表明刚才他在哭泣。

"今夜我们有的是时间。我想听完整的故事。真实的故事。"杰瑞说道，他一把抓起莉莲放在床头柜上的手机。"现在该是你给戴夫和贝丝打电话的时候了。"

"我可以给戴夫打电话？你确定？"莉莲惊愕地问道。她不知道她的丈夫此刻葫芦里卖的是什么药。但是莉莲感到颇为羞愧，因为之前她从未想到杰瑞竟会如此通情达理。

"当然可以啦。"杰瑞回答道。他亲吻了一下莉莲的嘴唇，然后用手机按了一串数字拨通了电话，那是杰瑞在独自照料孩子们时储存在手机快捷键里的外卖电话。"我们叫一份宫保鸡丁，怎么样？"

"听上去不错。"莉莲回答道。看着杰瑞盘着双腿坐在床上订餐的身影，莉莲感到心中涌上一股暖流，这股暖流瞬间就流遍了全身。在过去的三年里，莉莲失去了自己的婆婆、儿子、诚实的本质，更糟糕的是，她还失去了自己的纯真。看来逃避真相并非明智之选，也许回归真相才是最佳选择。真相能够抹除过去的一切吗？真相能够像莉莲肩上的伤疤和头脑中的记忆那样渐渐愈合，最终只剩下浅浅的一道疤痕吗？当然不能。然而，说出真相能将莉莲带回真实的家庭生活，这比任何飞机援救都更有效。

此刻莉莲紧握着手机，凝视了它好长一段时间。由于之前让孩子们在手机上玩游戏，莉莲发现手机的屏幕上多了几道刮痕。过了一会儿，莉莲意识到自己已经准备好了。她按了一下通话键，然后输入了那串她至今都仍然清晰记得的电话号码。电话铃声响了三下。

"喂？"是戴夫接的电话。刹那间莉莲感觉自己的嘴里像是塞满了棉花糖。

"嗨。"莉莲回应道，声音非常轻。

"莉莲？是你吗？"

"是我。我知道时间有点晚了。"莉莲说道，这真的是她想说的话吗？为什么此刻她和戴夫就像两个高中毕业之后很久没有通过电话的老同学似的呢？"我们全家刚才看了《头条新闻》。"

电话那头戴夫一言不发，莉莲对此也并不感到惊讶。为什么戴夫一定要对此做出回应呢？莉莲觉得自己以前对戴夫很不公平。紧接着电话里响起一个女人的声音在叫着莉莲的名字。是贝丝。

"戴夫！是莉莲的电话吗？是吗？把电话给我，傻瓜！"之后是一阵窸窸窣窣声，紧接着听筒里传来了贝丝的声音。

"听着,我知道我不应该知道这件事,但是我真的很感谢你为我和戴夫所做的一切。"贝丝说道,电话那头传来婴儿尖锐的叫声。

"是戴夫告诉你的吗?"莉莲问道。此时杰瑞仍在一旁订着外卖,他向莉莲做了一个 OK 的手势。莉莲点点头,虽然她也不清楚自己是否已准备好面对这一切。贝丝知道了真相,杰瑞也知道了真相。这个真相曾长期折磨着莉莲。之前莉莲曾认为,如果有一天这个真相被揭穿了,自己将彻底失去一切。

"我很抱歉,我知道你不想让别人知道捐赠卵子这件事。是我叫戴夫告诉我的。这的确说来话长……"孩子的哭闹声打断了贝丝的讲话,"啊,我过一段时间会来看你。我真希望能拜访你们。现在你的孩子和我的儿子拥有一半相同的血统了,这真太好了。"贝丝说道。

贝丝希望莉莲能来看望自己的儿子,同时她也希望乔西和丹尼尔能成为孩子生活中的伴侣。"我真是太高兴了。"莉莲笑道。

"孩子出生的时候,我本想寄送一束鲜花给你,但是戴夫不许我这么做。我告诉戴夫,莉莲也想知道孩子健康安好的消息。"贝丝的这番话让莉莲终于吃了一颗定心丸,刚才莉莲的后脖颈已经开始冒冷汗了。孩子健康安好。她的孩子十分健康活泼。"你会让我替你好好管教这个孩子的,是吗,莉莲?"

"当然。"

在卧室的角落里,杰瑞按下了手机的红色按钮结束了订餐电话，然后从放在角落里的扶手椅上抓起一件汗衫。"我过一个小时后回来。"杰瑞做着手势对着口型说道，然后推门而出。这是否意味着杰瑞恢复了对莉莲的信任呢？

电话里孩子的哭闹声从最初的恼怒变成了愤怒，贝丝就像所有初为人母的母亲那样紧张地哄着孩子。"啊，宝宝饿了。我把电话交给戴夫喽。"贝丝停顿了片刻，然后继续说道："莉莲，真的太感谢你了。以前我不知道为人父母到底意味着什么。不过别担心，我向你保证，我一定会好好照顾他的。"贝丝说话的语气听上去仿佛在哭泣一般。

"我不担心，一点儿都不担心。"莉莲回答道。

"嘿。"此时电话里传来戴夫的声音，他的声音变得和以前不一样了。"很抱歉，破坏了我们之间的约定。在那个可怕的主持人来过我家之后，我决定把真相告诉贝丝。"

"所以，"——莉莲试图用镇定的语气说话，以免贝丝在电话旁听见她和戴夫的谈话内容——"贝丝知道全部真相了？"

"不是全部，她只知道你是卵子捐赠者。"戴夫咕咕哝哝地回答道，没有人会听见他在说什么。

"杰瑞知道全部真相了。"莉莲脱口而出。在释放了心中所有的压力之后，莉莲此时已经感觉轻松多了。

电话里戴夫发出啧啧的声音，然后他深深叹了一口气说道："你等一等，我先到另一个房间去一下。"戴夫似乎在对贝丝说什么,可是莉莲听不清楚。过了一会儿,戴夫跑回电话边,他的呼吸听上去有些急促。"你还记得我在医院里跟你说的那些话吗?我当时说如果你跟杰瑞过不下去了,你可以跟我过。但是……但是我现在必须收回那些话,莉莉。我现在和贝丝以及我们的孩子生活得很幸福。我可以成为你的朋友,但我不能离开贝丝。"

莉莲大笑起来,她将双腿盘坐在床上。"我可能有点冒昧,霍尔先生。不过,谁告诉你我想跟你过呢?"

"什么……啊,该死,看来我又自作多情了,是吗?为什么跟你在一起的时候,我总是陷入尴尬呢?"

"我不知道,也许这就是你的天赋吧。有的时候我猜你是不是故意这么做故意逗我开心。"莉莲回想着往事。由于太多的戏剧性情节以及谎言,莉莲几乎忘记了在成为爱人之前,她和戴夫只是朋友。

"没错。"戴夫回答道,"没错。我就是故意的。"

"好吧,我打电话来可不是要求你离开自己的妻子。"说到这儿,莉莲忍不住又笑了一声,"这通电话是杰瑞叫我打的,或者说,是杰瑞认为我有必要打这通电话。我和杰瑞之间没事。打电话是他的意思。他还说我可以看望孩子。"

"太棒了,莉莉,太棒了。"戴夫长舒一口气,仿佛刚才他一直在屏息凝神。"我们两家计划一下假期怎么过,好吗?关于行程方面的问题,贝丝比我更了解。她过几天可能会打电话来的。"

"我期待她来电话。"莉莲尴尬地沉默了片刻,然后说道,"好好欣赏专访节目吧。它实在……太无聊了。但是节目结束时,你和贝丝还有孩子在一起的镜头——很温馨。"

"谢谢。节目组为我们找来了专业的摄影师,所以一定拍得不错。"

"你们原本就是漂亮的一家人,我可不觉得专业摄影师能增色多少。"此时莉莲的手机传来哔哔声。这一定是杰瑞打来的电话。"我现在得接另一个电话了。啊,等等,我差点忘了问你一件事。"哔哔声又响了起来,不过莉莲没去管它。"你给孩子取了什么名字?"莉莲问道。

"他的名字叫所罗门,"戴夫笑着回答道,"就是'所罗门国王'的所罗门。"

"完美的名字。"莉莲说道。此刻小岛沙滩上的那次闲聊又浮现在莉莲的脑海中,伴随着往昔的记忆,还有他们从岛上生活中所获得的智慧与经验。在这一刻,莉莲感到所有这些都是……那样完美。

图书在版编目（CIP）数据

残骸/(美) 艾米莉·布勒克尔著；魏懿译. --上海：上海文艺出版社, 2017
（黑莓文学）
ISBN 978-7-5321-6440-0
Ⅰ.①残… Ⅱ.①艾…②魏… Ⅲ.①长篇小说－美国－现代
Ⅳ.①I712.45
中国版本图书馆CIP数据核字(2017)第288165号

WRECKAGE by Emily Bleeker

Copyright: This edition made possible under a license arrangement originating with Amazon Publishing, www.apub.com .

Simplified Chinese edition copyright:

2017 SHANGHAI LITERATURE AND ART PUBLISHING HOUSE

All rights reserved.

著作权合同登记图字：09-2017-042号

发 行 人：陈 征
责任编辑：李珊珊
封面设计：朱晓彦

书　　名：残　骸
作　　者：(美) 艾米莉·布勒克尔
译　　者：魏　懿
出　　版：上海世纪出版集团　　上海文艺出版社
地　　址：上海绍兴路7号　200020
发　　行：上海文艺出版社发行中心发行
　　　　　上海市绍兴路50号　200020　www.ewen.co
印　　刷：上海文艺大一印刷有限公司
开　　本：850×1168　1/32
印　　张：13.5
插　　页：5
字　　数：200,000
印　　次：2018年1月第1版　2018年1月第1次印刷
I S B N：978-7-5321-6440-0/I·5147
定　　价：65.00元
告 读 者：如发现本书有质量问题请与印刷厂质量科联系　T:021-59404766